Las batallas de las hadas

Las batallas de las hadas

Orion Ray

www.librosenred.com

Dirección General: Marcelo Perazolo
Ilustración de cubierta: Gricelio Martin
Diseño de cubierta: Laura Gissi

Primera edición en español - Impresión bajo demanda

© LibrosEnRed, 2018
Una marca registrada de Amertown International S.A.

ISBN: 978-1-62915-401-5

Para encargar más copias de este libro o conocer otros libros de esta colección visite www.librosenred.com

Dedico este libro a:
Mis hijas Lynn Marianne y Natheli,
mi esposa Sonia y mi gran amigo
Gricelio Martin.

1. Batalla de seres diabólicos en la luna

"Escucha —le decía el sabio anciano al joven—, más allá de lo que los ojos físicos ven, está el reino invisible; en el habitan casi incontables criaturas y universos. Cuando te acerques más a la luz, su velo será discurrido y verás su mágico misterio en todo su esplendor".

En un valle, en la cara oculta de la luna (la que nunca es visible desde la Tierra), iba caminando un ser grande, deforme y malévolo; se trataba de Lilith, un horroroso monstruo femenino. Tenía el cabello negro, largo, despeinado y sucio que le caía hasta un poco más abajo de la cintura. Su cara era asimétrica: su ojo derecho estaba más alto que el izquierdo y lo mismo ocurría con las orejas y mejillas. Su nariz era también deforme pues era muy larga y torcida. Mientras caminaba movía hacia los lados sus pies, los cuales parecían troncos podridos de árboles. A medida que avanzaba, sus ojos de color rojo giraban grotescamente mientras su cabeza hacia movimientos espasmódicos.

A Lilith la acompañaban cientos de monstruos a los cuales ella denominaba "monyos". Ella era la líder de estos grotescos seres entre los que había tanto machos como hembras. Todos eran deformes al igual que su ama, pero de menor tamaño que ella. Unos monyos tenían la cabeza como un huevo quebrado, algo ovalada y con huecos; algunos la tenían demasiado achatada y otros excesivamente alargada. Sus extremidades parecían ramas de árboles entretejidas en forma desarreglada. Sus ojos, tal como los de su líder, eran rojos haciendo una macabra combinación con erupciones grandes en sus caras de las cuales salía una especie de pus verde. Todos estos demoníacos seres estaban vestidos con harapos cafés colgados de sus hombros.

Esa parte de la luna estaba a oscuras en ese momento y la poca luz que había en el lugar provenía de los ojos rojizos de los monyos. Lilith oyó un ruido y entonces detuvo su marcha. Alzó las manos haciendo un ademán para que los tenebrosos seres que venían con ella se detuvieran. En breve estaban rodeados por varias hienas de gran tamaño, las cuales salieron de atrás de unas rocas que había en el lugar. Estos animales a veces andaban en cuatro patas y a ratos se erguían y caminaban usando sólo dos extremidades. Estas hienas, que habitaban en ese submundo, eran denominadas "hinas". "Otra vez nos atacan las malditas, ¡no dejen ninguna hina viva!", dijo Lilith a sus "guerreros" mientras se subía a lo alto de una gran roca que había en el lugar para evitar ser presa de las bestias atacantes.

Las hinas continuamente atacaban a Lilith y sus monyos para tratar de tener control sobre todas las criaturas diabólicas que habitaban en esa parte de la luna. La batalla fue muy encarnizada. Las bestias atacantes saltaban y mordían a los monstruos de Lilith en el cuello y luego dejaban caer sus cuerpos muertos, mientras que los monyos con unos grandes mazos que llevaban les deban fuertes golpes en la cabeza a las hinas, dejándolas muertas o agonizantes. Algunos de los guerreros de Lilith no usaban esa rudimentaria arma sino que con sus manos cogían a las bestias enemigas por el cuello y las ahorcaban o las cogían de cualquier parte del cuerpo y las tiraban hacia lo alto de manera de murieran al caer de nuevo al piso.

Lilith, en lo alto de la gran roca, brincaba y señalaba hacia los lugares en los que había más hinas atacando y gritaba: "¡Cuidado atrás!, ¡eso, mate a esa!, ¡no se deje morder!, ¡pelea idiota, si no te matan!". Varias hinas trataron de subir a la gran piedra sobre la que estaba la horrorosa líder, pero ella al darse cuenta escupió un ácido verde que cayó sobre los animales atacantes. Estos aullaron de dolor y volvieron a descender.

Las hinas estaban ganando la batalla, pero llegó al lugar un grupo de monyos más grandes. Estos últimos, tal como Lilith, echaban ácido por la boca quemando a sus enemigos y además portaban lanzas con las que insertaban con gran fuerza a las bestias atacantes. Los guerreros de Lilith diezmaron mucho a sus enemigos, pero ocurrió algo que ellos no esperaban: cientos de hinas más llegaron al lugar. Las hinas de nuevo empezaron a estar a punto de salir victoriosas porque superaban en número a sus enemigos y tenían la capacidad de saltar largas distancias para esquivar o atacar.

La diabólica líder, al darse cuenta de que sus "guerreros" estaban perdiendo la batalla, tomó una decisión: puso dos de sus deformes dedos, el índice y el anular de su mano derecha, en sus desfigurados labios y silbó. En poco tiempo aparecieron unas bestias voladoras. Cada una de ellas tenía a un monyo encima, manejándola con unas riendas. Los animales voladores eran como una mezcla de dinosaurio y dragón. Todos eran largos y anchos, con una cabeza pequeña y un cuello muy largo. Tenían alas rojizas y una protuberante cola con forma de zigzag de color naranjado. El resto del cuerpo de ellos era gris. Estos "dracos", como los llamaba Lilith, eran muy destructivos porque echaban fuego por sus bocas y tenían unas patas como de águila con las cuales podían destrozar todo lo que cogían.

Muchas hinas murieron o quedaron gravemente heridas al ser quemadas por el fuego de los dracos o destrozadas por sus poderosas garras. Las hinas sobrevivientes empezaron a retroceder, pero en ese instante llegaron unas bestias voladoras de refuerzo. En el lugar aparecieron volando una especie de gárgolas: unos diabólicos seres con cuerpo algo parecido al de una persona, pero de mayor tamaño, brazos más largos de lo normal y manos y pies en forma de garras. La piel de estas bestias era de un color entre gris y azul; la cara, orejas y ojos eran como de murciélago y encima de su cabeza tenían un cuerno torcido hacia atrás que las hacía ver más diabólicas. Estos seres volaban rápidamente porque tenían alas como de murciélago, y las hinas que venían montadas sobre ellas las azuzaban con su voz, las riendas y los movimientos de sus pies. Las gárgolas, al igual que los dracos, echaban fuego; sin embargo lo hacían no sólo por su boca sino también por ojos y en forma de rayo. La batalla se convirtió en una aguerrida pelea de monyos y dracos contra hinas y gárgolas.

De las dos clases de bestias voladoras enemigas, los dracos tenían la ventaja de tener más fuerza de empuje por ser más grandes que las gárgolas y además echaban más cantidad de fuego por su boca, pero las gárgolas podían volar más rápidamente y el fuego que echaban por sus ojos tenía gran alcance por salir en forma de rayo. Estos dos tipos de animales voladores atacaban usando, además del fuego, sus destrozadoras garras y sus mandíbulas que eran muy fuertes aunque no tenían dientes. Muchos dracos y gárgolas quedaron gravemente heridos o murieron quemados y destrozados. También varios monyos e hinas yacían en el piso, unos agonizantes y otros ya sin vida.

Las hinas empezaron a ganar la batalla gracias a la ayuda de sus bestias voladoras (las gárgolas) porque éstas eran más agiles que los dracos y el fuego emitido por sus ojos era muy efectivo para quemar a distancia. Lilith, entonces, volvió a poner sus dedos en la boca, silbó y al instante llegaron al sitio más dracos con monyos montados sobre ellos, los cuales tenían arcos con flechas y grandes lanzas. Los recién llegados les tiraron flechas a las gárgolas, pero las rudimentarias armas rebotaron porque no podían atravesar la gruesa piel de esas bestias. Los monyos, entonces, decidieron usar sus grandes lanzas, tirándolas a distancia. Estas sí fueron muy efectivas pues todas las gárgolas murieron atravesadas por ellas. Las hinas que aún quedaban con vida y energía para caminar, huyeron del lugar al ver derrotadas sus bestias voladoras.

La diabólica líder, en lo alto de la gran roca sobre la que estaba, rió macabramente disfrutando la victoria sin importarle la suerte de sus guerreros que habían muerto o quedado heridos en la sangrienta batalla. Después de reír y brincar de alegría por un rato, Lilith dijo, hablando para sí misma: "Si yo y mis monyos podemos vencer a las hinas, con más razón derrotaríamos fácilmente a los elementales para apoderarnos de la tierra. Pensaré un plan para expandir mi dominio a ese planeta, ja, ja, ja".

2. LAS FUERZAS OSCURAS ATACAN

En el planeta Tierra, cerca de un castillo, estaban dos jóvenes sentados en un césped tomados de la mano contemplando las estrellas. La luz de la luna hizo brillar la piel blanca de los dos, dándole un matiz especial al cabello ondulado y rubio de Crisol y a las pecas de la cara de Cristina. De improviso cada uno de ellos giró en dirección al otro quedando frente a frente, como solían hacerlo, mirándose a los ojos sin hablar y se besaron en los labios tiernamente.

–¡Te noto algo pensativo! –dijo la rubia chica después del beso mientras movía su largo cabello lleno de rizos.

–¡Las estrellas me dicen que se avecina un gran peligro para la humanidad! –expresó Crisol mientras con sus ojos verdeazules miraba profundamente a su novia.

–¡Oh, si tú lo dices es porque algo grave realmente puede pasar! –dijo Cristina con preocupación.

Ella sabía que Crisol tenía sus razones para decir eso porque él era el astrólogo de la orden a la cual ellos pertenecían y que tenía por sede el castillo en el cual ahora vivían.

–¡Debo regresar a mi cuarto, este es el momento adecuado para mirar de nuevo las estrellas por el telescopio y meditar más sobre ese peligro! –expresó el rubio joven.

–¡Sí mi amor, está bien!

Los dos se pararon, se acariciaron entre sí los cabellos y se besaron en los labios con gran ternura.

Como era costumbre cuando se besaban, cerraron los ojos y bien abrazados dieron giros lentamente como si bailaran. Luego aumentaron la velocidad de sus movimientos circulares y las túnicas blancas con bordes dorados que usaban se movían en el aire girando como globos. Cuando terminaron de besarse y dar vueltas la joven abrió los ojos y vio que cerca de ellos estaba parado un monje, el cual vestía una larga sotana café y tenía tapada casi toda la cabeza con una capucha que era parte del mismo traje. Al extraño ser no se le podía ver el rostro porque la caperuza era mucho más grande que la cabeza.

Cristina cerró los ojos y los volvió a abrir con el fin de comprobar si lo que parecía haber visto era producto de su imaginación y vio que el individuo vestido de monje ya no estaba. Desde hacía días se le estaba apareciendo en diferentes lugares. Lo extraño es que sólo lo veía ella y siempre se le aparecía repentinamente para luego desaparecer en menos de un segundo. A pesar de que a ese raro personaje nunca se le podía ver la cara, ella sentía que él era un ser negativo y su presencia le infundía temor. Aún no le había dicho nada de esto a su novio porque ella quería, antes de dar ese paso, estar segura de que era algo real y no imaginario.

—¿Qué pasa?, ¿viste algo? —le preguntó Crisol al verla hacer un gesto de sorpresa.

—¡Creo que mi imaginación me jugó una mala pasada! —respondió su novia.

La luz del nocturno astro hizo ver más radiante el rostro redondo de la joven y la cara de su novio entre cuadrada y triangular, que parecía una mezcla de rostros de león y serpiente.

Los dos se tomaron de las manos y se miraron fijamente sin hablar. Este era uno de esos momentos en los que se podían quedar horas y horas solamente mirándose y sintiendo el gran amor que los unía, pero debían regresar ya al castillo.

—Pienso ir a hacer un viaje —dijo Cristina.

—Recuerda no ir a regiones peligrosas —le advirtió su novio.

—¡Tranquilo mi amor!, ¡sólo iré a la luna!

Crisol miró a la chica con un poco de preocupación. La clase de "viaje" del que hablaban era fácil de hacer para ellos, pero también tenía sus riesgos.

Los dos, tomados de la mano, caminaron con las sandalias doradas que usaban todos los miembros de la orden y entraron al castillo. Después de ingresar se abrazaron, se besaron de nuevo y se dijeron "buenas noches". Crisol se fue para su cuarto y su novia se dirigió para el lugar de la orden en el cual se hacían los viajes astrales.

El sabio joven, en su cuarto, miró las estrellas por un telescopio que tenía adaptado en la ventana. Luego analizó algo en un libro antiguo de astronomía que tomó de su biblioteca contigua a la ventana. Después escribió unas notas e hizo unos dibujos especiales de planetas y estrellas en una especie de cuaderno de pastas gruesas y hojas de pergamino que estaba en el escritorio cerca de su cama. Con el fin de analizar lo que había acabado de ver en las estrellas, Crisol se recostó en un tapete mediano que había en una especie de pequeña sala contigua a su cuarto, cerró los ojos y se puso a meditar. Esta vez era muy importante este trabajo psíquico porque tenía que analizar y sincronizar su intuición con relación al gran peligro que estaba viendo últimamente en el destino escrito en las estrellas.

Al poco tiempo Crisol abrió los ojos de nuevo y se dijo para sí mismo: "No hay duda, se avecina un ataque de las fuerzas oscuras". El joven se paró con la intención de ir a buscar al maestro Sirio, máximo líder espiritual de la orden, para informarle de todo lo que estaba descubriendo, pero en ese momento vio algo fuera de lo común en la chimenea que estaba al frente del tapete. Dirigió su mirada a la madera encendida porque allí se veían unas luces extrañas girando alrededor de las brasas. Se acercó a los leños que estaban ardiendo para ver más de cerca el raro fenómeno. Lo que se movía alrededor de las llamas eran cientos de pequeños seres fulgurantes que descendían volando. Todas las criaturas en movimiento formaban en conjunto una figura parecida a una espiral cónica. Los brazos de la espiral eran más anchos cerca al techo y su diámetro se iba reduciendo paulatinamente a medida que se acercaban al piso. Sólo era visible la parte superior del "cono", lo que permitía deducir que el vértice de la espiral cónica estaba bajo el piso, el cual las criaturas atravesaban en su vuelo.

Crisol miraba extasiado porque había muchas criaturas que parecían muñequitas delgadas y pulidas. Él notó que cada una de ellas tenía dos pares de alitas delgaditas y casi trasparentes, muy parecidas a las de las libélulas. Las bellas criaturas usaban vestiditos dorados, con bordes blancos muy ceñidos a su cuerpo y tenían zapatitos de tela como los que usan las bailarinas de ballet, los cuales eran dorados como su vestimenta. El joven supo al instante que esos mágicos seres que volaban formando una especie de cono eran hadas. Sin embargo, estaba sorprendido porque era poco usual que ellas estuviesen en sitios como ese.

Crisol a duras penas respiraba pues estaba impresionado por el mágico y bello espectáculo. Acercó su mano a una de las espirales y las haditas atravesaron su mano como si no existiese. En ese momento llegó Albert, su mejor amigo y discípulo quien solía venir casi todas las noches un rato para que él le enseñara astrología. Al ver el extraño fenómeno, el recién llegado paró abruptamente, no habló para no asustar a los mágicos seres y se dedicó a observar. El rubio joven sintió la presencia de su amigo y también optó por quedarse quieto y en silencio. Albert miró asombrado el extraño fenómeno con sus pequeños ojos negros oscuros mientras se preguntaba mentalmente qué podía estar pasando. Sus rasgos de hombre algo moreno con cabello de color castaño oscuro, muy liso y largo, formaba un buen contraste con la piel blanca y el cabello rubio y ondulado de su amigo.

Algunas haditas se dieron cuenta de la presencia de los dos humanos y entonces los miraron asustadas, se aislaron un poco de sus compañeras y se quedaron estáticas en el aire batiendo sus alitas sin desplazarse. Al poco tiempo las asustadas criaturas, al no percibir ningún movimiento de los dos individuos, se unieron de nuevo a sus compañeras y siguieron volando en forma normal.

Crisol observó con más detenimiento la figura que formaban los pequeños seres que volaban. Aunque el cono estaba formado alrededor de la chimenea y se hacía más angosto cuando se acercaba al fuego, el vértice no estaba allí. El punto inferior del cono parecía estar debajo de las baldosas, como si la figura creada continuara debajo del piso, por lo que las hadas atravesaban el piso y continuaban hacia abajo. Hasta donde él tenía entendido no había nada más debajo de la chimenea, pero si las aladas criaturas iban hacia abajo, allí debía haber algo y entonces decidió explorar. ¡A lo mejor existían cosas en ese lugar que él no conocía!

El rubio joven pensó que si las hadas giraban alrededor de la chimenea, debía haber algo especial en ella y entonces chequeó la pared alrededor de la abertura donde estaba la leña encendida. Uno por uno fue tocando los adobes y también les dio toquecitos con su puño, acercando también el oído para detectar si se oía algún sonido diferente que indicase la existencia de algún vacío al otro lado. Al golpear uno de los adobes se abrió un poco una puerta, hecha de ladrillos, cerca de la chimenea. Crisol y su amigo acabaron de abrir la camuflada puerta jalándola fuertemente. La pesada portezuela, al abrirse, dejó caer gran cantidad de polvo y dejó ver un gran espacio vacío detrás de la chimenea. Los dos jóvenes introdujeron un poco sus cabezas en el lugar y vieron que en ese espacio había unas escalas que conducían hacia abajo. El sitio era circular, como las torres de algunos castillos antiguos, con las escalas anexas a las paredes y en el centro había un gran vacío al que no se le veía fondo.

Crisol también pudo ver que, tal como él había supuesto, en ese espacio tras la pared el cono formado por las haditas efectivamente se prolongaba hacia abajo. El lugar estaba iluminado por la luz que emitían los pequeños seres voladores y aparentemente por otra fuente extra que Crisol y Albert por ahora no distinguían. En ese lugar, debido a la semioscuridad, se veían más luminosas y radiantes las hadas. Crisol le hizo una señal a su compañero indicando que lo siguiera, se internó en el sitio y empezó a descender por las escalas. Su amigo dudó un poco, pero después de algunos segundos lo siguió. Los dos notaron que varias escalas más abajo de donde ellos estaban, en el sitio donde estaría el vértice del cono formado por los cientos de hadas en su vuelo, estaba una hada mucho más grande y radiante. La majestuosa criatura estaba sentada en un trono sobre una especie de plataforma. Al instante Crisol supo que se trataba de la gran hada madrina líder, la reina de las hadas.

El sabio joven y su moreno amigo, al descender, se acercaron un poco más a las haditas y entonces las mágicas aladas criaturas se sorprendieron, miraron asustadas para los lados, volaron caóticamente e imprevistamente desaparecieron. El lugar quedó menos iluminado debido a que ya no estaban las hadas emitiendo su luz, pero no había oscuridad total. Los dos jóvenes descubrieron entonces que en algunos huecos de las paredes estaban puestas unas lámparas de aceite encendidas. Crisol y Albert caminaron un poco para ver cómo era ese lugar y de esta manera se dieron cuenta de que en el sitio había muchos túneles.

No habían avanzado mucho cuando los dos jóvenes vieron por el rabillo del ojo cómo a varios metros de ellos pasaban unas sombras fugaces y también oyeron una mezcla de sonidos entre risas burlonas y sonidos "Sh, sh, sh, sh, sh, sh" como de serpientes. "Algunos seres nada buenos están aquí y eso fue lo que asustó a las hadas", pensó Crisol. Albert miró a su amigo como preguntándole con los ojos qué era lo que estaba ocurriendo. Los dos se quedaron estáticos y no hablaron para no ser percibidos.

En cuestión de segundos tres grandes hienas aparecieron delante de los dos humanos. Aunque estos animales tenían el cuerpo enclenque y aparentemente débil, típico de las hienas, la forma de abrir su boca y el modo de aproximarse tenían las características amenazantes de un depredador cuando ataca a su presa. Las bestias avanzaban a ratos erguidas como personas alzando sus patas delanteras y otras veces se desplazaban en la forma normal de caminar de estos animales. Esto ayudó para que Crisol las identificara. "¡Son hinas, las hienas que habitan en la cara oculta de la luna!", le dijo Crisol a su amigo, quien estaba bastante asustado. Los dos retrocedieron un poco y se percataron de que otras cuatro hinas llegaron a unirse a las atacantes.

En vista de que las hinas eran de gran tamaño y se veían muy amenazantes, los dos humanos decidieron salir de ese lugar por la misma puerta camuflada por la que habían entrado, pero no fue posible. Cuando se estaban acercando a esa salida vieron que un ser vestido de monje a quien no se le podía ver la cara, salió corriendo del lugar y cerró la puerta al salir. Crisol se preguntó mentalmente cómo habían entrado las hinas y el extraño ser. "Quizás ingresaron silenciosamente al lugar después de que Albert y yo entramos y no nos dimos cuenta de esto por estar absortos mirando las haditas", fue su conclusión. Los dos jóvenes trataron de abrir la puerta empujándola y dándole golpes a los adobes cercanos, pero no fue posible. El extraño ser la había cuñado al otro lado de alguna manera. Crisol y su amigo corrieron por las escalas y laberintos que había bajo la tierra mientras las siete hinas los perseguían. En poco tiempo las bestias los acorralaron en una esquina en uno de los laberintos. Albert, muy horrorizado, miró a su amigo para saber qué sugería él hacer, pero Crisol lo único que hizo fue cerrar calmadamente sus ojos y empezar a hacer una meditación especial.

Sin saber de los peligros por los que estaban pasando su novio y Albert, Cristina permanecía en el cuarto usado por la orden para las salidas astrales. Allí la joven prendió un incienso y se acostó sobre un tapete con grabados especiales que estaba en el centro del salón. Luego puso a vibrar sus labios diciendo ciertas palabras ritualistas que hacía poco había aprendido en la orden. Cristina se concentró bien y separó su cuerpo energético del físico, haciéndolo ascender. Estando su energía astral arriba, pudo ver a su cuerpo físico abajo acostado en el tapete. Luego sintió cómo su "cuerpo" astral ascendía más y cruzaba el techo. Miró hacia arriba y vio las estrellas y la radiante luna, y siguió subiendo hasta que vio desde lo alto al castillo "empequeñeciéndose".

La luz reflejada por la luna resaltó aún más el color dorado de su cabello largo y rizado, sus ojos verdes y las pecas casi doradas de su cara. Su belleza resaltaba aún más con el largo vestido blanco con bordes dorados que usaba. Cuando estuvo más cerca de la luna "voló" alrededor del satélite natural con el fin de ver la cara oculta, la cual no era visible desde la Tierra. Al poco tiempo la joven sintió que no había muy buena energía en esa parte de la luna y mejor decidió irse para la parte visible desde la Tierra, pero cuando iba a hacerlo oyó que alguien gritaba desde la cara oculta:

—¡Ayúdenme!, ¡ayúdenme!

—¿Quién estará pidiendo ayuda? —se preguntó la joven mientras cambiaba su rumbo y se dirigía al lugar de donde provenía la voz. En ese instante ella recordó las palabras que en una ocasión dijo el maestro Sirio, regente y guía espiritual máximo de la escuela de sabiduría a la que ella pertenecía. Devolviéndose en el tiempo vio imágenes dentro su mente cuando ese maestro, en el templo de la sagrada orden, en una de sus conferencias habló de la luna. Le parecía verlo de nuevo majestuoso y sereno con su barba larga y blanca, vestido una túnica blanca, sentado en su trono y rodeado de cirios encendidos. Lo que él exactamente expresó fue: "La cara oculta de la luna no le da de frente a la Tierra porque le está prohibido. Allí habitan seres muy diabólicos. ¡Nunca se acerquen a esa región!". En vista de que ese llamado provenía justamente de ese lugar la joven decidió devolverse y empezó a "volar" alejándose, pero en ese momento oyó de nuevo la voz:

—¡Estoy en peligro de muerte, ayúdame! —expresó el ser gritando.

Ese "ayúdame" quería decir que ese ser había sentido su presencia o la había visto. Después escuchó que el mismo individuo que estaba pidiendo ayuda se quejaba como si tuviese dolor diciendo: "Ay… ay… ay". La joven notó que la voz era femenina, lo cual le creó más indecisión. ¿Cómo iba dejar de ayudar a una mujer en peligro? Cristina detuvo su vuelo y se quedó estática en el aire mientras decidía. No sabía qué hacer porque también la ponía a dudar el hecho de que el sitio del cual provenían los gritos pidiendo ayuda estaba en un lugar en el que en ese momento era de noche en la luna y entonces estaba a oscuras. Quizás alguna mujer estaba retenida en ese lado de la luna y estaba desesperada pidiendo ayuda. Ella siempre había sido muy servicial y se sentía con la obligación de ayudar a esa persona, pero al mismo tiempo recordaba las advertencias del maestro. Realmente estaba en un gran dilema. En ese instante recordó que el máximo líder espiritual de la escuela de sabiduría le había puesto un collar de cuarzos trasparentes y le había dicho que era un talismán que la protegería de todo peligro, tanto en el mundo físico como en el astral. "El collar me protegerá", pensó Cristina y entonces decidió volar en dirección al lugar del cual procedía el pedido de ayuda.

Mientras la joven volaba divisó hacia abajo y notó que a pesar de la oscuridad había algo de luz proveniente de unos círculos rojos luminosos que estaban en unas figuras vagas y oscuras, las cuales estaban estáticas. Cristina miró bien para todos los lados para encontrar a la mujer que estaba pidiendo ayuda, pero no había luminosidad suficiente para buscar.

–Por acá, por acá… –dijo el ser que la llamaba, guiando a Cristina.

La rubia joven se acercó al lugar de donde provenía la voz, descendió y posó sus pies en el suelo lunar. Cristina empezó a caminar por el casi oscuro paisaje buscando al ser que decía necesitar su ayuda cuando, de repente, sintió que algo le cogió las manos y los pies de su cuerpo astral. Trató de zafarse, pero sus esfuerzos eran infructuosos. En la semioscuridad trató de ver qué era lo que la tenía agarrada y pudo distinguir unas figuras deformes. La asustada chica también pudo percatarse de que los círculos luminosos rojos que había visto antes eran los ojos de una especie de monstruos que ahora la tenían retenida. Sólo que antes no se movían y ahora… No pudo concentrarse a pensar más porque sus captores la rotaron hasta ponerla casi horizontal sin posarla en el piso y empezaron a caminar llevándola en esa posición mientras emitían unos sonidos horribles: oooooh, oooooh, oooooh.

Después de esto se acercaron más de esos grotescos seres y la agarraron de otras partes: del hombro, del cabello, de la parte de atrás del traje, de la cintura… La aterrorizada joven siguió intentando liberarse, tratando de mover su cuerpo fuertemente, pero era imposible. Esos seres tenían mucha fuerza y además eran muchos. En poco tiempo llegaron con ella a un lugar donde estaba un ser aún más grande con figura de mujer. Cristina vio que era una abominable criatura feísima: su lado izquierdo no era simétrico con el derecho y por lo tanto sus ojos, orejas y mejillas no estaban alineadas; y su cara se expandía y encogía en forma espasmódica. La mirada de sus ojos, de color rojo, era malévola e intimidante. Su nariz era como de bruja, muy larga y torcida. El cabello de la demoníaca entidad eran unas greñas negras despeinadas y sucias. No tenía casi dientes y los pocos que tenía eran negros y torcidos. Su cuerpo era gordo y fofo, los brazos eran deformes y sus pies parecían dos raíces podridas de árboles. "Son Lilith y los monstruos que ella comanda llamados monyos", pensó Cristina. Ella los reconoció porque había visto dibujos de ellos en un libro que Crisol le había mostrado unas semanas atrás.

Cristina vio que Lilith empezó a caminar en dirección a ella, pero notó que el diabólico ser se detuvo después de dar unos pasos. La bella joven alcanzó a ver cómo entre las piernas del horrible ser femenino nació una pequeña criatura deforme como la madre. Luego sucedió algo que la impresionó aun más: el horripilante ser actuó como si estuviese pasando algo normal, se agachó un poco, cogió con sus malformadas manos el monstruo que había acabado de dar a luz, se lo llevó a la boca y lo devoró. La joven vio con gran fastidio cómo Lilith se tragaba a su propio engendro mientras corría sangre verde de su horripilante boca.

—Hola Cristina —dijo el infernal y feísimo ser con una voz aparentemente "dulce", pero fingida e irónica.

En ese instante la joven reconoció esa voz. Era la misma que momentos antes la había estado llamando. Indudablemente le habían tendido una trampa. Cristina, además de asustada, estaba sorprendida por el hecho de que ese demoníaco ser supiera su nombre.

—¡Acérquenla más! —dijo la infernal mujer gritando a los monyos.

Los Monstruosos seres que tenían a Cristina la arrimaron hasta que estuvo tan cerca de Lilith que la joven podía sentir el calor del fuego de los ojos y el putrefacto olor que salía de la boca de ese espantoso y diabólico ser.

Cristina estaba horrorizada, pero no quiso dejar que se le notase mucho su temor y entonces trató de no expresar ninguna palabra ni emitir ningún gesto que diese a entender que estaba asustada. Aunque sabía de quién se trataba, pero con el fin de ganar tiempo mientras pensaba qué hacer, la bella joven preguntó fingiendo calma:

—¿Quién eres tú?

—Yo soy Lilith, la primera mujer de Adán. El muy infame me rechazó porque quería una mujer sumisa. Yo tenía más poder que él y mis rituales mágicos le hubiesen ayudado a tener más poder que los seres que nos crearon. Por su culpa estoy condenada a estar en este lugar y no me puedo acercar a la luz.

En ese momento Cristina se acordó del collar de cuarzos trasparentes que su cuerpo físico tenía en su cuello y se preguntó por qué el collar energético correspondiente en su cuerpo astral no había emitido una luz enceguecedora que la protegiera. La joven, por pocos segundos logró zafar su mano derecha de sus captores y se tocó el cuello. Ella sintió la forma astral de un collar, pero no percibió ninguna vibración, lo cual le pareció extraño. Lilith, al darse cuenta de esto, le dijo:

—El collar que tiene su cuerpo físico no la protegió porque ese no es el que le puso el maestro Sirio. Hace varias noches envié a una persona a tu cuarto para cambiarlo. El que tienes puesto no tiene cuarzos trasparentes sino solamente unos objetos postizos. Sabía que algún día vendrías volando en astral a la luna. Sé más de tu orden espiritual de lo que te imaginas — dijo el diabólico ser mientras emitía una risa fuerte y macabra.

Cristina cerró los ojos en profunda meditación y se comunicó telepáticamente con su novio Crisol. "Mi amor, ayúdame… Lilith y sus monstruos me tienen prisionera", le dijo con sus ondas mentales. Crisol recibió el mensaje y con su clarividencia vio todo lo que estaba pasando. "Pronto te ayudaré, amor mío", respondió sin decirle que en ese momento él y su amigo, en la Tierra, también estaban siendo atacados. Al recibir la respuesta, también en forma telepática, una sensación de esperanza llegó a la triste y asustada chica.

Lilith empezó a mirar y tocar con sus grotescas manos las extremidades y el cuerpo sobre el vestido de la joven. Luego dijo: "Estas muy apetitosa… Vas a ser un buen banquete… Déjame probarte primero…". El horrendo ser acercó más su rostro y sacó su lengua, la cual era verde y tenía la forma de la lengua de las serpientes porque terminaba en dos delgadas puntas. La infernal mujer lamió varias veces el rostro de Cristina mientras con sus deformes manos le desgarraba el vestido. La joven sintió tanto susto e impresión que se desmayó.

Crisol volvió rápido de la visión en la cual estaba viendo lo que exactamente le estaba pasando a su novia porque tenía que defenderse de las hinas que los tenían acorralados a él y a su amigo antes de poderle ayudar a ella. Pronto más animales llegaron a unirse a los atacantes y el rubio joven calculó que en este momento ya serían más de treinta la cantidad de estos. Los dos jóvenes miraron a su alrededor y vieron que cerca había un espejo pegado a la pared, el cual tenía un marco de forma octogonal. Ellos notaron que ese espejo no era común, el vidrio emitía un resplandor dorado y en el marco, sobre un fondo blanco, estaban pintados unos símbolos especiales de color dorado parecidos a rizos de cabello entrelazados.

Crisol le dijo telepáticamente a su compañero: "Cuando te haga una seña saltamos hasta quedar debajo de ese espejo" y miró hacia el lugar para que Albert lo ubicara. Cuatro de las hinas se abalanzaron sobre ellos, Crisol le hizo un ademán con su mano a Albert y se tiraron de tal modo que quedaron debajo del espejo. Los animales atacantes cayeron con gran estrépito al piso en el lugar donde antes estaban los dos jóvenes, sorprendidos porque no esperaban ese movimiento de sus presas. Pronto las bestias se acercaron de nuevo a los dos humanos gruñendo con más fuerza.

Los dos jóvenes se acomodaron mejor debajo del espejo, el cual estaba en la pared encima de sus cabezas. Crisol se sentó en el piso, se quitó una especie de capa que tenían encima de su vestimenta y la puso encima de su cabeza y la de su amigo, formando una especie de techo improvisado. Albert no entendía bien qué estaba haciendo su sabio amigo, pero de todos modos ayudó a sostener la prenda en lo alto. Las cuatro hinas saltaron abalanzándose hacia ellos y en el instante en el cual la imagen de ellas se reflejó en el espejo hubo una especie de explosión. El espejo se quebró en miles de pedacitos y las bestias atacantes fueron lanzadas lejos, rebotando contra las paredes y cayendo muertas. Los jóvenes quedaron ilesos porque no estaban frente al espejo sino debajo de este y el manto que pusieron sobre ellos mismos los protegió de los fragmentos de vidrio lanzados en el estallido del espejo.

Las otras hinas retrocedieron asustadas al ver lo que les había pasado a las que habían atacado inicialmente, pero una de ellas que era de más tamaño y parecía ser la líder se les acercó e hizo un ademán con su cabeza ordenándoles de esta forma que atacaran y entonces el resto de las hinas que había en el lugar se acercaron a los dos jóvenes en forma amenazante. Crisol y Albert corrieron y se acercaron a otro espejo, el cual también reflejaba una especie de luz dorada, era octogonal y tenía rizos de cabello de color dorado pintados en su marco. Los dos se acomodaron debajo del espejo de igual manera como lo hicieron cuando se acercaron al primero. Los animales los siguieron y dos de ellos se lanzaron sobre ellos. Ocurrió lo mismo que en el evento anterior: el espejo se quebró y en medio de una especie de explosión las hinas fueron tiradas muy lejos por el impacto y sus cadáveres cayeron estrepitosamente al piso.

Los jóvenes de nuevo corrieron y se ubicaron bajo otro espejo que era igual en forma y tamaño a los que los había protegido antes. Las hinas que quedaban habían visto que el reflejo del espejo había matado a las compañeras que habían atacado antes y entonces se acercaron a sus presas por los lados del espejo y agachadas. Crisol y su amigo, al darse cuenta de que ellas habían descubierto cómo atacarlos sin ser destruidas en el intento, se fueron corriendo de nuevo por los pasillos siendo perseguidos muy de cerca por sus atacantes.

En poco tiempo los animales acorralaron a Crisol y su amigo al final de uno de los corredores, el cual no tenía una salida directa pues sólo había una puerta cerrada al final. Muchas más hinas llegaron al lugar y casi cien de ellas se les acercaron amenazantes. La puerta le parecía enigmática a los dos jóvenes pues no sabían qué había tras de ella pero no había más opción. Tenían que cruzarla. Albert que estaba más cerca trató primero de abrirla, pero fue imposible lograrlo porque estaba asegurada con algo en el otro lado. Entonces Crisol se acercó rápidamente, puso su mano derecha en la mitad de la puerta, cerró sus ojos y se concentró. Inmediatamente se oyó el sonido como de una barra metálica que caía. Crisol con su mano izquierda haló la puerta y esta se abrió fácilmente. Albert miró a su amigo con sorpresa mientras la cruzaron corriendo.

Crisol y el moreno joven trataron de cerrar la puerta de nuevo para evitar que las hinas los continuaran persiguiendo o por lo menos para ganar tiempo, pero ellas se abalanzaron y no la dejaron cerrar completamente. Las cabezas de algunas de las bestias y las patas delanteras de otras quedaron atrapadas en el espacio que quedó entre la puerta y el marco. El rubio joven y Albert empujaron con todas sus fuerzas tratando de cerrar completamente la puerta. Esto presionó las partes de las hinas que estaban a medio entrar y entonces ellas, lanzando quejidos de dolor, las retiraron. Crisol y su amigo pudieron cerrar del todo la puerta, pero tuvieron que quedarse empujándola con sus manos y su cuerpo porque los depredadores, en el otro lado, empujaban y golpeaban tratando de abrir o destruir la puerta.

Crisol vio que en el piso estaba caído un gran travesaño de metal y dedujo que era el objeto que desde el otro lado había hecho caer con su meditación y energía para poder abrir la puerta. El rubio joven giró un poco su cuerpo y, mientras seguía ayudándole a su amigo a empujar la puerta usando su espalda y sus piernas, se agachó y cogió la barra de metal. Luego cuñó la portezuela con el travesaño introduciéndolo en unos aros que estaban insertados en la puerta y un poco más allá del marco. Después de esto le hizo señas a su amigo de que se alejaran del sitio corriendo de nuevo.

Los dos jóvenes, mientras avanzaban a toda prisa, observaron a su alrededor y pudieron alcanzar a notar cómo estaban hechos esos enigmáticos laberintos subterráneos. Vieron que se hallaban en un túnel redondo rodeado de adobes y rocas, el cual también tenía lámparas de aceite encendidas puestas en algunos lugares. Siguieron corriendo mientras oían el eco de los ruidos producidos por las hinas tratando de destrozar la puerta para poder alcanzarlos a ellos y atacarlos de nuevo.

–¿Cómo hiciste para mover el travesaño de metal desde el otro lado de la puerta? –preguntó Albert mientras corrían.

–¡Eso es largo de explicar, ahora no hay tiempo para eso! –le contestó Crisol.

–¡No sabía que tenías el poder de mover cosas a distancia!, ¿por qué no usaste esos poderes desde el principio para matar esos animales?

–Porque son muchos y mi energía de reserva alcanzaría para matar sólo algunos y, mientras meditara para cargarme de energía de nuevo, el resto de las hinas nos vencerían.

Cuando llegaron al final del túnel encontraron otra puerta y, para alegría de ellos, esta estaba medio abierta. La cruzaron y vieron que habían llegado a un cuarto grande de forma circular. Crisol disminuyó un poco la rapidez de sus pasos y le dijo a su amigo: "Esta puerta no estaba cerrada como la otra. Alguien nos está ayudando o estamos siendo conducidos deliberadamente hacia algo o alguien". Albert denotó estar de acuerdo con lo que dijo su amigo haciendo un ademán de afirmación con su cabeza.

Los dos jóvenes observaron bien el lugar. Dentro del gran cuarto había una especie de coliseo al estilo romano aunque mucho más pequeño, con una zona de arena en el centro y gradas circulares alrededor. Estas eran hechas de piedra y en ellas había objetos cubiertos con pedazos de tela. Crisol levantó un poco algunos de los velos y de esta manera se dio cuenta de que lo que estaba tapado en las gradas eran espejos iguales a los que les habían permitido salvarse antes en el túnel.

Crisol y su amigo se acercaron a la arena, la parte central, y vieron que en ese sitio había un hueco en la tierra. Se asomaron y pudieron divisar que en el fondo del hoyo había un prisma de muchos lados girando y emitiendo luces. En ese momento oyeron a las hinas destrozar la puerta que Crisol había bloqueado con el travesaño. Albert se acercó a la puerta de entrada al salón donde estaban con la intención de cerrarla, pero no lo hizo porque oyó que Crisol le hablaba.

—¡No la cierres, escóndete detrás de la puerta! ¡Les tenderemos una trampa a las hinas! Déjalas entrar y yo seré la carnada. Cuando se me acerquen tú pones un espejo a la entrada y después... — El rubio joven no terminó la frase porque en ese momento se oyeron unos ruidos que indicaban que las hinas venían por el túnel corriendo ya.

Albert hizo lo que su compañero sugirió: abrió un poco más la puerta, se hizo detrás de ella de modo que no lo vieran las bestias y esperó silencioso mientras ellas entraban. Las hinas se acercaron inmediatamente a Crisol que estaba en el centro del cuarto iluminado por la luz que salía del hoyo. Ellas no sabían si atacarlo o no porque los destellos luminosos que salían del agujero las desconcertaban un poco.

Cuando Albert se dio cuenta de que ya habían entrado todos los animales, siguió las instrucciones de Crisol: aprovechó que las hinas no lo veían porque estaban ocupadas tratando de atacar a su amigo y casi silenciosamente cogió uno de los espejos de una grada cercana y lo puso cubriendo la entrada. Tres de esos animales que estaban cerca de él alcanzaron a oír el casi imperceptible ruido que hizo al mover el espejo y se acercaron para atacarlo.

–¡HAZTE DETRÁS DE LOS ESPEJOS Y QUÍTALES LOS VELOS! –gritó Crisol.

Albert, corriendo, se acercó a una de las gradas y quitó la tela que cubría el espejo que estaba sobre ella. Luego se cubrió con la especie de paño, poniéndolo sobre su cabeza y se resguardó tras el espejo. Las tres hinas que lo habían seguido murieron aparatosamente, tal como pasó antes en el túnel, debido a la explosión de los espejos ante sus reflejos. Al ver esto, algunas de ellas empezaron a caminar agachadas para no ser reflejadas en el espejo y otras se escondieron en espacios oscuros que había entre algunas hileras de gradas. Las que no se habían escondido, caminando muy agachadas, dieron un rodeo y se le acercaron al humano por detrás.

Albert, al darse cuenta de la aproximación sigilosa de las hinas, quitó la tela que cubría al espejo que estaba en la grada contigua y lo puso detrás de él, quedando así entre dos espejos. El moreno joven se cubrió encima de su cabeza con los dos paños que antes cubrían esos espejos para aumentar su protección en caso de que las bestias atacaran y los espejos estallaran, pero a veces alzaba un poco las telas para ver qué hacían los animales que estaban tratando de acercársele.

Una de las hinas pensó que podía atacar al humano por un pequeño espacio que había entre los dos espejos y se abalanzó, pero Albert rápidamente giró uno de los espejos de manera que le diera de frente al animal atacante y se metió bajo una de las gradas que estaba cerca, con las telas aún sobre su cabeza y parte de su cuerpo. Nuevamente se oyó el sonido de una explosión y debido al impacto la agresiva bestia voló despedida por el aire, rebotó en el rústico techo del lugar y cayó al piso sin vida.

En la arena, una hina que estaba cerca a Crisol, confiada en el hecho de que él no tenía ningún espejo, se lanzó sobre él. Varios rayos de luz emitidos por el prisma que estaba en el hueco en el piso cerca al joven, iluminaron parte del cuerpo del animal y a este le ocurrió algo similar a lo que le pasó a la hina que atacó a Albert: una fuerza la empujó hacia arriba a gran velocidad. Ella rebotó contra el techo hecho de piedras pegadas entre sí y su cadáver cayó al piso.

Las agresivas bestias, al darse cuenta de que algunas de ellas habían muerto y que no podían atacar con éxito a sus presas optaron por huir. Buscaron con su mirada una posible salida y se dieron cuenta de que la única forma de salir de allí era por el túnel por donde habían llegado, pero para llegar allá tenían que salir por la puerta por la que habían entrado al cuarto. Esa puerta estaba abierta, pero el espacio interior del marco estaba todo cubierto por una de las armas letales con las cuales sus supuestas víctimas las estaban venciendo: ¡un espejo!

Crisol decidió alejarse un poco del prisma y seguirse protegiendo con los espejos, pero no había ninguno cerca. Aprovechando que las hienas estaban sin saber qué hacer corrió y se tiró en voladora detrás del espejo que había más cerca.

–¡ACORRALÉMOSLAS EN EL CENTRO DEL SALÓN! –gritó Crisol mientras alzaba en forma de escudo el espejo, tal como lo había estado haciendo su amigo.

Cada uno de los espejos tenía una especie de cuerda por detrás, como las que tienen usualmente los cuadros para ser colgados. Cada uno de los dos humanos cogió un espejo de la cuerda con una mano y, caminando por todas las gradas, con la otra mano fueron moviendo los otros espejos, los orientaron de manera que las hinas, para evitar ser reflejadas en los espejos, se fueran moviendo hacia el único lugar posible: la arena en el centro. Después de confinarlas en ese lugar, los dos jóvenes formaron una especie de pared circular alrededor de los agresivos animales, clavando los espejos en la arena. Las bestias para evitar morir se agacharon y extendieron en el piso de manera que sus imágenes no fueran reflejadas en los espejos, aprovechando que el marco los hacia quedar más altos que ellas, pero de esa manera las hinas no podían caminar porque eso hubiese implicado erguirse y ser reflejadas. Las bestias quedaron prisioneras dentro de un círculo y sabían que cualquier intento de salir de este significaba morir

–¿Arrimamos más los espejos a ellas? –preguntó Albert.

–¡No, espera!, ¡antes de eso debo cambiar el color de la luz del prisma que está en el fondo del hoyo del centro de la arena! –respondió Crisol.

Ya era imposible ser atacados porque las hinas estaban encerradas en el círculo de espejos y ellos estaban afuera. Crisol se sentó en el piso en posición de flor de loto, cerró los ojos e hizo una meditación especial. En pocos segundos la luz que emitía el prisma cambió de color y ya no era amarilla sino azul.

Crisol le hizo una seña a su amigo y empezaron a mover los espejos de manera que fueron cerrando más el círculo. Las hinas lograron caminar lentamente en cuatro patas, pero muy agachadas, alejándose un poco del circulo de espejos. Esto causó que ellas se fueran acercando al centro de la arena en la cual estaba el hoyo en el piso, pero no podían arrimarse mucho porque del hueco salían los rayos de luz del prisma que, al iluminarlas, las mataría también. Algunas hinas notaron que la luz emitida por el prima en el fondo del gran orificio tenía ya otro color y era menos intensa y entonces decidieron acercarse más a este.

Las otras hinas las siguieron y después de pocos segundos todas estaban muy cerca al hoyo iluminado. Los dos jóvenes arrimaron bastante los espejos y entonces los animales para evitar morir se arrojaron dentro del hoyo. Unos cayeron sobre el prisma luminoso que había en el fondo y otros lograron pegarse de los bordes dentro del hueco. Las hinas se miraron entre ellas sorprendidas y alegres a la vez porque, aunque la luz del prisma las aturdía un poco, no las había matado como había ocurrido un poco antes con una de sus compañeras. Después de esto, los grotescos animales empezaron a ascender pegándose de las paredes internas del hoyo.

Crisol y su compañero se asomaron para ver qué había pasado con las hinas y vieron que estaban a punto de llegar a la superficie de nuevo. Albert, asustado, miró a su compañero. Su amigo lo que hizo fue escudriñar bien todo lo que había alrededor del hueco y vio que en el piso, cerca de la abertura, había unas bolas de cristal en unos círculos concéntricos tallados en una piedra que estaba incrustada en el piso de arena. El rubio joven se arrodilló y con sus manos empezó a mover las pequeñas esferas, sobre los canales, en dirección al centro de los circulitos concéntricos. Este movimiento activó un mecanismo no visible que hizo que una puertecita hecha de prismas de cuarzo cubriera la entrada al hueco.

—¡Ya las hinas están atrapadas!, pero… ¿Qué vamos a hacer con ellas? —preguntó Albert.

—¡Cristina ha sido raptada por Lilith y sus monyos en la cara oculta de la luna! ¡Voy a enviar a las hinas allá! ¡Así solucionaré los dos problemas!

—¡No entiendo lo que vas a hacer!

—Ellas son enemigas de Lilith y pueden sobrevivir tanto en el ambiente de la Tierra como en el de la luna. Las hinas pelearan contra los monyos en la luna y así, en medio de esa batalla, aprovecharé la confusión para rescatar a mi novia —explicó el rubio joven.

Crisol se sentó cruzando sus piernas y poniendo sus manos sobre las rodillas. Luego cerró los ojos, se concentró y dijo unas frases mágicas especiales mientras su compañero lo miraba sorprendido.

Cristina despertó de su desmayo y vio a Lilith recorriendo con su feísima lengua todo su cuerpo. La joven se sentía más fría en unas partes que en otras. Pronto supo la razón de esto cuando pudo ver que algunas partes su vestido habían sido rotas por las sucias, feas y largas uñas de la monstruosa caníbal.

—A ver, ¿por dónde debo empezar?, ¿por tu vientre?, ¿por tus piernas?, ¿por tu pecho?... ¡Ah! ya sé, ¡por tu cuello! —dijo la diabólica Lilith, antes de soltar una siniestra y larga carcajada.

La joven, prácticamente inmóvil debido a que los monyos la tenían muy agarrada, vio con horror cómo se le acercaba la voraz boca mientras sentía en forma más fuerte el olor de las putrefactas encías y veía los feos y podridos dientes de Lilith. Cristina empezó a sentir la mordedura en su cuello, pero casi instantáneamente la monstruosa caníbal suspendió la "cena" y miró para todos los lados asustada. Hizo esto porque se oyeron unos sonidos extraños en el lugar que eran como ruidos de animales heridos. Atrás de los monstruosos "guerreros" de Lilith empezaron a aparecer unas figuras oscuras extrañas y luego, a través de esas sombras, se materializaron unas hinas emitiendo sonidos horribles. Los monyos, asustados, soltaron a Cristina, que cayó estrepitosamente al piso mientras sus captores retrocedían asustados. Su grotesca ama también vio cómo las hinas iban apareciendo, algo que la sorprendió mucho ya que en un muchas ocasiones habían tenido enfrentamientos con esos animales, pero ellos nunca se habían aparecido de esa manera.

Cristina, aún aturdida por el impacto de la caída, vio cómo unas hinas se materializaban en el aire y caían. Algunas rodaban por el piso y otras quedaban de una vez paradas. Los cuadrúpedos animales, luego de reponerse del impacto, se juntaron e hicieron unos sonidos que eran mezcla entre risas y sonidos "Sh, sh, sh, sh, sh, sh, sh" como de serpientes. Las hinas se sentían extrañas porque un poco antes habían estado en la Tierra, dentro del hoyo en el cual Crisol y Albert las habían encerrado y ahora estaban en la Luna cerca de Lilith y los monyos. Después de ubicar dónde estaban y al ver cerca a sus enemigos, las hinas se pusieron en posición de ataque.

Lilith movió su rostro más espasmódicamente, avivó más el fuego que salía de sus ojos y dijo:

–¡Ah! ¡Nuestros enemigos retornan!

Las hinas querían atacar a Lilith, pero no se podían acercar a ella porque los monyos estaban alrededor de ella protegiéndola. Las recién materializadas bestias se abalanzaron sobre los deformes seres y se libró una feroz batalla. La mayoría de las bestias atacantes lograban matar monstruos de Lilith porque caían sobre ellos mordiéndoles partes vitales de sus cuerpos, especialmente el cuello; pero algunos de los horrorosos enanos también mataban hinas, esquivando su mordedura, tomándolas con sus manos y lanzándolas a cientos de metros de distancia con descomunal fuerza.

Debido a la feroz pelea nadie le volvió a prestar atención a Cristina, quien aprovechó ese suceso para tratar de huir. Ella sabía que en esa dimensión astral podía volar, pero no tenía fuerzas para hacerlo porque había gastado mucha energía tratando de zafarse de sus captores cuando la tenían sujeta. La asustada chica empezó a alejarse lentamente del lugar gateando para no ser vista, entre cadáveres de hinas y monyos. A veces sus rodillas y manos tocaban sangre roja derramada por las bestias atacantes o una pegajosa sustancia verde que salía de las partes más destrozadas de los cadáveres de los monstruos de Lilith. Cuando eso ocurría ella movía su cara con una expresión de fastidio, pero no emitía ningún sonido para no ser detectada. De esta manera, poco a poco se fue alejando del lugar de la sangrienta batalla. Ella pensó en erguirse para correr y así escapar más rápido, pero desistió de la idea porque aún podría ser vista y además era mejor seguir tocando el suelo con las manos y las piernas porque estaba llegando a un lugar que era totalmente oscuro y ahí ya no había monstruos que iluminaran un poco el ambiente con sus ojos rojos.

Cristina estaba menos asustada porque se encontraba ya algo lejos de la zona de peligro o al menos eso pensaba ella, pero se sentía muy agotada y débil. Además de esto, de sus piernas le estaba ya brotando sangre astral porque llevaba mucho tiempo gateando entre rocas y piedras y algunas de ellas eran puntiagudas. La joven empezó a arrastrarse, pero de esta manera ella podía tantear menos el terreno por donde iba y no tenía visibilidad. Esto causó que ella accidentalmente empujara una pequeña roca con su mano derecha. Seguidamente la joven oyó ruidos que indicaban que la piedra estaba rodando y rebotando varias veces en alguna superficie. Por lo visto la pequeña roca había caído por la falda de una montaña, el interior de un cráter o algo así. Cada que se oía un golpe cerraba sus ojos, apretaba los dientes y fruncía el ceño con tensión porque si los monyos o las hinas oían los ruidos ella estaría perdida.

Tres hinas alcanzaron a oír los sonidos que producían los golpes de la roca al caer y entonces voltearon su cabeza en dirección al lugar, se alejaron de la sangrienta pelea y se dirigieron a donde estaba la joven. Cristina, al darse cuenta de esto, dejó de arrastrarse y empezó a gatear de nuevo con el fin de avanzar más rápido, pero debido a la oscuridad y a la prisa no pudo planear bien su avance y cuando menos pensó se sintió cayendo y rodando por una pared inclinada. Ella no sabía bien qué estaba pasando porque estaba muy oscuro. Mientras rodaba hacia abajo trató de pegarse de algo, pero no fue posible porque sus manos sólo tocaban de vez en cuando una superficie de arena maciza. Luego supo que su caída había terminado porque su cuerpo se detuvo en un piso que se sentía menos inclinado.

La bella joven se quedó quieta por algunos segundos y se dedicó sólo a pensar para deducir qué era lo que había pasado. Todo indicaba que había caído al fondo de un precipicio. Movió un poco su cuerpo astral para sentir si no se había lastimado y se sintió un poco menos preocupada porque por lo menos tenía movilidad. De pronto se oyeron unos sonidos que eran mezcla entre risas y resonancias "Sh, sh, sh, sh, sh, sh, sh" como de serpientes; entonces Cristina recordó que ese ruido lo habían hecho las hinas después de materializarse cerca de los monyos. Pronto escuchó también ruidos como de varias pequeñas patas caminando cerca. ¡Por lo visto las hinas la habían encontrado guiadas por sus olfatos!

Los ojos de Cristina se acostumbraron un poco más a la oscuridad y entonces pudo ver que estaba en el fondo de un abismo. Miró bien a su alrededor y vio que se trataba de un cráter de los que había oído hablar a la profesora de ciencias cuando estaba en la secundaria. Recordó las imágenes que ella mostró en clase mientras decía que en la luna había una gran cantidad de cráteres. La joven giró un poco su cabeza y vio cerca de ella tres hinas gruñendo en forma amenazante. No sabía si quedarse quieta o correr, pero después de pensar un poco decidió mejor no moverse por ahora porque ella sabía que si corría las bestias la perseguirían y la atacarían.

Cristina aprovechó la quietud para pensar y encontrar alguna manera de salir bien librada de esa amenaza. La intrigaba el hecho de que hubiese un poco de más visibilidad. Pronto encontró la respuesta a esto porque vio que en la parte de arriba del cráter había cinco pares de lucecitas alumbrando. Ella notó que eran de la misma clase de luces que había visto un poco antes de alunizar y entonces las reconoció: ¡eran las que emitían los ojos de los monyos! Ellos también sabían dónde estaba ella en este momento.

Los cinco monstruos de Lilith bajaron por el borde interior del cráter en dirección a Cristina. Ella se sentía totalmente perdida porque ya tenía dos clases de atacantes, pero sucedió algo que la benefició: las hinas advirtieron que los monstruos se estaban acercando y se volvieron hacia ellos y los atacaron. Se armó una riña violenta entre ellos y se olvidaron de Cristina de nuevo. ¡Otra vez se estaba presentando la oportunidad de escapar!

La joven aprovechó que sus enemigos estaban peleando entre sí y empezó a escalar por la pared interior del cráter. A medida que Cristina ascendía oía los gruñidos, golpes fuertes y quejidos de los monstruos e hinas heridos. Cuando estaba a punto de llegar a la parte más alta de la salida del cráter se dio cuenta de que ya no se oían ruidos de la feroz pelea entre sus enemigos. Por lo visto la riña había terminado. Miró hacia abajo y vio que había dos monyos aún vivos caminando entre cadáveres.

La rubia joven agilizó su avance porque vio que los dos monstruos sobrevivientes empezaron a escalar rápidamente el borde del interior del cráter en dirección a ella. Los guerreros de Lilith eran muy rápidos y justo en el momento en el que las manos de ella tocaron la parte más alta del borde del cráter la joven sintió que algo muy frío agarraba sus pies. Miró hacia abajo y vio que ambas manos de cada monyo le tenían agarrado cada pie y sintió que empezaron a halarla hacia abajo. Cristina trató de patalear, pero no pudo porque sus piernas estaban fuertemente cogidas. Ella optó por tratar de sacudirse de sus atacantes, pero tampoco lo logró. Cristina trató por lo menos de impulsar su cuerpo hacia arriba pegándose muy bien del borde del cráter con sus manos y haciendo mucha fuerza hacia arriba con ellas, pero esto tampoco funcionó.

Los monyos dejaron de tener sus pies parcialmente apoyados en algunas rocas en el borde interior del cráter y se colgaron aún asidos de los pies de la joven. El peso de los monstruos era mucho y las manos de ella, pegadas del borde, ya tenían que sostener el peso de ella misma y de los dos atacantes, por lo que los tres empezaron a resbalar. En ese momento Cristina vio que algo iluminado venía desde arriba en el oscuro firmamento de esa parte de la luna. Al principio pensó que era un meteorito, pero cuando el objeto luminoso se acercó más pudo ver que era el cuerpo astral de su novio, quien venía a rescatarla. El rubio joven descendió y, volando aún, cogió a Cristina por la cintura. Esto lo hizo justo a tiempo porque ella estaba empezando a resbalarse por el borde interior del cráter. Cristina, con los dos monstruos aún colgados de sus pies, fue alzada y llevada volando por su novio. Crisol movió a su amada en forma de columpio para que los dos monstruos se zafaran y cayeran, pero ellos siguieron muy sujetos. El joven trató de darles patadas en sus cabezas, pero los dos monyos las movían haciendo desquites. Estos monstruos en varias ocasiones trataron de morder los pies de Crisol, pero él los esquivó.

—¡Concentrémonos y seamos conscientes de que estamos en la dimensión astral y no en el mundo físico, y que queremos retornar a nuestros cuerpos físicos! —dijo Crisol.

—Sí, me voy a concentrar —expresó la bella joven.

Inmediatamente los monstruos desaparecieron y los dos humanos se siguieron volando a la Tierra. Mientras volaban en el astral Crisol rotó un poco y entonces él y su novia quedaron frente a frente. Los dos se miraron a los ojos con inmensa ternura y la joven rompió en llanto.

—Tranquila, tranquila, ya pasó todo… —le dijo el sabio joven a Cristina y la besó en sus labios. Los dos bien abrazados siguieron volando haciendo giros y formando espirales como las que hacen los trompos al girar y vieron que se estaban acercando a la Tierra. Entre tanto en la cara oculta de la luna, las hinas empezaron a ganar la batalla y cercaron a Lilith y los pocos monyos sobrevivientes, los cuales retrocedían con temor.

Los dos jóvenes llegaron volando sobre el castillo y Crisol le dijo a su novia:

—Regresa a tu cuerpo físico y no salgas del cuarto de las salidas astrales. Yo iré allí a verte pronto.

El joven la besó de nuevo, la soltó para que ella siguiera volando sola y se dirigió al salón subterráneo. Allí entró a su cuerpo físico que estaba sentado en posición de flor de loto en la especie de coliseo subterráneo y abrió los ojos. Albert miró a su amigo sorprendido mientras se preguntaba mentalmente qué había pasado mientras Crisol hizo la meditación especial.

El cuerpo astral de Cristina también entró en su cuerpo físico que estaba acostado en el tapete con grabados especiales, en el piso del cuarto de las salidas astrales. Ella abrió los ojos feliz porque se había salvado, pero su felicidad duró poco porque vio que su cuerpo físico tenía las mismas heridas que su cuerpo astral había sufrido en el ataque. Además su vestido también estaba ensangrentado y desgarrado. La joven se paró, caminó un poco y comprobó que no tenía ninguna herida grave, lo cual la tranquilizó un poco. Luego se sentó en la alfombra especial porque se sentía muy débil.

Crisol, ya de regreso a la dimensión física, se paró rápidamente y él y su amigo salieron del salón subterráneo donde habían vencido a las hinas. Los dos jóvenes recorrieron los rústicos pasillos subterráneos cuidándose de no pisar los residuos de vidrio que había en algunos lugares en el piso. Cuando llegaron a la entrada camuflada al lado de la chimenea, empujaron el bloque de adobes, salieron a través de esa puerta camuflada y se dirigieron al cuarto de salidas astrales. Al llegar, el rubio joven le dijo a Albert que lo esperara afuera y entró al cuarto. Allí Crisol se reunió de nuevo con su novia, ya de regreso a su cuerpo físico, quien estaba sentada en el tapete especial, llorando y temblando aún debido a las agresiones y los sustos por los que había pasado.

Crisol abrazó a la bella chica y la trató de animar diciéndole que estuviese tranquila porque por fortuna estaba viva. La rubia joven no sabía si lloraba por la alegría de continuar con vida o triste por lo que había pasado. El sabio joven se dirigió a la entrada del cuarto y le dijo a Albert que ella estaba algo lastimada y afectada emocionalmente, pero que no había sufrido ninguna lesión grave y que por favor fuese por una túnica y unas sandalias al cuarto donde dormían las mujeres. El moreno hombre se fue inmediatamente por lo encargado y los dos novios se quedaron abrazados mirándose con ternura sin hablar.

–¡Mi amor, la próxima vez que te pase algo así, desde el principio debes tener presente que estas en la dimensión astral y que deseas regresar al mundo físico y eso hará que todo ataque cese y vuelvas a tu cuerpo físico sin ser agredida! –explicó el rubio joven.

–¡Yo sabía eso, pero cuando me atacaron no recordé que no estaba en la dimensión física! –dijo Cristina.

–¡Te entiendo, el susto del ataque te afectó mucho y entonces no recordaste que estabas en otro plano dimensional! En algunos casos los ataques astrales también afectan el cuerpo físico, sobre todo si la persona no se aleja de esas energías astrales rápido. En esta agresión te ocurrió eso, pero ¡vas a estar bien!

En ese momento Albert volvió, tocó la puerta, le entregó una túnica y unas sandalias de mujer a Crisol y esperó afuera. Después de que Cristina se cambió de vestimenta y calzado, los dos jóvenes se fueron con ella al cuarto de sanación. Debido a que ya era de noche no encontraron a nadie allí y entonces se dirigieron al cuarto contiguo donde dormía el maestro Azor, el médico naturista de la orden. Ellos tocaron la puerta y pronto les abrió el sabio sanador, quien era un anciano imberbe, delgado, bajito y moreno. Este maestro era muy experto para sanar con ramas medicinales y otros tratamientos naturales.

Después de que los tres jóvenes saludaron al médico naturalista, Crisol y Albert le dijeron que Cristina había sido atacada en un viaje astral y que necesitaba algunas curaciones. El anciano no dijo nada, caminó hacia al cuarto de sanación seguido por los tres y allí le hizo señas a la joven de que se acostara en una cama rústica que había allí. El sabio anciano naturista tocó sus huesos uno por uno, observó bien las heridas y después de esto le informó a ella y los a dos jóvenes que no habían lesiones graves, pero que le iba a poner unos emplastos de plantas medicinales para que sus heridas sanaran rápido. La joven se sintió tranquila porque el sanador naturista, aunque hablaba poco, tenía una mirada en que se notaba amabilidad e interés en que sus pacientes se mejoraran.

3. El contacto con las hadas

Crisol estuvo un rato en el cuarto de sanación al lado de su novia mientras el maestro Azor le hacía las curaciones. En vista de que Cristina no estaba demasiado lastimada y que él necesitaba volver al sitio donde las hadas se le habían aparecido, el sabio joven les dijo a ella, al médico naturista y a Albert, que se iba a ir por un breve tiempo porque necesitaba hacer algo importante. La joven respondió diciendo que no había problema y que se sentía mejor. El maestro Azor y Albert también estuvieron de acuerdo con que Crisol fuera a hacer lo que tenía pendiente. El rubio joven le dio un beso en los labios a su novia, se despidió de todos los presentes y salió del cuarto. Él sabía que con el maestro sanador y su mejor amigo, Cristina estaba en buenas manos.

Crisol caminó rápidamente en dirección a la sala contigua a su cuarto, al sitio donde las hadas se habían materializado antes de que las hinas atacaran, para ver de nuevo a las fantásticas criaturas. Él sabía que esos especiales seres querían decirle algo importante. Cuando Crisol llegó a la chimenea donde había visto las haditas vio que no habían regresado y entonces decidió entrar a su cuarto. Allí encendió una vela que estaba sobre el escritorio y observó de nuevo las estrellas para analizar más el peligro que había visto antes. El sabio astrólogo a ratos interrumpía la observación de los cuerpos celestes para desplazarse un poco a chequear si las hadas habían regresado a la chimenea.

El joven astrólogo miró los titilantes astros nocturnos usando el telescopio que tenía puesto en la ventana, luego apartó la vista del instrumento y sacó su reloj del bolsillo pequeño de su pantalón, miró la hora, lo volvió a cerrar y lo guardó de nuevo. Después se sentó en su escritorio y escribió algo adicional en el cuaderno de pastas gruesas y hojas de pergamino en el cual había escrito algo hace algunas horas. Por la ventana entró un rayo de luz de luna que hizo brillar la pluma que usaba para escribir. Esto generó un bello contraste con la luz de la vela que hizo brillar su ondulado cabello rubio y sus ojos de un intenso color verde-azul, en la semi-oscura habitación. Crisol se quedó pensativo en la silla y después de poco tiempo se dijo para sí mismo: "¡Las fuerzas oscuras van a empezar un ataque muy pronto para apoderarse de la Tierra!".

Mientras pensaba esto, Crisol vio por el rabillo del ojo unas pequeñas formas que volaban cerca de la chimenea. El miró para ese lugar y vio que las hadas estaban allí de nuevo. Había cientos de ellas volando, formando de nuevo una espiral cónica, tal como lo habían hecho antes de que las hinas aparecieran. Abrió la puerta secreta que había descubierto la primera vez que ellas vinieron al lugar y bajó por las escalas anexas a las paredes alrededor del gran vacío que había en el centro, al que no se le veía fondo.

Crisol se acercó a las haditas y esta vez las observó con más detenimiento. Sus cabellos eran dorados, ondulados y les llegaba hasta la cintura. Los ojos de todas las bellas criaturas que estaban en el lugar eran de color verde-azul, algunas los tenían muy pequeños, pero otras tenían los ojos muy grandes; sus cuerpos y rostros eran delgados y la piel blanca, suave y de formas muy pulidas. Cada una de ellas tenía dos pares de alitas como de libélulas, casi trasparentes y con bordes dorados. Las haditas usaban vestiditos muy pegados a sus cuerpos, los cuales eran dorados con bordes blancos y calzaban unos zapatitos también dorados y pequeñitos hechos de algo parecido a tela. Estas sílfides eran muy parecidas a las que Crisol en su infancia veía en un bosque que había cerca de la casa donde vivía, pero estas eran un poco más grandes, de colores muy brillantes y más radiantes.

Las haditas volaban formando la espiral cónica, danzando con movimientos rítmicos mientras cantaban: "Ah, ah, ah...". "Este espectáculo es hermoso. Las hadas que estaban cerca de la chimenea no cantaban, pero estas que están bajo el piso si lo hacen", pensó Crisol. Después de bajar más escalones se dio cuenta de que se estaba acercando a una especie de rampa en la cual estaría ubicado el vértice imaginario del cono formado por las hadas al volar. En el sitio estaba, tal como en la primera aparición, la reina de las hadas, mucho más grande y radiante. Como las escalas daban acceso al lugar en el cual estaba el hada gigante, Crisol se acercó un poco a ella con gran expectativa y alegría.

La reina de las hadas era majestuosa y su tamaño era aproximadamente tres veces el de las otras hadas. Como ella era mucho más resplandeciente que las otras sílfides, mirarla era casi enceguecedor. Su cabello era rubio, largo y ondulado. Los ojos de ella eran muy grandes y de color verde-azul. La vestimenta que usaba y sus dos pares de alas eran totalmente doradas. Ella tenía una corona de oro llena de grandes diamantes sobre su cabeza, de la cual salían unos rayos dorados muy brillantes. La reina de las hadas también tenía un báculo de cristales traslúcidos que era más ancho en la parte superior y en ese segmento estaba grabada una representación de siete rizos de cabello dorados entrelazados. Su túnica tenía símbolos especiales, los cuales consistían en estrellas, el sol, la luna y los rizos de cabello que también estaban tallados en su báculo, pero estos eran de un color dorado más intenso y resplandeciente.

La majestuosa criatura le dirigió una mirada profunda y fija a Crisol. En ese mismo instante los cantos de las haditas cesaron y su baile se fue volviendo más y más lento hasta que paró. Ellas se quedaron estáticas, moviendo solamente sus alitas tal como hacen los colibríes cuando beben el néctar de las flores. La líder de las sílfides se volvió aún más resplandeciente y empezó a hablar con voz serena, firme y solemne.

—¡Hola sabio joven! ¡Hemos venido a hablar contigo porque necesitamos tu ayuda y la de los otros miembros de la orden para poder salvar el reino del mundo invisible y la Tierra!

En ese momento la reina de las hadas hizo una pausa y su mirada se tornó entre reflexiva y penetrante. Luego continuó hablando:

—¡Lilith, la líder de los monyos que habitan en la cara oculta de la luna, quiere apoderarse de este planeta!

El hada madrina hizo otra pausa, su mirada se puso triste, los rayos dorados que emanaban de ella ya no llegaban directos sino que se movían en curvas. Crisol miraba fijamente a la majestuosa criatura mientras la escuchaba concentrado y sereno.

La reina de las sílfides explicó más detalles de lo que estaba diciendo:

—Lilith quiere apoderarse de la Tierra y para lograrlo desea destruir todos los seres ayudantes de la naturaleza en nuestra dimensión, los que ustedes los humanos llaman "Elementales", de los cuales formamos parte las hadas. Si ella logra sus planes, nosotras no podremos ayudar a dispersar el polen de las flores ni tampoco a limpiar la atmosfera de la contaminación; los gnomos dejarán de arar microscópicamente la tierra y no podrán ayudar a que las hojas secas de las plantas y árboles se desprendan, afectando la germinación y producción de las plantas; las sirenas no estarán en capacidad de purificar el mar y los ríos; y los dragones del fuego, llamados salamandras, ya no podrán avivar más las candelas que los humanos encienden para cocinar y realizar otras acciones ni ayudar a traer la luz del sol. Sin la ayuda de los elementales la naturaleza caerá en un caos, el medio ambiente se volverá tóxico y no habrá suficiente energía ni comida. Si esto ocurre, las plantas, los animales y los seres humanos de la Tierra morirán.

—¡Su alteza tiene razón! ¡Si las fuerzas oscuras atacan de esa manera la vida en este planeta desaparecerá! —dijo Crisol, manifestando gran reverencia ante la reina de las hadas.

—Después de que hayan pasado tres días, la noche en la cual la luna estará totalmente llena, nos vamos a reunir los regentes de los elementales en las cuevas del peñasco gris. Ese día decidiremos los pasos a seguir para defendernos. Si su orden espiritual quiere ayudar a evitar que nuestros enemigos destruyan la vida en la Tierra, nos gustaría que usted y otras personas, que el líder espiritual de la orden considere, asistan.

—Es bueno que nos haya tenido en cuenta, su alteza. Le informaré esto al maestro Sirio y si los regentes de la orden están de acuerdo, otros miembros y yo iremos —expresó el sabio joven.

—¡Gracias evolucionado humano! —dijo el hada madrina.

—¡Es un gran privilegio para mí llevar este mensaje y tratar de ayudar en esta situación!

—Ya debo irme, ¡paz, sabiduría y amor! —expresó la solemne criatura como despedida.

—¡Paz, sabiduría y amor! —respondió Crisol.

Al instante, la reina de las hadas y las otras sílfides desaparecieron. Crisol retornó al cuarto de sanación y allá vio que además de Cristina, su amigo Albert y el maestro sanador Azor estaba el máximo líder espiritual de la orden, el maestro Sirio. El aspecto del supremo regente de la orden era solemne y sereno, pero también firme. Su poco cabello era gris claro y su larga barba era blanca en casi toda su totalidad. La cara de él era algo alargada y el cuerpo algo delgado. Su piel era de color canela debido a las meditaciones que acostumbraba hacer bajo el sol, pero era lozana a pesar de que él tenía más de 60 años de edad.

–¡Crisol, me alegra que Cristina esté mejorando! –dijo el maestro Sirio mientras abrazaba fraternalmente al joven.

–¡Gracias honorable maestro! –le respondió Crisol– Debo informarle muchas cosas urgentemente.

–Sí, lo sé. Vamos a hablar un rato a mi habitación.

El rubio joven y el máximo líder espiritual de la orden se despidieron con abrazos de los que estaban en el cuarto de sanación y salieron del sitio.

En el cuarto del maestro había dos compartimientos. En el primero había un escritorio, con una silla al frente y otra atrás, una biblioteca con libros antiguos, varios cuadros con símbolos especiales para meditar y una mesa que era una especie de altar con velas, inciensos, pequeñas imágenes en escultura de ángeles y otros objetos sagrados. Una cortina separaba ese sitio del otro compartimiento en la parte trasera donde estaba la cama en la cual el sabio anciano dormía, una mesita de noche y un tapete con grabados especiales que estaba sobre el piso de madera. El maestro Sirio le hizo un ademán a Crisol de que se sentara en la silla que estaba delante del escritorio y él se sentó en la que estaba atrás. El joven le dijo que había visto, en el destino trazado por las estrellas, que las fuerzas oscuras iban a atacar. También le contó cómo las hinas los atacaron a él y a Albert, y la forma en que Lilith trató de retener y devorar a Cristina en la cara oculta de la luna.

Después de contar en detalle los dos sucesos y la forma en que se habían solucionado, Crisol le dio al líder espiritual de la orden el mensaje de la reina de las hadas, el cual confirmaba el ataque que el joven astrólogo estaba viendo con anticipación en el destino trazado por las estrellas. A pesar de que era ya tarde en la noche, Crisol y el maestro Sirio conversaron por muchas horas, en las cuales la mayor parte del tiempo el sabio anciano no habló sino que escuchó silencioso y concentrado.

–Voy a meditar acerca de los pasos que la orden debe dar, pero de todos modos las decisiones definitivas serán tomadas en reuniones de la junta de maestros —dijo el sabio líder espiritual casi al final de la reunión.

—¡Sí, claro!

—Convocaré a todos los maestros de la orden a una junta de emergencia, la cual debe realizarse mañana temprano a las 9:47. Tal como tú sabes a esa hora el sol va a estar ubicado en una posición especial. Te pido el favor de que tú también asistas a la reunión.

—¡Está bien, venerable maestro! —Dijo Crisol mientras se paraba de la silla.

El joven se despidió del líder espiritual y se dirigió al salón de sanaciones para ver cómo seguía su novia. La encontré más animada y con mejor semblante, hablando con su amigo Albert y el maestro sanador Azor. También estaba en el lugar el maestro Chang, que había pasado cerca al cuarto de sanaciones y al oír voces entró. Él era muy amigo de Crisol y Cristina. Chang, además de maestro de la orden, era también el instructor de artes marciales. Había venido procedente de china hacía varios años y, como todos los de su raza, tenía los ojos rasgados. El cabello de este sabio maestro oriental era escaso, su cara era algo ovalada y tenía una pequeña barba que cubría sólo la parte central de su mentón. Chang tenía una mirada penetrante que denotaba mucha capacidad de concentración y también irradiaba gran armonía y paz. Cristina se sintió tentada a preguntarle a su novio cómo había sido todo en la reunión que él había acabado de tener con el máximo líder espiritual de la orden, pero se abstuvo porque ella sabía que él le informaría lo que se podían decir, a su tiempo.

El sabio médico naturista dijo que la joven estaba mejor, pero que de todos modos debía dormir en ese sitio para él estar pendiente en la noche y poder chequear cada cierto tiempo que los emplastos no se desplazaran cuando ella se moviera mientras dormía. El rubio joven se agachó, le dio un beso rápido en los labios a Cristina y le sugirió que se durmiera para así reponerse rápido. Crisol les agradeció a todos por el interés en la salud de su novia y luego él, Chang y Albert se despidieron y cada uno de ellos se fue a dormir a su respectivo lugar.

Entre tanto, en la cara oculta de la luna continuaba la batalla entre las hinas y los monyos de Lilith. La maquiavélica ama, insensible a la muerte de sus monstruos, seguía agazapada en lo alto de la roca exigiéndole a sus "guerreros" que no se dejaran ganar. Las hinas habían sido más diezmadas que los monyos, pero de otros lugares oscuros de la luna llegaron muchísimas más a reforzar y estas llegaron acompañadas por Hinor su maléfico líder, el cual tenía la misma forma física de las hinas pero era tres veces más grande que ellas. La llegada de gran cantidad de hinas y de su líder, el cual tenía una fuerza descomunal al pelear, cambió el rumbo de la situación y los guerreros de Lilith empezaron a perder la batalla. Los pocos monstruosos enanos que quedaban trataron de huir del sitio, pero fueron acorralados por las hinas y su amo. Al ver esto, Lilith decidió dar a luz más monstruos y mandarlos a pelear inmediatamente después de que nacían, pero las bestias atacaron con gran ferocidad y mataron a todos los monyos que quedaban en el lugar. La infernal mujer quedó sola, acorralada y aparentemente derrotada.

Las hinas ya tenían el camino despejado para atacar a la horrenda líder de los monyos y entonces algunas de ellas empezaron a subir a la gran roca sobre la que ella estaba parada, mientras Hinor, su líder, las dirigía desde el suelo pidiéndoles que mataran a Lilith. El monstruoso ente reaccionó de una forma inesperada: puso algunos de sus dedos en su boca y silbó. Inmediatamente aparecieron varios dracos, las bestias voladoras con cuerpo de dinosaurio, alas rojizas, colas naranjadas con forma de zigzag y patas de águila. Estos animales voladores dirigidos por monyos montados sobre ellos, con sus garras a cogieron a las hinas que estaban cerca de Lilith y mientras sobrevolaban el lugar las destrozaron con sus patas versátiles como las de las aves y luego las dejaron caer muertas al piso. Después de esto prosiguieron el ataque contra el resto de las hinas.

Ante este gran ataque, Hinor inquirió a sus bestias que lucharan hasta morir, y huyó del lugar corriendo. Los dracos diezmaron a las hinas en forma alarmante y entonces las que estaban aún con vida y energía no tuvieron más remedio que retroceder y huir.

Lilith, consciente de que la batalla ya había terminado, buscó con su mirada a Cristina y como no la encontró se alejó un poco de sus guerreros y se acercó a una especie de altar hecho de piedra que estaba en una pequeña cueva cerca del lugar. Sobre la rústica mesa había calaveras, unas bolas de cebo ardiendo y unos vasos con sangre. En medio del altar había una especie de roca con un hoyo grande tallado en ella, en el cual había agua sucia. Lilith cogió uno de los vasos que tenía sangre, derramó la sangre en el agua sucia y movió sus manos formando elipses sobre el agua. La sangre se fue diluyendo en el agua, esta se fue haciendo un poco menos turbia y mostró poco a poco la figura de Cristina. En la sangrienta imagen se veía a la joven en el planeta Tierra, dormida en el cuarto de sanación de la orden y al médico naturista Azor revisándole los emplastos. "¡La muy maldita escapó!", se dijo a sí misma la infernal criatura.

En ese momento apareció de nuevo Hinor, el líder de las hinas, caminando lentamente hacia Lilith, pero esta vez ese acérrimo enemigo estaba sólo, no lo acompañaba ninguna hina. Lilith se asombró al ver que el máximo caudillo de sus bestias enemigas hubiese llegado al lugar sin ser visto por sus guerreros, aunque ella sabía que Hinor era muy astuto. Ella se asustó y se iba a llevar los dedos a su boca para silbar pidiendo ayuda, pero se abstuvo porque su enemigo en vez de atacarla le habló:

—Vengo en son de paz. Tenemos demasiadas bajas debido a nuestras disputas. Pienso que deberíamos hacer las paces para que nuestros ejércitos se mantengan numerosos y podamos seguir dominando esta zona del sistema solar —dijo el líder de las hinas, tratando de parecer convincente y no desatar la ira de Lilith.

Lilith por su lado, en actitud todavía defensiva, analizó rápidamente las palabras del inesperado visitante y consideró por un segundo el poderío del ejército de bestias de Hinor. La conveniente y tentadora propuesta, a pesar de ser sorpresiva y sospechosa, le hizo brillar por un instante los ojos y le relajó un poco su semblante porque una repentina idea acudió a su mente.

—Mi ejército jamás disminuirá y será siempre tan numeroso como yo requiera, por lo que tu argumento no me convence en lo absoluto, pero estoy harta de estar confinada a esta maldita luna y siempre he anhelado subyugar a los estúpidos y engreídos mortales de la Tierra. Si en verdad pretendes que me alíe contigo que sea para algo muy grande y no para esa imbecilidad de convertirnos en unos ridículos e innecesarios amigos. Si te unes a mí, que sea para atacar a los elementales, aniquilar a los humanos y apoderarnos de la Tierra —respondió Lilith, mostrándose un poco más confiada pero aún algo desafiante.

—Me parece una ambiciosa, pero tentadora y conveniente propuesta —dijo Hinor.

—Es la única razón para dejar de enfrentarnos y lograr algo que nos conviene a ambos.

—De acuerdo, pero entonces es preciso involucrar en este plan a Zifú, el líder de los hombres murciélago que habitan en las cuevas más tenebrosas bajo la superficie de la tierra —sugirió Hinor.

—¿Tú piensas que él aceptaría unirse a nosotros? —preguntó Lilith.

—Yo soy amigo de él y sé que si le informo este plan, querrá ser nuestro aliado.

—Hable con Zifú, infórmele mi deseo de apoderarnos de la Tierra y me avisa si él acepta unirse a nosotros —expresó Lilith.

—Está bien, iré ya mismo a hablar con él y te informaré —dijo Hinor mientras se escurría silenciosamente y se alejaba del lugar con una maliciosa y triunfal sonrisa en su semblante.

En la Tierra, en la sede espiritual de la orden blanca, tan pronto amaneció Crisol se levantó y fue al cuarto de sanaciones. Allí encontró a su novia sentada hablando con el maestro Azor. El sabio joven la saludó de beso.

—¿Cómo sigue mi preciosa novia? —preguntó Crisol.

—Mejor —dijo la rubia joven.

—¡Las plantas medicinales le han servido bastante! —dijo el maestro Azor.

Algunos minutos después vino a visitarla de nuevo el máximo líder de la orden, el maestro Sirio, quien a pesar de haberla visitado la noche anterior quiso venir para saber cómo seguía y estimularla para que estuviese tranquila. También visitó a Cristina la maestra Ester, una mujer madura con el cabello ondulado y piel morena, que usaba lentes. Ella estaba a cargo de aplicar y coordinar todas las decisiones administrativas tomadas por la junta de maestros y el máximo líder de la orden, el maestro Sirio. La maestra Ester era muy servicial y amable pero también muy estricta.

Al rato llegó la maestra Astrid (una mujer blanca, alta, fornida, de ojos verde-azules, y muy sabia, la cual miraba como si siempre estuviese meditando). Tras de ella llegó la maestra Sedna (de contextura mediana, trigueña y de cabello largo, quien era muy amigable y espontánea). Después de que todos dialogaron entre ellos por un rato, Crisol, el maestro Sirio y las maestras se despidieron porque debían irse para el salón de juntas. El maestro sanador Azor también debía estar en la reunión y como Cristina estaba mejor, la dejó al cuidado de Albert y se fue también para la sección administrativa de la orden.

Cristina fue visitada el resto del día por otros miembros de la orden. Ella se alimentó bien porque los visitantes le traían frutas y comidas muy bien preparadas. Crisol sólo pudo volver a visitarla en la noche cuando terminó la reunión de los líderes espirituales de la orden. El rubio joven llegó junto con el médico naturista de la orden, Azor, y los dos maestros que faltan por venir a verla: Quirón (un hombre maduro, blanco, calvo y algo fornido, quien hablaba muy poco y era bastante reservado) y Silón (un hombre de piel trigueña, más bien delgado, alto, de poco cabello y con una barba larga, oscura y tupida). Este último era muy serio y perfeccionista, pero también muy servicial.

Después de que los visitantes hablaron un rato con la maltrecha mujer, el maestro sanador, Azor, dijo que Cristina estaba mejor y que podía ir a dormir la cama que estaba asignada para ella en el cuarto grande donde dormían las mujeres. La joven agradeció a todos por venir a verla, se despidió y salió acompañada por Crisol hasta el dormitorio de mujeres. En la entrada del gran salón la rubia joven le dio un beso en la boca a su novio, ambos se dijeron buenas noches y Crisol se fue para su cuarto.

En la mañana siguiente todos los miembros de la orden se levantaron temprano. Cristina se sintió mejor y entonces fue a la cocina para ayudar a preparar el desayuno tal como hacían las mujeres de la orden. La maestra Ester, al ver llegar a la joven le dijo que se devolviera para su cuarto y se siguiera cuidando, pero Cristina dijo que quería quedarse y ser activa para ocupar su mente y no pensar mucho en lo que le había pasado. Esto hizo que la administradora de la orden le permitiese ayudar en la cocina. Albert y los otros discípulos de sexo masculino de la orden ayudaron trayendo leña del bosque y lavando ollas y platos. Cuando el desayuno estuvo listo, Cristina pudo descansar porque otras mujeres se encargaron de servirlo. Crisol llegó un poco más tarde y se sentó en la misma mesa con ella, Albert y el maestro Chang.

—¿Mi amor, vas a ir con el grupo que va a recoger hierbas medicinales a los bosques? —preguntó Cristina.

—No puedo, el maestro Sirio me encargó hacer varios análisis del futuro escrito en las estrellas y debo hacerlo pronto —respondió Crisol.

—Chang, Albert y yo vamos a ir para acompañar al maestro Azor a recoger plantas medicinales porque el surtido se está acabando —dijo la rubia joven.

Chang no habló, pero hizo un gesto con la cabeza, confirmando de esta manera lo que Cristina había dicho.

Después del desayuno, Crisol se despidió de su novia con un ligero beso en la boca y de sus dos amigos con un afectuoso abrazo y se dirigió a su cuarto. Cristina, Albert y Chang se fueron por las mochilas que iban a usar para echar las plantas medicinales.

Cuando el grupo que fue por las plantas medicinales regresó y Crisol terminó de analizar el futuro que decían las estrellas, analizando anotaciones y dibujos hechos por él en los últimos días, todos se sentaron a comer el almuerzo que un grupo asignado para prepararlo había hecho. Crisol, como siempre, se sentó en la misma mesa con su novia, Albert y Chang. Cuando Cristina terminó de comer se paró, dijo que pronto regresaba y fue al baño. Su novio y amigos permanecieron en la mesa acabando de almorzar. Cuando la rubia joven venía de regreso a la mesa pasó por el lugar en el que estaban fijados en un tablero los papeles con los horarios de todas las actividades y leyó lo que seguía el resto del día.

—¡Esta tarde es tiempo libre, podemos hacer lo que deseemos! Y para las 8 de la noche está programada una meditación especial dirigida por el líder espiritual máximo de la orden –dijo Cristina cuando llegó a la mesa.

–¡Sí, el maestro Sirio es el que va a estar al frente de ella! –expresó Crisol.

Los otros dos amigos que estaban con ellos asintieron con la cabeza dando a entender que también sabían de esa actividad.

Todos terminaron de comer y se pararon. Crisol tomó a su novia de la mano, ambos se despidieron de sus amigos, salieron caminando del comedor, llegaron a un patio central que había en el primer piso y se sentaron en una banca que había allí.

–¿Vamos al bosque de la cascada dorada? –le preguntó Cristina a su novio.

–¡Sí! –le respondió Crisol.

Los dos enamorados jóvenes salieron del castillo y caminaron por un pequeño sendero que había un poco más allá de las murallas protectoras. En poco tiempo llegaron a un bosque que estaba en las faldas de una colina cercana al castillo. En el lugar había paisajes espectaculares formados por los contrastes del firmamento azul con los árboles de diferentes colores. Ellos vieron en el sitio muchos animales, especialmente mariposas y ciervos. Caminaron por largo rato entre el esplendoroso lugar y cuando se internaron más llegaron a un claro que había en el interior del bosque y allí se sentaron en una roca.

–¡Me pareció ver algo que se movía entre los arboles! –dijo Cristina– ¿Tú percibes algo?

–Sí, son elementales –respondió su novio.

–¿Y qué son los elementales?

–Son seres de otra dimensión que ayudan a la naturaleza. Hay de varias clases.

–¿Y cuáles son los que están acá? –preguntó la rubia joven.

–¡Es mejor que lo descubras por ti misma! –dijo Crisol– ¡Veo que estas abriendo tus capacidades de percepción! Haz un ejercicio especial: siéntate en la grama con las piernas cruzadas, cierra los ojos, concéntrate tal como te hemos enseñado aquí en esta orden y ordena a tu mente percibir lo que hay a tu alrededor.

La bella joven hizo lo que su pareja le decía, cerró los ojos y se concentró.

—¡Ahora abre los ojos! —le dijo el rubio joven.

Cristina hizo lo sugerido.

—¡Mira de nuevo a las sombras debajo de los arboles! —agregó Crisol.

Ella, inmediatamente, vio muchos seres pequeñitos, gorditos y con barba que caminaban entre todo el follaje del bosque con gorros muy coloridos sobre sus cabezas. Cristina notó que ellos vestían pantalones largos y camisas de diferentes colores y que además calzaban botas. Ella también se percató de que cerca de ellos estaban unas mujeres bajitas y algo gorditas quienes tenían el cabello castaño claro peinado en forma de trenzas. La joven notó que las enanitas mujeres tenían puestas faldas de colores vistosos entre los que resaltaba principalmente el naranjado y el verde. Esta era la primera vez que Cristina veía a esta clase de seres y por lo tanto estaba muy sorprendida y ensimismada.

—¡Que espectáculo tan bello! ¡Nunca había visto a esos enanitos! —dijo la joven cuando el asombro le disminuyó un poco y pudo hablar.

—No son enanitos, son gnomos —le explicó Crisol.

—¿Y las mujeres qué son?

—Son las novias y esposas de los gnomos porque ellos también tienen pareja como los seres humanos.

—Se ven muy tiernos —dijo la joven.

—¡No todos lo son, algunos son muy cascarrabias! —explicó Crisol mientras sonreía.

La Joven se paró y empezó a caminar con el fin de acercárseles.

—¡No te les arrimes! —le dijo el rubio joven.

Los gnomos, al ver que ella quería acercárseles, se escondieron entre la vegetación.

—¡No sabía que se asustarían! —expresó Cristina.

—Para ellos no es común que los vean porque pocos seres humanos pueden percibirlos.

—¿Ellos se dieron cuenta de que yo los estaba viendo?

—Sí, claro, por la forma en que los miraste y te trataste de aproximar —explicó Crisol.

—Retrocederé y fingiré no estarlos viendo por si vuelven a aparecer —dijo Cristina.

—¡Sí, Hazlo!

La rubia joven retrocedió hasta la piedra en que estaba inicialmente y agachó la cabeza. Casi al instante los gnomos empezaron a reaparecer bajo los árboles. Cristina los siguió mirando, pero de reojo. Vio cómo algunos de ellos salían hacia el claro dentro del bosque mientras otros se movían entre los árboles. Todos caminaban con sus pesadas botas, luciendo sus barbas de anciano y con sus coloridos gorros. Cristina notó que ellos cargaban una especie de azadones sobre sus hombros, sostenidos ligeramente de los mangos con sus manos y se preguntó para qué los utilizarían. Su duda se disipó cuando vio que algunos de ellos empezaron a usar los azadones y araron la tierra.

—¿Por qué ellos aran la tierra? —preguntó Cristina.

—La dimensión física es influenciada por la energía y hechos del mundo astral. En esa otra dimensión está la contraparte de las plantas que hay aquí, y allá, tal como acá, la tierra tiene que estar en buenas condiciones para que los vegetales estén fértiles. Los gnomos se encargan de esa función —le respondió su novio.

—Ya entiendo… es muy cierto lo que dices porque veo a otros gnomos haciendo huequitos en la tierra con palitos, supongo que es para que les entre suficiente agua a las raíces de las plantas y árboles cuando llueve —dijo Cristina.

—Las parejas de los gnomos son muy activas también. Mira cómo algunas de ellas quitan las hojas secas que están en las partes más bajas de las plantas y árboles.

—¡Sí, ya las vi! Y algunas de ellas, además de eso, ¡están bailando!

Cristina estaba muy sorprendida también por la cantidad de esos seres. A pesar de que ese bosque era pequeño, la cantidad de gnomos era impresionante y podrían ser cientos de ellos. Su deleite fue interrumpido por un trueno causado por unas nubes que se juntaron encima de sus cabezas y una gran cantidad de lluvia que empezó a caer. Los gnomos y sus mujeres se resguardaron entrando a algunas pequeñas cuevas que había en el lugar. En pocos segundos los diminutos seres desaparecieron de la vista.

Cristina y Crisol se refugiaron en una cabaña abandonada hecha de madera y paja que había cerca. Allí la rubia joven no paró de hablarle a su novio de lo fascinante que había sido ver a los gnomos mientras él la escuchaba atentamente. Crisol los empezó a ver cuando era niño. Desde que tenía uso de razón se acordaba de haber estado viendo a estos mágicos y diminutos seres por lo que no era algo nuevo para él, pero le gustaba escuchar y ver la fascinación con la que su novia hablaba del tema.

Cuando terminó de llover, los dos jóvenes salieron de la rústica cabaña y caminaron de nuevo entre el bosque. Al poco rato pasaron cerca de un riachuelo. Los dos enamorados decidieron caminar al lado del pequeño río en dirección opuesta al flujo del agua con el fin de llegar al sitio especial donde acostumbraban ir. En poco tiempo llegaron a la cascada dorada, la cual tenía ese nombre porque reflejaba los rayos del sol haciendo ver partes de agua de color oro. Como había llovido hacía poco se formó un arco iris, el cual hizo ver más espectacular el bello paisaje. En la cascada, el agua descendía con poca inclinación sobre varias rocas hasta luego caer en forma vertical formando un gran charco. A ese lugar se tiraron a nadar los dos jóvenes después de que se quitaron sus sandalias.

Crisol y su novia jugaron con la espuma formada por el agua en movimiento mientras veían varias mariposas y aves que volaban sobre sus cabezas. Se arrimaron al sitio exacto en que caía la mayor parte del agua y sintieron el masaje que les hacia la corriente en sus cabezas y hombros. Los dos enamorados se abrazaron y se besaron tiernamente, luego se miraron a los ojos y se sonrieron. Justo en ese momento sintieron un aleteo, ambos se voltearon a mirar y vieron unos seres diminutos volando cerca de ellos. La rubia joven miró detenidamente lo que, para ella, parecían ser unas muñequitas pulidas y delgadas volando. Vio que algunas de ellas tenían el cabello dorado, ondulado y largo; y otras lo tenían castaño oscuro, liso y largo. Notó que sus ojos eran pequeños y de color verde-azul.

Cristina también percibió que las criaturas voladoras tenían el cuerpo y el rostro delgados y que su piel era blanca, suave y pulida. También vio que ellas tenían unas alitas parecidas a las de las libélulas, las cuales eran trasparentes y con bordes dorados, que usaban vestiditos ceñidos a su cuerpo con unas partes blancas y otras doradas, y calzaban unos zapatitos de tela. Ninguno de los dos humanos se movió para no asustar a los alados seres.

—Alza lentamente tus manos —sugirió el rubio joven, hablando en voz baja, mientras él también hacia lo que estaba sugiriendo.

Cuando ellos dejaron las manos quietas después de subirlas un poco, los diminutos seres voladores atravesaron las manos de los dos.

—Ahora bájalas un poco y pon las palmas hacia arriba —agregó Crisol.

Las mágicas criaturas se posaron sobre las manos de los dos mientras ellos las miraban con gran deleite.

–¿Quiénes son ellas? –preguntó Cristina, hablando también en voz baja.

–¡Son las hadas! ¡También se les dice sílfides!

–¡Son hermosas!

–¡Sí, es cierto! –dijo Crisol.

En ese momento la joven vio de nuevo al monje con el hábito de color café y la capucha que no le dejaba ver la cara, parado en el borde del riachuelo observándolos. Cristina se puso nerviosa porque esta era la segunda vez que lo veía en la misma semana. Sin duda no era su imaginación y algún ser negativo los estaba rondando. Con el fin de observarlo mejor se empinó un poco y al hacer esto accidentalmente se resbaló y parte de su cuerpo se hundió en el agua. Ella volvió y se paró sobre las pequeñas rocas que estaban en el lecho del río mientras su novio le daba la mano. Cristina miró para todos los lados tratando de ver de nuevo a las sílfides y chequeando si el monje misterioso aún estaba, pero habían desaparecido. Sólo quedaba Crisol a su lado.

–¿Dónde están las haditas? – preguntó Cristina.

–Se asustaron con tu caída y se fueron.

–¡Esperemos a que regresen! –dijo la joven.

–¡No! ¡Debemos regresar ya al castillo, amada mía! –expresó su novio– Pronto estará la cena servida.

–¡Perdí la noción del tiempo! –dijo su bella novia.

Mientras caminaban por el bosque, Cristina pensaba en el extraño ser que continuamente los seguía. Nuevamente le asaltó la duda de que fuese algo real o imaginario, pero después de analizar un poco el hecho se dijo a sí misma que no podían ser alucinaciones. Ella lo vio muy real, cerca, observándolos. Se quedó un rato pensativa decidiendo si le decía o no a su novio lo que había visto. Crisol llevaba más tiempo en la orden, era astrólogo y pronto iba a ser ascendido a maestro; él podría saber de quién se trataba y ayudarle. Después de un rato la joven decidió que por ahora no iba a contarle a él nada de ese asunto y que sí volvía a ver al misterioso ser, le informaría.

–Antes de que te cayeras en el rio sentí una presencia negativa, ¿tú la sentiste? –preguntó Crisol.

–No, yo no sentí nada –dijo Cristina, mintiendo.

–Algo con energía negativa llegó a este lugar al final.

–¿Tú vas a estar en la meditación hoy en la noche? –Preguntó la joven, con el fin de cambiar de tema.

–¡Sí! ¡Es muy interesante! ya he estado en esta clase de actividad espiritual, pero siempre que se medita se perciben cosas nuevas.

Mientras los dos jóvenes caminaban conversando de regreso a la sede la orden, las haditas que habían estado en contacto con ellos aparecieron de nuevo cerca al rio buscándolos a ellos. Al notar que los dos humanos ya no estaban en el sitio, las bellas criaturas iban a irse volando por el bosque con el fin de buscarlos, pero en ese momento varios monyos salieron de atrás de unos arbustos en que estaban escondidos y con una especie de red con la que se cazan mariposas, pero de mayor tamaño, cazaron a las haditas y las metieron en unas jaulas que algunos de ellos cargaban.

–Algo les ocurrió a las haditas… percibo eso… debemos devolvernos –dijo Crisol.

–No entiendo, ¿qué les pudo haber pasado? –preguntó Cristina.

–Aun no lo sé exactamente, pero algo les pasó –explicó el rubio joven mientras corría de regreso al rio, seguido por su novia.

Cuando llegaron al rio, los dos jóvenes no encontraron ninguna hadita, esperaron un rato a ver si ellas aparecían de nuevo, pero nada ocurrió.

–Siento que algo negativo les pasó –dijo Crisol mientras cerraba los ojos para meditar sobre lo que estaba sintiendo.

–Qué triste seria que les haya pasado algo –expresó su novia.

Crisol trató de percibir con psiquismo qué estaba pasando pero con sus ojos internos sólo "vio" una nube negra. Algo le estaba bloqueando el uso de los poderes para investigar lo que presentía. Sin embargo él sabía que algo negativo estaba ocurriendo, lo cual significaba que el ataque de las fuerzas oscuras a la Tierra ya se había iniciado. ¡Necesitaba informarle eso rápido al maestro regente de la orden!

—Regresemos al castillo; algo me está impidiendo concentrarme para saber exactamente que está ocurriendo, pero debo ir a informarle al maestro Sirio que hay muy malas energías cerca —explicó Crisol.

Cuando los dos jóvenes llegaron al castillo se dirigieron al cuarto del maestro Sirio. Allí Cristina esperó afuera mientras Crisol le informaba lo que sentía al líder espiritual de la orden. El sabio anciano después de escuchar al joven astrólogo le dijo que el también sentía malas vibraciones energéticas alrededor del castillo, y que haría ya mismo una meditación para "sentirlas" en forma más directa y saber si estaban relacionadas con el plan de ataque de las fuerzas oscuras que la reina de las hadas había informado.

Después de que Crisol salió del cuarto del máximo líder de la logia espiritual, él y su novia se dirigieron al comedor general. Al llegar notaron que los estaban esperando sus amigos Albert y Chang. Después de saludarse amigablemente hicieron la fila para recibir la comida y se sentaron en una de las mesas.

—¿Por qué la meditación es en el bosque y no en la sala de meditaciones? —preguntó Cristina.

—Porque se trata de una actividad espiritual especial —le respondió Crisol.

—¿Qué tiene diferente?

—Pronto lo sabrás —dijo su rubio novio.

—¿Ustedes también van a ir? —le preguntó Cristina a los amigos que siempre comían con ellos.

—¡Sí! —dijeron Albert y Chang al unísono.

Después de comer y conversar todos se pararon de la mesa y llevaron los platos a la cocina. Cristina y Albert se quedaron ayudando a lavar y organizar todo en la cocina. Chang se fue a leer unos libros avanzados de yoga y Crisol se fue para su cuarto con el fin de analizar astrológicamente que era lo que él había presentido en relación con las haditas en el bosque.

El sabio astrólogo miró las estrellas y planetas usando el telescopio que tenía instalado en la ventana, y se sentó en la silla a meditar sobre lo que había visto en el firmamento. "Los ataques de las fuerzas oscuras ya empezaron, las estrellas se están alineando mal", pensó Crisol. El sabio joven pensó por un momento en ir de nuevo a hablar con el líder de la orden, pero se abstuvo porque sabía que el maestro Sirio estaba meditando en este momento. sin embargo, en vista de que era algo importante tomó la decisión de informarle telepáticamente lo que había acabado de ver en las estrellas. Si el maestro estaba meditando en ese instante, en medio de la meditación recibiría el mensaje y de esta manera no le interrumpiría todo el proceso meditativo.

El líder de la orden quien estaba sentado en posición de flor de loto en el cuarto de meditaciones del castillo recibió el mensaje telepático de Crisol y con telepatía le respondió que él también había percibido al principio de la meditación que el ataque de las fuerzas oscuras ya había empezado y que había que planear cómo defender a la Tierra y esperar a la reunión con los elementales antes de tomarse una decisión. El sabio anciano también le dijo con telepatía a Crisol que le agradecía por estar analizando ese funesto evento en las estrellas y por estar con gran actitud de ayuda.

Poco tiempo después de que terminó la comunicación psíquica entre Crisol y el lider espiritual de la orden, alguien tocó la puerta del cuarto de Crisol. El rubio joven la abrió y era su amigo Albert.

–Vengo porque tengo unas dudas acerca de un tema de astrología –dijo el moreno joven.

–Estimado amigo, quisiera responder tus dudas ahora –dijo Crisol–, pero estoy analizando las posiciones celestes porque he estado viendo que un gran peligro se avecina para nuestra orden y toda la humanidad. Por eso es que las hadas se están apareciendo tanto. Ellas lo saben también.

–¿Sí? –preguntó Albert sorprendido– ¿Es muy malo eso que se avecina?

–¡Lo que tiende a pasar es muy grave! ¡Debo hacer más análisis!

–¡Ojalá que eso que dices se pueda evitar!

–Sí, por favor no hables con nadie de esto. El maestro Sirio les informará a todos los miembros de la orden ésta situación cuando él considere adecuado.

–¡Lo mantendré en reserva! Nos vemos en la meditación –dijo Albert antes de despedirse y salir.

4. Visiones de la dimensión invisible

Cuando llegó la hora de ir a la meditación, Cristina llegó al cuarto de Crisol porque los dos habían acordado ir juntos a esa actividad. Los dos salieron por una puerta del castillo y llegaron a un sendero al lado de un césped. A pesar de ser de noche había buena visibilidad porque la luna estaba casi llena. Los dos jóvenes caminaron por el angosto camino que conducía hasta la cima de una pequeña colina y allí llegaron a un bosque. Se internaron entre los árboles y llegaron a un claro rodeado por unas rocas, con lámparas de aceite encendidas sobre ellas, las cuales habían sido colocadas en el sitio por algunos miembros de la orden.

Cuando Crisol y su novia llegaron al sitio vieron al maestro Sirio con los ojos ya cerrados, sentado meditando en medio del lugar sobre el fértil césped. El sabio anciano tenía las piernas cruzadas y sus manos estaban sobre las rodillas con las palmas orientadas hacia arriba. El espiritual líder se veía sereno, radiante y solemne mientras la luna casi llena le iluminaba su poco cabello gris claro y su larga barba casi blanca. En el pasado lo acompañaba sentada al lado Deborah, quien fue la esposa del sabio anciano, pero ella fue expulsada de la orden por divulgar secretos de la orden espiritual a personas no adecuadas. Después de que Deborah fue retirada de la orden, el maestro Sirio no quiso tenerla a ella como esposa tampoco.

Alrededor del maestro, sentados en la grama y formando círculos concéntricos, estaban varios miembros de la orden.

Todos vestían en forma similar con sotanas blancas con bordes dorados. Ninguno usaba calzado porque al llegar se habían quitado las sandalias de color café y las habían dejado bajo un árbol cercano. Los miembros de la orden sabían que durante todas las actividades espirituales que se hacían en el campo debían estar descalzos porque esto era necesario para sincronizarse mejor con la energía de la naturaleza. Los asistentes estaban sentados de igual manera que el supremo líder, pero con los ojos abiertos esperando el momento en que el gran maestro empezara a hablar. Crisol y su novia se sentaron al lado de su amigo Albert, que llegó temprano y les reservó espacio cerca de él, en el primer círculo de asistentes alrededor del maestro.

Al poco tiempo el supremo guía espiritual abrió sus ojos, los cuales tenían un color entre azul y gris y lanzó una mirada profunda a todos. Sereno y calmo, el maestro empezó a hablar.

—En otro universo paralelo, pero que también se encuentra acá, está el reino invisible… Ese mundo no puede ser visto por los humanos comunes, pero puede ser percibido por los que están preparados para verlo: los que están en el camino de la búsqueda de luz y sabiduría. En ese mundo habitan trillones y trillones de seres…

Mientras decía esas palabras el sabio líder espiritual iba moviendo su cabeza lentamente, observando uno por uno a los 22 que estaban asistiendo a la meditación. Luego cerró sus ojos, murmuró una oración especial y habló de nuevo:

—Cierren sus ojos. Relajen su cuerpo como les he enseñado. Decreten que se liberan de tensiones y stress. Respiren armónicamente y siéntanse conectados con la naturaleza…

En ese momento llegó un miembro más de la orden caminando despacio y se sentó atrás, sin embargo los que estaban haciendo la meditación trataron de que esta interrupción, causada por alguien que había llegado tarde, no les afectara su concentración y sincronización espiritual.

Después de hacer una pausa de varios minutos para dar tiempo de que todos hicieran lo sugerido, el maestro Sirio continuó:

—Sientan la energía de los seres que quieren nacer en la Tierra… Conéctense con las almas que quieren encarnar en este momento.

Cristina hizo lo que el maestro decía. Ella al principio no percibía nada, pero después de varios minutos empezó a tener visiones especiales. Con los ojos aún cerrados empezó a "ver", como si estuviese en un sueño, a unos seres con forma casi humana, pero muy diáfanos, casi trasparentes. Esos entes poco densos volaban por todas partes. Ella también notó que esas almas se detenían donde habían personas empezando a desvestirse con un nivel alto de excitación sexual y después volaban raudas detrás de los espermatozoides con la esperanza de entrar al óvulo e integrarse al cuerpo que se iba a concebir.

Cristina notó que muchas almas no podían vincularse energéticamente a la unión de los espermatozoides con los óvulos porque el espermatozoide acompañado por otra alma lograba llegar primero al óvulo y esto las bloqueaba; aunque hubo excepciones en las cuales un óvulo aceptaba dos o tres espermatozoides y en esos casos dos o tres almas lograban entrar al óvulo, cada una acompañada de su respectivo espermatozoide. En otros casos el ser no podía encarnar en el útero en el que deseaba ser concebido, a pesar de que su espermatozoide acompañante lograba llegar de primero, porque el óvulo rechazaba su energía y no lo dejaba entrar. Otras almas tampoco tenían éxito porque el espermatozoide tras del cual ellas iban llegaba a sitios donde no había óvulos.

La joven notó que cuando el alma lograba integrarse a la unión del óvulo con el espermatozoide que la acompañaba, un gran destello de energía salía de ese vientre materno y se empezaba a formar un feto después de que el espermatozoide perdía la cola y entraba. Cristina también pudo percibir dentro de otros vientres la alegría de las almas ya integradas a un óvulo fecundado, las cuales se sentían plenas porque sus cuerpos físicos estaban creciendo dentro del cuerpo de la madre escogida. La joven también percibió la tristeza de algunas almas que salían de los cuerpos de algunas mujeres que estaban teniendo abortos y la alegría de otras cuando nacían sin ningún problema y veían la luz de este mundo.

—Ahora percibid los seres humanos que están durmiendo en este momento en otras partes de la Tierra —dijo el maestro Sirio después de varios minutos.

Cristina le ordenó a su mente lo que el maestro había sugerido. Dejó de ver a los humanos que querían nacer y su astral se trasladó para muy lejos y pronto resultó volando sobre la torre Eiffel. Esto le causó gran alegría porque siempre había querido ir en astral a París. La joven descendió y atravesando las paredes entró a una casa que había cerca del sitio sobre el que estaba volando. Allí vio cómo una mujer anciana se acostaba en la cama. Después vislumbró cómo la dama francesa cerró sus ojos y su astral salió de su cuerpo físico volando en espiral encima de la cama. La rubia joven también vio al cuerpo astral de esa mujer en Francia hacer una pausa cuando estaba llegando al techo de su casa y cómo después siguió volando hacia arriba. Ella también percibió el cuerpo astral de la anciana viendo hacia atrás, como retrocediendo una película, lo que había hecho en el día: cuando se lavó los dientes y se puso la pijama antes de irse a dormir, cuando cenó sola en una silla al lado de una pequeña mesa, cuando más temprano en la noche estuvo en un juego de bingo realizado para un grupo de mujeres de tercera edad… Cristina continuó teniendo vislumbres de todo lo que la mujer francesa veía de los sucesos cotidianos vividos por ella ese día, retrocediendo hasta el momento en que se levantó. La joven se maravilló porque no sólo percibía a esa anciana durmiendo en otro país, sino también lo que esa mujer veía al dormir.

Después de que la mujer francesa dejó de ver lo que había hecho en el día, empezó a volar por encima de la ciudad. Cristina percibió cómo el cuerpo astral de la mujer volaba sobre la torre Eiffel, los campos Elíseos y muchos sitios importantes de Paris. También vio cuando la anciana francesa voló sobre los bosques y ríos cercanos a la ciudad. La chica notó que al lado de esa mujer iban también volando otros astrales de personas que estaban dormidas. Algunas eran conocidas por la mujer y entonces se le arrimaban y hablaban Francés con ella. Cristina no entendió qué le decían porque ella no tenía conocimientos de ese idioma.

Después de esto Cristina pensó: "Qué bueno sería ver personas de Madrid". El cuerpo astral de la joven apareció inmediatamente flotando sobre Madrid y vio los cuerpos astrales de varios durmientes. Ellos volaban sobre bosques, puentes y techos de las casas. Algunos de ellos estaban solos y otros acompañados por amigos o parientes. "Ojala nos pudiésemos acordar de todo esto al despertar", le oyó decir a un joven español mientras volaba raudo sobre un río, cogido de la mano con una amiga.

Cristina se iba a ir para otro país cuando desde esa dimensión oyó remotamente al maestro Sirio decir algo. Volvió a su cuerpo físico y se concentró en escuchar.

—... Mirad lo que pasa con las almas de algunas personas que están falleciendo —dijo el guía espiritual.

Al instante Cristina vio que un hombre estaba sentado en una acera. La joven dedujo que el individuo estaba en la calle de una ciudad según la fachada de las casas y las luces en sus entradas. El hombre tenía una botella de licor en su mano y estaba tratando de tomar de ella, pero no lo lograba porque la botella estaba vacía. Cristina se dio cuenta que el señor estaba embriagado por la forma en que caminaba y porque balbuceaba palabras sin que nadie lo escuchara. Él se paró y caminó tambaleante en dirección a otro hombre borracho que estaba no muy lejos de él sentado también en la acera. El individuo que ella vio primero trató de quitarle al otro borracho una botella con algo de licor. El que iba a ser robado luchó para no dejarse quitar el licor y entonces el primer hombre le pegó un puñetazo en la cara, lo derribó y le quitó la botella. Un amigo del hombre que había sido robado, quien estaba cerca, cogió un palo largo que había en el piso y le pegó varios golpes fuertes en la cabeza al que había arrebatado el licor a la fuerza. El hombre herido cayó al piso y aunque trató varias de levantarse no pudo hacerlo porque seguía recibiendo golpes con la gruesa madera. Después de poco tiempo, el herido beodo se quedó inmóvil y de las heridas de su cabeza empezó a manar gran cantidad de sangre.

Cristina supo que el herido estaba agonizando porque vio el alma del beodo salir y retornar varias veces al cuerpo físico. Ella notó que el alma del hombre herido estaba unida al cuerpo físico por un cordón de color plata brillante, el cual se estiraba cuando su alma se salía de su cuerpo físico. Ese proceso de salir y entrar al cuerpo físico ocurrió por poco tiempo porque el cordón de plata pronto se rompió. Cristina sabía, por lo que había aprendido en las conferencias de la orden espiritual, que esto significaba que el hombre había acabado de morir. El alma del fallecido ebrio quedó flotando un rato sobre el cuerpo físico y trató varias veces de entrar en este de nuevo, pero no lo logró porque su esencia no pudo ser unida al cuerpo físico ya frio e inerte.

El alma del difunto miró para los lados horrorizada y se fue volando sobre la acera diciendo: "¡Quiero licor, quiero licor!". El astral del muerto vio al hombre al que había tratado de robarle la bebida y trató de arrebatarle de nuevo la botella de licor. Su intento fue infructuoso porque su mano atravesó la botella y no la pudo coger. Cristina supo por qué le pasaba esto al fallecido: ¡Ya estaba en otra dimensión! Después de esto el cuerpo astral del muerto vio una botella de licor hecha como de pequeñas nubes flotando cerca de él. La "cogió" con las manos de cuerpo astral y empezó a tomar licor de ella, pero en poco tiempo la botella hecha como de nubes se desapareció ¡Era una ilusión! El alma del fallecido borracho siguió volando por todas las calles diciendo: "¡Quiero licor, quiero licor!".

Cristina fue interrumpida de su visión por otras palabras que oyó del maestro.

—¡Ahora mirad las almas de los animales que pronto van a ser concebidos!

La joven dejó de ver al alcohólico fallecido y vio figuras como cuadrúpedos trasparentes volando y entrando en vientres de caballos que estaban copulando, tratando de ser concebidos en esa unión. Ella también vio una especie de pequeños grotescos animales volando y tratando de entrar al cuerpo de unas cucarachas que estaban en apareamiento. Su visión se hizo más perceptiva y con los ojos aún cerrados vio volando sobre el bosque a muchas más almas de animales deseosos de nacer. Unas tenían formas armónicas como de peces, mariposas y aves, pero otras eran grotescas y feas como las de gusanos, serpientes y escorpiones.

—¡En este momento concéntrense en animales falleciendo! —dijo el maestro.

Cristina entonces vio una batalla de serpientes y lobos. En esa sangrienta pelea muchas culebras morían mordidas por los lobos y en ocasiones también caían muchos de los cuadrúpedos agonizantes debido a las picaduras de las serpientes. La joven vio cómo se alejaban de los cuerpos las almas de los animales muertos, pero pasó algo que ella no esperaba: algunas almas de serpientes y lobos que habían muerto hacía poco la atacaron. Unas almas de serpientes querían picarla y unas de lobos morderla. Ella por reflejo alzó sus manos, pero entonces recordó que en una conferencia el maestro Sirio había dicho: "... Su mejor defensa ante las fuerzas agresivas de otras dimensiones es la serenidad, su cuerpo físico es de poco acceso para ellas. Permaneced con calma cuando os ataquen…". Ella aplicó esta enseñanza, dejó de alzar las manos de su cuerpo astral y siguió serena. Las almas desencarnadas de los animales muertos, al darse cuenta de que ella las ignoraba, dejaron de asustarla y se alejaron volando.

La visión de Cristina fue interrumpida por los gritos de alguien. Ella entonces abrió los ojos y vio que una joven que estaba cerca de ella tenía las manos en la cabeza y estaba gritando con temor. Por lo visto las almas de los animales muertos la había atacado a ella también, pero esa mujer no supo manejar la situación. En ese momento se escuchó de nuevo la voz del maestro, el cual dijo:

—¡Laura!, ¡te dije hace varios días que aún no estas preparada para estas meditaciones! Debes parar la práctica.

La asustadiza joven abrió sus ojos, los cuales estaban rojos y tenían lágrimas, se paró y salió corriendo del lugar.

—¡Ahora cerrad de nuevo los ojos y pensad en los ángeles! —dijo el maestro.

Cristina hizo lo recomendado por el maestro y "vio" una gran cantidad de ángeles volando, los cuales irradiaban una luz dorada muy intensa. Unos tenían alas y otros no, algunos eran amarillos y otros dorados. Algunos usaban túnicas plateadas, otros las tenían doradas y también había un grupo que tenía túnicas amarillas. Los angelicales seres se veían felices y amorosos. Todos tenían cabellos dorados ondulados algo largos y caras semirredondas. Cristina trató identificar de qué sexo eran, pero en ese momento recordó que en la orden le habían enseñado que los ángeles eran andróginos, o sea que son de los dos sexos a la vez. A pesar de ser de noche, la joven vio al sol porque su astral se trasladó al otro lado de la Tierra donde era de día en ese momento. De esta manera pudo ver que los celestiales seres provenían de ese luminoso astro y que miles de ellos volaban en ambas direcciones entre la Tierra y el sol.

Después de varios minutos el sabio anciano habló de nuevo:

—¡Ahora tomad consciencia de quién sois y dónde estáis!— Hizo una pausa de tres minutos y luego continuó:

—Muevan su cuerpo a los lados lentamente… Abran los ojos… La meditación ha terminado.

Luego de decir esto, el maestro abrió los ojos, los miró a todos uno por uno y habló de nuevo:

—Tienen una hora libre para descansar y hacer lo que deseen. Después de ese tiempo nos reuniremos en el templo de la orden. Allí haremos unos rituales e invocaremos la ayuda de los ángeles porque se nos avecinan tiempos difíciles.

Los asistentes se pararon y caminaron silenciosos en dirección al castillo, pero el maestro Sirio siguió sentado en posición de flor de loto sobre el césped, cerró los ojos de nuevo y siguió meditando por un rato más.

Camino al castillo, Cristina iba feliz por la gran experiencia que había acabado de tener, pero aun pensaba en el extraño monje que había estado viendo en los últimos días. En las últimas horas no se había aparecido. Esto le hacía pensar a ratos que a lo mejor las visiones del siniestro monje eran producto de su imaginación, pero aun así seguía con la duda. Cuando estaban llegando al castillo, Crisol y Cristina decidieron no entrar todavía a la medieval construcción sino que se sentaron en una banca que había cerca a la entrada.

—¡Te noto pensativa y extraña! —le dijo Crisol a su novia.

—Quizás estoy algo cansada y aún un poco débil por el ataque de Lilith —dijo Cristina mintiendo para no preocupar a su novio con el asunto del monje misterioso.

—Miremos las estrellas mientras llega el momento del ritual de invocación —sugirió la joven para cambiar de tema.

—Sí, está bien. ¿Ves la constelación de Escorpio constituida por ese grupo de estrellas que forman la figura de un escorpión? —expresó el joven mientras señalaba un lugar en el estrellado firmamento.

—Sí, que bonita —dijo la bella mujer.

Después de esto enfrentaron las palmas de las manos, se quedaron estáticos mirándose como solían hacerlo y se besaron tiernamente en los labios.

—¿Después de que salgamos del templo podemos hacer un "viaje" a las estrellas? —preguntó la joven.

—¡Dijiste que estabas cansada!

—Sí, pero tengo deseos de ir a los planetas y las estrellas —dijo la joven mientras lo miraba con ojos de niña consentida.

—¡Está bien!, ¿quieres que invitemos a Albert?

—Sí, digámosle para que vaya también —dijo su novia.

—Cuando vayamos al templo le diremos.

Ambos siguieron mirando las estrellas y cuando ya era la hora de ir al ritual se pararon de la banca, se volvieron a besar y se fueron para el sagrado lugar.

Cuando Cristina y su novio llegaron al templo que estaba en el costado derecho del castillo, ya había varias personas de la orden en ese lugar. Vieron en breve a Albert, se reunieron con él y los tres se ubicaron en una silla de la parte de adelante. El templo estaba bellamente adornado. El altar consistía en una mesa blanca de mármol con manteles, los cuales eran blancos con bordes dorados. Encima de la mesa había un cáliz dorado grande con varios adornos y símbolos especiales. Sobre el altar también estaban ubicados once objetos dorados parecidos a monedas, pero no eran dinero sino unas medallas especiales que tenían grabados de estrellas de cinco puntas con unos dibujos y símbolos. También había una espada y una especie de báculo. El maestro Sirio se encontraba de pie en medio del altar, esperando que fuese el momento preciso anunciado para oficiar la ceremonia. A la derecha del sabio anciano estaba la maestra Astrid y a su izquierda el maestro Azor.

Detrás del altar, a prudente distancia, estaba el órgano, el cual era tocado por el maestro Chang que, además de ser el maestro de artes marciales de la orden, también tocaba instrumentos musicales. Por todo el templo se oyeron las armónicas melodías de "Tocata y Fuga" de Bach tocadas en el órgano. Cuando se oía la música, miles de ángeles se acercaban volando rápidamente, pero cuando había pausas entre notas los angelicales seres se alejaban un poco. Los maestros, Crisol y algunos otros miembros de la orden podían ver a los ángeles, pero no todos los integrantes tenían esa capacidad.

El maestro Sirio empezó la ceremonia. Encendió once velas doradas que formaban un triángulo sobre el altar y también le dio fuego al incienso que el maestro Azor tenía en el incensario. Después de esto el maestro Azor le entregó el incensario al Maestro Sirio y este último hizo varios movimientos especiales con el mientras murmuraba unas oraciones especiales. El humo y el aroma del incienso se esparcieron por todo el recinto sagrado mientras todos los asistentes guardaban absoluto silencio.

El maestro Sirio cogió el báculo con la mano derecha, lo alzó, cerró los ojos y habló: "Invoco a los Ángeles Samuel, Zackiel, Uriel y todos los angelicales seres que nos puedan ayudar. Que con su resplandor y poder eviten que los hijos de la oscuridad se apoderen de la Tierra". Esta invocación atrajo ángeles de más jerarquía que los que estaban en el lugar. Se notaba esto porque los angelicales seres que llegaban ahora eran más grandes, su luz era más brillante y sus túnicas tenían más adornos con símbolos dorados. Tras de ellos vinieron otros ángeles con instrumentos musicales. Estos últimos llegaron volando muy cerca al órgano y al instante empezaron a tocar guitarras, flautas y arpas. También llegó un coro de ángeles que cantaba con gran belleza y armonía. Las personas más nuevas en la orden o con menos percepción psíquica solamente oían el órgano que tocaba Chang, pero los más psíquicos también oían los instrumentos y cantos de los ángeles.

Unos pocos minutos después de que los celestiales seres llegaron con su música, debajo del órgano, en unos cuartos subterráneos que había bajo el templo, aparecieron unos seres con facciones diabólicas tocando también instrumentos. Estos infernales entes eran deformes, pues tenían la cabeza y las extremidades demasiado largas y curveadas. Ellos se habían pintado la cara con colores muy estrafalarios (rojo, verde demasiado oscuro, café intenso…), lo cual los hacía ver aún más horrorosos. Los demoníacos seres tocaban instrumentos hechos con partes de animales muertos, emitiendo notas desafinadas y cantaban en forma desentonada. Los infernales músicos hacían gestos grotescos mientras daban su macabro concierto. Unos sacaban la lengua, otros movían las orejas y algunos brotaban sus ojos rojos que emitían miradas que parecían decir "te voy a matar y devorar". En medio de su chirriado concierto se insultaban a ratos entre ellos y se golpeaban.

El maestro Sirio y los miembros más perceptivos de la orden se dieron cuenta de la aparición de los diabólicos seres debajo el órgano porque los veían psíquicamente y oían sus desentonadas notas y tenebroso canto, pero no les prestaron atención y siguieron con el ritual. Muchos más ángeles con instrumentos llegaron cerca al órgano y también vino una gran cantidad adicional de seres infernales a "cantar" y tocar en los túneles subterráneos del templo.

Los demonios cantores no se arrimaron al órgano porque ahí estaban los ángeles y su resplandor los espantaba, pero decidieron no seguir en los túneles que había debajo del lugar sagrado. Los infernales músicos ascendieron del subterráneo sitio, atravesaron las baldosas y volaron en forma caótica dentro del templo. Mientras se desplazaban por el aire seguían cantado sus desafinadas canciones y tocando sus sangrientos instrumentos. Los infernales seres causaron muchos estragos: apagaron muchas de las velas encendidas, halaron los manteles de los altares haciendo caer al piso todo lo que había encima de ellos y tiraron al piso algunos cuadros que estaban colgados en las paredes del templo. Los miembros más nuevos de la orden se asustaron al ver cómo una fuerza, que parecía salir de la nada, estaba causando destrucción. El maestro Sirio interrumpió el ritual y les dijo a todos que permanecieran tranquilos en sus lugares. El maestro Chang siguió tocando el órgano porque él sabía que la música debía seguir para mantener abierto el canal energético por el cual venían los ángeles.

Algunos de los ángeles siguieron cantando y tocando instrumentos, pero casi todos ellos se retiraron del grupo y se acercaron a los sitios donde había seres demoníacos para hacerlos ir encandelillándolos y asustándolos con su luz enceguecedora. Algunos de los demoníacos seres sintieron temor y se fueron del templo, pero otros decidieron atacar a los ángeles- Les empezaron a escupir ácidos de sus bocas y trataron de morderlos y brincar encima de ellos. Los angelicales seres se defendieron brillando en forma mucho más intensa, enegueciendo a los destructivos demonios y tirando ráfagas de fuego con ademanes de sus manos. Los miembros más psíquicos de la orden se dieron cuenta de la batalla que estaba ocurriendo entre los ángeles y los demonios, pero no intervinieron porque sabían que en los conflictos bélicos entre ángeles y demonios los humanos no se debían inmiscuir. Además, eran conscientes de que los ángeles no necesitaban ayuda porque ellos eran muy poderosos.

La batalla entre los celestiales seres y los diabólicos entes tuvo una pausa porque una luz dorada intensa iluminó el lugar y todos pararon para percibir qué pasaba. En ese momento llegó un arcángel de gran tamaño que emitía una luz muy enceguecedora, blandiendo una gran espada en su mano. Tras él venían bajo su mando miles de otros ángeles. "¡Llegó San Miguel Arcángel con todo su ejército!", pensaron los seres más avanzados de la orden al identificarlos. El resplandor de San Miguel y todo su batallón era mucho más intenso que el de los otros ángeles. Era un brillo tan intenso que los demoníacos seres sentían que los quemaba. Los demonios gruñeron con gran enojo y trataron de arremeter fuertemente contra los ángeles recién llegados. Unos trataron de abalanzarse con dagas sobre los ángeles, otros tiraron ácidos de sus bocas y otros estiraron sus deformes extremidades tratando de enrollar el cuello de los ángeles para ahorcarlos. Inmediatamente el ejército de ángeles reaccionó. Grandes y flamantes espadas aparecieron en sus manos y con sus resplandores y la energía que salía de los bordes de las espadas hicieron alejar a todos los diabólicos seres. Luego de esto todos los ángeles del gran batallón, con sus espadas aún en las manos, se distribuyeron por todo el templo formando una esfera alrededor para que no vinieran más seres infernales.

El maestro Sirio cerró los ojos y continuó orando: "Les agradecemos a los ángeles y arcángeles por librarnos de los indeseables demonios que vinieron y les queremos pedir que nos ayuden a evitar el ataque que los seres de las tinieblas están planeando para que ellos no le hagan daño a los elementales, a los humanos y a la Tierra en general. Protéjannos y ayúdennos a defendernos de las fuerzas oscuras. Así sea por el bien de la humanidad y de las hermandades de sabiduría, paz y amor". Después de decir estas palabras, el sabio líder espiritual de la orden hizo una señal moviendo su cabeza y seguidamente varios jóvenes de ambos sexos se pararon al lado del órgano. Este grupo empezó a cantar sincronizado con el canto de los ángeles, los sonidos del órgano y los instrumentos tocados por los angelicales seres. Fue el concierto más mágico y hermoso que cualquier ser pudiese escuchar. Con la bella música de fondo, el maestro Sirio continuó con el ritual por varios minutos más; rezó muchas oraciones especiales, hizo símbolos especiales en el piso con cenizas de carbón e incienso y esparció agua bendecida por él mismo a los asistentes.

Cuando terminó el ritual, Crisol y Cristina invitaron a su amigo Albert a la salida en astral que pensaban hacer en ese momento a las estrellas. Él les dijo que se había comprometido con la maestra Ester a reparar un daño que había en la poceta de la cocina y que empezaran ellos dos la salida astral y que él se les integraría más tarde. Crisol y su novia se dirigieron al salón especial que se usaba para salidas astrales. Al llegar allá, el joven astrólogo encendió una barrita de incienso y la puso en una ranita de porcelana destinada para ese fin. Él y su novia se acostaron en el tapete hecho con figuras especiales que había en el piso. Luego cerraron los ojos, se concentraron y en pocos segundos sus cuerpos astrales salieron de sus cuerpos físicos. Ambos sintieron cómo se alzaban y atravesaban el techo mientras veían a sus cuerpos densos acostados abajo. Sintieron cómo ascendían sobre el castillo y veían en lo alto las estrellas.

Crisol voló encima de la parte superior de la construcción medieval seguido por su prometida, y luego se dirigió a varios metros de altura sobre unos árboles que había en el bosque cercano.

—¡Vas muy rápido! —dijo Cristina.

Crisol se quedó quieto flotando en el aire, esperando que su novia lo alcanzara y cuando ella se le acercó siguió desplazándose con menos velocidad.

—¡Volemos entre los árboles! —sugirió la joven.

—¡Sí!, ¡Vamos!

Los dos se desplazaron por el aire como si fuesen aves, entre los pinos que había en el lugar.

—¡A que no me alcanzas! —dijo Crisol.

—¡Apuesto que sí! —expresó su novia riendo.

El rubio joven empezó a volar rápidamente entre una fila de árboles mientras Cristina lo trataba de alcanzar, pero no lo logró. Crisol llegó más rápido al final de la hilera.

—Voy a tratar de nuevo —expresó la rubia chica.

—Muy bien, a la una… a las dos y a las… tres...

Esta vez la competencia fue más reñida, pero ganó Crisol de nuevo aunque por poca distancia.

—¡Eres imbatible! —dijo Cristina.

Crisol no dijo nada y se limitó a sonreír.

—Quiero hacer un último intento de ganarte —expresó Cristina.

—¡Está bien!, a la una… a la dos y a las… tres.

Compitieron de nuevo y esta vez ganó su novia.

—¿Te dejaste ganar a propósito? —Preguntó la rubia joven mientras hacía gestos de mujer consentida.

—¡Realmente ganaste!... Quiero mostrarte algo.

—¿Qué?

—Pronto lo verás. No compitamos más por hoy y volemos rápido —dijo Crisol.

—Está bien.

Los dos se desplazaron por el aire velozmente e imprevistamente Crisol se desapareció. Cristina disminuyó la velocidad de su vuelo y miró para todos los lados, sorprendida, preguntándose a dónde se había ido su novio. Después de un corto instante, el rubio joven apareció delante de ella a cierta distancia. Como ella no esperaba esto casi se choca con él, pero logró frenar a tiempo. Él sonrió y se desapareció de nuevo. Después ella lo vio volando de nuevo a su lado. Luego de esto él no pudo ser visto por algunos segundos y posteriormente apareció flotando encima de ella.

—¿Cómo haces eso? —preguntó Cristina.

—Yendo a otra dimensión de más alta vibración que la astral. Cuando estés lista te lo enseñaré, no es difícil. Ahora paremos de volar para que veas algo.

Los dos jóvenes se quedaron estáticos flotando en el aire.

—Juntemos nuestras manos —dijo Crisol.

Crisol y su novia se colocaron de frente y juntaron las palmas de las manos. Los dedos quedaron también frente a frente. Crisol rotó un poco su mano de manera que sus dedos quedaron frente a los espacios entre los dedos de su novia. Luego cerró sus dedos y entonces de esa manera cogió a su novia por sus manos y la atrajo hacia él. Después se abrazaron y volaron girando.

—Ahora soltémonos, enfrentemos de nuevo nuestras manos, pensemos que no se tocan entre ellas y tratemos de juntarlas —sugirió el rubio joven.

Cada uno empujó un poco su mano en dirección al otro y ellas se atravesaron entre sí sin tocarse.

—¡Oh! ¡Esto es mágico! —dijo Cristina mientras observaba el extraño fenómeno.

—¡Ahora tratemos de juntar nuestros cuerpos! —sugirió Crisol.

Cada uno de ellos voló hacia el otro y los dos cuerpos se atravesaron entre sí, sin chocarse.

—¡Qué maravilla! —dijo la rubia joven.

—¡Ahora pensemos que nuestros cuerpos si se tocan! —expresó su novio.

Los dos se acercaron entre sí, pero esta vez sus cuerpos no se atravesaron. Cada uno sintió al otro y se abrazaron.

Mientras esto pasaba en ese plano dimensional, en el mundo físico Albert llegó al cuarto donde se hacían los viajes astrales. Allí encontró los cuerpos de Crisol y Cristina acostados en el piso sobre el tapete que tenía los mándalas dibujados. Se acostó al lado de los cuerpos físicos de ellos, su cuerpo astral salió de su cuerpo físico y se alzó volando para ir a buscarlos. Casi instantáneamente, en ese otro universo paralelo, el rubio joven y su novia vieron llegar a su amigo volando.

—¡Sabíamos que vendrías! —dijo Cristina.

—¡Claro!, ¡No me perdería esto por nada del mundo! —expresó Albert.

Los tres se abrazaron en el aire y empezaron a dar vueltas. Albert era el más efusivo y gritaba de la alegría. Crisol tenía una mirada de éxtasis, pero al mismo tiempo serena y Cristina reía calladamente como solía hacerlo.

—¿Podemos ir a China? —Preguntó Albert.

–¡Es buena idea! –Expresó Cristina.

–Está bien, vamos a visitar ese país –dijo Crisol.

Los tres juntos se fueron volando hacia ese lejano territorio. El viaje lo hicieron tan rápido que no había pasado ni un minuto cuando ya estaban volando sobre China. Crisol les dijo a sus otros dos acompañantes que ya estaban volando sobre unos bosques de ese país. Todo se veía muy claramente porque en China ya era de día en ese momento. Seguidamente el rubio joven le dijo a los otros dos que fueran a Pekín y en menos de un minuto estaban sobre esa ciudad. Los tres se deleitaron viendo las casas hechas con estilo oriental, los templos budistas, algunos parques y muchos otros lugares bellos de Pekín. Volando a una altura equivalente a la de una casa de tres pisos, los tres jóvenes podían ver a los chinos caminar en las calles.

–¿Podemos descender? –preguntó Cristina.

–Sí, claro –Respondió Crisol.

Los tres bajaron al piso y caminaron por las calles.

–¿Ellos nos pueden oír o ver? –preguntó la rubia joven.

–¡No!, ellos están en su cuerpo físico y nosotros estamos viajando en astral –replicó su novio.

–¿Tampoco nos pueden tocar? –preguntó Albert.

–Haz lo siguiente: quédate quieto y observa qué pasa cuando esa pareja de novios que vienen caminando se te acerque –sugirió Crisol.

Su amigo se quedó estático y la pareja china lo atravesó como si él no existiese o estuviese hecho de humo.

–¡Ahí tienes tu respuesta!, ellos no nos pueden percibir aunque estemos en el mismo lugar porque estamos en dimensiones diferentes –explicó Crisol, mientras su novia sonreía como siempre.

–¿De qué están hablando esos chinos que hay en ese grupo en la acera? –preguntó Cristina.

–¡No sé! –respondió su novio.

—Pensé que les entendías —dijo su novia.

—No he estudiado los idiomas de los chinos. Si algún día necesitamos comunicarnos con ellos, usaremos traductores. Tengo otras cosas de las cuales necesito ocuparme —explicó Crisol.

—¡Yo quiero ir al polo norte! —expresó Cristina, mientras miraba a su novio con cara de niña mimada.

—¡Sí, y cuando estemos yendo hacia allá podremos ver la aurora boreal! —dijo Crisol.

Los tres ascendieron y se dirigieron volando hacia el destino escogido. Mientras iban por las cercanías del polo norte se deleitaron viendo las grandes extensiones con nieve, algunos osos polares y muchos animales de esos lugares. También divisaron iglús, icebergs y bellos paisajes en esa región.

—¡Miren la aurora boreal! —dijo Albert, cuando estaban casi llegando al polo norte.

Los jóvenes vieron cómo se formaban figuras en el aire. Lo que más les causó maravilla fue ver una estela con colores verdes y naranjados que se movía como una tela ancha en el firmamento. Después de deleitarse por varios minutos viendo las bellas imágenes formadas por la aurora boreal, Crisol les dijo a sus dos acompañantes que miraran la luna. Entonces los tres alzaron su mirada hacia el satélite natural.

—¡La luna me trae malos recuerdos! —dijo Cristina.

—¡Somos conscientes de lo que te pasó allá!, pero recuerda que en la luna sólo son peligrosas las partes que están a oscuras. Donde hay iluminación no es peligroso. —explicó su novio.

—¡Entonces vamos a una parte luminosa! —sugirió Albert.

Al llegar a la cara iluminada de la luna, todos se alegraron de poder ver tan de cerca sus "mares" y los cráteres dejados por los choques de meteoritos, mucho más grandes que como los veían desde la Tierra en el estado físico normal.

—¿Es verdad que la cara visible de la Tierra y la parte oculta de la luna prácticamente son siempre las mismas? —preguntó Albert.

–Sí, eso es cierto –respondió Crisol.

Después de esto se fueron hacia al planeta Venus. Se acercaron tanto que pudieron ver varios volcanes haciendo erupción y las constantes lluvias de ácido en ese cuerpo celeste en el cual los paisajes se parecían al infierno. Crisol dijo a su novia y a Albert que si se asustaban y pensaban que ese líquido corrosivo que caía del aire los quemaría, sus cuerpos astrales efectivamente se verían afectados, pero que si pensaban que justo por no estar en la dimensión física ese líquido por sí mismo no los quemaría, sus cuerpos astrales permanecerían intactos. Les explicó que esto se debe a que en la dimensión astral la sugestión opera mucho y que las cosas casi siempre obedecen a lo que se piense de estas, independientemente de que sean pensamientos positivos o negativos.

Los tres Jugaron un rato volando entre los vapores y la acida lluvia que caía constantemente en el planeta Venus. Mientras estaban en eso divisaron al planeta Júpiter, el cual era visible desde ahí debido a su gran tamaño. Se acercaron a ese planeta, asombrados por su enormidad y jugaron plácidamente girando alrededor de sus anillos. También se divirtieron mucho volando en medio de la gran tormenta que existía en el planeta Júpiter, la cual era más grande que la misma Tierra.

Los tres se alejaron de ese enorme planeta con el fin de ir a ver otros cuerpos celestes. Cuando estaban algo retirados de Júpiter pasó no muy lejos de ellos, a gran velocidad, un objeto redondo y grande aunque de menor tamaño que un planeta, con una gran cola iluminada.

–Eso fue un cometa, ¿cierto? –preguntó Cristina.

–Sí, muy bien, parece que has estado leyendo temas de astronomía –dijo su novio.

–He estado yendo mucho a la biblioteca de la orden –expresó Cristina mientras miraba el veloz cometa que se alejaba.

No habían salido del asombro cuando vieron que hacia ellos se acercaban a gran velocidad unos objetos que parecían ser rocas. Albert y Cristina empezaron a hacerle el quite a las grandes piedras y entonces Crisol les dijo:

—Son meteoritos, pero no necesitan evadirlos. Recuerden que no estamos en nuestro cuerpo físico.

Su novia y su amigo se rieron de sí mismos por la tontería que habían acabado de hacer. Los tres se quedaron quietos sintiendo cómo las celestes rocas los atravesaban.

—¡Acerquémonos a las estrellas! —sugirió Cristina.

—Sí —expresó Crisol.

Entonces se alejaron del sistema solar y se acercaron a las fronteras de la vía láctea para ver mejor los millones de titilantes cuerpos celestes.

—Desde aquí podemos ver más de cerca a la constelación de Escorpio, en la cual las estrellas forman algo parecido a un escorpión —dijo Crisol mientras señalaba a un grupo de titilantes astros.

En ese momento una especie de discos iluminados con luces de varios colores se acercaron a un lugar no muy lejos de ellos.

—¡Que meteoritos tan extraños! —dijo Albert.

—Esos no son meteoritos, son ovnis, ¿cierto mi amor? —Expresó Cristina.

—¡Sí! —dijo Crisol— Son naves en las que viajan extraterrestres.

Posterior a esto vieron algo aún más asombroso. Encima de los ovnis, a cierta distancia, había algo que no habían visto antes. Se trataba de una nave nodriza, un disco gigante, el cual era casi cien veces más grande que los ovnis que habían acabado de ver. La gran nave emitía luces de varios colores a la vez. Algunas de las naves pequeñas entraron al gigantesco ovni por una abertura que había en su parte inferior. Después de esto salieron otras naves un poco más grandes, del mismo lugar por donde habían entrado las otras, pero esta vez eran más naves. Crisol calculó que podían ser aproximadamente cincuenta.

Posterior a esto y a cierta distancia de ese gigantesco OVNI apareció otra nave nodriza mucho más grande emitiendo colores más radiantes y casi enceguecedores. De ese gran objeto volador también salieron otros discos voladores más pequeños por la parte de abajo. Estos ovnis de menor tamaño eran muchos, podrían ser aproximadamente cien.

–¿Los extraterrestres que están en los ovnis nos pueden ver? –preguntó Albert.

–En este momento los seres que están en esas naves y nosotros estamos en la misma dimensión. La astral. Si estuviésemos más cerca, ellos nos podrían ver –explicó Crisol.

Los tres vieron cómo de las ventanas de una de las naves nodrizas salían unas luces de variados colores, y el otro gigantesco disco volador respondía también emitiendo luces muy brillantes. Los colores y los brillos de las luces iban cambiando. Parecían instrumentos musicales intercambiando sonidos, sólo que en este caso se trataba de colores. Luego de esto los ovnis que estaban debajo de una de las naves nodrizas empezaron a "intercambiar" luces de colores con los discos voladores que estaban bajo la otra gran nave también.

–¡Todos se están enviando señales! –dijo Cristina.

Luego de varios minutos las naves dejaron de emitir colores, los objetos voladores más pequeños entraron en sus respetivas naves nodrizas y los dos gigantes discos se alejaron a gran velocidad desapareciendo en el espacio.

–¡Veamos más estrellas! –dijo Cristina.

–¡No!, quiero mostrarles algo antes de ir a dormir, pero primero debemos ver cómo están nuestros cuerpos físicos. Regresemos al castillo –expresó Crisol.

–Está bien… volvamos –dijo Cristina con algo de tristeza porque quería continuar en el viaje astral.

Los tres empezaron a volar de regreso a la Tierra pasando cerca a los planetas por los que habían pasado de venida: Júpiter, Venus...

Cuando estaban a pocos metros encima del castillo vieron la semioscura silueta de la medieval construcción iluminada por la luna. Los tres siguieron descendiendo hasta estar en la parte más alta del castillo. Sus cuerpos astrales descendieron un poco, se ubicaron en el aire un poco más abajo del techo del cuarto para las salidas astrales y miraron a sus cuerpos físicos abajo acostados encima de las alfombras.

En ese momento a Cristina le pareció ver a un ser extraño parado cerca a sus cuerpos. Ella observó bien y vio que era el mismo ser que se le había aparecido en el plano físico muchas veces. El ser que vestía un hábito de monje con capucha que no le dejaba ver la cara. Ella pensó en decirle a su novio y amigo lo que estaba viendo, pero se abstuvo porque no quería opacar la alegría que los tres estaban sintiendo en esa salida astral. La joven pensó en acercarse volando al extraño monje porque sabía que debido a que ella estaba acompañada él no le haría nada negativo, pero en ese momento el misterioso ser desapareció.

—¡Sentí una presencia extraña cerca a nuestros cuerpos físicos! —dijo Crisol.

—¿y qué sería? —preguntó Albert.

—¡Algún ser nos está siguiendo!, pero los mándalas del cuarto protegen nuestros cuerpos físicos —explicó Crisol.

—¡Eso me tranquiliza! —expresó Albert

—Vengan les muestro algo —dijo Crisol mientras ascendía volando de nuevo en el astral, seguido por su novia y su amigo.

—¿Ven esa casita campestre que hay allá? —preguntó el rubio joven señalando a una sencilla vivienda que estaba no muy lejos del castillo en esas montañas.

—¡Sí! —respondieron Cristina y Albert a la vez.

—Vamos hacia allá —dijo el joven guía.

Los tres se dirigieron al sitio y cuando estaban volando encima de esa humilde vivienda vieron a un niño morenito que tenía como 12 años de edad, flotando en el aire y pateando una pelota vieja y sucia.

—¿Ese niño también está en astral como nosotros? —preguntó Cristina.

—Sí, pero soñando, no en forma tan consciente como nosotros. Cuando él despierte lo más probable es que no recuerde lo que está haciendo en este momento —explicó Crisol.

Otro niño de una edad muy parecida a la del infante que ellos vieron inicialmente, pero con piel clara, apareció cerca al morenito. Los dos empezaron a jugar con el balón, pateándolo para tirárselo entre ellos. Luego cada uno de los niños retrocedió un poco para quedar menos cerca y ambos colocaron dos piedras separadas por una distancia de más o menos tres metros, formando así dos arcos improvisados de los que hacen las personas en las calles para jugar futbol improvisadamente.

—¿Qué están haciendo ellos? —preguntó Cristina.

—Están jugando futbol. Cuando se sueña casi siempre se hace lo mismo que cuando se está despierto —le respondió Crisol.

—¿Y de dónde sacaron la pelota y las piedras? —preguntó la joven.

—La crearon con su mente. En esta dimensión tú puedes crear lo que quieras con tu pensamiento.

Los dos niños patearon la pelota entre sí, tratando cada uno de hacerle gol al otro. Uno de ellos le dio con el pie a la pelota demasiado fuerte y ella cayó lejos, cerca de donde estaba Crisol. El sabio joven cogió el balón y se lo entregó al primer niño que había visto, el cual se había acercado por ella.

—Gracias señor —dijo el niño, recibiendo el balón.

—A la orden —le respondió Crisol.

—¿Ellos nos pueden ver y oír? —preguntó Cristina sorprendida.

—¡Claro!, estamos en la misma dimensión. La única diferencia es que ellos están dormidos y nosotros estamos despiertos y conscientes —le respondió su novio.

Los tres jóvenes se alejaron volando de los niños y se acercaron de nuevo al castillo. Cuando estaban volando sobre la medieval construcción que era sede la orden, vieron una luz muy brillante más arriba en el firmamento, la cual parecía tener forma humana, sin embargo era muy difícil saber la forma exacta porque estaba muy alta. Crisol, su novia y su amigo se quedaron estáticos esperando por varios minutos a ver qué pasaba con esa gran luz que había aparecido pero la luminosa figura seguía estática varios metros arriba de ellos.

Crisol meditó un poco y llegó a la conclusión de que esa luz era un ángel que se había aparecido no muy lejos de ellos y que la razón era de que deseaba hablar con él, pero que no se aproximaba porque el angelical ser sabía que Cristina y Albert aun no estaban listos para sentir y entender adecuadamente su presencia.

—Esa luz es un ser de una dimensión de alta vibración que desea hablar conmigo, entonces ustedes deben regresar a sus cuerpos físicos y yo me quedaré conversando con ese angelical ser.

—Está bien —dijeron Cristina y Albert al unísono, sin poder ocultar su sorpresa por esto último que estaba ocurriendo.

Cristina y Albert se despidieron de Crisol y volando descendieron a la Tierra en dirección al castillo, donde estaban sus cuerpos físicos en el salón de salidas astrales. Tan pronto entraron a sus cuerpos densos, Albert y Cristina abrieron sus ojos y se pararon lentamente. Después cada uno de ellos se dirigió al respectivo dormitorio con el fin de ir a descansar.

5. La prueba de los planetas

Crisol, flotando sobre el techo del castillo, aún en la dimensión astral, vio como el ángel que había aparecido se le acercaba. El joven vio que el celestial ser emitía una luz dorada muy intensa, que tenía alas blancas en su espalda, su cabello era muy ondulado y tenía ojos verde-azules.

—Hola espiritual humano que estas en el camino hacia la iluminación, te saludo con gran amor y armonía —dijo el angelical ser.

—Hola, para mí es un privilegio recibir la visita de un ángel como tú —expresó el rubio joven, correspondiéndole al saludo.

—Fui enviado por arcángeles y otros seres de más alta vibración. Todos los seres de luz sabemos de los grandes peligros que se acercan para la humanidad y los elementales porque, tal como tú sabes, las fuerzas oscuras quieren apoderarse del planeta en que estás encarnado ahora.

—Sí, las estrellas en su destino muestran que se avecinan tiempos difíciles, pero como el destino se puede cambiar por las personas sabias, esperemos que la orden y mis aportaciones ayuden a combatir esa amenaza.

—Las hadas y nosotros los ángeles queremos que tú tengas un papel importante en ayudar a salvar a su planeta, pero no queremos forzarte y lo harás solamente si lo deseas —explicó el celestial ser.

—Estoy dispuesto a ayudar a salvar a los elementales y a la humanidad haciendo todo lo que me sea posible —dijo Crisol.

—Los seres que yo represento y yo mismo te agracemos altamente por esta misión que vas a cumplir, que no va a ser fácil.

—Aun con riesgo de mi propia vida la cumpliré.

—Esas palabras muestran tu valentía y decisión, pero nosotros no queremos que tu encarnación actual en la tierra cese pronto. Si deseas cumplir esa gran misión, debemos someterte a unas pruebas para saber si estas en condiciones de salir victorioso de las batallas reales con fuerzas oscuras, que se avecinan en el planeta en que vives ahora.

—Estoy dispuesto a someterme a las pruebas —dijo el joven.

—Las pruebas consistirán en superar peligros que existen en la superficie de la luna y los planetas más importantes, pero en esos lugares debes actuar lo más posible como si estuvieses en la dimensión física. Sólo podrás usar en casos importantes las leyes de la dimensión astral cuando estés en el último planeta. ¿Estás dispuesto a tratar de superar esos retos?

—Sí, estoy altamente dispuesto.

—Gracias de nuevo sabio joven. Tú ya sabes a qué lugares celestes debes ir. Me despido con gran amor y armonía —expresó el ángel mientras con sus luminosas manos abrazaba a Crisol.

El rubio joven le correspondió la despedida al celestial ser abrazándolo también. Después de algunos segundos el ángel despareció. Crisol decidido a empezar inmediatamente lo que el ángel le había encargado hacer y se dirigió a la Luna.

El joven, en un instante casi imperceptible, apareció flotando cerca del satélite natural. Crisol se vio a sí mismo suspendido en el aire a cierta distancia sobre la superficie lunar en un lugar en la cara oculta que desde la Tierra no es visible. Crisol descendió un poco más, quedando a varios metros sobre el piso de la luna. Desde lo alto vio que en un lugar, al cual no llegaba la luz del sol porque una especie de colina la tapaba, había unas lucecitas pequeñas que se movían. Él, por su experiencia y conocimiento sabía que esas diminutas luces eran emanadas por los ojos de los monyos que vivían en esa región y que estaban al mando de Lilith. El joven notó que se estaban acercando más cantidad de monyos, lo que indicaba que su ama también se estaba aproximando porque ellos siempre custodiaban a su siniestra líder.

En poco tiempo el sabio astrólogo vio a Lilith caminando en el suelo lunar en medio de un gran grupo de monyos y ella también lo diviso a él. La monstruosa líder ordenó a los guerreros que atacaran, pero como ellos no tenían la capacidad de volar, para tratar de hacerlo tuvieron que saltar porque Crisol estaba flotando en el aire un poco más arriba de la superficie. Los monstruos no pudieron brincar lo suficiente para alcanzar al humano y entonces Lilith, que sí podía volar, se alzó en el aire en dirección a él con actitud amenazadora. El joven pensó en un breve instante qué hacer. Sabía que sí la enfrentaba directamente él podía ganar, pero eso le disminuiría las fuerzas y energías que necesitaba para ir a otros planetas y pasar la prueba y entonces mejor se alejó volando para un lugar de la luna al cual sí le llegaba la luz solar.

El demoníaco monstruo femenino se trató de acercar a Crisol, pero algo de la luminosidad del sol llegó a su hombro izquierdo y entonces Lilith se quejó con un gran alarido porque la luz la había quemado en esa parte como si fuera fuego. En ese momento recordó que si la alcanzaba un rayo grande de luz solar ella sería quemada y destruida y por lo tanto no tuvo más opción que devolverse para la región que no estaba iluminada.

Cuando Lilith regresó al lugar oscuro vio que unas serpientes negras gigantes habían aprovechado su ausencia para atacar a sus monyos. Ellos y las grandes culebras estaban enfrentados en una encarnizada batalla. Ella retornó al montículo en el que normalmente se mantenía y desde allí les gritó a sus torpes guerreros cómo defenderse, en qué parte había más reptiles y quiénes iban a ser atacados por la espalda. Crisol, desde la parte iluminada en que estaba sintió por psiquismo el fragor de la lucha en la cara oculta y como sabía que la líder de los monyos estaba ocupada en esa batalla, se devolvió volando a la parte oculta para ver la sanguinaria pelea. Esto le hizo recordar lo que su novia había vivido al ser atacada por Lilith en esa cara oculta de la luna y cómo él la había rescatado.

La violenta pelea duró varios minutos. Algunas serpientes picaban a los monyos con un mortal veneno haciéndolos caer muertos inmediatamente. Otras culebras se enrollaban alrededor de los monstruos y los mataban triturándolos. Muchos de los diabólicos semihumanos, usando mazos, les pegaban a las serpientes hiriéndolas y también echaban acido por su boca quemando la piel de los negros reptiles. Los monyos empezaron a ganar la batalla y las pocas serpientes que aún sobrevivían se fueron del lugar. Crisol sabía que pronto iba a ser atacado de nuevo por Lilith porque ya no estaría ocupada en la batalla contra las serpientes y entonces, como no quería perder tiempo ni fuerzas en una pelea inútil, decidió alejarse y se fue de nuevo para la parte iluminada en la que había estado antes.

El sabio joven voló por varios lugares sobre la parte de la luna a la que le llegaba sol en ese momento. Después de poco tiempo vio a cierta distancia a unos seres azules, los cuales se veían muy bondadosos. Había personas de toda clase: mujeres, niños, hombres, ancianos, jóvenes y bebés. Algunas de esas personas jugaban en grupos, otras se abrazaban o besaban, unas en la mejilla, otras en los labios. Había un ambiente de mucha ternura y afecto. También vio artistas trabajando. Unos tocaban instrumentos musicales, algunos pintaban cuadros, otros hacían esculturas y había otros con lápices y hojas en sus manos escribiendo poemas mientras los declamaban en voz alta. Al joven le gustó ese ambiente artístico y decidió bajar al nivel del suelo.

Tan pronto Crisol tocó el piso en esa región poblada en la dimensión astral de la luna, algunos de los individuos que estaban ahí se le acercaron. Unos niños se le arrimaron y se aferraron a sus piernas invitándolo a jugar, varias mujeres empezaron a acariciar su cara y sus brazos, algunos hombres le hablaban amigablemente invitando a integrarse a grupos para que hablara con ellos y muchos artistas le decían que se arrimase a ver las obras que estaban creando. Eran tantas las personas que querían integrarse con él, que Crisol tuvo que pensar por un instante a quién prestarle más atención.

El sabio joven decidió estar primero con los niños y entonces se acercó al lugar en el que estaban muchos de ellos y se integró a sus juegos alzándolos, jugando a escondidas con ellos en algunas rocas de la luna y tirándose pequeñas piedras. Luego de esto bailó con algunas mujeres y después se acercó al lugar en el que estaban algunos hombres conversando y opinó de algunos temas de la conversación. Ellos hablaban de cosas triviales, como por ejemplo de lo bueno que era estar en un hogar con una esposa e hijos y del gran placer que era comer un buen manjar, Crisol les dijo cortésmente que ellos tenían razón y después se despidió y se alejó.

Luego de esto, el rubio joven se fue caminando por muchos lugares viendo todo lo que hacían el resto de los seres en esa parte de la luna iluminada por el sol. Al poco tiempo, sin darse cuenta se acercó a una zona en la que había algo de penumbra porque una colina tapaba en parte la luz del sol. "No debo estar en este sitio, es un área a donde pueden llegar seres demoníacos", pensó cuando descubrió en dónde estaba. Crisol decidió entonces quedarse por poco tiempo y permanecer en la parte menos oscura del lugar. En ese sitio no veía a ningunos de los seres lunares, lo cual le pareció extraño y entonces decidió irse de ahí, pero no tuvo tiempo de hacerlo porque varios seres algo deformes aprovecharon un espacio en su parte inferior del cuerpo a la cual no le llegaba luz y gateando silenciosamente en el piso en una de las sombras, le agarraron sus pies y lo halaron para un sitio que estaba totalmente oscuro.

En esa región, que no era iluminada por el sol en ese momento, Crisol quedó a merced de los maléficos seres que estaban en el lugar. Una mujer con aspecto grotesco le auscultó su cuello, sus muñecas y dedos de la mano, buscando si tenía joyas para robárselas. Otra dama lo agarró por la cintura y le dijo que quería que él fuera su pareja; un niño se le aferró de las rodillas y le empezó a gritar que deseaba que él fuera su papá; y para colmo, también un señor le dio varios puñetazos en la cara mientras le preguntaba si tenía amoríos con la esposa de él.

Crisol trató de zafarse, pero fue imposible porque esos maléficos seres lo sostenían muy fuertemente. Él sabía que con sólo concentrarse podría irse de ahí y retornar a su cuerpo físico, pero él decidió seguir en el astral porque quería superar la prueba. Regresar al cuerpo físico significaba evadir la prueba y él quería salir victorioso.

En ese momento el joven recordó que esos seres en la luna tenían fuerte influencia del elemento agua y que la mejor forma de combatir el agua es usar su elemento contrario: el fuego. El sabio joven se concentró e imaginó que varios círculos de fuego rodeaban su cuerpo y al instante varios grandes anillos incandescentes aparecieron alrededor de él. Esto hizo que los que lo tenían agarrado lo soltaran al instante, excepto la mujer que lo tenía cogido de la cintura, la cual le gritaba: "ámame, ámame, cásate conmigo". Crisol se extrañó del hecho de que ella no fuera quemada por el fuego que él había hecho recorrer por todo su cuerpo, pero al poco tiempo se dio cuenta del porqué. Esa mujer con la imaginación hizo rodear su cuerpo con hielo y entonces el fuego no la quemaba sino que simplemente derretía el agua congelada que la cubría.

No muy lejos de esa mujer, en un lugar más oscuro, estaba Lilith gritándole. "No lo sueltes, no lo sueltes, arrímalo para acá, arrímalo para acá". La señora que había cogido a Crisol por la cintura trató de halarlo, pero él se quedó muy firme y no se dejó arrastrar. La mujer hizo más fuerza, pero aun así no logró mover al joven de su sitio. "Maldita, no eres capaz de traerlo, maldita, tendré que cogerlo por mí misma", gritó Lilith y se trató de arrimar, pero cuando estaba cerca a Crisol un débil rayo de luz que había en la penumbra tocó su mejilla y al instante salió humo de su rostro. La maléfica líder se quejó. "Maldito, vas a ver lo que va a pasar" dijo ella e inmediatamente cientos de mujeres con sus cuerpos cubiertos de hielo se le tiraron encima al joven.

Crisol tuvo la sensación de estar perdido y entonces se conectó energéticamente con una piedra especial que estaba en la mesa de noche que había en su cuarto en el castillo de la orden, en el plano físico. Esa gema, la cual era una amatista grande tallada en forma de pirámide, se iluminó y al mismo tiempo el tercer ojo de Crisol, ubicado entre los dos ojos normales en su cuerpo espiritual, emitió luz. El cuerpo energético del joven se calentó enormemente y se dilató. Por efecto de esto, todas las mujeres que estaban encima del joven fueron tiradas lejos y el cuerpo astral de Crisol ascendió volando sobre la superficie de la luna, fuera del alcance de los maléficos habitantes de esa región. Después el sabio joven se dirigió para un lugar sobre la luna que estaba totalmente iluminado por la luz del sol y empezó a ascender con el fin de alejarse de ese satélite natural y volar en dirección a un planeta.

En la especie de viaje astral en el que estaba, Crisol se dirigió volando a Mercurio. Antes de bajar a la superficie, vio desde arriba una gran cantidad de seres volando sobre ese planeta. Los extraños personajes eran delgados y tenían puestos cascos de apariencia metálica. Ellos calzaban unas sandalias especiales, las cuales tenían unas alitas laterales a la altura de los tobillos. Él no se sorprendió mucho porque los había visto antes en algunos viajes astrales. Crisol bajó al suelo a un espacio algo vacío que esos seres voladores habían dejado. Ellos estaban absortos hablando mientras volaban y entonces no se dieron cuenta de la llegada del joven.

Crisol observó con más detalle el lugar y se dio cuenta que además de los seres que él vio inicialmente, había otra clase de individuos en la superficie del planeta. Estos últimos no volaban, eran aún más delgados, un poco más altos que los otros y parecían esqueletos ambulantes forrados con piel. Esos seres tenían en sus manos unas hojas de papel con dibujos, los cuales señalaban continuamente con sus dedos, criticándolos. Decían expresiones como: "esto no está bien", "esta línea debe ser más curva", "que color tan feo se usó acá". Pronto algunos de esos extraños habitantes del planeta Mercurio notaron su presencia y entonces se le empezaron a acercar. Se le arrimaron de las dos clases de seres: de los "habladores" que eran los que tenían cascos de metal en sus cabezas y alitas en los pies que les permitían volar y de los "Criticones" que eran los seres calavéricos que no volaban y criticaban los dibujos que tenían en sus manos.

Los "criticones" miraban con cara enojada a Crisol, le preguntaban por qué había hecho esos dibujos tan mal y le expresaban la razón por la cual supuestamente no estaban bien hechos: que las líneas debían ser de otra forma, que la cabeza de un caballo en uno de los dibujos no debió hacerse tan grande, que el cabello de un simio debió haberse dibujado con un color diferente. etc. Los "habladores" no estaban enojados y por el contrario se veían muy amigables, pero mientras volaban hablaban rápidamente sin interrupción. Algunos conversaban entre ellos mismos y otros decían expresiones para sí mismos. Varios seres de este tipo vieron a Crisol y entonces algunos de ellos empezaron a contarle historias y otros le hicieron preguntas como por ejemplo: "¿cómo se llega a la muralla china?", "¿qué día es hoy?", "¿cómo se llama tu esposa?", pero se movían tan rápido que no le daban tiempo de responder.

Cuando alguno de ellos le hacía alguna interrogación, mientras el joven pensaba la respuesta ya el que había hecho la pregunta se había ido volando velozmente para otro lugar.

Después de poco tiempo se acercaron tantos seres a Crisol, que se empezó a sentir sofocado. Además de esto, los "criticones" ya le hablaban en forma más irascible y lo miraban con gestos muy desagradables. Los "habladores" comenzaron a decir todo gritando, sus palabras las decían ahora con tanta rapidez que ya no se les podía entender lo que decían y todos hablaban a la vez. En esa dimensión no se necesita respirar, pero de todos modos Crisol estaba aturdido con todo ese tumulto y esa algarabía. El rubio joven trató de irse para otro lugar, pero no podía lograrlo porque estaba apretujado entre todos esos seres que estaban como enloquecidos. La situación se tornó insoportable porque cada vez llegaba más cantidad de esas dos clases de seres. Además, los "criticones" se pusieron violentos y lo empujaban fuertemente y los "habladores" hablaban ya tan alto que el joven tuvo que taparse los oídos.

Crisol sabía que debía salir de ahí pronto y mientras lo lograba potencializó la piedra de amatista con forma de pirámide que había en el cuarto en el que dormía en el castillo sede la orden, tal como lo había hecho cuando estuvo en la luna. La gema se activó y las luces de ella empezaron a llegar al planeta Mercurio donde él estaba ahora, pero los rayos de luz y energía emitidos por la gema fueron desviados por los cascos de los seres "habladores".

"Los rayos de la amatista no me llegan, debo pensar en otra solución", se dijo el sabio astrólogo y entonces cerró los ojos y se concentró. Unos segundos después Crisol sonrió al descubrir cómo salir de ahí. Se hizo detrás de uno de los "habladores" que iba volando y se pegó fuertemente de la cintura de él. El ser giró la cabeza, lo miró y le dijo algo, pero habló demasiado rápido y el rubio joven no le entendió. El ser movió su cuerpo en varias direcciones tratando de que Crisol lo soltara, pero no se dejó desprender. Tenía que seguir aferrado, era su única forma de irse de ahí. "Estos seres no están mucho tiempo en un solo lugar, en algún momento pasará por un sitio en el que haya menos tumulto y me podré ir", pensó el joven.

Tal como el sabio miembro de la logia sabía que pasaría, al poco tiempo el ser del cual estaba agarrado voló por un lugar en el que había menos de sus compañeros y esto permitió que él, al no estar apretujado, pudiese volar y alejarse del sitio. Finalmente se zafó y ascendió volando con el fin de irse fuera del planeta Mercurio.

El sabio joven decidió continuar su viaje por los cuerpos celestes y el siguiente era Venus. "En ese planeta todos los seres son armónicos y allá no tendré ningún peligro", pensó Crisol. Desde lo alto de la superficie del planeta, Crisol pudo ver las acidas lluvias y la espesa niebla formada por los vapores mezclados con el calor intenso que había en ese astro. Ni el ácido ni el calor lo podían quemar porque él no estaba en su cuerpo físico y el cuerpo astral no puede ser quemado. Después de un corto instante sus ojos no físicos pudieron ver lo que había tras ese incandescente paisaje en la otra dimensión. Bajo las ácidas nubes y en medio del espeso vapor, el lugar parecía como un cielo.

Crisol bajó al suelo del cuerpo celeste y cuando la niebla se disipó vio en el planeta Venus un ambiente de paz, tranquilidad, amor y creatividad. En el lugar al cual llegó había unos ancianos de barbas blancas vestidos con túnicas rosadas y tenían balanzas en sus manos. Los seniles seres estaban sentados en una especie de tronos y a ellos llegaban personas a pedirles opiniones sobre problemas o decisiones para tomar. "Son los sabios consejeros", pensó Crisol.

El rubio joven caminó un poco sobre Venus y al poco instante vio a unos enamorados besándose y acariciándose mientras se miraban entre sí con gran ternura. También se encontraban en ese planeta artistas algo parecidos a los que él había visto en la luna, pero estos eran más concentrados y brillantes. Eran genios creadores. Unos componían conciertos, otros tocaban música con gran talento, algunos hacían estatuas y monumentos de gran calidad y había también otros que pintaban cuadros con gran maestría.

Crisol se acercó a un violinista que había entre los músicos y escuchó cómo este tocaba el instrumento. Cuando el músico terminó de tocar, Crisol lo felicitó diciéndole que tocaba muy bien. Luego de esto el rubio joven le dijo al músico que le prestara el violín por un momento. Después de recibir el instrumento musical, Crisol tocó varias obras de difícil ejecución con gran maestría. Mientras tocaba, todos los que había en el lugar se acercaron con gran asombro y alegría. Uno de los músicos que tenía una flauta en sus manos le preguntó que dónde había aprendido a tocar también. Crisol le contó que él había recibido clases de música en la vida actual y que en una de sus encarnaciones había sido pianista, compositor y director de orquesta. "Por favor toca el piano, quiero ver cómo lo haces", le dijo el último músico que se le había acercado. Crisol se arrimó a uno de esos grandes instrumentos musicales que había cerca al lugar, se sentó en un pequeño asiento que había junto al piano y tocó con gran maestría unas obras muy difíciles de tocar. La alegría del flautista al escucharlo fue tanta que por su cara rodaron lágrimas.

Después de un rato, Crisol se iba a parar de la butaca para dar por terminado su concierto, pero los músicos que estaban en el lugar le solicitaron que no parara. El joven siguió tocando el piano con su cabeza agachada, muy concentrado en el teclado. Al poco tiempo el joven levantó la vista y vio que todo el contorno había cambiado, que estaba en el centro de una especie de gran coliseo tocando el piano y que alrededor había miles de personas sentadas en las gradas viéndolo y escuchándolo tocar.

Cuando Crisol terminó de dar el concierto, la audiencia se paró y lo aplaudió por mucho rato. Luego unas bellas jóvenes fueron a entregarle varias flores y los músicos que había en el lugar se le acercaron. Uno de ellos que estaba elegantemente vestido y que parecía ser un director de orquesta le puso la mano en el hombro y le dijo al público que esa era el mejor pianista que había escuchado en todas sus vidas. Al oír esto, los espectadores volvieron a aplaudir con gran alegría y entusiasmo. Entre la audiencia Crisol pudo ver que una joven que estaba en las primeras filas lo miraba con ojos de enamorada, cerraba sus labios como besando y con su mano hacia el ademán de que le enviaba esos besos. El rubio joven se sorprendió, maravillado de que esto ocurriera, porque de esa misma manera empezó el amor entre él y Cristina en la encarnación pasada, pero esta mujer era más directa y atrevida.

Varias personas del público empezaron a expresar fuertemente "otra, otra, otra…" y acto seguido Crisol se sentó de nuevo en el piano y toco dos obras más. Cuando terminó se paró y vio cómo las personas lo aplaudían con gran alegría de nuevo. Crisol no tocó más el piano y entonces los asistentes empezaron a irse del lugar. Todos se alejaron, excepto la mujer que lo había mirado con ojos de enamorada, la cual se acercó a él y le dijo que nunca había escuchado a un pianista tan excelente. Luego le puso las manos en el cuello y lo miró fijamente a los ojos.

Crisol no quería traicionar a Cristina y no deseaba tener amoríos con otra mujer aunque fuese en otra dimensión. La enamorada joven acercó los labios para besarlo. "Disculpe, yo tengo una novia a la cual amo mucho", dijo él mientras quitaba suavemente las manos de ella de su hombro. Crisol se alejó un poco y la mujer se quedó quieta en el lugar y con mirada de tristeza. El joven sintió que la situación era incómoda y entonces decidió mejor alejarse del planeta. "Lo siento, debo irme", dijo Crisol, y se alejó volando.

El sabio joven quería continuar viajando a través de los planetas. Él sabía que el que seguía según la lejanía del sol era Marte, planeta en el cual parte de sus habitantes eran violentos y por lo tanto debía tomar muchas precauciones.

Crisol se acercó al planeta Marte, volando lentamente. Desde lo alto vio despejada parte de la superficie en la que a simple vista no había ningún ser. Descendió un poco más y vio desde el aire que no muy lejos, sobre la superficie de ese cuerpo celeste, estaban unos hombres y mujeres practicando deportes. Como sabía que no le harían daño, descendió hasta quedar cerca de ellos. Los deportistas lo saludaron amablemente y continuaron haciendo ejercicio. Unos hacían abdominales, otros levantaban pesas y algunos jugaban deportes con otros compañeros, especialmente futbol y baloncesto.

Dos hombres que estaban en el sitio le dijeron que corriera con ellos, Crisol aceptó y entonces los tres se alistaron para competir. Los dos habitantes de la dimensión astral de Marte corrieron más rápido que él y le cogieron mucha ventaja. Crisol se dio por vencido y se sentó a descansar en el suelo mientras desaparecían de su vista los dos veloces atletas corriendo hacia la lejanía. Justo en ese momento oyó sonidos de trompeta y de caballos galopando e inesperadamente se encontró en medio de dos ejércitos enfilados listos para lanzarse el uno hacia el otro en batalla. Pronto los dos bandos se abalanzaron el uno hacia el otro en feroz batalla con espadas. Crisol tenía que irse de ese lugar y como esta salida astral era una prueba especial, debía hacer las cosas como si estuviese en el mundo físico. Pensó en volar, pero en ese momento por encima de él empezaron a pasar miles de flechas y bolas incendiadas.

En poco tiempo los mercenarios de uno de los bandos, al lanzarse contra sus enemigos, se acercaron al lugar en el que Crisol estaba. Él se tiró al piso y con la cabeza algo alzada pudo ver cómo los caballos con soldados como jinetes pasaban rozándolo. Corrió con suerte porque ninguno de los hombres de la feroz batalla lo vio y ningún caballo lo pisó, porque por instinto daban un pequeño rodeo a su alrededor. Desde el suelo pudo ver las lanzas de muchos de los sangrientos hombres atravesando el cuerpo de sus enemigos. Cada bando atacaba al otro fieramente. Podía oír los gritos de ataque de los soldados y también sus quejidos y lamentos cuando caían heridos o agonizantes y también escuchaba a los caballos relinchar asustados y emitir sonidos de agonía cuando caían gravemente heridos.

El joven no había sido visto hasta ahora por los que estaban concentrados en la batalla, pero a veces era pisado o empujado por algunos de los soldados de la infantería, los cuales pensaban que él era alguien gravemente herido caído en el piso. Crisol a veces tenía que eludir los cuerpos de soldados heridos o muertos que caían cerca de él y también tenía que evitar ser aplastado por los caballos que caían agonizantes. En más de una ocasión tuvo que gatear y moverse rápidamente para evitar que un rocinante y su jinete gravemente heridos cayeran sobre él. En poco tiempo las cosas se empeoraron porque se escuchó el sonido de elefantes aproximándose al campo de batalla. No pasó mucho tiempo antes de que Crisol pudiese ver cerca de él las gruesas patas de los paquidermos destrozando todo lo que pisaban y tirando a lo lejos soldados enemigos con sus trompas mientras encima de ellos estaban algunos guerreros en una especie de enjalma tirando flechas y disparando con rústicas armas de fuego.

Crisol estaba maravillado de comprobar cómo en la dimensión astral suceden eventos muy parecidos a los que ocurren en el mundo físico, incluso las guerras. El joven de vez en cuando miraba hacia arriba en los pocos espacios que a veces quedaban vacíos para ver cuándo cesaba el paso de flechas y bolas incendiadas y así salir volando del sitio, pero estas no paraban de pasar. Decidió empezar a caminar a gatas para tratar de alejarse del lugar de esa manera, pero apenas había avanzado un poco cuando un soldado vestido con uniforme rojo lo vio. "¿Quién anda ahí?", le preguntó. Crisol iba a responder, pero no habló por la sorpresa porque rápidamente fue rodeado por muchos compañeros de quien lo había visto. "¿De dónde eres?", preguntó uno de ellos. "¡Tienes ropa muy extraña!", le dijo otro; "¿Estas espiándonos?", preguntó enojado el soldado que inicialmente lo había visto.

Crisol iba a empezar a responder las preguntas cuando una gran cantidad de flechas cayeron sobre los soldados que lo tenían rodeado y todos cayeron muertos. Una de las flechas atravesó la parte inferior del pantalón que el rubio joven usaba, pero no tocó su cuerpo. Crisol no se había repuesto del susto cuando sintió que una fuerte mano lo agarró y lo alzó hasta subirlo al lomo de un caballo. Miró bien quién lo había subido y vio que era un soldado, pero era del bando contrario a los que lo habían rodeado antes porque este tenía uniforme azul, en cambio los otros usaban vestidos rojos. El jinete hizo correr al caballo a gran velocidad y lo hizo salir del campo de batalla.

Luego de unos minutos llegaron a la entrada de una cueva. El soldado le dijo a Crisol que se bajara del caballo, el rubio joven obedeció y luego se sentó en el piso.

—Sé que no eres aliado de nuestros enemigos porque te estaban interrogando, ¿quién eres? —preguntó el soldado que lo había rescatado del medio de la batalla.

Crisol iba a responder diciendo que simplemente estaba realizando un viaje para superar una prueba y que estaba recorriendo los planetas, cuando en ese momento una bala de cañón cayó cerca al sitio donde ellos estaban. El soldado le ordenó que entrara a la cueva y se alejó corriendo entre los matorrales. Crisol decidió no hacer lo que el soldado le había sugerido sino aprovechar la oportunidad para irse de ese planeta. Se alzó volando y cuando estaba a cierta altura vio al soldado que lo había salvado corriendo por una llanura, yendo en dirección al lugar en que estaba un soldado enemigo arrodillado al lado de un cañón. Desde lo alto Crisol le dijo gracias al soldado por salvarlo y siguió volando hacia arriba rápidamente mientras su salvador lo miraba sorprendido. En pocos segundos Crisol estaba muy alto y mientras se alejaba veía al planeta Marte muy pequeño mientras divisaba al grande y majestuoso planeta que seguía en su recorrido: Júpiter.

Muy pronto Crisol estuvo cerca al gigante planeta, distinguió sus anillos y la gigantesca tormenta que lleva muchísimos años recorriendo su superficie. Él empezó a descender hacia la superficie de Júpiter. Un poco antes de llegar al suelo empezó a ver los seres que habitan ese planeta en la dimensión astral. Lo primero que vio fueron centauros, seres que de la cintura hacia abajo tenían cuerpo de caballo con sus cuatro patas y de ahí hacia arriba tenían cuerpo de hombre con sus brazos normales sosteniendo arcos. Ellos cabalgaban plácidamente sobre una fértil llanura, llevando arcos y flechas en su mano izquierda. Algunos de ellos miraron hacia arriba y lo vieron, pero en vez de sorprenderse lo saludaron con ademanes de su mano derecha y él les respondió el saludo agitando también su mano derecha. Después de esto el sabio joven siguió volando sobre la superficie del gran planeta y un poco después vio que abajo sobre una especie de llanura había una fiesta al aire libre.

Crisol descendió, tocó suelo y observó más de cerca el festival. En un campo despejado de árboles había muchas mesas y tarimas. En el lugar había toda clase de personas entre hombres, mujeres, niños y ancianos. Casi en el centro del espacio cubierto por las mesas, en una tarima alta, había unos músicos tocando guitarras rústicas y violines. Él se acercó al sitio y varios de los que estaban en el lugar se le acercaron y lo saludaron amigablemente. Algunas mujeres lo besaron en la mejilla, muchos hombres embriagados le pusieron la mano sobre su hombro y le decían que era bienvenido y algunos niños se sujetaron de su pantalón mientras le decían "Hola".

El joven se sentó en una de las sillas de madera que había en el lugar, en la cual había muchas personas comiendo un gran banquete. En las mesas había pollo y carne de cerdo, frutas, ensaladas y mucho licor, especialmente vino. Crisol se comió una chuleta mientras observaba con alegría lo que había a su alrededor. Calculó que en el sitio estaban aproximadamente trecientas personas. Entre algunos espacios que había entre las mesas vio a mujeres bailando, algunas solas, pero otras con pareja. El rubio joven también observó que había niños jugando con balones o persiguiendo a otros niños y hombres embriagados contando historias o hablando incoherencias.

Cuando el rubio joven terminó de comerse la carne, una mujer se le acercó, le tendió la mano y le dijo que bailaran. Crisol se sorprendió porque no estaba acostumbrado a que las mujeres invitaran a bailar a los hombres. En el medio social clásico en el cual había vivido en las últimas encarnaciones, los hombres eran quienes siempre invitaban a las mujeres a bailar. El sabio miembro de la orden también se puso en un dilema porque no sabía bailar esta clase de música. Él tenía experiencia bailando al compás de música clásica como Los valses de Strauss y otros contemporáneos, pero esta era música más popular, No la consideraba inferior a la clásica y en realidad valoraba toda clase de música, pero no sabía bailar este estilo de melodías.

Crisol le dijo amablemente a la mujer que él sólo sabía bailar la música clásica, pero la dama insistió, dijo que ella le enseñaría, le cogió su mano y lo haló hacia ella. Crisol no tuvo más remedio que aceptar y entonces se paró y bailó guiado por la mujer. Él sabía que no lo estaba haciendo bien, pero su pareja de baile le dijo que eso no interesaba y que lo importante era que pasaran un rato agradable. Muchos de los que estaban cerca se rieron a carcajadas al ver su baile y lo compararon al caminar de una garza en una playa. Crisol no le prestó atención a los comentarios y siguió bailando lo mejor que pudo.

Cuando terminó el baile, Crisol volvió y se sentó en la mesa en la que estaba antes y allí cogió una pechuga de pollo y se la comió. Uno de los hombres que estaban sentados cerca de él era un hombre bajito, gordo y moreno. El hombre lo saludó de mano y se presentó diciendo que se llamaba Mario. Después de esto expresó que él sabía de una región en la cual había gigantes y que si quería podrían ir a verlos. Algunos otros hombres que estaban cerca tomando licor y comiendo, oyeron lo que Mario había acabado de decir y se rieron diciendo que ese hombre estaba loco, pero Crisol le creyó porque sabía que en la dimensión astral del planeta Júpiter, en el cual estaba en este momento, sí había gigantes.

Mario le dijo que si quería inmediatamente saldrían para esa región para ver a los grandes seres y que él lo guiaría. El rubio joven aceptó y entonces los dos se retiraron de la mesa. Mario echó algo de comida y licor en un talego, el que amarró al final de una vara. Después los dos se despidieron de los que estaban más cerca y salieron en dirección a la región donde encontrarían lo que deseaban ver. Mientras caminaban, Crisol observó la energía que rodeaba el cuerpo astral de Mario y vio que se trataba de un humano que había desencarnado hacía poco y estaba en el planeta Júpiter en la dimensión astral pensando que estaba en la tierra y con la idea de que aún estaba vivo, pero no le dijo nada a Mario para no perturbar los pasos que él debía vivir después de haber terminado la vida física en la Tierra.

Para iniciar el camino en búsqueda de los gigantes, los dos caminaron por una gran llanura con Mario como guía. No habían avanzado mucho cuando encontraron a siete centauros caminando sobre la grama. Los seres eran una mezcla de persona y caballo: tenían cuatro patas y cola como estos animales y torso y cabeza de ser humano. Ellos también tenían dos brazos entre sus patas delanteras y su cabeza, los cuales portaban arcos y flechas.

—Bienvenidos, por aquí pueden ver muy bellos paisajes —dijo uno de los centauros.

—¿Ustedes vienen de muy lejos? —preguntó otro de ellos.

—Hola, vamos a buscar a los gigantes —les expresó Mario.

—Los podemos llevar hasta allá, si lo desean —ofreció uno de los mitológicos seres.

—Eso estaría muy bien —dijo Mario.

—Gracias, será un gran favor —expresó Crisol mientras le acariciaba la crin a uno de los centauros.

Dos de esos seres se agacharon un poco y entonces Crisol y su amigo se subieron a sus lomos. Al instante los siete centauros empezaron a correr. El impulso fue tan súbito y rápido que Mario y Crisol casi se caen y se tuvieron que sujetar fuertemente del cuello de las amigables criaturas. Los centauros recorrieron extensos llanos pletóricos de espigas y fértil naturaleza, atravesaron ríos, subieron y bajaron por varias montañas y cruzaron por algunos bosques con sus jinetes.

Después de recorrer una última llanura, un poco antes de llegar al bosque en el que habitaban los gigantes, los mitológicos seres les dijeron a los dos humanos que los debían dejar ahí. Los dos centauros que llevaban a Crisol y a su amigo se agacharon un poco y los dos humanos se bajaron de sus lomos. Crisol y Mario les dieron las gracias a los centauros, estos dijeron que había sido un placer llevarlos, se despidieron amigablemente y se alejaron trotando.

Mientras se internaban en el bosque los dos humanos notaron que en ese silvestre lugar todo era más grande de lo normal. Las plantas, los árboles, los animales, las piedras… todo era de gran tamaño. Mario le dijo a Crisol que se escondieran en unas plantas que estaban cerca de un camino y esperaran a que los gigantes pasaran por ahí.

Cuando había transcurrido poco tiempo los dos sintieron que el suelo temblaba con cierto ritmo, lo cual quería decir que uno o varios gigantes se acercaban caminando. Pronto vieron pasar por un camino a un gigantesco ser de aproximadamente veinte metros de altura, el cual estaba recogiendo frutas de los altísimos árboles. Luego sintieron más estremecedores pasos, pero esta vez la vibración en el suelo era mucho más intensa. El movimiento de la superficie se fue acrecentando mucho hasta que todo se empezó a mover como si estuviese ocurriendo un sismo. Esto quería decir que varios de los descomunales seres se acercaban. Cuando menos lo pensaron, Mario y Crisol se sintieron alzados. En breve supieron que cada uno de ellos había sido cogido por un gigante con su mano izquierda y ambos eran sostenidos de los cuellos de sus camisas en frente de los rostros de los enormes humanoides, los cuales los miraban con ingenua curiosidad.

Los gigantescos seres pusieron a Crisol y a su amigo en posición vertical sobre las palmas de sus respectivas grandes manos del lado derecho, las cuales tenían alzadas a la altura de sus ojos. Mario se asustó mucho y se tiró desde esa gran altura. Crisol sabía que Mario no moriría si caía al suelo porque en la dimensión astral las caídas no matan a las personas, pero quería seguir las instrucciones dadas por el ángel antes de esas pruebas en los planetas, y hacer las cosas como si estuvieran en la dimensión física. Crisol saltó entonces de la palma de la mano derecha del gigante que lo tenía, se lanzó en picada y volando cogió rápidamente a Mario antes de que cayera al piso. El sabio joven, luego de que atrapó a su amigo en el aire, siguió volando con él cogido por la cintura y descendió entre un espeso follaje.

Los gigantes al ver lo que había pasado se miraron entre si y después observaron el lugar al que había descendido Crisol llevando a su amigo, sin saber qué hacer porque no esperaban que alguno de ellos tuviese la capacidad de volar. Mario y su salvador caminaron entre las plantas alejándose del sitio al que habían descendido para no ser atrapados de nuevo por los enormes seres. Mientras caminaban, Crisol le explicó a Mario que en ese momento estaban en la dimensión astral porque él había fallecido hacía poco y que entonces podría volar si quisiera, que ahí las personas no morían al caer y que no estaban en la Tierra sino en la dimensión astral del planeta Júpiter. Mario no le creyó y aseguró que estaba vivo y que en este momento sí estaban en la Tierra. Crisol, para no confundir a su amigo y no perder tiempo en explicaciones, siguió actuando como si estuviesen en la Tierra en la dimensión física.

Cuando los gigantes salieron de su asombro, con sus grandes manos movieron las plantas que estaban donde los dos hombres habían bajado, pero no los veían salir de ellas. Crisol y su moreno amigo siguieron caminando camuflados entre la gran vegetación tratando de alejarse del sitio en que estaban los descomunales seres. Los gigantes se desesperaron al no encontrarlos y empezaron a caminar al azar y mover bruscamente todo lo que encontraban a su paso. En una ocasión la mano derecha de uno de los gigantes sacudió bruscamente un árbol en el cual estaban escondidos los dos jóvenes y entonces Crisol y su amigo se pegaron firmemente del tronco y las ramas del arbusto para no salir disparados de ahí por el movimiento.

Las cosas se empeoraron porque el suelo empezó a temblar muy fuertemente, como si estuviera ocurriendo un gran sismo y pronto los dos hombres se percataron de que eso era debido a que los gigantes empezaron a saltar, produciendo el movimiento percibido. El sabio joven y su amigo se pegaron fuertemente con sus manos de las raíces de los árboles para no ser tirados hacia arriba por los fuertes movimientos de masa causados por los brincos de los gigantes. Después empezaron a desplazarse por el suelo, pero lo tenían que hacer lentamente porque tenían que moverse, prácticamente gateando, pegados de lo que les pudiera servir para sostenerse en la superficie.

Crisol pensó por un momento en alzarse volando llevando a su amigo cogido, pero esto los haría presas fáciles de los gigantescos seres y por lo tanto desistió de la idea. El rubio joven siguió pensando qué hacer y se le ocurrió algo. "Busquemos una cueva o alguna grieta grande", le dijo a su compañero. Los dos siguieron avanzando, pero al mismo tiempo mirando en todas las direcciones en búsqueda de alguna entrada hacia algún espacio debajo de la superficie.

Después de algunos minutos de seguirse moviendo pegados de todo lo que los tuviese en suelo firme, en medio de las tremendas sacudidas del piso encontraron la entrada a una cueva. El rubio joven le dijo a su amigo que se internara en esa gruta, que él se iba a poner a la vista de los gigantes para hacer que lo persiguieran y así hacerlos alejar del sitio. También le expresó que cuando sintiera que los gigantes estaban no muy cerca, corriera y se fuera lejos del bosque. Mario dijo que no quería hacer eso porque era muy riesgoso para Crisol, pero él le respondió que sabía lo que hacía y que se entrara rápido a la caverna. Mario se internó corriendo en la gruta y Crisol se alzó volando.

Estando ya en el aire, el rubio joven cruzó a la altura de los ojos de los gigantes con el fin de que ellos lo vieran. Cuando ellos se dieron cuenta de que el humano estaba volando frente a sus propias narices, los gigantescos seres dieron fuertes manotadas en el aire tratando de golpear y derribar a Crisol, pero él voló ágilmente haciéndoles desquites. El joven siguió volando entre los descomunales seres para asegurarse de que los dos lo siguieran viendo. Luego se empezó a ir del lugar volando sin aumentar mucho su velocidad para que los gigantes pensaran que él era presa fácil y todos ellos lo siguieran. A varios metros de ahí, Mario salió de las profundidades de la cueva hasta casi a la entrada, allí pudo sentir que el suelo temblaba cada vez con menos fuerza, decidió salir corriendo de la cueva y huyó en dirección opuesta al sitio por donde se oían los ruidos hechos por los gigantes al caminar.

Mario atravesó rápidamente el bosque y al salir de allí vio a un grupo de centauros diferentes a los que lo habían llevado a él y a Crisol a ese lugar. Estos eran muy amigables también, entonces les pidió el favor de que lo llevaran al lugar donde estaban todos sus amigos en la fiesta campestre. Cuando Mario llegó a ese lugar les contó a sus camaradas lo sucedido en el encuentro con los gigantes. Todos dijeron que habían estado muy preocupados porque no sabían si los dos se había salvado de los gigantes. Los líderes se apartaron un poco de grupo grande y tuvieron una rápida reunión para planear qué hacer. La decisión unánime fue que todos los integrantes de la fiesta deberían irse para el bosque en que estaban los gigantes para tratar de rescatar a Crisol.

Entre tanto, en la zona de los gigantes el ágil joven calculó que su amigo ya debía haber salido de la cueva y escapado fuera del bosque y entonces voló más rápido. Los gigantes lo siguieron hasta que llegaron a un caudaloso y profundo río. Para cruzar la gran corriente de agua sólo habían tres formas: cruzar un largo y angosto puente, nadar para cruzar ese gran río de lado a lado o volar. Los gigantes no podían usar ninguno de los tres métodos para pasar. El puente había sido hecho para individuos de menor tamaño, por lo que era muy pequeño y no tenía la resistencia suficiente para soportar el peso de un ser de gran tamaño; ellos no sabían nadar y si intentaban cruzar directamente el río se ahogarían porque era muy profundo y caudaloso y, además de esto, los grandes humanoides no podían volar.

Crisol cruzó encima de la gran corriente de agua volando mientras se despedía en forma irónica de los gigantes diciéndoles "adiós". Como él sabía que no podía ser seguido por sus perseguidores, se dirigió al lugar de la fiesta. Allí los encontró a todos formando una fila cargando bolsas con comida y armas rudimentarias: flechas, mazos, machetes y todo lo que pudiera servir para atacar a los descomunales seres. Ellos se asombraron al ver llegar al rubio joven, no por verlo volar porque Mario ya les había contado que Crisol podía hacerlo sino porque él se había salvado de los gigantes y lo había logrado muy rápido. Crisol, al verlos formados en una fila les preguntó para dónde se dirigían y ellos le respondieron que iban a ir a rescatarlo. El sabio joven les dijo que esa habría sido una misión suicida, les dio las gracias y se integró a la fiesta que se reinició.

Crisol bailó con algunas mujeres, jugó con varios niños e hizo bromas leves con algunos hombres. Luego de esto dijo que se tenía que ir, se despidió de abrazo de aquellos con los que había hecho más amistad, dijo adiós a los demás mientras hacía el ademán de despedida con su mano y voló hacia arriba mientras todos desde el piso le decían adiós y lo despedían también con movimientos de las manos. Después de esto, el sabio joven se dirigió raudo en su vuelo al último planeta que debía visitar.

Desde lo alto de la superficie de Saturno Crisol vio que ese planeta en la dimensión astral era muy oscuro y lúgubre. Bajó al suelo y vio que en la vibración astral ese cuerpo celeste tenía vegetación y aldeas construidas como en la Tierra, pero todo era gris y opaco. Él empezó a caminar por unas calles empedradas que estaban casi a oscuras y vio que a su alrededor habían unas pequeñas casas hechas de barro y adobe, con muy poca iluminación. Al poco tiempo vio a un anciano parado en la puerta de una de las casas. El viejo era delgado, con cabello de color castaño oscuro, pero muy poco abundante y de piel morena. Crisol lo saludó preguntándole cómo estaba, pero el viejo hombre no le respondió, lo miró con gran desconfianza y cerró bruscamente la puerta de su pequeña casa.

Crisol siguió caminando por la angosta calle y un poco más adelante vio a una anciana que tenía su cabello en trenzas, asomada por la ventana de una rústica casa. Él le dijo: "hola", pero ella en vez de responderle cortésmente el saludo le dijo: "¿qué vienes a robar?" y luego cerró estrepitosamente la ventana. La gente de Saturno es muy hostil, pensó Crisol, cuando de pronto sintió que se abrió la puerta de entrada a una de las casas y de repente dos manos salieron de esa vivienda, lo agarraron y lo halaron hacia adentro. El rubio joven en breve se vio ante una anciana parecida a la que había visto antes, pero esta tenía la cara más larga, los ojos más pequeños y la mirada más distante y fría. La mujer tenía una fuerza descomunal, era tanta que lo retuvo con una mano mientras con la otra ponía una gran tranca atravesando la puerta de entrada de la casa con el fin de que Crisol no se le escapara. La vieja mujer habló: "Limpia las paredes de esta casa, después los pisos, también debes lavar todos los platos sucios y no olvides la ropa sucia. Después de terminar esas labores te digo qué más debes hacer".

El joven, ante semejantes órdenes, optó por callar y mejor trató de zafarse de las manos de esa mujer, pero ella era más fuerte que él y lo tenía muy bien agarrado del cuello de la camisa. La malévola anciana lo llevo arrastrado a un corredor en el interior de la casa en el cual había un balde con agua y una esponja. "Lava todas las superficies de este pasillo y no te olvides de las otras cosas que hay que hacer después". Crisol, con gran desconsuelo, empezó a estregar las paredes del pasillo con la esponja. Como él fingió mansa obediencia, la mujer se confió de la actitud del joven y disminuyó un poco su fuerza de agarre. El retenido se dio cuenta de eso y entonces hizo un movimiento brusco y repentino con el cual se zafó de su carcelera y corrió lo más rápido que pudo dentro de esa casa buscando la forma de salir. Mientras la anciana lo perseguía, él chequeó las dos puertas: la delantera y la trasera, y después de varios intentos comprobó que estaban muy cerradas y atrancadas. La malévola anciana varias veces estuvo a punto de cogerlo, pero Crisol era más ágil y le hacía desquites.

La malvada vieja optó por usar otro mecanismo para atraparlo. Gritó fuertemente diciendo que necesitaba ayuda. Casi inmediatamente la casa fue rodeada de varios vecinos, los cuales pudieron ver a Crisol a través de la pequeña ventana que había en la casa. La malévola habitante del lugar descorrió la tranca que atrancaba la puerta de adelante y la casa de inmediato se llenó de varios ancianos con mirada de locos. Entre ellos y la anciana cogieron al joven de nuevo, pero esta vez fue de forma más brusca: uno lo cogió del pie derecho, otro del izquierdo; un anciano lo retuvo del brazo derecho, otro del izquierdo; una anciana que había entrado le halaba la cabeza; todos lo cogían de donde primero se les ocurría: el torso, el cuello, la cintura...

Crisol sentía gran incomodidad y dolor porque lo tenían colgado en el aire, en posición encorvada, con la cabeza y los pies en la parte más alta y parte de su espalda casi a ras del piso. Esto empeoraba con el hecho de que cada uno de sus retenedores lo halaba para lugares diferentes en forma caótica porque nadie había dicho para dónde debía ser llevado. La anciana residente de la casa les dijo que lo llevaran para el patio y entonces lo llevaron así colgado, atravesaron una pequeña puerta y llegaron a un patio que estaba cubierto de nieve. Allí los malévolos seres le quitaron la vestimenta a crisol, dejándole puesta sólo su ropa interior y entre todos se repartieron los objetos que él tenía en los bolsillos, que no eran de valor: una peinilla, una pluma para escribir, algunas monedas y una foto de Cristina en un pequeño portarretrato portable. Aunque estaban en la dimensión astral era posible que Crisol tuviera esos objetos porque era la correspondencia energética de lo que él casi siempre cargaba en su vida física.

En el lugar había tanta nieve que a Crisol lo cubría hasta la cintura y como estaba casi desnudo, tiritaba de frio. En poco tiempo empezó a sentir que sus piernas eran quemadas por la baja temperatura y su cara también se estaba entumeciendo. Crisol observó bien todos los alrededores para ver si había alguna forma de salir, pero no encontró ninguna. El patio estaba rodeado de cuatro paredes, las cuales no tenían ventanas y la única puerta que había era por la que lo habían introducido a ese lugar, la cual seguramente estaba bien atrancada y vigilada por sus captores. Encima del patio podía ver el firmamento, pero no podía volar para salir porque a pocos metros arriba del piso había una gran reja de hierro cubriendo toda la parte superior del patio.

El rubio joven pensó: "Estoy en Saturno, el cual es el último planeta de la prueba. El ángel me dijo que en el último cuerpo celeste si puedo actuar usando las leyes de la dimensión astral y entonces aquí no necesito hacer las cosas como si estuviese en el mundo físico. Una de las leyes de la dimensión astral es que unas cosas pueden atravesar otras. Este análisis hizo que él decidiera volar hacia arriba. Su cuerpo astral atravesó la reja y siguió hacia más arriba. Mientras ascendía vio abajo la casa volviéndose pequeñita y distante, lo cual lo cual le causo alegría.

Mientras el cuerpo astral de Crisol flotaba a gran altura sobre el planeta Saturno, el ángel que le había hablado un poco antes de ese recorrido por los planetas, apareció de nuevo a su lado.

—¡Felicitaciones!, has pasado las pruebas —dijo el celestial ser.

—Gracias —expresó Crisol con gran serenidad y armonía.

—Todo lo que hiciste para superar las pruebas es admirable, pero lo que es más digno de valorar es que al final te acordaste de que estabas en la dimensión astral y de que en ese último planeta podías aplicar las leyes de este mundo astral. Fuiste valeroso, seguiste las instrucciones y tuviste muy alto grado de consciencia.

—Me place haber superado las pruebas para poder así cumplir la misión —dijo el joven.

El ángel abrazó a Crisol con sus luminosos brazos, se despidió y desapareció. Crisol, complacido porque había superado las pruebas, se dirigió a la Tierra en dirección al castillo. Cuando llegó a la sede de la orden, el cuerpo astral del joven entró a su cuerpo físico que estaba acostado en el cuarto destinado para las salidas astrales, abrió los ojos lentamente, se paró y caminó en dirección a su cuarto.

El sabio joven entró a su habitación y tal como lo hacía todas las noches sacó su reloj de bolsillo, miró la hora, lo volvió a cerrar y lo guardó en el bolsillo de su pantalón de nuevo. Luego, el joven astrólogo se acercó al telescopio que tenía puesto en la ventana y observó con gran detenimiento a las estrellas. Cuando terminó, se ubicó en el escritorio que estaba al lado del telescopio y se dispuso a reflexionar y meditar. Después de poco tiempo escribió algo en el voluminoso libro en que llevaba los registros de los movimientos de los cuerpos celestes. Por último, apagó la vela y se acostó.

6. Los tenebrosos seres toman prisioneros

Al día siguiente en la mañana, después de desayunar, Cristina y Albert ayudaron a lavar platos y utensilios en la cocina. Después estuvieron en una sesión de yoga dirigida por Carmen, una mujer morena, delgada, de cabello largo y ojos pequeños que miraban con gran profundidad. Ella era la persona más experta de la orden en yoga. Crisol estuvo en una reunión con los altos maestros y directivos de la orden.

En la hora del almuerzo, como era habitual, Crisol, Cristina, Albert y el maestro Chang se sentaron en la misma mesa. El rubio joven al ver a su novia ya más recuperada física y psicológicamente del ataque de Lilith, le contó los peligros por los que Albert y él habían pasado en el mismo momento en que ella había sido agredida en la cara oculta de la luna: La aparición de las hadas, el alejamiento de ellas al asustarse por la llegada de las hinas, cómo estos animales los habían atacado a él y a su amigo, y la forma en que habían logrado vencerlos.

Crisol y Albert también le explicaron a la joven que las hinas que habían aparecido en la cara oculta de la luna y pelearon con los monyos de Lilith habían sido enviadas en un ritual por Crisol después de que él y Albert las vencieron. Cristina los escuchó y luego les dijo que los admiraba por su valentía y por la forma ingeniosa en que habían vencido a las hinas. Ella también les agradeció de nuevo por haberla salvado. Cristina y Albert estuvieron tentados de preguntarle a Crisol, acerca de lo que él había hablado con el ángel que se apareció al final de la salida astral a las estrellas, pero se abstuvieron de hacerlo porque sabían que Crisol a su tiempo se los informaría si era adecuado hacerlo.

En el lugar de las comidas, además de los miembros de la orden, estaban algunos visitantes porque a veces en la hora del almuerzo iban algunos familiares y amigos de los integrantes de la escuela de sabiduría. Todos estaban comiendo y hablando tranquilamente cuando llegó el maestro Sirio corriendo y desde la entrada señaló a una visitante, quien era una anciana que estaba sentada sola en una mesa, como si estuviese esperando a algún miembro de la orden. "Tú, vete", le dijo el maestro con tono firme. En ese mismo instante la supuesta anciana cambió de aspecto y se pudo ver lo que realmente era: un ser deforme y diabólico. Se trataba de una bestia con cabeza torcida y achatada, piel desgajada y ojos rojos. El horrendo monstruo tenía el cabello irregular porque en algunas partes del cuero cabelludo no tenía pelo y de otros lugares le salían mechones. Su pecho y abdomen eran como inflamados. Las extremidades eran torcidas y tenía siete dedos en cada pie y mano.

Al ver al abominable ser, Crisol le dijo a Albert que saliera del lugar con Cristina y la protegiera. Los que estaban en el lugar salieron corriendo, excepto Crisol y Chang que se pararon al lado del maestro Sirio para ayudarlo. Los otros miembros avanzados de la orden no se encontraban en ese momento en el lugar porque estaban en otras partes del castillo haciendo tareas especiales asignadas por el maestro Sirio. El monstruoso ser brincó sobre las mesas, riéndose y ladeando su cabeza mientras rotaba los ojos.

—¡Crisol, tráeme del templo la espada que usamos para los rituales y Chang por favor ve por el cuadro de protección con la estrella de cinco puntas que está en el salón administrativo —dijo el maestro Sirio sin moverse del sitio con el fin de poder estar pendiente de los movimientos del indeseable "visitante".

Crisol y Chang salieron corriendo a traer lo que el gran maestro les había encargado mientras el maestro Sirio señalaba con su mano derecha al monstruo, generando una especie de hilo energético que no dejaba ir muy lejos al horrendo ser. El diabólico intruso saltó sobre las mesas y también brincó a las paredes, de las cuales no se caía porque bajo sus pies tenía una sustancia pegajosa como la que tienen las moscas. El horrible ente echaba un ácido por la boca y lo escupía, quemando de esta manera el sitio donde caía, dejando un hoyo en el lugar.

El horrendo ser se acercó al maestro Sirio y escupió gran cantidad de ácido, tirándolo en la dirección en que el sabio anciano estaba. El maestro saltó a un lado y esquivó la corrosiva sustancia, luego movió sus manos en forma de espiral y de ellas salió una energía especial que formó un remolino energético, el cual llegó a donde estaba el monstruo. El abominable ser fue empujado fuertemente por el impacto energético, chocó contra la pared y cayó abruptamente al piso. De su costado izquierdo y su pierna derecha, salió sangre, la cual era de un color verde oscuro. El deforme ente a pesar de estar herido se paró y caminó un poco aunque lo hizo cojeando. Luego brincó sobre una mesa y de nuevo escupió ácido en dirección a donde estaba el maestro, pero de nuevo no logró acertar.

Al darse cuenta de que no podía quemar fácilmente al maestro con su corrosiva saliva, el monstruo abrió su boca y de ella salieron miles de avispas, las cuales se dirigieron volando en dirección al maestro. El sabio anciano entonces hizo un ademán con sus manos y al instante un círculo de fuego lo rodeó. Los insectos siguieron volando en la dirección que iban, haciendo caso omiso a las llamas, las cuales los quemaron. El abominable ser vio con horror cómo los residuos quemados de las avispas caían al piso.

El horrendo ente atacó de otra forma: de sus oídos, boca y fosas nasales salieron serpientes con pequeñas alas que se fueron volando en línea recta a donde estaba el maestro Sirio.

El líder espiritual de la orden hizo un nuevo acto mágico con sus manos y formó unos remolinos de vientos que con gran velocidad giraban alrededor de todo su cuerpo. Las serpientes, cuando estaban a punto de alcanzar al maestro Sirio, fueron lanzadas por los vientos que giraban contra las paredes del salón. Las culebras cayeron destrozadas y sin vida al piso ante la mirada atónita del atacante.

El monstro sacudió sus pies, los cuales parecían más unas raíces podridas de árbol, y de ellos salieron varias arañas muy grandes. Los arácnidos caminaron rápidamente en dirección a donde estaba el maestro Sirio, pero no se le pudieron acercar mucho porque el sabio anciano aún seguía con la esfera de viento girando alrededor de él. Debido a esa barrera, las arañas dejaron de caminar, lo rodearon a cierta distancia y desde ahí le tiraron telarañas. Los hilos naturales tirados por los arácnidos seres fueron movidos por los remolinos de vientos y formaron una semiesfera hueca alrededor del maestro.

El viento continuó girando en el espacio entre la semiesfera hueca de telaraña y el maestro que estaba en su interior. Él, entonces, movió sus manos, haciéndolas girar y murmuró una oración. Esto convirtió al viento en fuego, pero este recurso no funcionó porque el fuego no quemaba las telarañas ya que eran a prueba de fuego. El maestro, al darse cuenta de que el fuego no le servía de protección, hizo otro ritual y lo hizo apagar. Él trató de caminar, pero cuando sus pies tocaron las telarañas se pegaron a ellas y cayó al piso rodando, lo cual hizo que el resto de la capa de telarañas se pegara de su cuerpo. Las arañas siguieron tirando más y más telarañas hasta que el maestro quedó casi totalmente cubierto por una esfera sólida y pegajosa hecha de telarañas de la que sólo salían su cabeza y parte de sus brazos.

Debido a que las piernas quedaron totalmente cubiertas por las pegajosas telarañas, el maestro Sirio no podía caminar y las arañas se empezaron a acercar a él peligrosamente. En ese momento llegó Crisol con la espada y la movió formando una elipse en el aire, luego orientó la punta de la espada en dirección hacia donde estaba el monstruo y dijo unas palabras mágicas. Chang, que también había llegado al lado de él, sostenía un cuadro que tenía en el centro un pergamino, el cual tenía un dibujo de una estrella de cinco puntas con una de las puntas hacia arriba y unos símbolos especiales. El oriental maestro rotó el cuadro de manera que el dibujo quedara frente a la vista del abominable ser y también dijo una oración especial. Inmediatamente el horrible ente cayó al piso retorciéndose de dolor en todo su cuerpo.

El diabólico ser trató de pararse, pero no pudo porque los rituales de Crisol y Chang lo tenían casi inmóvil. Sin embargo, el peligro no había pasado totalmente porque las arañas ya habían llegado a donde estaba el maestro y se habían subido a las telarañas apelmazadas que cubrían casi todo el cuerpo del anciano, acercándose peligrosamente a su cabeza y brazos. El sabio maestro movió las manos de manera ritualista señalando con sus dedos a una pecera de vidrio que estaba detrás del monstruoso atacante, la cual estalló y se quebró. El agua que salió de la pecera que había explotado se regó por el piso y mojó los pies del monstruo. El demoníaco ser gritó con dolor al sentir el agua mientras su cuerpo se deshacía al contacto con el líquido. Mientras el agua deshacía el abominable ser, el aire se llenó de vapor de ácido producto de la reacción del líquido con el cuerpo del diabólico ente. En pocos segundos el cuerpo del monstruo se "desintegró" por completo.

El agua también mojó el lugar del piso donde estaban las arañas y el maestro Sirio. Al igual que como pasó con el horrible intruso, los arácnidos también fueron desechos por el agua cuando esta hizo contacto con sus cuerpos. Crisol y Chang se acercaron al maestro, le quitaron las telarañas que cubrían casi todo su cuerpo y lo ayudaron a levantarse del piso.

Durante la tarde, Cristina y Albert estuvieron con otros miembros de la orden en unos cultivos cercanos al castillo que también pertenecían a esa orden espiritual, ayudando a sembrar y recoger vegetales. Crisol estuvo en un salón del área administrativa porque en ese lugar continuó la reunión que los miembros más avanzados de la orden habían empezado en la mañana.

Más o menos a las cinco de la tarde, en la cena, Crisol, Cristina, Albert y Chang, se sentaron juntos a comer como era habitual.

—Tengo que informarles algo —dijo el joven astrólogo.

—¿Qué? —preguntaron Cristina y Albert al mismo tiempo.

—En la reunión con los altos maestros y directivos de la orden se decidió que la maestra Sedna, el maestro Quirón, Albert y yo, debemos ir a la reunión con los elementales —informó Crisol.

—¿Esa reunión es a la que convocó la reina de las hadas? —preguntó Cristina.

—Sí y el maestro Sirio sugirió que tú también fueras.

—¿Yo? —preguntó sorprendida su novia.

—¡Sí!, me dijeron que te preguntara si querías ir.

—Pues sí… pero… ¿a las hadas si les gustará que yo esté?

—El maestro Sirio es muy sabio. Si propuso que tú fueras es porque sabe que ellas van a sentirse a gusto de que tú asistas —respondió Crisol.

—¡Sí!, ¡sí iré! quiero ver a las hadas de nuevo —dijo Cristina.

—¿A qué horas debemos salir para allá? —preguntó Albert.

—Pronto, a las siete de la noche, pero debemos reunirnos media hora antes de eso en la sección administrativa para coordinar detalles —respondió Crisol.

—Les deseo mucha suerte —dijo Chang, quien ya sabía de ese viaje, pero había callado porque lo más adecuado era que el mismo Crisol lo informara.

—Gracias —le respondieron los otros.

Después de este diálogo terminaron de comer y se despidieron. Crisol se dirigió para su cuarto a recoger lo que necesitaba para el viaje. Albert y Cristina también fueron a los closets de sus respectivos dormitorios por lo que iban a llevar.

Algunos minutos después de las seis de la tarde, los que iban a ir a reunirse con las hadas: Crisol, La maestra Sedna, Cristina, Albert y el maestro Quirón, se encontraron en el salón administrativo y tuvieron la reunión para planear el viaje. También hicieron un ritual en el salón de meditaciones para estar protegidos y se fueron para la puerta del castillo. Allí los despidieron todos los otros miembros de la orden y el maestro Sirio les dio una bendición especial. Después de esto los cinco salieron con destino a las cuevas del peñasco gris. Su viaje iba a ser a pie porque si se iban en caballos atraerían enemigos.

Crisol y sus compañeros, después de caminar durante algunos minutos por entre unos bosques y senderos, vieron unos destellos que venían del firmamento. Ellos miraron hacia arriba y vieron un paisaje hermosísimo que ningún mortal había visto antes. En el aire se veían miles de hadas, elementales del aire también llamados "Sílfides", luminosas y radiantes. Las hadas estaban organizadas como enjambres de abejas, formando figuras parecidas a conos inversos. Los humanos notaron que esta vez había varias clases de hadas: unas tenían el cabello dorado, ondulado y largo; en cambio otras lo tenían castaño oscuro, liso y un poco más largo. Algunas hadas tenían los ojos de color verde-azul y otras de color azul, unas tenían ojos muy grandes y otras los tenían pequeños. Las alas no eran todas iguales: la mayoría de las hadas tenía dos pares de alas delgadas y trasparentes como las de las libélulas, pero con bordes dorados; también había algunas con alas como de mariposa, con diferentes colores en los cuales primaba mucho el azul y el naranjado. Casi todas las sílfides eran delgadas, pero algunas de ellas tenían el cuerpo voluminoso y eran un poquito más bajitas que las delgadas. En lo que sí se parecían todas las hadas era en su piel blanca y lisa como de porcelana y en sus pulidos zapatitos de tela.

Muy cerca a los humanos aparecieron caminando también muchos gnomos, los elementales de la tierra. En esta ocasión había dos clases de gnomos, repartidos en dos grupos.

El primer grupo estaba conformado por una clase de gnomos pequeños que tenían brazos y pies largos en proporción al tamaño de sus cuerpos; eran como una especie de enanos. Los gnomos de género masculino pertenecientes a esta clase tenían la cara arrugada como de ancianos, barbas largas y gorros altos; usaban camisas y pantalones largos y calzaban botas, las cuales asentaban fuertemente sobre la tierra al caminar. Estos gnomos machos llevaban antorchas. Los gnomos de género femenino de esta clase usaban vestidos de seda de color rosado y al igual que los machos tenían la cara arrugada. Ellas no usaban gorro y sus cabellos eran largos y de color castaño claro, los cuales casi siempre estaban cogidos en forma de trenzas. También calzaban botas, pero más pequeñas que las de los machos. La orden espiritual, de la que eran miembros Crisol y sus amigos, llamaba los seres machos de esta clase de gnomos enanos con el nombre de "Elfos" y las hembras las denominaba "Elfas".

En el segundo grupo iba otra clase de gnomos muy diferente. Estos eran demasiado delgados y algo altos, no usaban gorros, tenían cara larga y eran casi calvos. Estos gnomos usaban camisas y pantalones cortos y no tenían puestas botas sino zapatos normales aunque hechos en forma rústica. Las compañeras de estos gnomos eran, tal como ellos, muy delgadas y no tenían mucha diferencia con los machos. Estas hembras podían ser distinguidas visiblemente de los machos porque ellas usaban faldas y su cabello era largo, aunque poco abundante. Los machos de esta clase de gnomos delgados eran llamados "Thinos" y a las hembras la orden blanca se les puso el nombre de "Thinas".

Volando dentro y alrededor de la candela de las antorchas que llevaban los gnomos iban las salamandras, elementales del fuego muy brillantes y luminosas. Había tres clases de salamandras: unas eran parecidas a las hadas con piel pulida y alas, emanando fuego de sus cuerpos (llamadas "Handras"); otras tenían cuerpo como de persona, rodeadas de candela también (denominadas "Persandras"); y la tercera clase eran unos seres que tenían la forma de pequeños dragones voladores con alas parecidas a las de los murciélagos, cuerpo como de dinosaurio en miniatura, orejas puntiagudas y boca saliente como la de los caballitos de mar (que tenían el nombre de "Dracadras").

Las Salamandras de todos los tipos eran de un color rojizo, el cual se acentuaba bastante cuando el fuego que emanaban se encendía más. Las salamandras se acercaban a los objetos que tenían luz o calor (fogones, chimeneas, fogatas...) que había en el camino y giraban alrededor de ellos (tal como lo hacen algunas mariposas que vuelan en círculos alrededor de las lámparas de aceite). Ellas, después de girar rodeando los objetos luminosos, volaban velozmente y volvían a acercarse al fuego de las antorchas que llevaban los gnomos para continuar avanzando con el grupo.

Por todos los ríos y riachuelos que había cerca al camino iban nadando muchas sirenas, elementales del agua que a veces también eran llamadas ondinas. Estos seres tenían cabeza, brazos y torso de persona, pero de la cintura hacia abajo tenían cuerpo de pez con escamas, aletas y sin pies. Había varias clases de sirenas, pero no tenían mucha diferencia entre sí. Lo que permitía distinguirlas era la cantidad de aletas y el color de su piel. Podían tener dos, cuatro o seis aletas a los lados; y en la piel de algunas predominaba el color azul, en otras el verde y en pocas de ellas el naranjado.

—¿Qué son todas esas criaturas? —preguntó Albert.

—Son los elementales —respondió Crisol—. Las de aire son llamadas hadas o sílfides. Los que van caminando son los elementales de la tierra, los gnomos.

—¿Y qué son esas figuras que van volando alrededor de las antorchas de los gnomos? —preguntó Cristina.

—Son las salamandras, los elementales del fuego —contestó la maestra Sedna—. Pronto pasaremos por un río y también veras allá nadando a las ondinas o sirenas, que son los elementales del agua.

Luego pasaron efectivamente cerca a la orilla de un río pequeño y pudieron ver las sirenas con aspecto de persona de la cintura hacia arriba y cuerpo de pez en la parte inferior. Ellas iban nadando y a veces sacaban la cabeza del agua para ver cuán cerca estaban de su destino.

Después de esto vieron algo aún más sorprendente por el firmamento. En los espacios que había entre los "enjambres" de hadas iban avanzando en la misma dirección unos torbellinos, los cuales eran como una especie de pequeños tornados. Esos remolinos de aire intrigaron a Cristina y Albert porque no se veía nada que crease las pequeñas turbulencias y sólo se distinguía viento girando.

—Los torbellinos que ven girando en lo alto son los etéreos —dijo el maestro Quirón.

—Esos pequeños tornados no son seres en sí mismos sino fuentes energéticas que hemos creado en la orden espiritual —expresó la maestra Sedna para complementar.

Cristina y Albert, en su condición de miembros nuevos de la orden, estaban sorprendidos de que existiesen tantas criaturas que ellos no conocían antes. Sin embargo, aun para los miembros antiguos de la orden era un gran deleite ver la belleza de esos elementales y los contrastes de las luces de esos multicolores seres con la oscuridad de la noche.

—¿Las personas comunes pueden ver a todos estos seres también? —preguntó Cristina.

—¿Ves a esos dos señores que vienen por ese camino? —dijo Crisol, respondiéndole en forma de pregunta también.

—Sí.

—¡Observa bien lo que va a pasar!

Los miembros de la orden vieron que los dos hombres que venían caminando en dirección opuesta a los elementales estaban a punto de "chocarse" con los gnomos, pero en vez de eso lo que pasó fue que los dos transeúntes traspasaron a los gnomos como si no existiesen y siguieron hablando entre ellos sin notar nada diferente en el ambiente.

—El universo está habitado de trillones y trillones de seres invisibles para los humanos comunes. ¡Sólo los que tengan conciencia y estén preparados los pueden ver! —dijo el maestro Quirón.

Crisol les dijo que debían caminar más rápido y por lo tanto apuraron más el paso. La rapidez no evitaba que disfrutaran la vista de la gran cantidad de elementales que iban cerca de ellos dirigiéndose hacia el mismo destino: Las cuevas del Peñasco Gris.

Cuando llegaron a la entrada principal de la cueva ya estaba muy de noche, pero podían ver claramente cómo los elementales entraban a ella porque el lugar estaba iluminado por las luces que emitían las hadas, las salamandras y las antorchas que llevaban los gnomos.

Dos riachuelos pequeños llegaban a la entrada de la cueva principal y por ellos llegaban nadando las sirenas en forma calmada. Por encima de ellas, en una franja de tierra entre los dos pequeños ríos, entraban a la caverna los gnomos machos caminando fuertemente con sus botas, acompañados por los gnomos hembra con sus vestidos rosados. Las salamandras llegaban volando siguiendo la luz de las antorchas que los gnomos llevaban, iluminando más el paisaje con su propia luz. Por encima de estos elementales se veían muchas hadas que parecían radiantes y delgadas muñecas emitiendo también algo de luz. Ellas al volar formaban espirales cónicas cuyos vértices estaban en la entrada del gran túnel subterráneo.

Justo en el medio del sitio de ingreso a la gran cueva, suspendidos en el aire, estaban los etéreos girando y formando remolinos. Estos vórtices de energía se veían más extraños de cerca porque no se les veía nada en el centro, como si hubiese en su interior alguna masa invisible. Se podía notar que estos torbellinos deformaban un poco el espacio como si fuesen una especie de hoyos negros, solo que estos no eran oscuros. Los etéreos no sólo tenían mucha energía sino que también eran muy bellos porque reflejaban las luces emitidas por las hadas, las salamandras y las llamas de las antorchas de los gnomos y en ese proceso multiplicaban los destellos tal como lo hacen los caleidoscopios.

—¿Por qué los etéreos al girar no absorben a los elementales ni a nosotros? —preguntó Cristina.

—Estos torbellinos energéticos son creados en la orden espiritual y se alimentan de la energía de los miembros, del campo magnético de la tierra y de la energía cósmica en general. Como parte de la energía es nuestra, ellos son selectivos y sólo deforman o absorben a nuestros enemigos —le respondió la maestra Sedna.

—Si los elementales pueden atravesar la materia, ¿por qué todos están pasando por la entrada? —preguntó Albert.

—La razón de eso es que en la entrada a la cueva hay unos cuarzos que dan energía especial a todos los seres que entran —respondió el maestro Quirón.

—¡Estoy percibiendo algo! —dijo Crisol.

La maestra Sedna, el rubio joven y el maestro Quirón miraron hacia arriba. Cristina y Albert hicieron lo mismo como acto reflejo. Todos pudieron ver unos seres alados que volaban varios metros encima de la entrada a la cueva.

—¡Dracos enviados por Lilith! —dijo la maestra Sedna.

—¿Ellos pueden bajar a atacar? —preguntó Albert sorprendido.

—¡Esperen!, observen lo que va a pasar —dijo el maestro Quirón.

Todos siguieron mirando detenidamente hacia arriba y vieron que las bestias voladoras descendieron en su vuelo. Luego se oyeron golpes como de choques porque los alados seres se estrellaron contra algo invisible. Los dracos se alejaron emitiendo chillidos de dolor mientras Cristina y Albert se miraban sorprendidos.

—¡Estamos protegidos! —dijo Crisol.

—Sí, ¿pero qué es lo que nos protege? —preguntó Albert.

—Un campo magnético que forma una semiesfera arriba y otra semiesfera hacia abajo —respondió la maestra Sedna.

—¿Quién la construyó? —preguntó Cristina.

—¡Los maestros de la orden lo creamos en una meditación que hicimos antes de salir para acá! —dijo el maestro Quirón.

—¡Las hinas también están tratando de atravesar la esfera magnética en algún lugar no muy lejano! pero no la podrán cruzar —expresó la maestra Sedna.

Antes de entrar a la cueva, los cinco humanos se dedicaron a observar más de cerca a todos los elementales. Era maravilloso ver, especialmente, las luces emitidas por las antorchas de los gnomos, las salamandras que estaban cerca de ellas y las hadas. Además era un bello espectáculo el contraste de las luces de los elementales que ya habían entrado, con la oscuridad que venía del interior de la cueva, y era extasiante ver cómo resaltaban en el semi-oscuro firmamento las luces emitidas por los elementales que aún estaban afuera de la cueva. Sin embargo, había algo aún más espectacular: Los etéreos, vistos de más cerca. Desde poca distancia se podía ver mejor su misteriosa y encantadora magia: la forma en que emitían sus propias luces de varios colores (rojas, azules y amarillas) y también cómo tomaban las luces que emitían los elementales y las reflejaban mezcladas y ampliadas, viéndose así un mosaico de luces de espectacular belleza.

Crisol y sus compañeros de la orden entraron juntos a la cueva. En la entrada, justo en la mitad entre las dos corrientes de agua, vieron los cuarzos trasparentes de los que habían hablado antes, incrustados en una roca. En el interior de la gran caverna había muchos túneles que llevaban a diferentes direcciones. Ellos entraron al túnel por el cual iban todos los elementales avanzando. Luego de caminar varios metros, Crisol y sus amigos llegaron a un lugar muy amplio el cual tenía antorchas puestas en las paredes. El sitio era casi circular y daba la impresión de ser un lugar de conferencias, sólo que no era una construcción convencional sino algo casi enteramente natural y algo rocoso, tallado en el interior de la gran cueva. El lugar tenía una energía positiva especial, la cual era sentida por Crisol, su novia y los otros tres acompañantes pertenecientes a la orden espiritual.

Todos los elementales que llegaban se ubicaban cerca al fondo del lugar. Las hadas y salamandras, por ser criaturas voladoras, se quedaron en el aire flotando; los gnomos se sentaron en el piso y las sirenas permanecieron nadando en un recodo del río que pasaba por parte de la entrada a la caverna. Crisol y los otros humanos notaban que todos los elementales que llegaban miraban a un lugar específico en el fondo del gran espacio entre la cueva. Ellos se acercaron un poco más a ese sitio y vieron que allí había una roca ancha y casi plana que estaba más alta que el resto del lugar. Sobre esa especie de plataforma había un altar formado por una mesa hecha de piedra, encima de la cual había cuarzos y piedras preciosas y semipreciosas de diferentes colores y tonos. Sobre ese altar también había varias lámparas de aceite. Tras del altar estaba la reina de las hadas sentada en una silla parecida a la que usaban los reyes, pero hecha de piedra.

La majestuosa sílfide lucía solemne y radiante con su cabello dorado y largo, ojos verde-azules muy grandes, dos pares de alas doradas y cuerpo muy radiante emitiendo casi enceguecedores rayos dorados. Tras de ella estaban siete hadas batiendo sus alas y flotando en el aire, pero sin desplazarse, quienes eran sus protectoras y asistentes. Estas sílfides eran muy parecidas a ella, pero un poco menos altas. En la rústica pared, en lo alto, atrás de la reina de las hadas, estaba pintado con resplandecientes colores un dibujo que era el mismo que tenía en la parte de arriba de su báculo de cristal: una representación de siete rizos de cabello entrelazados pintados con un color dorado muy brillante.

Cerca al hada madre, sentado también en una silla de piedra, estaba el líder máximo de los gnomos. Él era mucho más grande y gordo que el resto de ellos y su barba también era más abundante y larga. El rey de los gnomos tenía en la mano una gran antorcha, cerca de la cual volaba la reina de las salamandras: una especie de criatura de gran tamaño, entre fascinante y atemorizante a la vez debido a su cuerpo de dragón con alas gigantes como de murciélago, orejas puntiagudas y boca en forma de tubo. La salamandra suprema era de un color rojizo muy intenso casi enceguecedor y la rodeaba una gran candela emitida por ella misma.

En el río que atravesaba el lugar y seguía su cauce por debajo de la plataforma, estaba la reina de las sirenas muy cerca del altar donde estaban los otros líderes de los elementales. Ella era muy parecida a las sirenas normales, de la cintura para arriba era como un ser humano y en la parte inferior del cuerpo tenía forma de pez. La diferencia era que la sirena regente era más grande que el resto de sirenas, su color era muy azuloso y tenía ocho aletas mientras que las otras tenían dos, cuatro o seis.

Encima de la plataforma, casi a la altura del techo de la gran sala rústica, estaba el etéreo más grande de los que habían sido creados en la orden espiritual antes de que los cinco miembros partieran a ese lugar. Se trataba de un torbellino de gran tamaño, el cual emitía gran variedad de luces, unas propias y otras reflejadas con mezclas de brillos y tonalidades. Este gran remolino de energía y luz tenía una forma extraña porque su energía parecía deformar el espacio. El especial torbellino era mirado detenidamente por Albert y Cristina porque ellos nunca habían visto algo así ya que, de las cinco personas que se encontraban en ese sitio, ellos dos eran los más nuevos en la orden espiritual.

El hada madrina empezó a hablar:

—¡Hola amados míos!, ¡gracias a todos por venir! El motivo de este encuentro es informarles que Lilith, la líder de los monyos que habitan en la cara oculta de la luna, quiere apoderarse de la Tierra. Para lograr su objetivo ella se ha aliado en los últimos días con Hinor el jefe de las hinas que antes era su enemigo. También se unió a ellos Zifú, el líder de los tenebrosos hombres murciélagos demoníacos que habitan en los submundos bajo la superficie de este planeta, el cual ha sido amigo del líder las hinas. Ellos tomaron prisioneros muchos elementales de toda clase. Gran cantidad de hadas, gnomos, sirenas y salamandras están retenidos en las cuevas de Vulcano, en unas islas lejanas en el mar. Además, están robando a distancia la energía a todos los elementales que existimos. Hay que liberar a nuestros hermanos y hermanas y detener a nuestros enemigos pronto porque, de lo contrario, la Tierra poco a poco se quedara sin la ayuda y el sustento energético de los elementales y entonces las plantas, los animales y las personas desaparecerán de la faz de este planeta. Lo que debemos hacer es…

La majestuosa líder de las hadas no pudo acabar la frase; dejó de hablar porque en ese momento toda la rústica sala se llenó de una niebla espesa de color gris. Cuando se disipó la bruma, los elementales asistentes y los miembros de la orden vieron que los líderes de los elementales habían sido encerrados en jaulas de hierro, las cuales tenían las puertas aseguradas a los barrotes con gruesos hierros retorcidos. También notaron que al lado de las jaulas estaban varias hinas, monyos y la líder de estos últimos, Lilith. Estos maléficos seres habían apresado a los líderes de los elementales y estaban en posición amenazante para evitar que sus prisioneros fueran liberados por los otros elementales o los miembros de la orden que estaban en el lugar.

La reina de las hadas quedó sola en una de las jaulas, la cual empezó a ser arrastrada por varios de los guerreros de Lilith. El rey de los gnomos, con su antorcha aún en la mano y la reina de las salamandras quedaron en otra jaula. Estos dos habían sido encerrados juntos porque sus enemigos sabían que la máxima líder de las salamandras no podría vivir mucho tiempo lejos del fuego de la antorcha que tenía el rey de los gnomos y los necesitaban vivos. La jaula en la que estaban encerrados el regente de los gnomos y la reina de las salamandras era empujada por varias hinas y monyos. La máxima líder de las sirenas que estaba en el río cerca de la plataforma también fue encerrada en una jaula dentro del agua, y varios monyos que sabían nadar también estaban en el río sosteniéndola para que el agua no la arrastrara mientras Lilith decía qué hacer con ella.

Los remolinos de energía y luz no quedaron encerrados en ninguna jaula porque estos no eran seres vivos ni cosas tangibles que pudiesen ser cogidas y metidas en jaulas. Sin embargo, aunque se tratase de centros girantes de energía, algunos monyos trataron de cogerlos. Los etéreos, con su tremenda fuerza girante, en vez de dejarse atrapar trataron de absorber a los monstruos de Lilith que se trataban de acercar a ellos, ante lo cual diabólicos monyos tuvieron que retroceder y desistir de su intento.

—Algún traidor de la orden desactivó la cúpula energética de protección —le dijo Crisol a la maestra Sedna y al maestro Quirón.

Los tres sabios humanos orientaron sus manos en dirección a los etéreos con el fin de que estos con su energía rotante dañaran las jaulas y así los regentes de los elementales pudiesen escapar de sus captores. Los torbellinos empezaron a deformar un poco las jaulas, pero en ese momento llegó, desplazándose a cierta distancia sobre el piso, un etéreo aún más grande. Este remolino de viento que había acabado de llegar giró con gran velocidad y trató de absorber los etéreos que estaban tratando de dañar las jaulas. Los miembros de la orden se sorprendieron porque ellos no sabían, hasta ahora, que las fuerzas oscuras pudiesen crear y manejar etéreos. Además, por alguna razón aún desconocida para ellos, el etéreo de su enemigo era más grande y fuerte. La maestra Sedna, Crisol y el maestro Quirón orientaron sus manos a los etéreos que ellos manejaban e hicieron que se juntaran en uno solo más poderoso para poder vencer al gran etéreo de sus enemigos. Los dos grandes remolinos trataron mutuamente de neutralizarse mientras los elementales se mantenían a distancia para no ser afectados por ellos.

Crisol y los otros dos maestros, sin dejar de orientar las manos hacia su etéreo, buscaron con su mirada para identificar quién estaba enviándole energía al etéreo de sus enemigos. Pronto vieron a un ser semioculto tras de una roca cercana a la plataforma. Se trataba de un ser vestido de monje que usaba un traje café y tenía una gran capucha que tapaba su rostro. Cristina también lo vio e inmediatamente pensó: "Es el mismo ser que a veces me sigue". Ella no habló porque estaba asustada por todo lo que estaba pasando y además sus amigos estaban concentrados manejando el etéreo, pero se arrepintió de no haberle dicho a su novio que ella había estado viendo aparecer a ese ser en los días previos.

Las jaulas que estaban en tierra con los líderes de los elementales dentro ellas, seguían siendo arrastradas por hinas y monyos hacia unos túneles que conducían al interior de la gran cueva. Crisol y los otros dos maestros sabían que había que hacer algo más para evitar que sus enemigos se llevasen a los líderes de los elementales y entonces, sin dejar de orientar sus manos en dirección a su etéreo, corrieron y trataron de acercarse a las jaulas para tratar de liberar a los prisioneros. Varios elementales, al ver esto, también hicieron el intento de arrimarse a las jaulas para salvar a sus líderes. Los gnomos se aproximaron caminando y las salamandras y las hadas se acercaron volando.

Ni los miembros de la orden ni los elementales pudieron arrimarse a las jaulas porque Lilith hizo unos ademanes mágicos con sus manos y les tiró ráfagas de fuego que salieron de las puntas de sus dedos. En el lugar también apareció erguida una hina gigante. Esta bestia con unos movimientos mágicos de sus patas delanteras que ahora usaba como manos tomó a distancia agua del río que pasaba por un sector del gran espacio dentro de la cueva y se la tiró a las salamandras. Estos elementales del fuego tuvieron que retirarse volando con el fin de que el agua no les apagase la continua llama que había alrededor de sus cuerpos, porque esto los hubiese matado. Crisol y los dos maestros de la orden reconocieron a la gigantesca hiena erecta que había aparecido en el sitio: se trataba de Hinor, el líder de las hinas. Hinor había sido acérrimo enemigo de Lilith, pero ahora su presencia al lado de ella, confirmaba que él se había aliado con Lilith para destruir juntos a los elementales y apoderarse del planeta Tierra.

En vista de que el etéreo de los miembros de la orden no podía por ahora dañar las jaulas para liberar a los prisioneros por estar en la lucha con el etéreo rival, el maestro Quirón, Crisol y la maestra Sedna se comunicaron telepáticamente entre sí y de esta manera decidieron dejar de orientar sus manos hacia su centro girante de energía. Debían hacer esto con el fin de tener las manos libres para hacer algo más mientras los torbellinos seguían en su lucha. En el momento en que el etéreo de la orden dejo de recibir la energía de las manos de los tres humanos su energía se disminuyó, pero no había más opción. Como ya podían usar sus manos, la maestra Sedna, Crisol y el maestro Quirón se quitaron las capas que tenían en la espalda y trataron de acercarse a las jaulas, llevando las capas por delante con sus dos manos. De este modo las capas les servían de escudo porque tenían un poder especial.

Lilith e Hinor les tiraron fuego y agua a los tres miembros avanzados de la orden, pero un poco antes de llegar a ellos el agua se evaporaba y el fuego se apagaba debido al efecto protector de la energía de las capas. Albert y Cristina, al observar esto, se asombraron porque a ellos también se les había dado trajes con capas para usar en esta misión, pero no sabían hasta ahora que esa parte del traje tenía poder de protección. Ya conscientes de esto, ellos también decidieron acercarse a las jaulas usando las capas como escudos. La líder de los monyos y el jefe de las hinas también les tiraron fuego y agua a los aprendices, pero ocurrió lo mismo. El fuego se extinguió y el agua se evaporó un poco antes de llegar a ellos debido al efecto mágico de las capas. De esta manera Crisol y sus compañeros se acercaron a las jaulas que los monyos y las hinas arrastraban con sus prisioneros adentro, las cuales estaban ya en las entradas de los túneles que llevaban al interior de la gran cueva.

A la jaula en la que estaban prisioneros juntos el rey de los gnomos y la reina de las salamandras, se le acercaron Crisol y Albert. Cada uno de ellos siguió sosteniendo la capa con una mano en dirección a donde estaban Lilith e Hinor y con la otra mano tratando de encontrar una forma de abrir la puerta de la jaula o dañar los barrotes. Las hinas y los monyos a cargo de esa jaula trataron de empujar a los dos jóvenes, pero ellos no se dejaron desprender de los barrotes de la gran jaula. Crisol y Albert, a pesar de hacer muchos intentos, no lograron dañar los barrotes ni abrir la puerta de la jaula y entonces decidieron por lo menos halarla en dirección contraria a la que la arrastraban las hinas y los monyos. Esto disminuyó un poco la velocidad con que los miembros de las fuerzas oscuras arrastraban la jaula, pero no los detuvo porque ellos tenían más fuerza física que los miembros de la orden. A la reina de las hadas la trataron de rescatar Cristina y la maestra Sedna, pero sus esfuerzos fueron infructuosos porque la puerta de la jaula en donde estaba encerrada la suprema hada madrina estaba muy bien sellada.

El maestro Quirón se tiró al río que pasaba por una parte del gran espacio en la cueva para tratar de liberar a la reina de las sirenas que bajo el agua estaba prisionera dentro de la jaula que era sostenida por varios monyos. Los demoníacos seres no dejaron que Quirón sacara a la sirena de su encierro, empujándolo fuertemente. Debido al forcejeo, los monstruos no podían sostener mucho a la jaula y entonces esta fue arrastrada por la corriente del río. El maestro Quirón no se dio por vencido y nadando siguió a la jaula y a los monyos que la custodiaban. Como la jaula no estaba sumergida del todo, Crisol y Sedna desde tierra vieron cómo el agua arrastró a la sirena en su encierro, al maestro Quirón y a los monyos que estaban en el agua. Pronto ellos se perdieron de vista en un recodo del río que daba un giro en un túnel dentro de la gran cueva. La maestra Sedna y Crisol no se tiraron al río por el que fue arrastrado el maestro Quirón porque ellos sabían que él sabía nadar muy bien y además ambos necesitaban seguir tratando de rescatar a los elementales que estaban siendo arrastrados dentro de sus metálicos encierros por monyos e hinas hacia el interior de la cueva.

Crisol y Albert no se soltaron de jaula donde estaban encerrados el gnomo gigante y la salamandra líder a pesar de que eran arrastrados con ellos. Cristina y la maestra Sedna tampoco se despegaban del metálico encierro donde estaba prisionera la reina de las hadas. En vista de que las jaulas eran conducidas por túneles diferentes, sólo se podían ver entre sí los que estaban juntos: Crisol con Albert y la maestra Sedna con Cristina.

El rubio joven trató de comunicarse telepáticamente con el maestro Quirón para saber en qué condiciones estaba, pero no recibió respuesta, entonces usando también telepatía le comunicó a la maestra Sedna que no había podido comunicarse psíquicamente con el maestro Quirón. La maestra le respondió que ella había tratado de hacer lo mismo y tampoco tuvo éxito. Crisol y la sabia mujer tomaron en forma telepática la decisión de usar el ritual máximo de la orden para liberar a los líderes de los elementales, pero la comunicación psíquica se cortó porque ese momento el joven astrologo vio que aparecían varias gárgolas volando por el túnel.

Albert, que estaba al lado de Crisol, se asustó mucho al ver el aspecto de esas bestias voladoras llamadas gárgolas. Estos horrendos seres tenían sus brazos más largos de lo normal, y manos y pies en forma de garras. Sus cabezas eran parecidas a las de los murciélagos, pero tenían un cuerno gris en su frente. Estos seres volaban rápidamente batiendo sus alas, las cuales eran parecidas a las de los murciélagos. Las gárgolas se chocaron adrede con los bordes del túnel haciendo desprender rocas, las cuales cayeron muy cerca al lugar donde Crisol y su amigo Albert estaban. Estos no tuvieron más remedio que soltar la jaula y correr buscando un sitio para protegerse.

En el lugar donde estaban Cristina y la maestra Sedna aparecieron volando también varias gárgolas, haciendo caer rocas que había en el borde del túnel sobre ellas. Ellas dejaron de tratar de sacar a la reina de las hadas del metálico encierro y se alejaron para buscar un lugar que estuviese fuera de alcance de las grandes piedras. Las dos mujeres no pudieron encontrar un sitio seguro a tiempo y sobre la cabeza de Cristina cayó una roca mediana. La rubia joven cayó desmayada al piso y de su cabeza empezó a manar sangre. La maestra Sedna se arrimó y la trató de despertar, pero no fue posible y optó por arrastrarla hasta que encontró un hueco grande que había a un lado del túnel, debajo de una roca. Se metió a ese espacio halando a

Cristina que seguía inconsciente y se sentó en el lugar. Como ya estaban en un sitio al cual no le podían caer rocas, la maestra Sedna acomodó a Cristina para que estuviera bien acostada y recostó la cabeza de la joven sobre sus piernas. Luego de esto la maestra cerró los ojos y empezó a murmurar una oración con el fin de que los ángeles le ayudaran a sanar a su amiga

Crisol y Albert, en el otro laberinto subterráneo, continuaron esquivando las piedras mientras buscaban hacia qué lugar dirigirse. Ellos vieron que en la parte de la cueva por donde iban era más alto el techo rocoso y los lados del túnel estaban más distantes. Era un lugar más amplio, pero el terreno firme para caminar era muy estrecho. El sitio tenía el aspecto de una mina abandonada con muchos espacios vacíos, pero esto en vez de ser ventaja era algo en contra porque al lado del camino había unos precipicios a los cuales no se les veía ni siquiera el fondo. Varias gárgolas se les acercaron batiendo sus alas fuertemente y los empujaron por uno de los abismos. Crisol cayó varios metros abajo en una roca saliente que había y Albert quedó colgando, pegado con sus manos, del borde del precipicio.

El moreno joven en vez de tratar de trepar hacia arriba prefirió descender por los bordes rocosos del precipicio hacia la saliente donde estaba su amigo quien no se movía ni hablaba. Cuando Albert estuvo al lado de Crisol le preguntó en voz baja si estaba bien, pero no obtuvo respuesta. Él le movió un poco la mano derecha al rubio joven, pero este no se movió. Puso dos de sus dedos en el cuello de su amigo y notó que tenía pulso. Esto lo tranquilizó un poco porque era señal de que Crisol seguía con vida. Sin duda, el rubio joven estaba inconsciente. Albert chequeó bien el cuerpo de su compañero para ver si tenía alguna herida visible y no encontró ninguna, pero le preocupaba el hecho de que Crisol pudiese tener alguna herida interna grave. El moreno chico no quiso mover a su compañero porque eso empeoraría cualquier posible lesión interna. Por ahora lo único que podía hacer era sentarse al lado de su amigo para defenderlo si ocurrían más ataques y esperar a que recuperara la consciencia.

Las gárgolas dejaron de atacar a los dos grupos de humanos que había en los dos túneles porque siguieron resguardando el avance de las jaulas que fueron llevadas rápidamente al interior de la cueva.

Cristina siguió inconsciente en el piso de la cavidad que estaba en uno de los túneles de la gran cueva mientras a su lado la maestra Sedna seguía tratando de hacerle recuperar el sentido. En otro túnel Crisol también continuaba sin consciencia mientras era cuidado por su amigo Albert.

La rubia joven no era consciente para el mundo físico, pero su mente estaba activa interiormente, entonces empezó a ver su vida de adelante hacia atrás. Primero los últimos sucesos, luego lo que pasó antes y así sucesivamente retrocediendo en el tiempo. Vio cuando las gárgolas habían atacado y una roca le había caído en la cabeza. Después se vio a sí misma cuando, en compañía de la maestra Sedna, había tratado de liberar a la reina de las hadas cuando fue hecha prisionera y cómo la jaula era arrastrada por las hinas y los monyos. Recordó también cuando una niebla gris inundó todo el lugar y cuando se disipó se pudo ver que los regentes de los elementales habían quedado prisioneros en jaulas. También pudo ver en su mente cuando ella y sus otros cuatro acompañantes entraron a la gran cueva y cuando salieron del castillo para este lugar, al terminar la tarde.

Cristina, en su inconsciencia para la dimensión física, siguió mentalmente retrocediendo en el tiempo. Percibió lo que pasó el día anterior, pero en orden inverso. Primero vio la salida astral que tuvo con Crisol y Albert en la cual fueron a otros lugares de la Tierra, observaron con gran deleite la aurora boreal, jugaron volando sobre planetas, fueron a las estrellas y vieron unos ovnis; después percibió la meditación dirigida por el maestro Sirio en la que vio a muchos ángeles y almas de personas y animales, unas queriendo ser engendradas y otras muriendo; también pudo ver cuando fue al bosque de la cascada dorada con su novio y vieron los gnomos y las hadas; luego, cuando fue con Albert y Chang a recoger plantas medicinales a unos bosques cercanos: y posterior a esto, por su mente espiritual pasaron escenas de sucesos ocurridos cuando hizo la salida astral a la luna, especialmente cuando fue atacada por los monyos dirigidos por Lilith, y cómo su novio la había salvado.

Crisol, quien también estaba en una especie de coma, al igual que su novia empezó a ver los sucesos más importantes de su vida retrocediendo en el tiempo. Primero vio el momento en que las gárgolas los habían atacado a él y a su amigo Albert y los habían empujado por el precipicio; después se vio a sí mismo y a Albert acercarse a la jaula donde estaban prisioneros el líder de los gnomos y la reina de las salamandras para tratar de liberarlos mientras la jaula era arrastrada por las hinas y los monyos de Lilith; posterior a esto, pasó por su mente la escena del momento en que una niebla gris llenó el lugar de la reunión y cuando se disipó la nube y todos vieron que los líderes de los elementales estaban prisioneros en jaulas; y luego vio cuando iba por el camino con destino a esa gran cueva con su novia, el maestro Quirón, Albert y la maestra Sedna.

Albert le habló de nuevo en voz baja a Crisol y lo movió un poco tratando de despertarlo, pero el rubio joven seguía inconsciente. Crisol en su profundo sueño siguió viendo sucesos de su vida en orden inverso: cuando hizo la salida astral a las estrellas con Cristina y su amigo Albert; las meditaciones dirigidas por el maestro Sirio, a las cuales fue con su novia; el momento en que había ido con Cristina a la Cascada Dorada y ella por primera vez pudo ver gnomos y hadas; también vio la aparición de las hadas y su reina al lado de la chimenea en el castillo, en la cual la gran hada madrina le hizo la invitación a la reunión en la cueva del peñasco gris. Por la mente del rubio joven también pasó la escena en que salvó a su novia del ataque de los monyos de Lilith y las hinas en la cara oculta de la luna; la forma en que él y Albert había vencido a las hinas que los habían atacado en los túneles, bajo el castillo; y el momento en que con el telescopio en la ventana de su cuarto vio en las estrellas el peligro que se avecinaba.

En el otro túnel, la maestra Sedna cerró sus ojos y trató de hacer volver a la consciencia física a Cristina poniendo las manos sobre la cabeza de la rubia joven, meditando y diciendo unas oraciones. A pesar de estas ayudas espirituales Cristina seguía inconsciente para el mundo físico. Mientras esto ocurría, en el lugar donde estaban Albert y Crisol pasaba algo similar. Albert seguía tratando de que su amigo despertara diciéndole repetidamente su nombre, pero no era posible. Por lo visto el golpe que tuvo en la caída había sido fuerte.

Por la mente de Cristina siguió pasando su vida en orden inverso: cuando colaboraba en las tareas de la orden; la asistencia a charlas y meditaciones coordinadas por maestros; el momento en que conoció a Crisol en una conferencia en el castillo sede de la orden espiritual y los dos sin hablar se miraron mutuamente y se enamoraron al instante; también lo bien recibida que fue en la orden; y cuando llegó con sus maletas acompañada por sus padres; lo que sintió cuando leyó la carta que llegó a la casa campestre donde vivía con sus padres, en la que decía que sí era aceptada en la orden; y cuando fue a entrevistarse con el maestro Sirio y los otros líderes espirituales de la orden con el fin de que ellos decidieran si la admitían en la orden…

En las visiones de Cristina, en medio de su inconsciencia para el mundo físico, también apareció una escena de su infancia con sus padres. Vio a su madre, delgada, rubia y de ojos claros como ella; y a su padre algo grueso, pero no gordo y un poco menos rubio que su madre, pero también de rasgos claros; ambos muy amorosos. También vio a su hermano Roger, rubio como ella, muy pecoso y delgado, quien la hacía reír en todo momento porque era muy travieso, amiguero y chistoso, especialmente cuando jugaban alrededor de la casa en el campo donde vivían, corriendo entre los pastos y los bosques.

Crisol, en el otro túnel, también aún inconsciente en la dimensión física, pero muy lúcido en su mente, continuó viendo su vida hacia atrás: el romance con su novia; los momentos cuando inicialmente ayudó en tareas cotidianas de la orden, como ir con otros hombres a un bosque por leña para la cocina y ayudar a limpiar, actividades de las cuales fue después excluido cuando el líder máximo de la orden, el maestro Sirio, se dio cuenta de sus grandes capacidades para la astrología y la alquimia; también apareció en su mente la escena en que Cristina asistió a una conferencia dada por el maestro Sirio, y cómo Crisol y ella se miraron y enamoraron instantáneamente; uno de los hechos que le agradó ver fue cuando, traído por su padre, vino a la entrevista inicial con el maestro Sirio y los otros guías espirituales para que ellos decidieran si lo aceptaban en la orden en la cual fue admitido de inmediato; también vio el momento en que el maestro Azor, que era un desconocido para él en esa época, fue a la librería de su familia a comprar un libro y le dijo que le percibía una energía especial y que, si estaba interesado, podría tratar de ingresar a la orden espiritual.

El rubio joven también vio su juventud e infancia, especialmente cuando estudiaba en la escuela primaria y más tarde en el colegio del pueblo. Crisol también tuvo vislumbres de los ratos en que después del estudio le ayudaba a su padre, rubio y claro como él, en la librería que tenía en el pueblo. También pasaron por su mente los momentos en que no había que atender clientes en la librería y se leía todos los libros que le atraían, de los cuales sus favoritos eran los de astrología y alquimia. También vio a su madre, de cabello castaño oscuro y piel morena, muy amorosa y tierna, que se preocupaba cuando Crisol llegaba tarde de la librería porque él se quedaba tres o cuatro horas más después de que cerraba el local al público, leyendo vorazmente.

Crisol siguió retrocediendo al tiempo: vio cuando era un niño y se iba a veces al bosque a pasear con sus padres y veía lo que al principio llamó como "unas muñequitas volando", las cuales identificó más tarde como hadas cuando empezó a leer cuentos de ellas. En esas salidas campestres también veía "enanitos gruñones" que también de igual manera pudo saber después, por medio de lecturas, que se trataba de gnomos. Pudo recordar y ver que a esa edad otros niños se burlaban de él cuando les hablaba de sus visiones, hasta que sus padres muy sabiamente le dijeron que no le contara a nadie de eso sino solamente a ellos, quienes por fortuna siempre le creyeron. También percibió momentos en los que de niño y en el patio de la casa se quedaba horas y horas mirando las estrellas y preguntándose qué había en "esas lucecitas tan bonitas".

Crisol siguió percibiendo su vida hacia atrás. Se vio a sí mismo antes de ser concebido, mirando desde arriba las casas y las personas, escogiendo con la ayuda de un ángel el hogar al que deseaba venir en este mundo. Después pasó por su mente cuando, estando flotando en el aire en una especie de burbuja, veía al que iba a ser su cuerpo formarse y crecer en el vientre de su madre, y cuando su alma por instantes entraba para unirse al feto o se desprendía un poco de este. Luego siguió la escena de su nacimiento cuando sintió que salía por un túnel y llegaba a una luz, la cual era de una lámpara de aceite que había en el cuarto donde su madre lo estaba trayendo a este mundo. Posteriormente siguió lo que sintió y vio cuando sus padres lo abrazaron y lo besaron en la frente con gran alegría tan pronto él nació.

Cristina siguió inconsciente a nivel físico en el túnel donde estaba junto con la maestra Sedna, pero siguió retrocediendo en el tiempo. En ese momento empezó a ver su vida anterior. Se vio como una mujer rica vestida elegantemente, viviendo en una especie de castillo con sus padres, en un país europeo. A ese lugar iban tutores a enseñarle matemáticas, filosofía y todos los conocimientos importantes de esa época y uno de ellos también le enseñó a tocar el piano. También revivió en su mente momentos en los que iba con sus padres y hermanos a conciertos de ópera y música clásica.

Cristina volvió a vivir lo que sucedió cuando estaba con su familia de esa vida, como espectadora en un teatro clásico, y el presentador en el escenario anunció a un compositor y pianista famoso llamado "Frank". Al ser anunciado el músico, todas las personas aplaudieron por largo rato. En esa visión la joven notó algo asombroso: el pianista y compositor famoso que en esa vida se llamaba Frank, tenía la misma cara del que ahora era Crisol. Por lo visto era él mismo en otra vida. También percibió que ese famoso músico y ella se habían enamorado de inmediato pues desde de que él salió al escenario ella se quedó sin respiración porque le atrajo demasiado. El sentimiento fue reciproco porque en una pequeña pausa que hizo entre dos conciertos, la mirada de él se fijó en ella por un instante a pesar de que habían miles de espectadores.

También pasó por la mente de la joven lo que sucedió en esa encarnación cuando Frank, el famoso pianista, terminó de tocar brillantemente. Después de un gran rato esperando que cesaran los aplausos, él hizo la venia normal que hacen al final, recibió varios ramos de flores y salió del escenario. Ella como pudo se abrió paso entre todos los espectadores que caminaban en todas las direcciones buscando las salidas del teatro, averiguó donde era el camerino del pianista y compositor y se le acercó para felicitarlo. Frank le agradeció por las felicitaciones y aprovechó esa oportunidad para preguntarle el nombre y el sector de la ciudad en el cual ella vivía. Ella le dijo por dónde quedaba su casa y su nombre: "Mary". Para Cristina fue muy especial recordar el nombre que tuvo en esa reencarnación. Después fueron vistos por la chica los momentos en andaban como amigos, ella y el pianista famoso, por las calles de esa ciudad europea. Posterior a esto vio cómo Frank había pedido su mano a sus padres y cuando se casaron. También revivió momentos en los que ella y los hijos que tuvo con él, viajaban de ciudad en ciudad en unos carruajes arrastrados por caballos, acompañándolo en los conciertos que daba.

Cristina en su inconsciencia continuó viendo su vida pasada en la que tenía el nombre de "Mary", con otros detalles adicionales. Se vio a sí misma y a Frank asistiendo con otras personas a las reuniones secretas de un grupo de magia blanca. Esas conferencias eran dadas en unos templos de sabiduría que eran secretos para la gente común, en los cuales oían las conferencias del maestro de esa orden, que era parecido al maestro Sirio de esta vida. También tuvo la visión de que cada que salían de escuchar las enseñanzas de ese sabio maestro siempre había un monje con aspecto siniestro en las afueras del lugar. Ese misterioso ser se quedaba con su cabeza fija en dirección a ella como si la estuviese mirando detenidamente. Tal como en la vida actual, en esa encarnación al siniestro "monje" nunca se le podía ver la cara porque la escondía muy bien con su capucha. Sin embargo, la joven sentía que él no irradiaba buena energía.

Posterior a esto, Cristina también se vio a sí misma en esa reencarnación pasada muriendo en una cama debido a tuberculosis. Su esposo de esa vida y los dos hijos, un niño y una niña, lloraban desconsoladamente a su lado. "Mary no te mueras… Mary no te mueras… ", le decían con gran tristeza. Ella notó que cerca de su lecho de muerte de esa vida, un poco antes de que ella muriera, estaba parado en una esquina del cuarto el siniestro ser vestido con un hábito de monje, con su cara inmersa en la gran capucha. Después de esto se vio morir en esa encarnación, su corazón dejó de latir y las manos que le tenían cogidas su esposo y sus hijos de esa vida, quedaron quietas y flácidas. La joven se sintió saliendo en espiral de su cuerpo y yéndose hacia arriba mientras todos sus seres queridos cerca de su cuerpo, ya sin vida, lloraban desconsoladamente.

Luego de las visiones, Cristina despertó en la vida actual en la abertura que había a un lado del túnel en esa cueva y al lado de la maestra Sedna. Se dio cuenta de que estaba acostada y su cabeza estaba sobre las rodillas de la maestra, que estaba sentada. La joven sintió un fuerte dolor en su cabeza y se la tocó. Al mirar su mano descubrió que tenía sangre, lo cual le ayudó a recordar que había sido herida en la cabeza por la roca que cayó. Trató de pararse, pero la maestra Sedna le dijo que mejor no se moviera y entonces la rubia joven se recostó de nuevo en la misma posición. La maestra Sedna le dijo a Cristina, hablando en voz baja, que descansara y que pronto ella iba a estar bien. En murmullos la rubia joven le contó a la maestra que había visto muchas cosas de su pasado y de la reencarnación anterior. La maestra Sedna le dijo que descansara y que después hablarían de eso. Cristina le expresó a su amiga que sentía que se iba a volver a desmayar y pronto se hundió de nuevo en la inconsciencia.

Crisol, en otro túnel de esa gran cueva, aún seguía desmayado y al igual que su novia, en una especie de sueño, también vio su vida anterior. Sus ojos no físicos lo hicieron verse a sí mismo como un niño en un hogar europeo, hijo de una familia adinerada. En esa encarnación vivía en una casa lujosa y muy grande a la cual iba un profesor de música a darle clases de piano. Luego pasó por su mente cuando en esa vida, varios años después, daba conciertos y componía música clásica, por lo cual viajaba por el mundo como un músico famoso, en unos casos tocando piano y en otros digiriendo orquestas en teatros importantes de Europa. Crisol también notó que en todas esas presentaciones él fue presentado con el nombre de "Frank". Ese había sido su nombre en esa encarnación.

El joven también percibió de esa vida su relación con la que ahora era Cristina. Cuando ella asistió al concierto de piano que él daba y se sintieron atraídos, la amistad que se formó tan pronto se conocieron, el noviazgo, el momento en que se casaron, los partos de sus dos hijos y la asistencia con ella a una escuela de misterios donde aprendían magia blanca y evolución espiritual, en la cual el máximo líder era el mismo maestro Sirio de la vida actual. Se vio al frente de un símbolo especial de la magia blanca: Una estrella de cinco puntas con una punta dirigida hacia arriba y varias letras cabalísticas al lado. Se vio haciendo rituales de meditación y sanación, también asistiendo a conferencias dadas por el líder de la orden y estando a su lado como discípulo. Además vislumbró que cuando el maestro espiritual no podía dar las conferencias, él lo reemplazaba dando las charlas espirituales. También recordó cuando ese gran maestro desencarnó y él tomó el liderazgo de la orden, dando conferencias, escribiendo libros y coordinando las actividades del grupo espiritual.

También vio de esa vida pasada la muerte de su pareja, siendo ella aún muy joven, y la llegada de él a la vejez en la cual fue muy visitado por sus hijos y sus nietos. Por último vislumbró su muerte en esa reencarnación, que ocurrió debido a una neumonía. Se vio en una cama falleciendo mientras a su lado estaban sus hijos y nietos. Aunque su vida pasada no era un misterio para Crisol, ahora en este estado de inconsciencia física vio más detalles de todos los sucesos que vivió en esa encarnación inmediatamente anterior.

En ese instante el rubio joven despertó en la vida actual, sobre la roca donde había caído dentro de la cueva en la que estaba con su amigo. Tan pronto Crisol abrió los ojos, Albert que estaba a su lado cuidándolo se alegró mucho de ver que él estaba volviendo en sí. "He visto mi encarnación pasada", le dijo el joven astrólogo a su moreno amigo. Albert le dijo, hablando en voz baja, que lo que había visto parecía muy interesante, pero que no hablara mucho para no agotarse. Cuando Crisol se sintió con un poco de más energía, él y su amigo se bajaron de la roca saliente donde estaban hacia el terreno arenoso que estaba un poco más abajo. El herido chico hizo su descenso deslizándose lentamente mientras Albert le ayudaba.

Un poco después de que los dos pusieron sus pies en el suelo compacto, Crisol decidió sentarse en el piso porque aún estaba muy débil. Justo en ese momento una niebla gris los rodeó y ambos sintieron que eran agarrados y empujados. Cuando se disipó la bruma, los dos estaban prisioneros dentro de una jaula, la cual empezó a ser arrastrada por varios monyos e hinas. Albert, al darse cuenta de que estaban prisioneros, le preguntó a Crisol qué debían hacer, pero no recibió respuesta porque su amigo estaba inconsciente de nuevo debido a la convalecencia y el stress físico de la captura.

En el otro túnel, la maestra Sedna estaba pensando qué hacer porque su amiga y compañera espiritual, Cristina, había vuelto a perder el sentido. En ese momento les ocurrió lo mismo que a Crisol y a su amigo en otro túnel: una niebla gris las rodeó y quedaron encerradas en una jaula. La maestra Sedna no hizo ningún esfuerzo para evitar que fuesen hechas prisioneras porque cualquier reacción de su parte implicaría poner más en peligro a su amiga mortalmente herida. Pronto unas hinas y unos monyos empezaron a arrastrar la jaula con las dos indefensas mujeres adentro.

Cristina, inconsciente de nuevo para la dimensión física, siguió viendo hacia atrás otras vidas. Por su mente pasó el momento del siglo XVI cuando se embarcaba con su esposo y sus hijos en un barco que iba de España hacia el nuevo continente. Su pareja de esa vida tenía casi la misma cara de Crisol y era un cartógrafo al servicio del rey y la reina de España, que venía al nuevo mundo para dibujar mapas de las nuevas tierras halladas. En ese mismo barco iba el monje siniestro que nunca mostraba la cara, que siempre veía en la actual vida y en otras encarnaciones. Ese maléfico ser iba en el navío, acompañado de otros sacerdotes con el fin de llegar al nuevo continente para hacer su "trabajo" como inquisidor. Luego de esto se vio como una mujer alumna de la famosa escuela de Alejandría, pocos siglos después de la venida de Cristo. Allí también se encontró con el que ahora es Crisol, que era uno de los maestros de esa famosa escuela y en esa vida también hubo amor a primera vista con él. En la gran escuela Cristina aprendió mucho acerca de matemáticas, filosofía y espiritualidad en las enseñanzas impartidas por varios maestros espirituales sabios venidos de India, Babilonia y otras regiones espirituales.

La rubia joven siguió viendo sus vidas hacia atrás y recordó en forma de imágenes cuando fue una sacerdotisa en un templo sagrado en Egipto cerca de las pirámides. En los rituales vio al que ahora era el Maestro Sirio dirigiendo ese centro espiritual. Su pareja amorosa en Egipto también fue el mismo Crisol de ahora.

Cristina también vio escenas de una reencarnación en la isla de Creta, en la cual bailó semidesnuda sobros toros, con gran destreza, frente al rey Minos. Esta danza ritualista fue vista por muchos habitantes del país reunidos en el lugar. La joven danzó bellamente sobre toros que se movían. En ocasiones ella saltaba del lomo de un toro al del otro. Fue la mejor bailarina, la de movimientos más precisos, finos y exóticos. Además de danzar muy bien, montada de pie sobre los toros, logró evitar caer. Sin embargo, a ella le tocó ver cómo muchas otras doncellas cayeron y murieron pisoteadas por los fuertes toros.

En esa vida, al igual que las otras doncellas vírgenes que bailaban para ese dios y que lograban evitar caer bajo las pezuñas de los toros, perdió su vida devorada por el Minotauro. Este era un ser alto y fornido con cuerpo de persona y cabeza de toro que habitaba en unos laberintos internos de una pequeña colina cerca al lugar de la ritualista danza. El Minotauro devoraba las mujeres que salían triunfantes de la danza sobre los toros. Esto ocurría al final, cuando eran llevadas por los sacerdotes del ritual a la entrada de los laberintos y las dejaban amarradas ahí, en una especie de sacrificio humano. En esa vida, el que es ahora Crisol trató de salvarla del Minotauro, pero ella no quiso ser liberada. Rechazó la propuesta de rescate que Crisol le hizo al acercarse un poco antes de ella entrar al laberinto porque ella consideraba un honor ser sacrificada para el dios que le daba la prosperidad económica a la isla de Creta, ayudándole a los habitantes a tener un gran activo comercio con otras culturas.

Luego de esa vida, Cristina sintió que estaba reviviendo otra reencarnación más antigua, viajando en un gran barco, acompañado por alguien con las mismas facciones que Crisol, dejando el continente de la Atlántida mientras esas tierras se hundían. Ella y su pareja viajaron en esas naves marítimas en dirección al lugar en el cual fundarían la cultura egipcia. La siguiente vida que vio fue una más antigua en la cual ella, acompañada de su novio de la vida actual y otros extraterrestres, vinieron en Platillos Voladores desde un planeta cercano al sol Sirio. Ella y sus acompañantes al llegar a la Tierra como extraterrestres, poblaron el continente de la Atlántida.

Crisol siguió inconsciente, ya prisionero en la jaula en la cual junto con su amigo Albert había sido retenido. En ese estado siguió viendo sus vidas pasadas. Percibió otra encarnación más antigua en la cual era un cartógrafo al servicio del rey y la reina de España, viajando en un barco en el siglo XVI al nuevo continente, delineando mapas de las regiones halladas. En esos viajes estaba acompañado de la misma que era ahora

Cristina. Luego por su mente pasaron escenas, en las que se veía yendo como alumno a la gran escuela de Alejandría, cuando tuvo su apogeo cultural y espiritual más importante. Allí recibió muchos conocimientos de la filosofía griega, especialmente de Platón y Aristóteles, ideas originales del Cristianismo y muchos conocimientos avanzados de espiritualidad enseñados por grandes maestros llegados desde otras tierras como la India y Asiria.

El joven vio nítidamente y con gran emoción el momento en la escuela de Alejandría en el cual se le hizo la prueba para determinar si merecía o no ser ascendido al grado de maestro de ese gran centro espiritual: varios eminentes seres sabios lo llevaron frente a la esfinge llamada "Gizeh" o "Giza" y le preguntaron qué simbolizaba esta. El que es ahora Crisol les respondió que la Esfinge tenía cuerpo de toro que simboliza al signo tauro de la astrología, representación de trabajo continuo; patas y melena de León que representan al signo Leo, que significa ser osado; y cabeza de persona, que simbolizaba el signo Acuario sinónimo de sabiduría.

Crisol, en esa encarnación, en la prueba espiritual también dijo que a la esfinge de Gizeh le faltaban las alas de águila, el cual es uno de los animales que representan el signo Escorpio. Él también expresó que otras esfinges en algunos templos en Grecia y Egipto sí tenían esas alas, pero que la de Gizeh no las tenía porque las alas las construía el mismo discípulo, internamente, con su trabajo espiritual. Explicó que las alas tienen que ver con el águila porque es un ave que vuela alto, lo cual tiene relación con el ascenso a planos superiores de los que avanzan espiritualmente. También dijo que los signos del zodiaco, representados en la esfinge, eran los sectores electromagnéticos que recorría el sol los días en los que las estaciones en la Tierra estaban estables, lo cual quería decir que la constancia era una virtud muy importante para lograr éxito y sabiduría en la vida.

Cuando Crisol, llamado "Alek" en esa vida, pasó la prueba espiritual, los maestros de alta jerarquía le dijeron que había pasado la prueba con creces, lo bendijeron y lo condujeron a un templo especial bajo la tierra en el cual fue ascendido al grado de maestro espiritual. El que dirigió el ritual y le dio el pergamino donde estaba escrito ese reconocimiento especial, era el mismo maestro Sirio de la vida presente. En esa vida también conoció a la que ahora es Cristina, cuando llegó como discípula un poco después de que él fue ascendido. Por sus ojos pasaron además los momentos en los cuales su novia de ahora se hizo su esposa en esa encarnación. Ellos fueron casados en un ritual especial en esa escuela de grandes misterios de Alejandría.

Crisol también vio cómo había sido el fin de esa gran sabia escuela de Alejandría. Con gran tristeza vio momentos en los que los romanos, en medio de guerras civiles, quemaron y destruyeron muchos escritos. También vio el instante en el que los Árabes en el siglo VII D.C. llegaron a invadir a Egipto y regiones cercanas. En esa brutal invasión mataron a muchos sabios, quemaron y destrozaron muchos escritos antiguos y destruyeron las instalaciones de la gran escuela y biblioteca. Uno de los maestros de la orden, antes de ser matado por los invasores, les dijo a los atacantes que estaban destruyendo milenios de sabiduría escrita y que eso iba a estancar por más de mil años la evolución del conocimiento racional, la filosofía y el saber, palabras a las que no les prestaron atención los sanguinarios invasores.

Crisol siguió retrocediendo y vio otra reencarnación en la cual estuvo al lado del que ahora es el maestro Sirio adquiriendo más conocimientos espirituales y haciendo rituales especiales en unos templos en Egipto. Allí también se vio sentado en la arena de un desierto, junto con otros maestros espirituales, practicando el uso de la energía mágica, moviendo a distancia piedras en el aire con la energía que salía de sus manos. En esa vida Cristina también fue su esposa y compañera en la logia espiritual.

Posterior a esa encarnación Crisol se vio a si mismo llegando en un ovni en compañía de otros extraterrestres (entre los cuales estaba su pareja de esta vida) desde un planeta cerca de la Estrella Sirio, al continente de la Atlántida. Llegó como asistente del jefe a cargo de la misión, ayudando a distribuir funciones entre todos: quienes iban a construir barcos (porque no querían usar demasiado la energía de reserva que se necesitaba para los ovnis), cuáles de los recién llegados iban a cultivar la tierra, quienes iban a fabricar vestimentas...

Después de verse llegar con otros extraterrestres a formar el centro tecnológico y cultural que iba a instalarse en la Atlántida, Crisol se vio viajando en un platillo volador desde ese continente a lugares habitados por personas menos evolucionadas. En esos viajes él y otros seres evolucionados visitaron lo que ahora es Centro América, Egipto y otras regiones de la Tierra que necesitaban su ayuda. En esa misión, él y otros extraterrestres le enseñaron a cada cultura, según su nivel entendimiento, muchos conocimientos útiles. De esta manera los instruyeron en mejores sistemas para ser usados en la agricultura, como construir viviendas más duraderas, el uso de medicinas naturales y muchos conocimientos más. En los viajes, como extraterrestre en esa vida, Crisol fue discípulo y asistente del Maestro a cargo de las enseñanzas más sabias, que era el mismo maestro Sirio de la vida presente. El sabio joven también vio cómo en uno de esos viajes, él y otras personas especiales escogidas construyeron las tres principales pirámides en Egipto: Keops, Kefren y Micerino. Esto lo hicieron a cierta distancia, levantando y moviendo en el aire bloques de piedra pesadísimos con movimientos de sus manos, las cuales estaban energizadas con rituales y cánticos especiales.

El rubio joven también vislumbró una escena en la que, después de ayudar a construir las pirámides, regresó a la Atlántida y siguió como asistente administrativo del máximo líder de esa misión en la Tierra. Posterior a esto se vio en un gran barco navegando en el mar con su pareja de esa vida (de nuevo la misma Cristina) acompañados de otros individuos escogidos, mientras veían a lo lejos al continente de la Atlántida hundirse en las aguas del mar. También vislumbró la escena cuando, después de navegar mucho, llegaron al lugar donde todos esos descendientes de los Atlantes fundaron la cultura Egipcia.

7. El escape de los miembros de la orden

Después de un rato Cristina despertó. Abrió un poco los ojos y dijo en susurros:

—Crisol… mi amor… ¿dónde estás?... ¿qué está pasando?

—No te esfuerces mucho, necesitas descansar —le dijo la maestra Sedna que estaba sentada, con la cabeza de la joven recostada en sus piernas.

—¿Por qué estamos encerradas en una jaula?

—Recuerda que fuimos atacados por los monyos de Lilith y las hinas.

—¡Oh sí!, ¡ya recuerdo! ¿los líderes de los elementales siguen secuestrados? —preguntó la rubia joven.

—Sí, recuerda que los retuvieron antes que a nosotros.

—¿Qué es esto? —preguntó la joven cuando vio algo rojo que mojaba su mano derecha.

—Es un poco de sangre que salió de tu cabeza, recuerda que nos atacaron unas gárgolas y ellas nos dejaron caer rocas encima. Una de esas grandes piedras te golpeó y tienes una pequeña herida un poco más arriba de la frente.

—¡Ay! —se quejó la joven después de tocarse la cabeza.

—¡No te lastimes! —le dijo su amiga y compañera espiritual.

—¿Cómo vamos a salir de acá?

—Por ahora es mejor esperar a que te recuperes un poco de la herida. Después de que estés mejor pensaremos que hacer —dijo la maestra Sedna.

—¿Dónde está Crisol?

–Él y Albert, antes de que atacaran las gárgolas, se fueron por otro túnel tratando de rescatar al rey de los gnomos y la reina de las salamandras. Crisol aún no se ha comunicado telepáticamente conmigo después de eso.

La maestra Sedna cerró los ojos, hizo una corta relajación y usando psiquismo vio lo que le había pasado a Crisol y su amigo. Percibió el suceso en el que ellos habían sido atacados por las gárgolas y cómo Crisol, empujado por una de esas horrendas bestias voladoras, cayó por un precipicio. También vio a Crisol caer sobre una roca saliente, quedando seriamente herido. Luego de esto vio a Crisol y a Albert prisioneros en una jaula, tal como ellas. A pesar de que la maestra Sedna ya sabía que le había pasado a ellos, no se lo dijo a Cristina porque no quería preocuparla.

La sabia maestra, en la meditación especial, trató de nuevo de ver en dónde estaba el maestro Quirón y si él también estaba prisionero o no. No sabía nada de él después de que el río lo arrastró cuando intentó liberar a la reina de las sirenas prisionera también en una jaula. Sedna trató varias de veces de comunicarse telepáticamente con el desaparecido maestro, tal como había intentado un poco antes, pero no recibió respuesta y tampoco pudo ver por psiquismo qué le había pasado exactamente después de que fue arrastrado por la gran corriente de agua. Hizo varios intentos, pero no lo logró; sólo veía una nube densa de color gris que opacaba su intento de usar su percepción extrasensorial para que le mostrase dónde y en qué condiciones estaba el maestro Quirón.

Luego la maestra Sedna reposó un poco y cuando equilibró sus energías puso sus manos sobre la frente de la joven y canalizó energía para tratar de sanarla. La rubia joven se puso a llorar y entonces su amiga y guía espiritual, con los ojos aún cerrados, le dijo que estuviese tranquila que todo iba a salir bien.

En el otro túnel Crisol también abrió los ojos e inmediatamente preguntó por su novia.

–Cristina… amada Cristina… ¿dónde estás?

–¡Despertaste! –dijo Albert con tranquilidad–. Debes relajarte, tuviste un golpe fuerte al caer por un abismo.

–Debo encontrar a mi novia y a nuestros otros amigos…

Sus palabras se cortaron cuando vio que estaban retenidos en una jaula y que cerca de ella estaban custodiando algunos monyos e hinas.

–¡Nos secuestraron a nosotros también! pero por lo menos ya no están arrastrando la jaula –expresó Albert.

–Debemos salir de acá –dijo Crisol en susurros.

–Sí, pero pienso que debemos esperar a que te recuperes más de la caída –expresó su amigo en voz baja.

–No hay tiempo que perder, salgamos de aquí y rescatemos a nuestros compañeros y a los líderes de los elementales.

–Sí, pero ¿cómo vamos a salir?

–Hay pocos guardianes y supongo que es porque la mayoría están custodiando en algún otro lugar a los reyes de los elementales –dijo el rubio joven.

–Me parece arriesgado…

–No, ven sentémonos y activemos un etéreo.

–¡Pero yo nunca he creado ni manejado esos torbellinos de energía! –dijo Albert.

–¡Yo te enseño! Pon las manos cerca a las mías y colócalas de la misma forma que yo, después cierra los ojos y piensa que de tus manos sale energía que crea un remolino –explicó Crisol.

Los dos jóvenes se sentaron doblando las rodillas. Crisol puso sus manos enfrentando las palmas entre sí a poca distancia y las inclinó, orientándolas en dirección a una esquina superior de la jaula. Albert hizo lo mismo que su amigo. Luego cerraron los ojos, y el rubio joven le dijo a su compañero que él iba a decir unas palabras especiales y que las repitiera después de él, sin subir mucho la voz. Hablando en voz baja, Crisol empezó a decir las palabras mágicas: "Clim vasaya aranda Sua… clim vasaya aranda Sua… clim vasaya aranda Sua…"

Albert repitió esas mismas expresiones de poder que su amigo vocalizaba. Después de estar diciendo estas palabras mágicas durante varios minutos, sin dejar de pronunciarlas Crisol y su amigo abrieron los ojos y miraron a la esquina de la jaula a la cual orientaban los dedos de sus manos. Los dos vieron que allí apareció un torbellino. Crisol miró fijamente al etéreo y le dijo a su amigo que él también debía mirar en forma sostenida al remolino energético. Esto le dio más fuerza al vórtice girante, el cual empezó a rotar mucho más rápido.

Las hinas y los monyos de Lilith que estaban cerca, al oír el ruido del torbellino, se acercaron al lugar de la turbulencia, y pasó algo que ellos no esperaban: como efecto de un movimiento especial de las manos de Crisol, el remolino imprevistamente creció, giró mucho más rápido y los absorbió. Todo fue tan rápido que no tuvieron tiempo ni siquiera para gritar. Luego de esto el remolino siguió volviéndose más grande y cogiendo más fuerza, deformando incluso el espacio. La energía circulante, al estar más potente, retorció los barrotes de la jaula. Entre dos barras quedó espacio suficiente para pasar, entonces Crisol y su amigo salieron corriendo de la jaula.

—Debemos encontrar a nuestros amigos y a los regentes de los elementales para liberarlos —dijo Crisol.

El sabio astrólogo cerró los ojos y se concentró. Esto le permitió ver por psiquismo en qué dirección estaban Cristina y la maestra Sedna. Él también percibió la ubicación de una gran cueva en la cual estaban los reyes de los elementales. Crisol trató de nuevo de ver psíquicamente dónde estaba el maestro Quirón, pero sólo "veía" una nube gris cuando trataba de localizarlo.

El sabio joven, seguido por Albert, corrió por los túneles en la dirección en la cual estaba su novia mientras un poco más atrás el torbellino volaba detrás de ellos como si fuese una cometa halada por algún hilo invisible.

—El etéreo nos sigue —dijo el moreno joven.

–Sí, yo lo estoy trayendo para que nos ayude a rescatar a nuestros compañeros y a los líderes de los elementales. Debo concentrarme bien para llegar hasta donde está Cristina.

Después de recorrer un corto trayecto llegaron a una intersección en la cual el túnel se dividía en dos. Crisol cerró los ojos pensando en su novia y vio una luz cerca a la bifurcación del lado derecho, entonces le hizo señas a su amigo y se internaron por ese túnel. Después de esto llegaron a una intersección de tres vertientes. Crisol cerró los ojos de nuevo, usó sus visiones psíquicas para escoger por cual bifurcación seguir y entraron corriendo por la galería del medio. Al poco tiempo, los dos jóvenes llegaron a una cavidad al final del túnel por donde iban. Al llegar vieron que allí había una jaula similar a aquella en la que estuvieron prisioneros y que adentro estaban Cristina y la maestra Sedna, retenidas. Cerca de la jaula había varios monyos e hinas los cuales, al ver los recién llegados, se acercaron para atacarlos.

Crisol y su amigo, al ver que los centinelas se les estaban acercando con el fin de agredirlos, pararon un momento. Justo en ese momento llegó el etéreo, el cual se acercó a las hinas y los monyos y de inmediato los absorbió en su giro. El torbellino se acercó a la jaula en la que estaban las dos mujeres y giró en frente de ella. Ellas retrocedieron un poco hacia la parte que estaba más al fondo dentro de la jaula. El etéreo en su girar retorció las varillas de hierro con las que estaba hecha la jaula, dejando suficiente espacio para que las dos mujeres escaparan pasando entre dos barrotes.

Crisol, con la energía de sus manos, hizo que el etéreo se alejara de la jaula y se quedara girando sin desplazarse a prudente distancia para que las dos mujeres pudiesen salir de su encierro. Cristina corrió y abrazó a su novio mientras lloraba. Él le correspondió el abrazo, pero por poco tiempo porque debían darse prisa. La rubia joven y la maestra Sedna le agradecieron a los dos jóvenes por haberlas liberado, mientras todos salían de la cavidad de la cueva seguidos por el etéreo.

—Debemos liberar a los regentes de los elementales, voy a ubicar primero dónde están, -dijo el rubio chico mientras cerraba los ojos.

Mientras caminaban por un túnel, Crisol cerró un poco sus ojos y con su visión psíquica vio el lugar donde estaban los reyes de los elementales retenidos, los cuales seguían encerrados en jaulas. En su avance llegaron a una parte del túnel en la cual se bifurcaba en tres y entonces Crisol cerró sus ojos de nuevo y les dijo que siguieran por la gruta del lado izquierdo. Después de avanzar no mucha distancia, Crisol se detuvo repentinamente en un lugar en el cual había muchas rocas.

—¿Por qué nos detenemos aquí si no hemos llegado al final de túnel? —preguntó la rubia joven a su novio.

—La cueva donde se encuentran está al otro lado. Los monyos y las hinas han obstruido la entrada con rocas. Apártense —respondió Crisol.

Crisol y la maestra Sedna se sentaron en el piso, cerraron los ojos, orientaron los dedos de sus manos en dirección al etéreo y murmuraron una oración. Esto hizo que el torbellino se acercara a donde estaban las rocas y aumentara su velocidad de giro y su tamaño. La acción del etéreo abrió un pequeño túnel entre las rocas, pero no tenía el ancho suficiente para que un humano pasara por ahí.

—Cristina y Albert pueden ayudarnos, sólo hagan lo mismo que nosotros —dijo la maestra Sedna.

Los cuatro, sentados en el piso con los ojos cerrados, pusieron sus manos algo cercanas entre sí y orientaron la punta de los dedos en dirección al etéreo. Cristina y Albert repitieron las palabras de poder que Crisol y la maestra Sedna decían. Esto hizo aumentar la fuerza del etéreo, el cual se volvió muy poderoso y su movimiento y fuerza eran como la de un tornado. El mágico remolino se acercó más al túnel que había acabado de abrir y girando rápidamente movió gran cantidad de rocas a un lado y despejó una amplia entrada a una gran cueva. Crisol y sus amigos abrieron los ojos y vieron que en ese lugar estaban los regentes de los elementales prisioneros en las jaulas, custodiados por Lilith con muchos de sus monyos y por Hinor acompañado de varias hinas.

Un movimiento especial de las manos de los cuatro humanos hizo que el etéreo se pusiera entre ellos y sus enemigos, girando aún con gran velocidad y fuerza.

—A ellos —dijo Lilith con gran ira.

Al instante los monyos e hinas se acercaron en posición de ataque a Crisol y sus amigos mientras Lilith e Hinor se ubicaban detrás de ellos. Los humanos murmuraron más oraciones y el etéreo aumentó de tamaño y giró mucho más rápido. Este fuerte remolino absorbió algunos monyos e hinas. El resto de los atacantes, al ver esto y retrocedieron con temor. Sus líderes, Lilith e Hinor, corrieron al fondo de la cueva, acercándose a las jaulas donde tenían a los líderes de los elementales prisioneros para evitar que ellos fuesen liberados.

En ese momento, desde el fondo de la cueva, apareció caminando el misterioso ser con traje de monje que no se dejaba ver el rostro, el cual Cristina veía continuamente. El extraño ser movió las manos de una manera especial, formando hélices cónicas energéticas frente a él, y empezó a murmurar oraciones. Con ese ritual mágico realizado por ese negativo ser pronto se formó un torbellino nuevo frente al etéreo manejado por Crisol y sus amigos. Este remolino energético recién creado empezó a crecer también y a girar rápidamente, pero en dirección contraria al de Crisol y sus amigos. El torbellino de los miembros de la orden giraba en la misma dirección de las manecillas del reloj mientras que el del ser vestido con traje de monje giraba en dirección contraria a las manecillas del reloj. El nuevo etéreo le disminuyó fuerza al etéreo de Crisol debido a su giro en sentido contrario. Para contrarrestar esto el rubio joven y sus amigos unieron sus manos y activaron más el etéreo defensor, pero su infernal enemigo hizo lo mismo aumentando fuerza al etéreo atacante.

El remolino energético de los miembros de la orden empezó a debilitar el de sus enemigos, pero esto significó gran esfuerzo para Crisol que aún estaba convaleciente y entonces sintió un fuerte dolor de cabeza. Por esta razón el joven tuvo que dejar de aportar energía de sus manos al remolino de energía, lo cual hizo disminuir el poder del etéreo, pero este siguió activo porque aún estaba recibiendo la energía de las tres pares de manos de los amigos de Crisol.

—Aún no he recuperado todas mis energías perdidas en la caída —dijo Crisol.

En ese momento el vórtice energético de los seres negativos logró debilitar mucho al etéreo formado por los miembros de la orden debido a la falta de la energía del rubio joven. Crisol hizo otro intento: acercó otra vez sus manos a las de los otros miembros de la orden para seguirle aportando de su energía al torbellino, pero de nuevo no se sintió bien.

—No puedo ayudarles con mi energía, mi cabeza la siento a punto de reventar. Debemos irnos de este lugar y después volver a rescatar a los elementales —dijo Crisol, mientras retiraba sus manos.

—¿Entonces qué hacemos? —preguntó Cristina.

—¡Debemos retroceder! —dijo la maestra Sedna, quien se hizo cargo al ver a crisol enfermo.

Los cuatro caminaron hacia atrás con su etéreo frente a ellos haciendo las veces de escudo, aunque ya tenía menos fuerza. Mientras retrocedían, Crisol vio unos cuarzos trasparentes en una de las paredes naturales de la cueva e inmediatamente le dijo a sus compañeros que cogieran de esos cuarzos porque esas piedras semipreciosas los protegerían. Todos separaron las manos y cada uno arrancó un pedazo de cuarzo. Como ya no tenían las manos juntas, el etéreo que habían estado manejando a distancia con la energía de sus manos se debilitó más, pero siguió activo girando.

—Cojan el cuarzo con las dos manos y pónganlo delante de ustedes entre sus ojos. Esto los protegerá del etéreo enemigo —explicó la maestra Sedna.

Mientras todos hacían lo que ella decía, la sabia mujer habló de nuevo:

—Retrocedamos ahora lentamente.

Los cuatro miembros de la orden caminaron hacia atrás. El ser con vestido de monje que manejaba a distancia el etéreo de las fuerzas oscuras, hizo que ese remolino se acercara a Crisol y sus tres amigos, pero la energía emitida por los cuarzos que ellos tenían en las manos bloqueó el torbellino de energía. Las piedras semipreciosas le disminuyeron la velocidad del giro e hicieron retroceder al etéreo de las fuerzas oscuras. A una orden de Lilith, varios monyos e hinas se trataron de acercar a los cuatro humanos para atacarlos, pero el etéreo defensor no les permitió acercarse. El remolino energético de las fuerzas del bien, aunque no tenía fuerza suficiente para vencer al etéreo de las fuerzas oscuras, sí podía atacar a los monyos e hinas con la energía que le quedaba y entonces trató de absorberlos, lo cual les hizo retroceder.

La maestra Sedna cambió un poco la dirección de su retroceso y, al ver esto, los otros tres miembros de la orden hicieron lo mismo. Después de caminar hacia atrás unos segundos más, la sabia maestra paró de improviso y miró hacia el techo rústico de la cueva.

—Aquí arriba hay un angosto túnel vertical que sirve de ventilación, por ahí podemos salir, debemos levitar —dijo la maestra Sedna.

Albert y Cristina la miraron sorprendidos porque ellos dos eran nuevos en la orden y no tenían el poder de la levitación.

—¡La maestra Sedna y yo les ayudaremos! —le dijo Crisol a los dos neófitos.

De repente la cueva se llenó de gárgolas y dracos (los seres alados mitad dragón y mitad dinosaurio volador), los cuales revolotearon amenazantes sobre los humanos para bloquear su fuga. Crisol abrazó fuertemente a Cristina, cerró los ojos, dijo una oración especial y ascendió levitando. La joven al sentirse halada hacia arriba también puso sus brazos muy firmes en la espalda de su novio y los dos se alzaron en el aire sin que ninguna fuerza visible los empujara. La maestra Sedna hizo lo mismo con Albert: lo abrazó fuertemente y con el ritual hecho por ella los dos se elevaron del piso.

Mientras Crisol y sus compañeros levitaban, su etéreo los protegía un poco de las gárgolas y los dracos, pero no los pudieron detener por mucho tiempo porque el etéreo de sus enemigos seguía tratando de neutralizar al débil remolino energético defensor de la orden. Crisol y sus amigos entraron al estrecho túnel vertical, levitando. Las gárgolas y los dracos trataron de seguirlos volando rápidamente, pero no cabían por el rústico ducto y lo único que lograron fue aporrearse. Como el angosto túnel daba salida al exterior de la cueva, los cuatro humanos salieron levitando y siguieron ascendiendo hasta quedar encima de unos árboles que había en la superficie encima de la gruta.

–¡Ya amaneció! –dijo Albert.

–Sí, aterricemos –expreso Crisol.

–¿Nuestros enemigos nos pueden seguir? –preguntó Cristina.

–¡Sí!, pero les tomará tiempo llegar acá porque ellos no tienen el poder de la levitación y sus bestias voladoras no caben por el túnel angosto por el que salimos –respondió la maestra Sedna.

–¿O sea que ellos tendrán que desplazarse dentro de la cueva para salir por su entrada y buscar este sitio? –preguntó Albert.

–¡Sí!, eso nos dará tiempo de ventaja –dijo la maestra Sedna.

–¿Por qué no nos vamos volando para el castillo? –preguntó Cristina.

—No debemos gastar la poca energía que tenemos y además aun no estoy recuperado del todo —explicó Crisol.

Los cuatro descendieron de la levitación en un pequeño claro que había en el interior de un bosque y empezaron a caminar, siendo Crisol el guía.

—¿Y qué pasó con el maestro Quirón? —preguntó Cristina

—No lo pudimos rescatar porque cuando tratamos de comunicarnos con él, usando telepatía, no recibimos respuesta y cuando lo buscamos usando el psiquismo una energía nos bloqueó y no tuvimos tiempo para hacer más intentos —respondió la maestra Sedna.

—¿Será que el maestro Quirón es cómplice de nuestros enemigos y se está haciendo pasar por secuestrado? —preguntó Cristina.

—¿Tú piensas que él es el mismo ser vestido con traje de monje que usó el torbellino energético que atacó al nuestro? —preguntó Albert.

—Es una posibilidad que debemos considerar, pienso yo —dijo Cristina.

—¡El ser siniestro vestido de monje es un miembro de la orden del presente o pasado, pero debo analizar las estrellas para saber exactamente quién es —dijo Crisol, mientras un brillo especial aparecía en sus ojos.

—¿Por qué los árboles se ven marchitos y el aire se siente denso? —preguntó Cristina

—La naturaleza se está muriendo porque en este momento no recibe los cuidados de todos los elementales. Esto se debe a que muchos de ellos están retenidos por Lilith y sus cómplices —explicó la maestra Sedna.

—¿Pero quedan algunos aún activos? —preguntó Albert.

—Sí, pero son pocos y están débiles porque las fuerzas oscuras les están robando su energía y, para empeorar las cosas, sus líderes, al estar secuestrados, no pueden coordinar ni dirigir su trabajo —respondió Sedna.

—¿Y eso cómo afecta? —preguntó Cristina.

—Los gnomos están perdiendo su capacidad de hacer fértil la tierra, las sirenas no pueden ayudar a limpiar las aguas contaminadas, las hadas tienen menos capacidad para purificar el aire y las salamandras no pueden ayudar a avivar el fuego en las fogatas ni en las cocinas —explicó la maestra Sedna.

—¿Qué pasará si los reyes de los elementales no son salvados? —preguntó Albert.

—Será difícil encender fuego en los hogares para cocinar y calentarse en invierno, la naturaleza seguirá muriendo hasta que llegará un momento en el que ninguna planta crecerá, los ríos estarán totalmente contaminados, el aire será irrespirable y toda la vida vegetal, animal y humana desaparecerá. Si esto ocurre, las fuerzas oscuras se apoderarían de la Tierra. Después de que esté inerte y sin vida, la harían su nuevo lugar para vivir —respondió Crisol.

Todos siguieron caminando silenciosamente. Crisol sabía que el maestro Sirio había visto a distancia, desde la sede de la orden y por medio del psiquismo, los hechos más importantes que les habían pasado a ellos. Sin embargo, quiso comunicarse telepáticamente con él. El rubio joven, por medio de ondas mentales a través de la distancia, le dijo al máximo líder espiritual de la orden que ya iban en camino para el castillo y que con ellos no iba el maestro Quirón porque estaba desaparecido y no había sido posible localizarlo con psiquismo. El maestro Sirio le respondió a Crisol, también en forma telepática, diciéndole que él había visto con sus poderes mentales todo lo que les sucedió a ellos cuatro, pero que del maestro Quirón sólo pudo ver hasta cuando se fue nadando por el río, tratando de sacar a la reina de las sirenas de la jaula donde estaba prisionera. Los cuatro miembros de la orden se demoraron muchas horas para llegar a la sede de la orden espiritual porque no tomaron el camino más corto, sino que dieron un rodeo para evitar ser atacados por sus enemigos. Cuando ya estaba casi anocheciendo llegaron al castillo.

Crisol y sus amigos fueron recibidos por los miembros de la orden que los estaban esperando en la entrada de la construcción medieval. Estaban allí porque el maestro Sirio les avisó un poco antes de que ellos llegaran. Todos se alegraron de ver a los cuatro vivos, pero al mismo tiempo estaban tristes porque sabían que ellos habían pasado por situaciones muy difíciles. El maestro Sirio fue el primero en recibirlos. Se les arrimo y los abrazó fraternalmente, uno por uno; primero a Crisol, luego a la maestra Sedna, después a Cristina, y por último Albert recibió su especial bienvenida. Después de esto los recién llegados también se abrazaron con los otros miembros de la orden.

Cuando terminó el efusivo saludo, varios miembros de la orden preguntaron por el maestro Quirón. El maestro Sirio en una reunión con todos los miembros de la orden, unas horas antes, les había informado los sucesos más importantes ocurridos en la misión de Crisol y sus compañeros y también les dijo que el maestro Quirón estaba desaparecido, pero no les explicó todos los detalles. Crisol y la maestra Sedna, al llegar, no lo mencionaron para no preocuparlos a todos, y además pensaban hablar de eso primero con los otros maestros, pero ante tanta insistencia de los miembros de la orden les dijeron que ellos habían tratado de encontrar al maestro Quirón para rescatarlo sin que hubiera sido posible hallarlo. Esto los sumió a todos en una gran tristeza. La maestra Sedna y Crisol también les dijeron a los integrantes de la escuela espiritual que cuando volviesen a rescatar a los líderes de los elementales, buscarían de nuevo al maestro Quirón para salvarlo.

Los recién llegados entraron al castillo y en compañía del maestro Sirio se dirigieron al consultorio del maestro Azor, el médico naturista de la orden. A Cristina se le pusieron ciertos emplastes medicinales en la herida de la cabeza y el sabio sanador dijo que ella sólo tenía la herida en la cabeza y que el resto de su cuerpo estaba bien. Crisol también fue revisado y el maestro Azor le dijo que no tenía ninguna herida ni señas de gran trauma interno y que su pérdida de conocimiento había sido causada por el golpe al caer por el precipicio, pero su cerebro se percibía en buen estado y sólo necesitaba un poco de reposo para reponerse. Los recién llegados tenían hambre y entonces fueron al comedor de la orden. Después de que terminaron de comer, Albert y Cristina se fueron a descansar a sus respectivos dormitorios. Crisol y la maestra Sedna, en cambio, se fueron para el área administrativa de la orden porque el maestro Sirio les dijo que debía hacerse una reunión extraordinaria de maestros.

En el salón de reuniones, el máximo guía espiritual de la orden se ubicó en una especie de tarima central con Crisol a su derecha y la maestra Sedna a la izquierda. En un nivel un poco más bajo había otras sillas en las cuales estaban sentados el maestro Azor, el médico naturista de la orden; la maestra Astrid, con su gran sabia mirada; el maestro Silón, un hombre de piel trigueña, alto y con una barba larga, oscura y tupida; el maestro Chang, instructor de artes marciales de la orden; y la maestra Ester, encargada de estar pendiente de que se apliquen en forma cabal las decisiones de los líderes espirituales de la orden.

El maestro Sirio abrió la reunión diciendo:

—Bienvenidos a esta junta de maestros. Lamentamos que no esté con nosotros el maestro Quirón que desafortunadamente está desaparecido. Voy a ser breve porque dadas las circunstancias tenemos que actuar rápido.

Luego de decir estas palabras miró a todos los asistentes fijamente, cerró los ojos, respiró profundamente, pero en forma lenta y armónica y luego continúo:

—Como ustedes saben, en la reunión de elementales en la cual estuvieron además la maestra Sedna, Crisol, el maestro Quirón, Albert y Cristina, hubo un ataque de Lilith con sus monyos e Hinor con sus hinas, en el cual secuestraron a los regentes de los elementales. Ellos están prisioneros en la cueva del peñasco gris. Debemos hacer algo para rescatarlos a ellos y al maestro Quirón. Además de esto, como ustedes han visto, la naturaleza se está muriendo porque los elementales no pueden hacer bien su trabajo debido a que muchos de ellos, incluyendo sus máximas jerarquías, están retenidos y los pocos elementales que están activos tienen mucha debilidad porque las fuerzas oscuras también les quitan energía a distancia.

—¿Usted piensa que existe algún traidor en la orden que le esté ayudando a las fuerzas oscuras?, ¿que alguien de nuestra hermandad esté actuando como espía y colaborador de nuestros enemigos? —preguntó el maestro Silón.

—Varios pensamos que algún miembro de la orden, del presente o del pasado, está aliado con ellos. Aún no sabemos quién es, pero lo estamos investigando en unas meditaciones especiales —respondió el maestro Sirio.

—Cuando Crisol y la maestra Sedna trataron de ver con psiquismo en qué lugar de la cueva estaba el maestro Quirón para rescatarlo, una nube energética no les dejó percibir en cuál sitio se encontraba. Es posible que el mismo maestro Quirón haya puesto ese bloqueo energético para seguir en la cueva y ayudarles a los seres de la oscuridad. ¿Será él el traidor? —preguntó el maestro Silón.

—También podría ser Josh, el que era uno de los maestros de la orden, quien fue expulsado hace meses por pasar información secreta a las fuerzas oscuras —dijo la maestra Sedna.

—Recuerden que las emociones fuertes alteran las percepciones psíquicas y por lo mismo no debemos hacer conjeturas por ahora. A su tiempo, la persona infiltrada que está ayudando a nuestros enemigos será descubierta. Por ahora concentremos nuestras energías en planear cómo liberar a los retenidos – explicó el maestro Sirio.

–Debemos hacer algo que debilite la energía de las fuerzas oscuras –dijo la maestra Astrid.

–Sí. Además de liberar a los secuestrados, debemos neutralizar a esos seres de la oscuridad porque lo que está pasando es muy serio. El trabajo de los elementales está siendo fuertemente obstaculizado y entonces la vida en la Tierra se va a extinguir pronto si no se encuentra y aplica una solución –dijo el maestro Sirio.

–¿Cuál sería el primer paso a dar? –preguntó el maestro Silón.

–Cuando los extraterrestres procedentes de un planeta cerca a la gran estrella "Sirio" llegaron a fundar la Atlántida, en uno de sus viajes en ovnis ellos dejaron en un lugar diferente a su continente algo llamado "las piedras mágicas Etéritas". Esos seres venidos del espacio pusieron esos minerales de poder en un sitio especial con el fin de que, en caso de ataque de las fuerzas oscuras, los humanos los usáramos como defensa. Esas piedras son una especie de cuarzos rosados especiales, traídos del lejano planeta del que provenían eso seres, los cuales se activan con rituales mágicos –dijo el maestro Sirio.

–¿Y esas piedras dónde están? –preguntó el maestro Silón.

–Se encuentran en la región de la cascada de los siete colores. Esos cuarzos nos ayudarán a defendernos y a vencer a las fuerzas oscuras, pero para eso deben ser traídos, lo cual es muy peligroso. Para ir a ese lugar hay que pasar por "El valle de los Mamuts", el cual también es llamado "El valle de la muerte" porque de los que se han aventurado a recorrerlo nadie ha regresado con vida y, como no quiero exponer a nadie de la orden a los riesgos que eso implica, yo mismo iré por esas piedras mágicas –expresó el maestro Sirio.

–Con todo respeto honorable maestro, yo pienso que tú no debes ir porque eres el máximo líder espiritual de la orden y debes permanecer aquí en la sede, protegiéndola. Yo podría ser uno de los integrantes del grupo que realice esa misión, si ustedes están de acuerdo —dijo Crisol.

Al instante todos los otros asistentes de la reunión dijeron que ellos también estaban dispuestos a ir.

—¡Deben pensarlo bien porque corren el riesgo de perder la vida! —dijo el sabio maestro líder.

El sabio joven y los maestros siguieron firmes con la idea de que no les importaba exponerse a peligros con tal de ayudar a salvar a los elementales y a la humanidad.

El maestro Sirio cerró los ojos y meditó por pocos segundos, luego los volvió a abrir y habló:

—¡Está bien!, Algunos de ustedes pueden ir. No todos estarán en esa misión porque la orden debe estar siendo protegida. Pienso que este trabajo especial lo pueden realizar el maestro Chang, Crisol y la maestra Sedna, ¿están de acuerdo? —preguntó el sabio anciano.

—Estamos de acuerdo —dijeron todos los asistentes, al unísono.

—¡Gracias por su apoyo! ¿Alguien necesita decir o preguntar algo? —preguntó el maestro Sirio.

—¡No! —dijeron los otros maestros y Crisol.

—Está bien, queda terminada la reunión, pero los que van a ir a cumplir la misión se deben quedar un rato más para coordinar detalles porque lo ideal es que salgan para el viaje mañana temprano —dijo el sabio líder espiritual.

El maestro Sirio indicó al maestro Chang, Crisol y la maestra Sedna, el lugar exacto en que estaban las piedras mágicas Etéritas dejadas por los Atlantes, cómo lograr obtenerlas y los peligros que eso implicaba. Les preguntó a los tres sí, después de saber todo los riesgos, aún querían realizar tan peligrosa misión. Ellos respondieron con gran firmeza que lo iban a hacer aunque corriesen muchos riesgos. El sabio líder espiritual les agradeció el hecho de que fueran a hacer ese trabajo especial tan peligroso para salvar a los elementales y a la humanidad. El maestro Sirio también asignó las funciones que ellos tendrían durante el viaje para traer las mágicas piedras. Dijo que en general el maestro Chang sería el líder a cargo de la misión, que la maestra Sedna sería la consejera y Crisol el encargado de los rituales más importantes y el uso del psiquismo con el fin de dar información que sirviera para tomar decisiones. Al final, el sabio anciano aclaró que esas asignaciones podrían ser cambiadas entre ellos de acuerdo a las circunstancias.

La maestra Sedna y el maestro Chang se fueron para sus respectivos cuartos, alistaron lo que cada uno iba a llevar y se acostaron a dormir, con el fin de descansar y tener más energías para el viaje. Crisol se dirigió a su cuarto también, pero de paso arrimó al gran dormitorio donde dormían las mujeres neófitas de la orden para darle las buenas noches a su novia. Cuando Cristina lo vio llegar a la puerta, se levantó de su cama y se le arrimó.

—¡Debo decirte algo! ¿Puedo ir a tu cuarto un momento antes de que te acuestes? —expresó la rubia joven.

—¡Sí, está bien, vamos! —le respondió su novio.

—¡Cuando fui herida y quedé aparentemente inconsciente en la cueva del peñasco gris, vi varias de mis encarnaciones! —le contó Cristina a Crisol, cuando llegaron al cuarto.

—¡Sabía que te había ocurrido eso, a mí también me pasó lo mismo! —dijo el sabio joven.

—Fue muy interesante lo que vi.

—Si, a veces cuando hay peligro de muerte se ven otras encarnaciones —explicó Crisol.

—Pero quisiera ver lo que pasó entre la encarnación anterior y la actual.

—Enseguida que te acuestes puedes dormirte deseando ver eso y lo puedes lograr.

—¡Sí, lo haré! ¿Tú sabes que te ocurrió entre las dos vidas? —preguntó Cristina.

–Yo sé que me pasó entre la vida actual y la anterior, pero lo voy a ver de nuevo mientras duermo para acordarme bien de los detalles.

–Esta escuela espiritual además de equilibrarme me está ayudando a despertar el psiquismo. Es lo único positivo de estos días –dijo Cristina.

–Mañana salimos temprano Sedna, Chang y yo para la cascada de los siete colores a traer unas piedras mágicas –informó Crisol.

–¿Y por qué deben ir por ellas?

–Porque son unos cuarzos especiales con los cuales la orden puede vencer a las fuerzas oscuras y salvar a la Tierra.

–¡Interesante!

–Ya me dio sueño. Me voy a ir a dormir, hasta mañana –dijo Cristina mientras besaba a su novio en los labios.

Tan pronto Cristina llegó al cuarto en que dormían las mujeres, la bella joven se puso su traje para dormir y se acostó pensando que deseaba ver lo que pasó entre la encarnación anterior y la actual. En pocos minutos se quedó dormida y su deseo se empezó a cumplir. Cristina se vio de nuevo en la encarnación anterior, muriendo en una cama mientras a su lado su esposo de esa vida llamado Frank (El mismo Crisol de esta vida) y los dos hijos que tuvieron en esa vida: un niño y una niña, lloraban a su lado. "Mary no te mueras… Mary no te mueras… ", le decían muy tristes. Luego, Cristina vio lo que pasó después de morir en esa vida anterior. Se sintió saliendo en espiral de su cuerpo y yéndose hacia arriba. Después ella sintió que viajaba dentro de un gran chorro de luz. En poco tiempo sintió que estaba en la superficie del sol y que había varias manos alzadas para recibirla.

En el luminoso astro la mujer se encontró con unos seres de forma humana, pero constituidos de puros rayos de luz. Entre ellos reconoció a la abuela de esa vida, la cual había muerto hacía poco debido a la misma enfermedad que la había

matado a ella: tuberculosis. Ella abrazó a su abuela y se dijeron que se querían mucho. Después Mary vio que cerca estaban unos ángeles hechos de una luz aún más radiante, casi
enceguecedora. Ellos eran muy bellos, de cabello ondulado
y ojos claros, tenían la cara semiredonda y cuerpo ni delgado
ni gordo. Sus rostros eran una mezcla de hombre y mujer y
tenían una mirada muy compasiva y amorosa. Los luminosos
ángeles se le acercaron y una fuerza especial no visible hizo
que ella ascendiera en medio de un gran chorro de luz acompañada de los celestiales seres. Mientras ella se desplazaba con
sus angelicales acompañantes, unos entes negros deformes
aparecieron en la oscuridad que había fuera del túnel luminoso. Los demoníacos seres trataron de acercarse a ella y a los
ángeles con el fin de atacarlos, pero cuando intentaban hacerlo
la luz los quemaba obligándolos a retroceder.

La joven sintió que ella y los ángeles eran llevados por la
misma fuerza invisible hasta un "lugar" cerca de la luna y luego
volaron entre planetas. Posteriormente, ella y los celestiales seres
se devolvieron hacia la Tierra y se acercaron al polo norte. Allí
se pararon en la entrada de una caverna que tenía mucha nieve,
pero aun así ella no sentía frio. Sólo un ángel se quedó con ella
y los demás se fueron volando. El celestial ser caminó lentamente internándose en la cueva bajo la nieve y le dijo a ella que
lo siguiera. Pronto llegaron a un espacio amplio dentro de la
caverna, el cual estaba lleno de una especie de humo claro.

—Vas a ir primero al plano de la ilusión, allí serás feliz porque
lograrás todo lo que deseas, pero también sufrirás con igual
intensidad —dijo el ángel.

—¿Y dónde queda eso? —preguntó la joven mientras trataba
de ver más del sitio entre la blanca niebla.

La mujer no obtuvo respuesta. Miró a los lados y vio que el
ángel guía había desaparecido. Después de esto se vio en su
propio entierro al final de esa encarnación anterior. Desde lo
alto veía su cuerpo inerte en un ataúd siendo llevado por sus

familiares a un cementerio mientras ellos lloraban diciendo "¿Mary por qué te moriste?". Esto le hizo recordar el nombre que tuvo en esa vida. Se vio, de improviso, sentándose en el ataúd mientras levantaba la tapa con sus manos. Los que llevaban el féretro se asustaron, dejaron caer al piso el ataúd y salieron corriendo. Ella salió caminando del féretro y entonces las otras personas que también iban en el entierro salieron huyendo despavoridas.

—¡No huyan, no me morí nada! –dijo Mary.

La joven vio que algunas de las personas que habían huido se acercaban de nuevo a ella. Pronto los reconoció: eran sus hijos de esa vida y el hombre compositor de música y pianista que era su esposo de esa encarnación, el cual tenía la misma cara de Crisol.

—¡No te moriste nada!, ¡estas viva! –dijeron sus hijos y esposo mientras la abrazaban.

—¡Estoy viva!, ¡estoy viva! –expresó Mary mientras se miraba su cuerpo.

En esas estaba, cuando de pronto la escena cambió y se vio de nuevo en el entierro siendo conducida en el ataúd, muerta, camino al cementerio.

—¡Era una ilusión!, ¡viste lo que tú deseabas que hubiera pasado! –dijo la voz del ángel guía que se le acercó de nuevo mientras ella lloraba desconsoladamente.

Después siguió una escena en la cual la joven se vio a si misma viejita, con el esposo músico a su lado, quien tenía algunos rasgos parecidos a los de Crisol aunque aquí él estaba anciano. Además vio a los dos hijos, con más edad, y cuatro nietos correteando a su lado. Ella se puso feliz y abrazó a sus hijos y sus descendientes. Luego se vio a sí misma, muy anciana, jugando a escondidas con sus nietos en un jardín. De repente oyó una voz que le dijo:

—¡Recuerda que estás muerta!, ¡cuando estés lista debes buscar de nuevo la luz!

Ella miró hacia arriba y vio al ángel guardián que había dicho esas palabras.

–¡No!, ¡yo estoy viva! –dijo Mary y siguió jugando con sus nietos en ese jardín.

–¡Tú misma comprobarás después lo que te digo! –expresó el celestial ser.

–Niños tóquenme mis brazos, son sólidos ¿cierto? –preguntó Mary, luciendo aún como una anciana.

Los niños se arrimaron, le aprisionaron un poco en el brazo y dijeron:

–¡Sí!, ¡son duros!

–¡Ves!, ¡no estoy muerta! –dijo la mujer, mientras miraba hacia arriba en dirección a donde estaba el ángel.

Imprevistamente, Mary se vio de nuevo en la cueva rodeada de humo con el ángel guía al lado.

–¡Lo que vi era una ilusión!, ¡sí estoy muerta! –se dijo a sí misma la mujer mientras lloraba con gran tristeza.

–¡Debemos ir ya al juicio! –dijo el ángel guía.

Mary y el ángel guía caminaron para internarse más dentro de la tierra y pronto llegaron a un espacio muy amplio dentro de la cueva. Allí siguieron caminando por un sendero estrecho rodeado de abismos. Cuando avanzaron un poco más, la joven vio a unos seres humanos en el fondo de los precipicios quejándose y llorando. Ella, para no impresionarse, no quiso mirar a los lados. En poco tiempo llegaron a donde había una fila de personas y ella supuso que debía hacerse en ella. El celestial guía seguía a su lado sin hablar, pero la acompañaba y la miraba con gran simpatía. Ella notó que todos los que estaban en la fila, al igual que ella, tenían un ángel a su lado. Las almas de las personas avanzaban rápidamente, pero ella no veía hacia quién o qué se dirigían todas porque en el lugar había una niebla blanca. Cuando avanzó un poco más, ella vio que la fila era para ser atendidos por un ser muy alto con cuerpo de ser humano y cabeza de chacal. Cerca de él estaba otro ser parecido, pero menos alto. Al lado de ellos estaba un anciano con una barba blanca muy larga, parado y firme, que hablaba fuertemente diciendo:

—Están en el juicio de Isis y Osiris. Anubis el Dios Chacal comparará el peso de sus ofensas en vida con el peso de una pluma. Sí los errores de su vida pesan menos que una pluma, van al Olimpo. En caso de que sus pesos sean iguales, van a la isla de olvido y después volverán a reencarnar en la Tierra. Sí pesan más sus fallas que la pluma, irán al hades a purgar, posteriormente irán a la isla del olvido y de allí serán enviados a la Tierra para nacer de nuevo. El ángel que cada uno de ustedes tiene al lado sabe todo lo que ustedes hicieron en su vida. Si no están de acuerdo con la decisión de Anubis, háganselo saber al ángel y él hablará por ustedes. Su celestial acompañante dirá argumentos a su favor si él considera que merecen un cambio de veredicto, de lo contrario callará y se ejecutará la condena. Ustedes no deben hablar porque la mayoría de las almas de las personas no están autorizadas para hablarle directamente al gran dios Anubis.

La joven vio cómo las personas se acercaban al ser más grande con cabeza de chacal, el cual supuso ella que era el dios Anubis. Este ser que inspiraba gran respeto pasaba las manos a poca distancia alrededor del cuerpo energético del alma del enjuiciado y luego juntaba las palmas de las manos, rotándolas, y al separarlas de nuevo quedaba una bola negra sobre una de las palmas. Después de esto, Anubis le entregaba la esfera oscura al otro ser parecido a él, su asistente. Este ayudante ponía la bola en uno de los platillos de una balanza que estaba en una mesa de piedra a poca distancia de ellos. Entre los brazos de la balanza había una flecha indicando si pesaba más la esfera negra puesta en uno de los platillos o una pluma que estaba en el otro brazo de la balanza.

La joven vio cómo enjuiciaban a las otras personas que estaban antes de ella en la fila, las cuales, ella suponía, habían fallecido hacía poco. Si la bola, es decir los errores de la vida, pesaban menos que la pluma, el gran chacal Anubis doblaba los dedos sobre sí excepto el pulgar el cual lo ponía señalando hacia arriba y decía: "Para el Olimpo". Luego de esto venían unos ángeles que usaban túnicas blancas y emitían una luz casi enceguecedora y se llevaban el alma del fallecido hacia una luz brillante que se veía en lo alto. Sin embargo, esto pasaba en pocos casos porque era muy escaso que alguien tuviese tan pocos defectos.

En los casos en que la flecha mostraba que la esfera pesaba lo mismo que la pluma, el dios Anubis ponía el brazo derecho a la altura del hombro, con los dedos también totalmente derechos y decía: "para la isla del olvido". Después de este veredicto, el alma del fallecido era conducida por unos chacales ayudantes que eran parecidos a Anubis, pero más pequeños, por un camino que descendía en la tierra hacia la orilla de un lago. Allí había una barca esperando para llevarlos a la isla del olvido que quedaba en la mitad del lago.

Si el objeto esférico y oscuro pesaba más que la pluma, Anubis hacia una señal girando la mano hacia abajo, doblando sobre si los dedos, pero no el pulgar el cual apuntaba en dirección hacia el piso y luego decía: "Para el Hades". En estos casos, el alma de la persona era cogida por los asistentes de Anubis y llevada por un camino que llevaba a unos túneles bajo tierra en los cuales habían personas sufriendo tormentos: unas ahogándose en agua constantemente, otras siendo quemadas por fuego, algunas siendo ahorcadas... Esas almas no morían —ya estaban muertas —pero sufrían algo peor: constante dolor debido al tormento que estaban sufriendo. En ese lugar muchos también eran devorados por unos maléficos monstruos y después de sufrir ese dolor, la parte del cuerpo que había sido devorada surgía de nuevo para luego ser devorada otra vez y de esta forma prolongaban el dolor.

Las almas de las personas que eran llevadas al Hades, al ver los horrores que ocurrían allí, trataban de escapar, pero los ayudantes de Anubis inmediatamente después de llegar con ellas las encadenaban al piso. Tan pronto el prisionero estaba asegurado, se acercaba uno de los verdugos del sitio a encargarse de que esa alma tuviese sufrimiento.

La joven vio algunos casos en los cuales las almas no estaban de acuerdo con el veredicto y le dijeron a su ángel acompañante que hablara por ellas. Luego del ángel decirle a Anubis que reconsiderara el veredicto, ese gran dios Chacal veía el aura del alma del fallecido para saber el nivel de bondad que tenía y de acuerdo a eso emitía de nuevo una sentencia que podía ser igual a la inicial o diferente. En todos los casos, después de escucharse el veredicto final de Anubis, el ángel que había estado acompañando al alma del fallecido se retiraba.

En el momento en que le llegó el turno a Mary (la misma Cristina de la encarnación actual), se puso muy nerviosa. "Que no vaya al Hades, que no vaya al Hades…" se decía a sí misma mentalmente. Se acercó a Anubis, él paso la mano derecha alrededor del cuerpo energético de Cristina formando un círculo en dirección de las manecillas del reloj y luego formó la esfera energética juntando sus palmas y quedó una bolita negra. "¡La bolita es muy pequeña! o ¿es que me parece?", pensó ella. Nunca se imaginó que iba a estar más nerviosa después de muerta que en vida. Miró la flecha de la balanza oscilando cuando la pequeña esfera fue puesta en el platillo, pero los nervios no le dejaban ver bien hacia qué lado oscilaba más. Se ordenó a sí misma tranquilizarse y ya más calmada vio que la flecha, después de oscilar, se detuvo en toda la mitad de las rayitas que habían en el centro de la balanza. El dios Anubis extendió el brazo totalmente derecho y dijo: "¡A la isla del olvido!". La joven se puso contenta porque no tendría que ir a sufrir tormentos al Hades. Ella era consciente de que iba al nivel intermedio y que por lo tanto no podía ir al Olimpo, el cual era el máximo nivel, pero eso también la alegraba porque quería volver a reencarnar en la Tierra con el fin de volver a reunirse con personas que conoció en las vidas pasadas y ayudarle más a la humanidad. ¡El veredicto de Anubis le permitiría cumplir sus deseos!

Después de escucharse la decisión del gran dios chacal, el ángel que acompañaba a la joven se retiró y uno de los chacales ayudantes de Anubis la condujo por un camino que descendía hasta que llegaron a la orilla de un lago. No se veía mucho el agua porque encima de ella había una espesa niebla. Mary vio que una barca se acercó entre la niebla y la vaga imagen de un ser con capucha de monje conduciendo una barca. Al principio se asustó un poco porque el que remaba, haciendo avanzar al pequeño barco, se parecía al monje que había estado rondándola en varias encarnaciones con intenciones malignas, pero se tranquilizó cuando vio que este, aunque también tenía la cara oculta, no irradiaba malignidad y su hábito no era café sino gris.

El chacal le dijo a Mary que debía abordar al pequeño barco. El extraño ser que manejaba el bote le dio su mano a la joven y entonces ella subió a la embarcación. El chacal se quedó en la orilla y el monje empezó a remar. Después de algunos minutos llegaron a una isla en la cual todo era gris y estaba cubierto por una espesa niebla. El monje dejó a Mary en tierra en una especie de playa y remando nuevamente se regresó al lugar del cual había partido. A la joven se le acercaron tres seres con trajes de monje de color gris tal como la vestimenta del que había manejado la barca. Estos tampoco se dejaron ver la cara. El que estaba en el centro dijo: "Bienvenida a la isla del olvido… nosotros seremos tus guías acá… primero debes ir a la dimensión de los sentimientos". Entonces movió su cabeza dando a entender que los siguiera y la joven caminó detrás de los tres guías.

Los monjes y Mary caminaron por un largo caminito que bordeaba una colina y ascendía. Por los lados ella veía lo mismo de la vegetación de la Tierra, pero esta no era verde sino gris. También notó que no sólo los arboles eran de ese color, también lo eran las piedras, los pequeños riachuelos… todo era gris. Después de un rato llegaron a la cima de la colina. La joven miró hacia arriba y vio gran cantidad de estrellas. El mismo guía que le había hablado hace poco le dijo: "Vas a entrar a la dimensión donde tu astral dejará en los planetas los defectos que la energía de esos cuerpos celestes te dieron en vida, los cuales fueron muy pocos. Serás acompañada por uno de mis asistentes". Entonces el monje que estaba a la derecha de él se le arrimó a ella y los otros dos se alejaron caminando. Después en forma inesperada empezó a sentir que era succionada por un remolino de luz y viento. La mujer se vio a sí misma volando mientras giraba en el aire con el monje que se había quedado con ella.

Mary vio que ella y su acompañante volaban bajo las estrellas y pronto se percató de que iban en dirección a la luna. Después de un rato ella se dio cuenta de que ya su vuelo no era tan girante y que con su pensamiento podía coordinar la rapidez y dirección de su desplazamiento. El ser que la guiaba habló: "primero debes ir a la luna y dejar ahí tus sentimientos y emociones negativas. Sólo deben quedar en tu alma los positivos". La joven no sabía cómo iba a dejar esos sentimientos en ese satélite, pero pronto se dio cuenta cómo era el proceso: Tan pronto estuvieron cerca de la Luna, ella sintió que una fuerza la halaba un poco como cuando un imán atrae las partes metálicas de algún objeto. Después de sentir los pequeños jalones que la luna ejercía sobre ella, miró sus extremidades y abdomen y vio que tenía algunos hoyos, pero también notó que después de abrirse esos huecos en su cuerpo energético, ya no estaba actuando la fuerza que la atraía. Un poco después vio que los agujeros que se formaron con la atracción magnética se cerraron de nuevo lentamente cuando el resto de su cuerpo energético envió una especie de rayos a ellos. Cuando los hoyos en su cuerpo energético se cubrieron de nuevo, Mary sintió mucha paz, tranquilidad y armonía. Estos sentimientos eran tan especiales e intensos que lloró de la alegría.

El monje guía le dijo a Mary: "ahora iremos al planeta Mercurio y dejaras allí tu exceso de racionalismo" y entonces la joven y el guía volaron en dirección a ese cuerpo celeste. Cuando llegaron al planeta Mercurio, ella sintió algo similar a lo que sintió en la Luna. Partes de su cuerpo astral se desprendieron y fueron atraídas hacia ese planeta. Después que las perforaciones que ese proceso dejó en su cuerpo se cerraron, también sintió un cambio interno. Ahora, ella se sentía menos severa y con más deseos de dar amor incondicional. Después pasaron por Venus y allí dejo la ingenuidad e indecisión. Posteriormente a esto, llegaron a Marte para entregarle a ese planeta las iras, agresividades e impulsos desmedidos que sintió en vida aunque fueron pocas las ocasiones en que tuvo esas actitudes. Al planeta Júpiter le entregó el sentimiento de falta de disciplina y control, el cual tuvo pocas veces. Por último pasaron cerca a Saturno, pero el monje guía le dijo que en este planeta no necesitaba dejar nada porque las únicas actitudes negativas que el planeta Saturno daba era falta de afecto o ambición desmedida y ella no tuvo esos defectos en vida. Luego de ir a esos planetas el monje le habló:

–Debemos ir a la isla del olvido de nuevo.

–¿Para qué debemos volver allá?

–Debes hacer el ritual del olvido porque pronto debemos ir al sol para que veas tu esencia solar y ayudes energéticamente a los seres de la Tierra, pero para eso debes olvidar por ahora las reencarnaciones que has vivido. La joven y el monje guía aparecieron de nuevo en la isla, que estaba en un lago, a la cual ella había llegado antes en el barco. Cuando llegaron a ese lugar un ángel se arrimó volando, y dijo que iba a poner la mano de él sobre la cabeza de ella con el fin de hacer con energía que ella olvidara por un tiempo las vidas que había tenido en la tierra.

—Por favor cierra los ojos y siente la energía que fluye de mi mano —dijo el angel que estaba haciendo el ritual.

La joven hizo lo sugerido, e Inmediatamente dos ángeles más aparecieron volando, portando un velo blanco y cubrieron a la joven con este.

—Este velo completará el ritual del olvido de tus encarnaciones, pero en el futuro, a su momento, las recordaras de nuevo — dijo el ángel que desde el principio estaba el ritual con ella.

Mary sintió que caía como en un sueño y olvidó todo.

—¿Quién eres tú?, ¿cómo te llamas? —le preguntó el celestial ser a la mujer.

—¿Cómo me llamo?... No sé… ¿Tengo acaso un nombre?...

El ángel le hizo otra pregunta:

—¿Para dónde vas?

—¿Para dónde voy?... No sé… ¿Voy para algún lugar? —expresó la joven.

El celestial ser la miró complacido porque había comprobado que la joven si había olvidado todo.

—¡Ya puedes ir al sol, otro ángel te guiará hacia allá! —dijo el celestial ser mientras miraba a la mujer complacido porque el ritual había sido efectivo.

Mary no recordaba qué era el sol, pero obedeció y siguió a un ángel dorado muy luminoso que apareció en el lugar. Mientras la joven volaba con el angelical ser acercándose al luminoso astro, ella vio algo espectacular: millones de ángeles saliendo del sol y dirigiéndose a todos los astros que giraban alrededor de este luminoso astro central del sistema solar. A cierta distancia de estos ángeles "viajeros" vio otra gran corriente de ángeles retornando al sol desde los planetas que giraban alrededor del gran astro. Ella notó que la mayor parte de los ángeles que iban y venían volaban entre la Tierra y el sol.

Mary vio que eran muchas caravanas de ángeles yendo y viniendo y que cuando se alejaban mucho y llegaban al extremo del sistema solar, el cual era oscuro casi del todo, los ángeles se devolvían de nuevo hacia el sol. La joven, sin saber cómo, resultó mezclada entre unos ángeles que iban de regreso hacia el sol y una energía desconocida por ella la haló hacia ese astro. Ella se dejó arrastrar porque pensó que si los ángeles salían del luminoso astro y regresaban de nuevo a esa esfera de luz, debía haber algo positivo en el proceso. Además, el ángel guía que la había estado acompañando seguía su lado y eso le daba tranquilidad. La evolucionada mujer notó mientras se acercaba al sol que los ángeles que estaban más cerca de ese luminoso astro eran más grandes y luminosos.

Mary se dio cuenta de que cuando se concentraba en sus pies volaba más rápido y que podía cambiar de dirección con sólo pensarlo. Hasta el momento había estado yendo hasta las capas exteriores del sol, pero ahora que podía controlar su viaje trató de ir a una parte más interna de ese luminoso astro. Este intento fue infructuoso. No pudo acercarse más porque había una barrera: una especie de franja luminosa muy dorada que estaba inmersa en el sol, la cual emitía una energía que la expulsaba cuando ella trataba de acercarse.

La joven se preguntó a sí misma por qué no podía ir a las partes internas del luminoso astro. El ángel guía que la estaba acompañando, al ver lo que estaba pasando, le dijo: "No se te permite internarte en el sol porque si lo haces llegarías al punto de no retorno. A esa parte interior de esta estrella sólo pueden ir los que no necesitan regresar a la Tierra: los yoguis y maestros de sabiduría más sabios que ya han evolucionado, se han perfeccionado y ya cumplieron su misión en la Tierra. Ese lugar es el llamado 'Olimpo'. A ti te falta poco para llegar a ese nivel, pero aún no estás lista. Ese el motivo por el cual Anubis, el dios chacal, no decidió enviarte al Olimpo. Necesitas reencarnar una o dos veces más antes de ir a esa dimensión superior. Ahora debo alejarme por un rato, pero después regresaré". Tan pronto terminó de expresar esas palabras, el ángel guía desapareció.

Mary sintió que otra energía extraña la estaba haciendo volar de nuevo, pero esta vez era en dirección contraria del sol. Una fuerza la empujó desde las cercanías de ese luminoso astro hasta la Tierra y allí se acercó a muchas hojas de plantas, sintiendo que les daba energía y luego regresó a un lugar cercano a esa estrella central del sistema solar. De igual manera viajó entre el sol y otros planetas del sistema solar: Mercurio, Venus, Marte, Júpiter y Saturno. En todos los viajes ella volaba acompañada por ángeles. Mary se sentía pletórica de alegría porque sentía que estaba ayudando a darle energía a los seres en la Tierra y a los cuerpos celestes.

Después de ir y venir entre el sol y los planetas por varias ocasiones, en un momento en que estaba cerca al luminoso astro vio que el ángel guía que la había acompañado antes se le acercó de nuevo.

—Un arcángel te necesita, ¡debes hablar con él! —dijo el celestial ser.

—¿Pero… dónde está él? —preguntó Mary.

Cuando había acabado de hablar se le acercó un ángel totalmente dorado con luz casi enceguecedora y tres veces más grande que el guía que la había estado acompañando.

—Ya te purificaste lo poco que necesitabas, ya no necesitas estar acá, debes nacer de nuevo. Te vas a sentir extraña después de que reencarnes porque en la Tierra han pasado varios años —dijo el gigantesco angelical ser.

"¡Es asombroso!, he estado en esta dimensión por varios años y los sentí como si fuesen sólo minutos", pensó la bella mujer.

—¿Pero a donde voy a ir? —preguntó Mary.

—Vas a nacer en ese hogar —dijo el arcángel mientras le mostraba una escena en que se veía una casita de campo dentro de la cual estaba un señor, una señora y un niño pequeño.

–¡Se ve que es una familia muy amorosa y unida! –dijo Mary.

–¡Sí, lo es! –dijo el gran espíritu celestial–. ¿Quieres ser hombre o mujer?

–No entiendo, ¿qué es ser hombre o mujer?

–Has olvidado la diferencia entre los géneros debido al ritual que se te hizo para olvidar.

El angelical ser miró a una especie de niebla que había cerca de él y esa nube formó la figura de un individuo con cabello corto, camisa y pantalones y le dijo que ese era un "hombre" y luego le mostró la imagen de una persona de cabello largo, con piel más pulida usando una blusa y una falda y le informó que esa era una mujer.

–¡Quiero ser mujer! –dijo Mary con alegría.

–Tus futuros padres han decidido que si tienen una niña le pondrán el nombre de Cristina.

–¡Voy a tener un bonito nombre! –dijo Mary.

–Ahora vas a ver cómo se forma tu futuro cuerpo físico mientras también ves lo que vas a vivir en esa vida –dijo el arcángel.

La mujer vio el proceso de formación del feto dentro del vientre de la que iba a ser su madre mientras su espíritu flotaba un poco encima del cuerpo de ella. Sin embargo, en ocasiones entraba en el feto y hacia movimientos como patear, chuparse los dedos y girar. En lo que le parecieron minutos pudo ver todo lo que pasó durante el tiempo del embarazo, pero a ratos por su mente espiritual pasaron escenas de lo que iba a vivir en esa vida que pronto iniciaría.

La joven se vio a sí misma en lo que iba a ser su infancia, cuidada con mucho esmero y amor por sus futuros padres, también jugando con un hermano y correteando en las llanuras cerca de la casita campestre. Más adelante se vio un poco más crecida yendo a estudiar a una escuela y después a un colegio en un pueblo cercano. Posterior a esto vislumbró una escena en que ingresaba a la orden espiritual, el noviazgo con Crisol, la retención en la cara oculta de luna por parte de Lilith y cómo era salvada de las garras de los monyos. En su visión también percibió la ida a la cueva del peñasco gris, el secuestro de los reyes de los elementales y el momento en que la roca cayó sobre su cabeza, cuando trató de ayudar a rescatar a los regentes de los elementales. Luego se vio casada con Crisol, después criando dos hijos, un niño y una niña. Posterior a esto siguió una escena en la que ella estaba en la vejez escribiendo libros y dando conferencias de espiritualidad en unión con Crisol que estaba ya anciano también.

–No debes recordar en tu vida normal lo que vas a vivir. Tendrás memoria de tu futuro solamente cuando estés preparada, para que vivas con armonía y puedas evolucionar. Por esta razón debes pasar de nuevo por un ritual de olvido –dijo el ángel guía solar.

Luego de esto un ser muy parecido al que le habló, pero un poco menos alto, se arrimó volando. Este nuevo ángel luminoso se arrimó a la mujer y puso la mano sobre la parte superior de la cabeza de ella.

–Debes cerrar los ojos y sentir mi energía –dijo el angelical ser que le estaba haciendo el ritual.

–Está bien –dijo la mujer siguió la instrucciones con serenidad.

–Ahora para asegurarnos de que sí olvidaras tu futuro, se te pondrá de nuevo el velo sagrado –dijo el guía solar.

Inmediatamente dos ángeles de mediano tamaño aparecieron volando y cubrieron a la joven con un manto formado de pura luz, que ellos habían traído. Después de esto la mujer cayó como en una especie de inconsciencia. Este suceso fue lo último que, esa noche, Cristina vio de la transición entre las dos encarnaciones. Luego siguió soñando con otras cosas más secundarias.

Crisol en su cuarto, mientras dormía, al igual que su novia vio lo que ocurrió entre el final de su encarnación pasada y la actual. Primero pasó por su mente lo más importante que sucedió en esa vida anterior en la cual era un compositor y pianista famoso, llamado Frank, casado con Mary (La misma Cristina de la vida actual) con quien tuvo dos niños pequeños. Después sus visiones saltaron al momento en el que ya de edad avanzada y con sus dos hijos ya adultos, estando ya viudo, falleció por efecto de una neumonía. Se vio a si mismo moribundo en una cama, acompañado por sus dos hijos y sus cuatro nietos, diciéndoles a ellos que estuviesen tranquilos que en otra vida los volvería a encontrar.

Seguidamente, Crisol percibió lo que le pasó después de fallecer en esa vida. Se veía como un anciano entre las dos encarnaciones debido a que había muerto a una edad muy avanzada. En ese mundo después de la muerte se identificaba como "Frank", su nombre en esa vida anterior. Él llegó a una dimensión en la que vio una luz muy intensa sobre unas nubes blancas y allí estaban los familiares y amigos que habían muerto hacía poco. Vio a su hermano de esa vida, llamado Robert que había desencarnado unos meses antes debido a un ataque cardíaco. También se encontraba allí su hermana Luisa que había terminado su vida física unos pocos días antes que Frank cuando ella se cayó en las escalas de la entrada de su casa. "Bienvenido hermano" le dijeron los dos sonriendo mientras lo abrazaban. Los tres unidos por sus brazos dieron vueltas en el aire y volaron, sintiendo gran amor.

Los hermanos desencarnados le dijeron a Frank que por ser de la familia y por el afecto que le tenían le habían ayudado mucho desde la otra dimensión después de que fallecieron, que les daban sugerencias mentales a las personas que tenían contacto con él para que le diesen lo que quería o necesitaba, aunque que esos individuos no eran muy conscientes de ese proceso. En ese momento un ángel dorado y grande se acercó volando al anciano. Frank abrazó y besó a sus hermanos en las mejillas, les dijo que los quería mucho y que se verían de nuevo en otra dimensión más luminosa y en posteriores encarnaciones. Después, siguió al ángel que empezó a ascender volando.

El angelical ser le dijo a Frank que era su ángel guía y que, en vista de que él era muy evolucionado espiritualmente, su proceso en esa dimensión iba a ser fácil. Pronto estuvieron yendo hacia arriba a gran velocidad dentro de un chorro de luz. Fuera del gran haz luminoso, en la oscuridad, cerca de ellos aparecieron unos seres demoníacos tratando de atacarlos, pero no podían hacerlo porque no lograban entrar a la gran corriente de energía ya que cuando intentaban hacerlo la luz los quemaba.

Los espectros del astral que el ángel guía y Frank veían, eran horrendos. Varios de ellos eran seres deformes con cabezas muy chatas o alargadas y ojos no redondos y de varios colores, los cuales a veces estaban algo desprendidos de la cara. Los cuerpos de esos demoníacos entes eran asimétricos, muy delgados en algunos lugares y llenos de huecos de los que salían líquidos verdes y morados. Otros de esos demoníacos espectros eran seres humanos fallecidos con caras demacradas y con miradas irascibles, los cuales a veces eran atacados por los seres más deformes y crueles que estaban con ellos. Frank estaba sereno y calmo porque sabía que esos espectros del astral no podían atacarlos ni a él ni a su ángel guía. Frank en esa encarnación, tal como era Crisol en la vida actual, era muy sabio y por lo tanto no podía ser alterado psicológicamente por la presencia de demonios.

Después de ascender dentro de ese túnel de luz por no mucho tiempo, Frank y el ángel guía volaron a la luna y entre los planetas Mercurio, Venus, Marte, Júpiter y Saturno. El anciano no necesitaba depurar nada en estos cuerpos celestes, pero el ángel lo llevó a ese viaje porque era un requisito para todos los desencarnados volar entre los planetas cercanos al sol después de fallecer. Posterior a esto llegaron al polo norte de la Tierra y entraron a una cueva en la cual había una espesa niebla blanca. Allí el ángel que acompañaba a Frank le habló:

—No necesitaras ir al plano de la ilusión debido al grado de conciencia que adoptaste en vida.

—¡Gracias! —dijo Frank.

El alma del anciano y el ángel se internaron más en la caverna y llegaron a un lugar en el que la cueva era mucho más amplia. Allí caminaron por un camino estrecho al borde del cual había abismos. A medida que avanzaban, Frank y el ángel guía vieron a unas almas en el fondo de los precipicios quejándose y llorando. El sabio anciano sabía que se dirigían al lugar en que estaba el dios Anubis haciéndole el juicio a los seres humanos recién fallecidos. Pronto llegaron a donde estaba la fila de almas acercándose al divino juez, cada una de ellas con un ángel a su lado. Frank vio al dios Anubis con cuerpo parecido al humano, pero con cabeza de chacal, al asistente parecido a ese dios, pero menos alto y a un anciano muy delgado y con una larga barba blanca que era el informante. Estos tres encargados del juicio estaban cerca de una mesa de piedra donde estaba la balanza en que se comparaba el peso de las ofensas en vida contra el peso de una pluma. En ese momento, el dios Anubis estaba diciéndole a un fallecido recién juzgado que debía ir al Hades. Inmediatamente varios seres con cabeza de chacal llevaron el alma del infortunado fallecido por unos senderos hacia el fondo del abismo que había cerca mientras el alma de muerto gritaba con desesperación.

El anciano se iba a ubicar en la fila que hacían los recién fallecidos, pero en ese momento el dios Anubis lo vio a él y su ángel acompañante y les hizo señas con su mano de que esperaran. Después de poco tiempo el dios juez se alejó de su puesto y se acercó a ellos. Frank hizo una venia y saludó al dios Anubis inclinando su cabeza mientras el ángel también hacía lo mismo. El divino ser respondió a su saludo inclinando la cabeza hacia adelante también. Frank se alegró de estar cerca a esta divinidad con cabeza de chacal y mirada sabia porque pocas veces tenía la oportunidad de hacerlo. El dios Anubis lo miró en forma armónica y firme a la vez y después habló:

—Hola sabio humano. ¡Paz y Amor! Como tú sabes, no habías necesitado encarnar en la Tierra porque tu alma habita en las estrellas, pero lo hiciste porque querías ayudarle a los seres menos evolucionados de este planeta. Por lo tanto tú no necesitas juicio, pero debes a escoger entre tres opciones: Si quieres puedes regresar a la estrella Sirio de la constelación del can mayor y seguir tu vida de sabio consejero celeste. La segunda opción es que puedes quedarte en el sol de este sistema. Ese astro es más pequeño que la estrella que es tu verdadero hogar, pero desde el sol podrías, en unión con muchos ángeles, estar yendo a la Tierra para ayudar los seres humanos a sufrir menos. La tercera opción es continuar reencarnado en la Tierra para seguirle ayudando a la humanidad a despertar más consciencia y evolucionar. Esto ayudará a que más amor renazca en los seres humanos que aún andan no muy conscientes viviendo varias vidas mientras evolucionan.

—¡Gracias honorable dios Anubis por permitirme escoger! —dijo Frank con gran alegría.

—¡Hijo mío! ¡Tienes derecho a decidir porque tienes grandes méritos! —expresó el solemne dios.

—¡Quiero seguir reencarnando en la Tierra. Los seres humanos de este planeta necesitan mucho mi ayuda! —dijo el sabio anciano.

—Como tú sabes, en este planeta hay pocos seres evolucionados y muchos necesitan la ayuda de seres sabios como tú, pero sabes que vivir en la Tierra no es fácil: Hay muchas enfermedades, se necesita trabajar para subsistir y gran cantidad de las personas que habitan en ella son poco avanzadas espiritualmente. Ya te has dado cuenta, en las vidas que has tenido en este planeta, de que muchos seres humanos en vez de agradecer tu ayuda y sabios consejos te han juzgado mal y muchos de ellos incluso te han tratado de destruir —expresó el dios Anubis.

—¡Sí, lo sé! —dijo el anciano.

–¿A pesar de esos factores deseas volver a nacer en la Tierra?

–¡Sí!, ¡la humanidad necesita de mí! seguiré ayudándole aunque eso a veces me cause dolor y problemas.

–¡Es tu decisión y la respeto! –dijo el gran dios Anubis.

–¡Gracias honorable dios! –expresó Frank.

–No necesitas el ritual del olvido; puedes recordar esto y todas las vidas por las que has pasado porque estás preparado para ello. El ángel guía te mostrara la vida que sigue y dónde vas a nacer. ¡Ve en paz hijo mío! –dijo el dios Anubis mientras ponía su mano derecha sobre el hombro izquierdo de Frank.

–¡Me despido honorable dios Anubis!, ¡Paz y amor! –expresó el anciano mientras hacia una venia, inclinando su cabeza hacia adelante y doblando un poco sus rodillas.

Frank se alejó del lugar caminando de regreso a la entrada de la cueva, acompañado del ángel guía. Cuando salió de la caverna apareció una nube y dentro de ella el sabio anciano vio una casa en un pueblo y los que iban a ser los padres en esa vida.

–Ese es el hogar en el que vas a nacer, tus padres han pensado que si tienen un hijo se llamara "Crisol" y ese será tu nombre en la Tierra –dijo el ángel–. Pero si al ingresar tu alma a ese vientre materno no te sientes a gusto, puedes salir de ese feto y con nuestra ayuda podrás escoger otra madre.

–Está bien, ¡antes de nacer quiero ir al Hades! –dijo el anciano– ¡Quiero darle un poco de luz a esos pobres seres!

–Es un plano al que no necesitas ir pero si tu deseo es ese te acompañaré a ese lugar –dijo el ángel.

Frank y el ángel recorrieron el mismo camino por donde eran llevados los seres que, después de ser juzgados, eran condenados a ir al Hades. Al poco tiempo llegaron a un espacio muy grande en la cueva que tenía varios niveles y a su vez cada nivel tenía varias cavernas. El lugar al que iba el alma de la persona dependía de la gravedad de las ofensas cometidas en vida. En las partes superiores estaban los que habían cometido errores leves y en los niveles más inferiores estaban los que cometieron crímenes atroces o habían tenido demasiados defectos en vida.

Frank y el Ángel guía entraron primero al lugar menos bajo del Hades. Allí había unas personas cojas y ciegas que caminaban chocándose contra las paredes de la caverna y entre ellas mismas. Estas almas tenían heridas en la piel debido a sus continuos choques y al volverse a chocar se lastimaban de nuevo, lo cual hacia que gritaran de dolor. Después pasaron por una caverna más inferior y en ese lugar también había personas enfermas, pero con afecciones más graves: unas con heridas que cubrían casi todo su cuerpo, otras con llagas inmensas y algunas sin partes de extremidades. Estas almas se quejaban a gritos debido a los intensos dolores.

El guía angelical y Frank por último llegaron al nivel más bajo en el cual ocurrían los tormentos más dolorosos infligidos por unos seres con cabeza de chacal, pero menos grandes que el dios Anubis: unos condenados eran ahogados en agua putrefacta constantemente, otros eran quemados por fuego de antorchas, algunos estaban siendo ahorcados y otros convulsionaban porque habían sido decapitados. Esas personas no morían porque de por sí ya estaban muertas y recibían la clemencia de que se le terminase su dolor cuando los seres con cabeza de chacal veían un cambio en sus auras que mostrase un verdadero arrepentimiento.

El ángel se retiró un poco y se ubicó antes de la entrada a ese compartimiento de la gran cueva. Frank caminó entre algunos espacios que había entre los sufrientes seres y se paró en un pequeño montículo que había en el centro. Los adoloridos condenados lo miraron sorprendidos porque no era usual que un ser que no fuese un condenado o un guardián, se adentrase en ese lugar. Frank, tan pronto llegó, habló:

—Hola sufrientes almas. Es triste que estén sufriendo dolores y angustias, pero ustedes hicieron mucho daño y causaron demasiado sufrimiento a otros seres en la tierra durante su última encarnación. La justicia humana, aunque no es perfecta, trató de hacer que se corrigieran; y algunas personas en vida le aconsejaron que cambiaran de actitud, pero ustedes siguieron cometiendo los mismos crímenes. Cuando la persona logra ser consciente de sus errores y se corrige no debe sufrir, pero a veces es necesario el dolor para evitar que las personas no conscientes como ustedes, sigan causando cada vez más sufrimiento a otros en la tierra…

En ese momento, Frank tuvo que parar de hablar y retrocedió un poco porque varios de los que estaban allí castigados se trataron de acercar a él para atacarlo. Como sabía que era peligroso estar ahí mucho tiempo, el sabio ser les dijo las últimas palabras.

–Ustedes no van a estar aquí toda la eternidad. Cuando los chacales guardianes vean, en la energía que rodea sus almas, un arrepentimiento que conduzca a un mejoramiento, serán enviados a otro plano para que de allí puedan prepararse para reencarnar en la tierra de nuevo. Espero que estos consejos de algo les sirvan para que estén poco tiempo acá y cesen sus sufrimientos…

Frank se iba a despedir, pero las almas en pena que eran más irascibles y rencorosas se le arrimaron y lo trataron de coger de las manos entonces el sabio ser optó por irse del sitio. Se levantó del piso flotando y se fue para la entrada de ese lugar de la cueva donde el ángel lo estaba esperando.

–Espero que lo que les dije les ayude, aunque sea a algunas de esas pobres almas en pena. Ahora quiero ir al inframundo –le dijo Frank al ángel después de salir del lugar.

–Pero es el plano más inferior que existe y ¡tú eres un ser muy evolucionado!–le dijo el ángel guía.

–¡Quiero ver cómo siguen viviendo esos sufrientes seres! además ellos no me pueden atacar porque ellos no son seres desencarnados como los que acabamos de ver sino personas que están aún vivas –expresó Frank.

–Tú sabes que ellos reencarnaron en el inframundo como castigo por haber sido muy crueles en otras vidas y el hades no fue suficiente para hacerles cambiar su consciencia –dijo el ángel.– Puedes ir porque estas autorizado por el dios Anubis para visitar la dimensión que desees, pero no te lo recomiendo.

–Quiero ir de todos modos.

–Los seres del inframundo viven en las cuevas subterráneas más profundas de la tierra. No debo ir, es una región de tinieblas, pero te acompaño hasta la entrada –dijo el ángel.

Los dos caminaron por unos túneles que llevaban muy al interior de la tierra. Cuando llegaron a la entrada de ese tenebroso mundo subterráneo, el ángel, tal como había dicho, no entró; se quedó en un túnel menos profundo.

Cuando Frank entró, lo primero que encontró fue una cueva oscura y lúgubre. El espectáculo era horrible: cientos de seres hambrientos cogían cucarachas, gusanos y otros animales de aspecto desagradable y se los comían. Como esto no era suficiente para que quedaran llenos entonces se devoraban entre ellos, se mordían entre sí con el fin de arrancar pedazos de carne del otro. Cada uno trataba de devorar a otros y no ser comido vivo; pero no sólo se devoraban también se daban golpes entre ellos con sus puños o usando grandes piedras. Todo esto les causaba dolores horribles, y los que eran heridos en partes vitales del cuerpo caían al piso agonizantes. Esto causaba que los seres en ese inframundo tuviesen vida corta.

–Hola, es triste ver el sistema de vida que ustedes tienen aquí en el inframundo. Recuerden que nacieron bajo la tierra y no en la superficie debido a que después de estar mucho tiempo en el hades, después de morir en la encarnación pasada, no mostraron actitudes de arrepentimiento y de querer cambiar –dijo Frank.

En ese momento algunos de los horrendos seres atacaron al anciano. Frank se quedó quieto y ellos al abalanzarse contra él lo atravesaron como si no existiese, y cayeron estrepitosamente al piso. Ellos no sabían que quien les hablaba vibraba diferente aunque estuviese en ese mismo lugar. Frank estaba en la dimensión astral y ellos estaban en la dimensión física.

—Sí sienten un deseo de cambiar desde ahora será más fácil que en la encarnación siguiente nazcan en la superficie de la tierra, en la cual hay menos violencia que aquí y hay más alimentos para comer —dijo Frank continuando su discurso.

Tres de los horrendos seres dejaron de atacar a los otros y se quedaron quietos escuchando a Frank, pero los otros no le prestaron atención y siguieron con sus grotescos actos. El anciano se sintió complacido de por lo menos hacer más conscientes a algunos de ellos.

—Piensen lo que les digo, si aplican mis consejos evitarán volver a nacer en este mundo tan difícil y cruel. Adiós —dijo Frank por último, antes de salir del lugar e ir al túnel de más arriba, donde lo esperaba el ángel.

—Lo que sigue es ir al sol, ¿estoy en lo correcto? —le preguntó Frank al celestial ser, mientras caminaban saliendo a la superficie de la tierra.

—Si —respondió el celeste guía.

Los dos miraron para detectar en qué dirección se veía al radiante astro y allá en la lejanía lo divisaron pequeño, pero muy radiante y se dirigieron volando hacia allá. Cuando estuvieron más cerca al sol vieron lo que eran realmente sus rayos en la dimensión astral: ¡Ángeles! Ellos eran rubios de cabello ondulado y ojos azules. La mayoría de ellos eran alados y las alas en algunos eran blancas y en otros, doradas. Unos vestían túnicas blancas y otros doradas. Algunos de ellos tenían espadas, pero otros en vez de eso tenían instrumentos musicales. Los que cargaban espadas en sus manos usaban sandalias doradas, mientras que los que tenían instrumentos de música estaban descalzos. Frank ya sabía que la luz emitida por el sol en la otra dimensión era realmente una energía creada por la unión de seres angelicales, pero estaba maravillado de poder ver de cerca este hermoso espectáculo.

Los angelicales seres eran muchos y Frank calculó que podría haber miles de ellos. A veces sombras oscuras y seres deformes de color negro con rasgos deformes se trataban de acercar a los ángeles. La mayoría de los grotescos seres tenían que retroceder porque quedaban enceguecidos temporalmente tan pronto se acercaban a la luz de los radiantes ángeles; y los que eran más obstinados y agresivos, al no retroceder, eran quemados por la luz que emitían los celestiales seres y por la energía emitida por los bordes de las espadas de los ángeles guerreros que había por doquier. Frank y el ángel guía sabían muy bien que los monstruosos seres que querían acercarse a los ángeles y atacarlos eran fuerzas oscuras, energías demoníacas que trataban de destruir el bien, pero no lo podían lograr. El bien, tarde o temprano, vence sobre el mal. La luz y la consciencia tienen más poder que la oscuridad y la inconsciencia.

Mientras más se acercaban al sol, los ángeles se veían más grandes y radiantes. La luz de estos ángeles gigantes era de un color dorado muy intenso, tanto, que llegó un momento en que Frank no pudo mirar al sol de frente. La luz emitida por los angelicales seres era enceguecedora debido a su intensidad. El ángel guía se dio cuenta de esto y entonces le pasó una especie de manta energética protectora de color gris al sabio anciano. Frank puso el velo frente a sus ojos, como pantalla protectora, con el fin de disminuir la intensidad de los rayos.

—Esa barrera sólo la usaras por un tiempo mientras tus ojos astrales se acostumbran a la luz dorada intensa, pero pronto no la necesitaras.

—Sí, está bien, gracias —respondió Frank.

—La mayoría de los seres humanos sólo pueden ver la luz del sol indirectamente o en forma directa por poco tiempo. A ti te es posible mirar al sol por el tiempo que desees porque eres un ser evolucionado, pero de todos modos necesitas protección porque estuviste muchos años en la dimensión física y tus ojos astrales perdieron la costumbre de ver al sol directamente.

Muchos ángeles salían del sol y otros regresaban a él, era como si fuese una oficina central de gobierno de un país en la Tierra. Frank se percató de que en los lugares más cercanos al sol, los ángeles eran mucho más grandes y radiantes y que estos no salían y entraban al sol sino que estaban en lugares fijos dándoles instrucciones a los otros ángeles de menor tamaño que iban y venían de los planetas. El sabio anciano se alegraba de ver a esos celestiales seres saliendo del sol para los planetas, de los cuales la mayoría iban para la Tierra a brindar ayuda a las personas que la necesitaban y merecían el auxilio divino.

Frank pronto se dio cuenta de ya no necesitaba el velo protector porque sus ojos ya se habían acostumbrado a las intensas y doradas luces y entonces se lo devolvió al ángel guía. En poco tiempo llegaron casi al centro mismo del sol. Allí vieron unos ángeles mucho más grandes, podían tener diez metros de altura y no tenían alas, tenían barbas largas y sus rostros mostraban más experiencia y severidad.

Pronto les salió al paso, a Frank y al ángel guía, un ángel de mediano tamaño. Este ser parecía ser el asistente de unos de los ángeles gigantes porque antes de acercárseles estaba al lado de uno de ellos. El que se les había arrimado les dijo que uno de los arcángeles de máxima jerarquía, llamado Akim, necesitaba hablar con el anciano.

Después de que el ángel guía se alejó un poco, un gigantesco y solemne ser celeste se acercó y le habló a Frank:

—Es un privilegio tenerte acá porque tienes la sabiduría del Cielo y la Tierra. Eres un ser de la luz que nunca se contamina del pantano sucio que tienen muchos hombres y le has ayudado mucho a la humanidad.

—Gracias por esas palabras, dijo el sabio anciano con humildad y serenidad mientras se inclinaba un poco hacia adelante mostrando reverencia ante el gran arcángel.

—Tú eres el hijo del gran rey dios Betkel que junto con tu madre rigen la constelación del Can Mayor. Tú no quisiste ser el príncipe, el rey heredero de ese grupo de estrellas sino un sabio filósofo y consejero. Tomaste esa opción porque has querido ir a otras regiones para ayudar a los seres menos evolucionados. Tú no necesitas estar en la Tierra ni siquiera en este sol. Eres de Sirio, la estrella más brillante de la constelación en la que tu padre y madre son rey y reina. Estas aquí porque quisiste venir en la misión que tuvieron los Atlantes al llegar a la Tierra y escogiste seguir reencarnando en este planeta. Lo hiciste con el fin de ayudarles a los humanos a evolucionar espiritualmente.

—¡Soy consciente de eso!, excelentísimo arcángel Akim.

¿Quieres ver tu arquetipo espiritual?

—¡Sí!, ¡me encantaría! —dijo Frank con alegría.

El gigantesco y luminoso ser condujo a Frank a un lugar dentro del sol en el cual había algo parecido a una especie de estatua brillante de un hombre, hecho de pura luz dorada. La figura tenía formas muy parecidas a las de Frank, sólo que eran más pulidas y en la imagen se le veía joven. Esta especie de efigie lo representaba a él sentado en posición de flor de loto como se usa en el yoga, con las piernas dobladas y las manos sobre las rodillas.

El arcángel Akim le habló de nuevo:

—Este es tu espíritu solar, tu arquetipo que está aquí custodiado por los ángeles solares centinelas mientras vives encarnaciones en la Tierra. También hay una representación multidimensional de tu espíritu superior, más grande y luminosa, en el sol Sirio en la constelación del Can Mayor. Ese arquetipo de tu esencia solar superior es custodiado por tu padre, el Gran Rey dios Betkel, y tu madre, la diosa y reina Ika.

—¡Me alegra ver mi arquetipo en este sol! —dijo Frank.

—Sé que le dijiste al dios Anubis que deseabas reencarnar de nuevo en la Tierra. ¡Si quieres puedes regresar ya a ese planeta con tu ángel guía y llegar a un hogar para nacer! —expreso el gran celestial ser.

—¡Sí!, ¡lo haré! Gracias honorable arcángel Akim —dijo Frank mientras se agachaba un poco hacia adelante en señal de reverencia al espíritu solar.

—Ve y cumple tus sagradas misiones… Paz y amor —expresó el gran celestial ser.

—Paz y amor —respondió Frank como despedida.

Posterior a esto él se vio a sí mismo con cuerpo astral de niño flotando encima de montañas y pueblos, acompañado por el ángel guía. Después se vio volando sobre la casa en que iba a reencarnar, con el celestial ser aún a su lado porque él le iba a ayudar en el proceso. Luego de revivir todo lo que había pasado entre las dos vidas, el cuerpo astral de Crisol se fue volando en dirección a las estrellas para renovar su energía y después retornó a su cuerpo físico que abajo dormía.

8. El viaje a la cascada de los siete colores

Crisol se despertó a las cinco de la mañana, satisfecho de haber visto lo que pasó entre la encarnación anterior y la actual. El sabio joven se levantó, miró las estrellas por el telescopio que tenía en la ventana de su cuarto y escribió algo en el libro grueso en que llevaba sus registros astrológicos. Hizo esto en ese momento porque necesitaba actualizarse con respecto a los movimientos de las estrellas, y en una hora se reuniría con sus dos acompañantes para iniciar el viaje a la cascada de los siete colores. Él no podía llevar el telescopio para esa jornada debido a su gran tamaño y entonces necesitaba tener analizadas las tendencias del destino antes de salir.

El rubio joven, después de que se bañó y vistió en la forma adecuada para el viaje (con pantalón, camisa y zapatos resistentes) se reunió con Sedna y Chang en el comedor de la orden. Allí los tres comieron, hablaron de algunos detalles adicionales de la misión que iban a emprender y volvieron a sus respectivos cuartos con algo de comida para echar en los bolsos en que tenían vestimenta empacada para el viaje que iban a iniciar. Después salieron a la entrada del castillo donde estaban todos los integrantes de la orden esperando para despedirlos. Cristina abrazó y besó a Crisol mientras lloraba como si nunca más lo fuese a volver a ver.

Los maestros Azor y Silón, Albert, la maestra Astrid y los otros integrantes de la orden abrazaron a los tres que iban a salir a cumplir la especial misión y les dijeron que les deseaban mucha suerte en el viaje. El último en despedirlos fue el máximo líder espiritual de la orden, el maestro Sirio, porque además de darles abrazos y desearles buena suerte tenía que hacer un ritual especial de protección para ellos en el momento exacto de su partida. En efecto, el sabio anciano les dijo que se pusieran en círculo y luego hizo unos movimientos en el aire con sus manos mientras con sus labios murmuraba unas palabras mágicas de protección y poder.

Después de las afectuosas despedidas, los tres viajeros se pusieron al hombro los bolsos en que llevaban algo de ropa, víveres y comida para el camino y luego, moviendo su mano en señal de despedida, salieron camino a la cascada de los siete colores. El viaje iba a ser caminando, aunque en la orden tenían caballos, porque así sería menos fácil ser percibidos por los espías que tenían las fuerzas oscuras en muchos lugares.

—Pienso que no debemos activar los etéreos todavía para reservar nuestra energía para superar los peligros que se avecinan —dijo Chang.

—Sí, es mejor no activarlos todavía —confirmó la maestra Sedna.

—Estoy de acuerdo también —expresó Crisol.

Los caminantes pasaron por muchos lugares de variados paisajes. Recorrieron bosques, atravesaron ríos y caminaron por lugares semidesérticos. Luego de varias horas de camino, decidieron parar en un sitio para descansar y comer. Cuando estaban distribuyendo entre ellos los alimentos, oyeron el galopar de unos caballos. Los tres cogieron sus bolsos, se internaron en un bosque que había cerca y miraron escondidos en el follaje para descubrir quién se acercaba. Pronto vieron que venían dos personas cabalgando y al instante las reconocieron: Eran Cristina y Albert. Crisol, Sedna y Chang salieron de su escondite y se aproximaron a los dos jinetes.

—¿Por qué vinieron? —le preguntó Chang a Cristina y Albert, en tono muy serio, después de que todos se saludaron.

—Queremos ayudarles —respondió la rubia joven.

—¡Este viaje tiene grandes riesgos!, ¡no deben exponerse a tantos peligros! —dijo Crisol.

—Además ustedes vinieron en caballos y el ruido que ellos hacen al caminar atraerá a nuestros enemigos —expresó Chang.

—Cristina y yo decidimos venir aunque hayan muchos peligros —dijo Albert.

—¿El maestro Sirio sabía que venían? —preguntó la maestra Sedna.

—No, pero dejamos una nota diciendo que veníamos a ayudarles —respondió Cristina.

—A los líderes espirituales de la orden no les va a gustar esto. Tú aún estás convaleciente y ustedes son novatos… —empezó a decir Crisol, pero no terminó la frase porque en ese momento se oyeron ruidos de otros rocinantes galopando cerca.

—¡Pronto, bajen de los caballos! —dijo Chang.

Los dos recién llegados descendieron y tomaron a los caballos por las riendas para esconderse con ellos en el bosque. Mientras los cinco se empezaban a internar entre los árboles, una serpiente pasó arrastrándose cerca a las patas de los caballos en que habían llegado Cristina y Albert. Los animales se asustaron al ver la culebra y empezaron a relinchar y brincar fuertemente, a tal punto que para los humanos era difícil retenerlos. Era tanto el susto de los caballos, que estaban a punto de golpear con sus brincos a Crisol y sus amigos.

—Dejen ir a los caballos —ordenó el maestro Chang.

Albert y Cristina soltaron sus manos de las riendas de los asustados animales y ellos se fueron desbocados, huyendo rápidamente del lugar.

—La serpiente no es venenosa, así que no le presten atención —dijo el maestro Chang.

—Los seres que se acercan no son buenos —expresó Crisol mientras Chang los guiaba a todos en dirección a una parte muy frondosa del bosque.

Los cinco miembros de la orden no tuvieron tiempo de llegar a ese lugar más tupido de árboles y plantas porque pronto fueron rodeados por unos seres cabalgando en caballos negros, que usaban unos hábitos y capuchas de monjes. Al que venía adelante, que era más alto y parecía ser el líder, no se le veía la cara. Sólo había una llama en donde debería estar su cara. Los otros tampoco tenían rostro, pero si tenían los huesos de la cara como de calaveras y había unos círculos llameantes rojos en el sitio en que deberían estar los ojos. Los maléficos seres se bajaron de los caballos y se acercaron. Los cinco miembros de la orden se quedaron estáticos y callados pensando qué hacer. Luego de un corto silencio, Chang les habló a sus compañeros mediante murmullos:

—Arrodíllense y agáchense... nos los miren a la cara ni les hablen.

Todos hicieron lo sugerido por el maestro oriental que estaba a cargo de la misión. Los aterradores seres se bajaron de los caballos, se les acercaron y se agacharon para mirar de cerca los rostros de los cinco humanos. Crisol y sus amigos agacharon más las cabezas, cerraron los ojos y escondieron sus caras lo más que pudieron, presionándolas contra el pecho. Luego de tratar sin éxito por un rato de ver el rostro completo de los miembros de la orden, el que parecía ser el líder de los demoníacos jinetes hizo un ademán con su mano derecha, moviéndola en dirección a los caballos, dando a entender a los otros que se subieran a los rocinantes de nuevo. Los otros tenebrosos seres obedecieron, su jefe también se montó en su caballo y se alejaron galopando.

—¡Qué susto me causaron esos seres! —dijo Cristina.

—Son ángeles de la muerte desertores que se convirtieron en demonios. Si alguien los mira muy de frente, ellos consideran eso un reto e inmediatamente echan una gran llamarada de fuego de sus ojos y queman totalmente a la persona —explicó Crisol.

—De lo que nos salvamos —dijo Albert con mirada asustada.

—Ahora debemos planear… —empezó a decir Chang, pero interrumpió lo que estaba diciendo porque de repente unas flechas formadas de puro fuego cayeron cerca de él y el resto del grupo.

Todos dejaron sus pertenencias en el piso y se escondieron tras algunos árboles, pero las llamas en forma de flecha daban curvas en el aire y seguían al que sentían más cerca. Todos corrieron, pero era imposible deshacerse de las llameantes figuras porque los seguían a todos los lugares. Chang pensó en parar y activar los etéreos, pero no podía dejar de correr porque sí lo hacía el fuego en forma de flechas lo alcanzaría y lo quemaría y el problema es que corriendo no podía tener la concentración suficiente para activar los etéreos. Crisol, sin detenerse, cerró los ojos por un segundo, luego los abrió y le dijo a sus compañeros que lo siguieran. Todos corrieron tras de él y pronto llegaron a un río. Los cinco se tiraron a la corriente de agua sin titubear. Las flechas de fuego los siguieron, pero tan pronto tocaron el agua se apagaron y cada una de ellas se convirtió en un pequeño humo negro que luego se diluyó en el aire. Después de algunos minutos las incandescentes flechas dejaron de llegar.

—¡Debemos activar los etéreos ya mismo! —dijo Chang.

La maestra Sedna, Crisol y el maestro Chang se salieron del río y después de secarse un poco el agua, frotándose contra las ramas de las plantas y los árboles, juntaron sus manos, cerraron los ojos y se concentraron con los dedos dirigidos en 45 grados hacia arriba. Casi inmediatamente un etéreo grande apareció tomando la forma de un gran torbellino en el aire un poco más arriba de ellos. Cristina y Albert también se iban a salir del río, pero Chang les dijo que no lo hicieran porque para protegerse de las flechas ardientes ellos dos debían permanecer por ahora en el agua.

Casi inmediatamente que el etéreo fue creado llegaron otras flechas de fuego más grandes, pero el torbellino, coordinado por los tres que lo habían creado, se movió hacia las incandescentes sagitas y las absorbió. Las flechas dejaron de llegar por un instante, pero después llegaron muchas más. El etéreo absorbió la mayoría de las flechas, pero las que lograron evadir este remolino de energía avanzaron en dirección a Cristina y Albert, que aún estaban en el río. Los dos, al darse cuenta de esto, hundieron sus cuerpos totalmente en el agua y las flechas al tocar el río se apagaron y se esfumaron.

Crisol cerró los ojos y murmuró un cántico especial corto. Después de algunos segundos señaló a un sitio cercano que estaba entre varios árboles y dijo que en ese lugar estaba la fuente de las flechas ardientes. Inmediatamente la maestra Sedna, el maestro Chang y el mismo Crisol caminaron en dirección a esa parte del bosque. En ese momento llegaron más flechas de fuego surcando el aire, pero ellos las ignoraron, dejaron que el etéreo las absorbiera y siguieron dirigiéndose al sitio en que Crisol sabía que estaba el origen del ataque.

—¡Esa roca tiene un color extraño! —dijo la maestra Sedna mientras señalaba a una piedra de tamaño mediano de forma esférica y de color rojo que estaba cerca a la parte por donde ella iba caminando.

En ese mismo instante varias flechas de fuego salieron de esa roca y también desaparecieron al ser tocadas por el gran torbellino que los miembros de la orden habían creado. Chang dejó que Crisol y Sedna siguieran controlando el etéreo y movió sus manos de una manera especial en el aire formando espirales sobre su cabeza y luego orientó los dedos señalando para el río, del cual no se habían alejado mucho. Esto creó otro remolino de viento que giraba sobre el río. Este nuevo etéreo absorbió gran cantidad de agua con su movimiento girante. Luego Chang, con la energía enviada a distancia por sus manos, alejó a ese nuevo torbellino del río y lo acercó a la piedra rojiza de la cual salían las flechas de fuego. Después de esto, el sabio maestro oriental hizo que el etéreo descargara el agua que había absorbido del río sobre la incandescente roca. Sedna, Crisol y Chang se tiraron al piso y al instante la roca estalló en miles de pedacitos. Luego de que los tres se pusieron de pie, Chang les gritó a Cristina y Albert, que aún estaban en el río, diciéndoles que ya podían salirse del agua.

—¿Por qué ustedes se salieron del agua para crear el torbellino? —preguntó Cristina.

—Para crear el etéreo hay que magnetizar mucha energía. Si ese proceso se hace estando mojado o en contacto con agua, la energía se moverá de forma no adecuada en nuestros cuerpos y eso nos puede matar —respondió la maestra Sedna.

—¡Estamos en una región muy peligrosa!, ¡Debemos tener muchas precauciones! —dijo Chang, mientras con la energía de sus manos unía su etéreo recién creado con el que habían estado manejando Crisol y Sedna.

Los cinco se dirigieron al lugar en que habían dejado sus pertenencias, protegidos desde lo alto por el fuerte torbellino. Al llegar allí, mientras cada uno de los del grupo cogía sus cosas, el maestro Chang hizo un ademan con sus manos dando a entender de que pararan de hacer lo que estaban haciendo y lo escucharan.

—Ya que pasó el peligro debo decirles algo a Cristina y Albert —dijo El maestro Chang

—Sí, lo escuchamos —expresaron los dos aludidos al unísono mientras notaban que la maestra Sedna, Crisol y el maestro Chang los miraban con seriedad.

—A ustedes, Cristina y Albert, no se les escogió para venir a este viaje a la cascada de los siete colores porque llevan poco tiempo en la orden y aún no están listos para tareas especiales de esta clase, fue un error muy grave que hayan venido sin la autorización del maestro Sirio o de la junta de maestros. Esto que hicieron pone en riesgo el cumplimiento de la misión y los expone a riesgos innecesarios —dijo Chang.

—¡Sí!, reconozco que hice algo no adecuado y estoy arrepentida —dijo Cristina.

—Yo también sé que fui imprudente por venir —agregó Albert.

—La escuela espiritual a la que pertenecemos respeta el libro albedrío y la personalidad de cada miembro, pero también tiene normas porque si alguno de los integrantes hace algo indebido se obstaculiza el cumplimiento de la misión de nuestra hermandad en la Tierra y nos expone a ser atacados por los seres de la oscuridad —dijo Chang continuando con la reprimenda.

—¿Esto significa que Albert y yo nos debemos devolver para la sede de la orden? —preguntó la bella joven, con gran ansiedad.

—Estos lugares tienen muchos riesgos y ustedes dos solos estarían expuestos a muchos peligros en el camino de regreso. Pienso que, ya que vinieron, deben seguir adelante con nosotros para cumplir esta misión. Sin embargo, es preciso tener en cuenta la opinión de la maestra Sedna y la de Crisol.

—Yo pienso que deben seguir con nosotros —dijo la maestra Sedna.

—Sí, yo también estoy de acuerdo —expresó Crisol.

—Aunque nosotros pensamos que deben seguir con nosotros en el viaje, la decisión más importante es la que tome el máximo líder espiritual de la orden y por lo tanto le preguntaré telepáticamente qué decide él acerca de este asunto —explicó el maestro Chang mientras cerraba los ojos y se concentraba.

En ese momento el maestro Sirio se encontraba meditando en el salón destinado para ese fin en la sede de la orden, entonces en medio de esa práctica espiritual recibió el mensaje de Chang, en el cual le explicaba la situación y le preguntaba qué autorizaba él como líder espiritual de la orden. El sabio anciano respondió, también telepáticamente, diciéndole a Chang que autorizaba que Cristina y Albert siguieran en la misión, pero que al terminarla ellos dos tendrían que darles muchas explicaciones a los miembros de la junta de maestros.

—El maestro Sirio autorizó que Cristina y Albert continúen con nosotros, pero él también dijo que cuando todo esto termine deberán rendir cuentas ante la junta de maestros —informó Chang.

—¡Estoy agradecida con ustedes porque Albert y yo podemos seguir! Yo sólo quería venir a ayudar porque me quedé muy preocupada. Reconozco que fue una imprudencia mía venir y asumiré las consecuencias —explicó Cristina.

—¡Yo también quiero darles las gracias, espero no defraudarlos más y hacer las cosas bien de ahora en adelante —agregó Albert.

—Ustedes dos, en vista de que llevan menos tiempo en la orden que el resto del grupo, durante el resto de esta misión deben ser cuidadosos y no tomar riesgos sin consultar —dijo Chang con firmeza.

—Lo tendré en cuenta —dijo Cristina.

—Sí, está bien así —expresó Albert.

Antes de continuar el camino todos tomaron sus pertenencias y Chang hizo un ritual mágico especial con sus manos para desactivar el etéreo.

—¿Por qué desactivaste el torbellino si lo necesitamos para que nos proteja de muchos peligros? —preguntó Albert.

—El etéreo está ligado a nuestra energía personal. Si lo dejamos activo mucho tiempo nos agotaremos y necesitamos reservar fuerzas para lo que sigue —respondió el oriental maestro.

Los cinco siguieron el camino liderados por el maestro Chang, quien iba adelante. Por donde caminaban veían el aire cada vez más opaco y denso, las plantas casi marchitas, los riachuelos con poca agua y la luz del sol muy tenue.

—¡Debemos darnos prisa!, ¡la naturaleza se está muriendo! —dijo Chang.

—Sí —respondieron los otros al unísono.

Mientras los miembros de la orden encargados de ir a la cascadas de los siete colores seguían su camino por el valle de la muerte, los elementales en su hábitat seguían enfermos. En toda la superficie terrestre los gnomos enanitos y los que eran altos y delgados estaban muy débiles. Algunos a duras penas podían sostener las herramientas para arar el campo y muchos continuamente tenían que suspender para tomar fuerzas antes de seguir con su trabajo. Esto estaba afectando a la naturaleza. El arado que hacían los seres humanos a nivel físico servía algo para fertilizar la tierra, pero en la dimensión no visible también se necesitaba mover un poco la tierra para que tuviese pequeños espacios para que el aire y el agua de la otra dimensión pasaran. La falta de vitalidad de los gnomos estaba causando que la superficie en los sembradíos se estuviese poniendo dura y compacta y por lo tanto las plantas y los árboles se estaban muriendo porque no podían tomar los suficientes nutrientes ni el agua de la tierra.

Las sirenas de todos los tipos según su cantidad de aletas y color, que usualmente nadaban oxigenando y descontaminando los lagos, ríos y mares, tenían que suspender su trabajo con mucha frecuencia. Esto se debía a que les tocaba quedarse en la orilla o sumergirse un rato y quedarse en reposo esperando a tener un poco de más energía. Esto hacía su labor más lenta y por lo tanto las aguas cada vez tenían menos oxígeno y se contaminaban más con los desechos que los humanos vertían en ellas. Por esta razón, el agua en los lagos, el mar y los ríos ya estaba empezando a volverse turbia y tóxica.

Las hadas que eran delgadas como muñecas y las que tenían el cuerpo rellenito podían volar sólo en pequeños intervalos porque estaban débiles y cansadas y por lo tanto no podían colaborar mucho en la dispersión del polen de las flores ni ayudar a descontaminar el aire. Debido a esto, cada vez nacían menos plantas y árboles y el aire se estaba llenando de toxinas. La atmosfera de la Tierra ya se veía densa y los animales y los seres humanos respiraban con dificultad.

La disminución de la vitalidad de las salamandras también estaba afectando a la naturaleza. Las tres clases de ellas (las que se parecían a las hadas, las que eran como personas y las que tenían apariencia de dragón) emitían fuego de su cuerpo con menos intensidad. Cuando las personas encendían fogatas o las chimeneas en sus casas, daba mucha dificultad prenderlos y cuando se lograba eran con poca llama y entonces no calentaban lo suficiente. Esto hacía que los humanos sintiesen mucho frio en sus casas, y necesitaban tomarse más tiempo para cocinar. Esa disminución de energía en los fuegos también afectó a las industrias: las calderas en las fábricas calentaban menos, por lo tanto la producción era menor y los trenes que funcionaban por la combustión del carbón avanzaban muy despacio.

En las cuevas grandes en unas islas en el mar, los elementales retenidos de cada tipo, al igual que los que aún estaban libres, se encontraban enfermos y débiles. Los gnomos, las hadas, salamandras y sirenas que estaban allí, además de tener poca energía, estaban muy tristes porque sabían que no sólo ellos estaban prisioneros sino que también los reyes de los elementales estaban también retenidos en otra gran cueva en un continente muy lejos de ahí.

En las cuevas del peñasco gris, en un espacio muy grande dentro de esos túneles, estaban casi juntas todas las jaulas en que estaban retenidos los líderes de los elementales. Los prisioneros eran custodiados por gran cantidad de hinas y monyos. En otra cueva cercana más pequeña se encontraban los líderes de las fuerzas oscuras: Lilith, Hinor y Zifú. Lilith estaba, como siempre, devorando los monyos que ella continuamente daba a luz. Hinor, el líder las hinas rebeladas, comía a ratos carne cruda de animales. Zifú, quien estaba reunido por primera vez con los otros dos malévolos seres, era un ser mitad humano y mitad murciélago. Zifú tenía manos y pies, pero también alas como las de los murciélagos que se fundían con sus brazos y piernas. Este tenebroso ser podía volar, pero cuando estaba en tierra firme caminaba erecto.

Los tres demoníacos seres se acercaron a un altar hecho de piedra que estaba cerca de una de las paredes de la gran caverna. En la mesa de piedra había un hoyo lleno de agua, sangre y algunas otras sustancias y sólidos desagradables añadidas por Lilith: hígados, intestinos y otras partes de animales muertos, y azufre. En la putrefacta sustancia, los líderes de las fuerzas oscuras vieron a Crisol y sus amigos caminando por una llanura en el valle de la muerte.

–Debemos intensificar nuestro ataque. No podemos dejar que los enviados por la orden blanca lleguen a la cascada de los siete colores y consigan las piedras mágicas Etéritas. Eso nos destruiría. También debemos atacar a la sede de la orden. Hay que destruirla antes de que sus miembros planeen venir a rescatar a los líderes de los elementales –dijo Lilith, con voz monstruosa después de devorar uno de sus engendros.

–Sí, no podemos fracasar en nuestros planes de hacer que toda la naturaleza se marchite para que todos los humanos mueran de hambre y nosotros podamos ocupar toda la Tierra –expresó Hinor, con voz ronca y fuerte después de comer de la carne cruda que tenía en sus manos.

–Debemos idear estrategias adicionales –dijo Zifú con voz silbante y misteriosa mientras movía su extraña cabeza que se parecía mucho más a la de un murciélago que a la de un ser humano y metía su boca, la cual era muy parecida a la de ese animal, en una especie de totuma llena de sangre, la cual bebía.

En su caminar por el valle de la muerte con destino a la cascada de los siete colores, los cinco miembros de la orden iban por uno de los bosques que debían cruzar. Todos notaron que se estaban aproximando a un lugar en medio del espeso follaje en el cual no había vegetación sino tierra amarilla solamente.

Al instante Crisol, Sedna y Chang pararon imprevistamente. Cristina y Albert, al ver que los miembros más avanzados de la orden habían detenido su marcha, también dejaron de caminar.

—¿Qué pasa? —preguntó Cristina.

Nadie respondió porque Chang estaba haciendo algo que iba a darle la respuesta. El oriental guía espiritual cogió un pedazo de madera seca de un árbol caído y lo tiró de forma que cayera sobre el lugar en que el terreno estaba despejado y de color amarillo. Tan pronto el palo cayó al piso, cientos de serpientes salieron de la tierra y se movieron sobre ese espacio buscando posibles víctimas. Crisol y sus compañeros siguieron el camino dando un rodeo alrededor del lugar donde habían salido las culebras.

Los cinco miembros de la orden siguieron caminando en dirección a la cascada de los siete colores, pero ya avanzaban más despacio por precaución. Iban por una llanura entre dos bosques cuando de pronto la tierra se abrió bajo sus pies y todos cayeron al vacío. Los miembros más avanzados de la orden que podían levitar no se dejaron caer, pero los dos más nuevos quedaron en el fondo de un gran cráter que se abrió cuando se hundió la tierra. Crisol levitando aún, en posición vertical, descendió hasta el fondo y tomó a Cristina por la cintura para luego empezar a ascender con ella. Chang, usando el mismo método que Crisol, descendió hasta donde Albert había quedado y después de cogerlo ascendió levitando con él.

La maestra Sedna, al ver que Crisol y Chang habían logrado sacar del fondo del cráter a los dos neófitos de la orden, ascendió levitando y buscó un lugar seguro para todos aterrizar. Se fue volando y puso sus pies en tierra a varios metros del lugar, pero en ese sitio el piso se hundió de nuevo bajo ella. La maestra volvió a levitar y descendió en un sitio que si resultó firme, en el cual aterrizaron Crisol con su novia y Chang con Albert.

Ninguno de los del grupo perdió las pertenencias porque las tenían muy amarradas a sus cuerpos.

Al poco tiempo ocurrió otro peligro: Crisol y sus amigos iban caminando por otra llanura cuando de repente la tierra se sacudió mucho, como cuando ocurre un terremoto; y del piso surgieron árboles y montículos de piedra que se alzaron, aporreándolos. Cristina quedó en la parte de arriba de un árbol y debido al impacto empezó a resbalarse hacia el suelo, pero logró sujetarse de algunas ramas. La maestra Sedna quedó encima de una gran roca, pero cuando fue consciente de esto ella levitó y mientras se desplazaba en el aire en posición vertical, se acercó a Cristina, la tomó de la cintura y descendió al suelo con ella. Crisol y Albert quedaron encima de una gran roca que había salido cuando la tierra se alzó y aunque estaban algo aturdidos tuvieron la lucidez suficiente para brincar de la parte de arriba de la roca hasta el suelo.

El maestro Chang y sus cuatro compañeros iban a huir de ese sitio, pero no pudieron hacerlo porque de improviso todo el lugar se movió mucho de nuevo, pero esta vez el suelo no se alzó sino que se hundió. Esto hizo que los árboles y las rocas que habían ascendido antes, descendieran para meterse de nuevo en la tierra llevando consigo hacia abajo a los miembros de la orden, quienes quedaron tapados por una gran capa de arena.

Casi al instante la tierra se alzó de nuevo, pero esta vez los árboles y rocas estaban en posición diferente a como se habían subido antes. Cuatro de ellos lograron sostenerse de árboles que ascendían, pero Albert quedó atascado entre dos de las rocas que surgieron. Crisol se tiró del árbol del que se había sostenido y se acercó a él, corriendo. Albert trató de empujar las rocas a los lados para salirse del espacio entre ellas, pero las dos grandes piedras eran muy pesadas y no se movieron. Su rubio amigo llegó y también trató de mover las rocas, pero no pudo hacerlo. Chang también se acercó y trató de ayudar.

Ninguno de los del grupo activó etéreos porque sabían que pronto la tierra se hundiría de nuevo y por lo tanto no había tiempo para concentrase y hacer el ritual para crear el vórtice de energía que hubiera podido desplazar o destruir la roca.

La maestra Sedna decidió llevar a Cristina fuera del lugar para que no le ocurriera lo mismo de Albert. Para lograr esto ella descendió haciendo una especie de levitación hasta donde estaba la blanca joven, la tomó de la cintura y se la llevó por el aire hacia lo alto. Sedna, sosteniendo firmemente a Cristina, se quedó suspendida en el aire. Desde lo alto, las dos mujeres, preocupadas, veían a Albert aún atrapado mientras sus dos compañeros lo trataban de sacar. En poco tiempo las rocas y los árboles se hundieron de nuevo, y los tres hombres desaparecieron bajo una nube de polvo y tierra revuelta. Sedna, teniendo a Cristina todavía muy sostenida, ascendió más en su levitación y observó bien los alrededores. Esto le permitió a la sabia maestra ver en qué lugares no había polvo en el aire, lo cual era un indicio de que en esos sitios la tierra no se alzaba ni descendía. Una vez ubicado el lugar seguro menos lejano, Sedna, llevando consigo a Cristina, se dirigió a ese sitio y aterrizó.

La sabia maestra dejó a la rubia joven en el sitio firme que había encontrado y regresó levitando hasta el lugar en que sus compañeros habían sido tragados por la tierra cuando esta se hundió. Ella cerró los ojos, se concentró, murmuró una corta oración y rotó varias veces sus manos formando una especie de elipse imaginaria. Esto activó un etéreo que empezó a girar en lo alto justo en el momento en que la tierra se alzaba de nuevo. La maestra Sedna vio que alrededor de los tres hombres había varias rocas y que los tres estaban atrapados, pero sólo les veía partes del cuerpo entre los espacios de las grandes piedras. Ella manejó el etéreo de forma que absorbiera o destruyera las rocas que aprisionaban a sus compañeros, pero nada pasó. Necesitaba más tiempo para darle energía suficiente al etéreo.

La sabia mujer volvió e hizo lo mismo: cerró los ojos, se concentró y murmuró unas palabras especiales. Cuando terminó de expresar la oración orientó las puntas de sus dedos hacia el gran torbellino. Este procedimiento hizo que el remolino energético se volviera más grande y girara con más velocidad, pero mientras estaba en ese proceso la tierra se volvió a hundir. La maestra siguió concentrada enviándole energía al etéreo desde los dedos de sus manos. El vórtice energético se volvió enorme como del tamaño de una casa y adquirió a una velocidad tan alta que ni siquiera se le podía ver. Solo se sentía el gran viento girando a su alrededor y se escuchaba el fuerte zumbido causado por su movimiento.

Cuando la tierra volvió a ascender ya había tantas rocas alrededor de Chang, Crisol y Albert que ellos ni siquiera podían ser vistos, pero la maestra Sedna se acordaba muy bien del lugar exacto en que habían sido atrapados ellos. A ese sitio, ella dirigió el gran etéreo que había creado. El fuerte remolino de viento agrietó las rocas dejando ver a los tres hombres. La sabia maestra descendió hacia ellos en su movimiento de levitación para halarlos y sacarlos del lugar. Cuando se acercó, ella notó que alrededor de ellos había una especie de esfera energética. Crisol y Chang no habían tenido tiempo para crear un etéreo que destruyera las grandes piedras que los aprisionaba a ellos y Albert, pero habían logrado formar un campo energético que hizo que las rocas nos los hirieran al moverse cuando la tierra ascendía y descendía.

Antes de que el suelo volviera a hundirse con ellos, Crisol y Chang tomaron a Albert de sus brazos y ascendieron levitando hasta donde estaba la maestra Sedna suspendida en lo alto. Luego, desplazándose por el aire, los cuatro llegaron hasta el lugar firme donde estaba Cristina. Allí, después de aterrizar, los humanos vieron cómo la tierra se hundía de nuevo en el lugar en que ellos habían estado antes. Sintiéndose ya seguros, todos se sentaron en el suelo y se miraron entre sí, pensando con calma en lo que había ocurrido y dejando fluir sus emociones.

—¡Sé que sufrimos aporreones y raspaduras!, pero ¿alguien tiene heridas de consideración? —expresó Chang.

—¡No! —contestaron los otros cuatro al unísono.

—¡Los felicito!, ¡han sido muy hábiles en superar este peligro! —dijo Chang.

—Ya saben por qué esta gran pradera además llamarse "el valle de los mamuts", también se le dice "El valle de la muerte" —dijo la maestra Sedna.

—¿Es verdad que nadie que viene a este lugar sale con vida? —preguntó Cristina.

—Eso es lo que se dice y como pueden deducir es muy cercano a la verdad —expresó Crisol.

—Estamos agotados y con pequeñas heridas, pero por lo menos estamos vivos —dijo Albert.

—Los bolsos que traíamos quedaron enterrados donde la tierra se alzaba y hundía —expresó Cristina.

—Sí, nos quedamos sin comida y sin reservas de vestimentas —dijo Chang.

—¿Qué vamos a hacer cuando tengamos hambre? —preguntó Albert.

—¡Estamos muy sucios de tierra y no tenemos ropa extra para cambiarnos! —dijo Cristina con preocupación.

—¡No se preocupen!, ¡esos problemas se solucionaran! —vaticinó Crisol con serenidad.

—Ojala que sí —expresó la rubia joven.

—Pienso que en el resto del camino yo debo ir un poco más delante de ustedes para tratar de percibir los peligros con anticipación —sugirió Crisol.

—Hay que planear una estrategia, pero la que tú dices te expondría a ti mucho —expresó el maestro Chang.

—¡En el destino trazado por las estrellas no está aún escrito que yo muera! —dijo Crisol.

–Pero puedes ser herido –expresó Chang.

–Estoy dispuesto a correr el riesgo –dijo el rubio joven.

–De todos modos no tenemos más opción –explicó la maestra Sedna.

–¡Está bien, irás un poco adelante!, pero los demás del grupo estaremos pendientes para ayudarte si te atacan –expresó Chang.

Cuando todos se sintieron listos psicológica y físicamente, siguieron el camino con destino a la cascada de los siete colores. Tal como habían acordado, Crisol siguió su avance un poco más adelante del resto del grupo con sus poderes psíquicos activados para prever cualquier otro peligro, pero Chang y Sedna también caminaban sincronizados psíquicamente con él, como soporte.

Los cinco humanos, después de caminar por un largo rato en un gran bosque vieron que en ese lugar había algunos árboles frutales y entonces aprovecharon para comer frutas. Los alimentos les calmaron en parte el hambre, pero no lo suficiente porque los arboles tenían pocas frutas. Después de caminar por poco tiempo dentro de la espesa vegetación, Crisol le dijo al resto del grupo que por psiquismo él veía que cerca había una cueva y los condujo a ella.

Cuando estuvieron cerca de la caverna, el sabio joven les dijo a los demás que esperaran y se apartó un poco más del grupo. Luego se sentó en posición de flor de loto cerca de la entrada de la cueva, cerró los ojos e hizo una meditación especial. Sedna y Chang se quedaron con Cristina y Albert con el fin de protegerlos de cualquier posible ataque. Crisol activó sus poderes psíquicos para percibir si dentro de la caverna había seres maléficos que les pudiesen hacer daño o si por el contrario era segura. El cuerpo astral del joven, en una especie de vuelo dentro de los túneles de cueva, "vio" que en ella estaban algunos gnomos y que no había ningún ser negativo, entonces abrió los ojos, se paró y les hizo señas a sus compañeros, indicándoles que podían entrar a la gruta.

Dentro de la cueva, la maestra Sedna y Crisol activaron un fuego y encendieron algunos palos secos que había dentro de la cueva frotando piedras de pedernal entre sí. Esto creó una fogata que les iba a ser muy útil. Chang exploró un poco el lugar y vio que dentro de la cueva pasaba un arroyo subterráneo que recorría parte de los túneles naturales. Esto fue muy afortunado porque todos estaban sedientos. Chang tomó un poco del agua en sus manos, la olfateó y dijo a los demás que esa agua no era tóxica. Después de tomar del vital líquido, todos se ubicaron juntos en un lugar seco y se sentaron a descansar.

El maestro Chang vio que en una de las bifurcaciones de los túneles de la cueva que estaba cerca había unas sombras que se movían. El sabio oriental observó bien y notó que en medio de la oscuridad brillaban los ojos curiosos de un grupo de gnomos. La maestra Sedna también notó la presencia de ellos. Ninguno de los dos habló para no asustar a los curiosos seres. Ellos sabían que esos enanitos por sí mismos se acercarían más tarde después de sentir la buena energía del grupo.

Cristina y Albert dijeron que estaban preocupados porque todo el grupo había perdido la comida y la vestimenta de refuerzo en el último incidente. Chang les dijo que ya habían calmado un poco el hambre con las frutas que comieron un poco antes de llegar a esa cueva y que en la mañana decidirían qué hacer para solucionar esa situación. Luego todos cogieron varias hojas de unas plantas que había dentro de la cueva y las colocaron en un sitio cómodo y seco, formando camas improvisadas. Después apagaron la fogata, se abrazaron diciéndose "buenas noches" y se acostaron a dormir.

9. La dimensión de las mágicas criaturas

En muchas partes de la tierra, además de experimentar falta de energía, los elementales empezaron a tener peleas internas, entre los mismos de cada especie. Normalmente algunos gnomos son gruñones, pero con los efectos negativos de las fuerzas oscuras todos se volvieron malgeniados y algunos se tornaron algo agresivos. Ya discutían o se empujaban por cosas simples como por ejemplo porque alguien trabajó poco al arar la tierra, por celos que hacían creer que un gnomo tenía un romance con la pareja de otro de los de su especie, porque alguno de los gnomos culpaba a otro de ellos de haberle robado... Los conflictos entre ellos se volvieron cada vez más fuertes y esto disminuyó mucho más el rendimiento de su labor porque algunos de los pocos que aún estaban activos soltaron sus herramientas y se pusieron a pelear a puños entre ellos. También surgió gran cantidad de conflictos entre las dos clases de gnomos: los Elfos (Enanitos con barba) con los Thinos (altos y delgados), que se atacaban entre ellos con ira.

Las mujeres de los gnomos también empezaron a tener discusiones y problemas: unas criticaban los vestidos o peinados de las otras, otras decían que una de ellas estaba interesada en tener amoríos con su pareja, y algunas le arrebataban a otras lo que estaban comiendo. Esto fue acrecentándose hasta el punto que ellas llegaron a halarse de los cabellos y a empujarse.

Las sirenas también se tornaron agresivas. Entre todas peleaban, pero los problemas más fuertes ocurrían entre las que tenían diferentes cantidades de aletas y colores no similares (azul, verde o naranjado). En los lagos, los ríos y el mar, unas nadaban chocándose con otras adrede, otras robaban las algas marinas que algunas tenían de reserva para comer, algunas de ellas trataban de enamorar a las parejas de las otras...

Las hadas normalmente son serviciales y amorosas, pero debido a lo que estaba sucediendo se tornaron egoístas e irascibles. Muchas de ellas se chocaban adrede entre sí cuando volaban, algunas empujaban en el aire a otras, ciertas sílfides dañaron las alitas de otras para que no pudiesen volar... Esto ocurría principalmente entre las hadas delgadas y las que eran bajitas y con cuerpo casi redondito.

Las salamandras no fueron la excepción a esta situación e imprevistamente surgieron muchos conflictos entre ellas. Las enemistades más grandes se dieron entre los tres grupos: las que parecían hadas, las que tenían apariencia de persona y las que eran como dragones. Cuando estaban alrededor de fuegos encendidos cerca a lugares donde había agua, algunas soplaban para que el agua mojara a otras salamandras y las apagaran. Ciertas de estas ígneas criaturas empujaban a otras en su vuelo para que cayeran al agua, lo cual las inactivaba, y entonces tenían que esperar mucho tiempo para volver a crear calor interno en su cuerpo. Además, las que tenían las llamas más grandes alrededor de sus cuerpos por ser más fuertes empujaban a otras para apartarlas de las candelas de las que estaban cerca, alejándolas así de su fuente de energía.

Mientras todo eso sucedía en la dimensión de los elementales, en el plano físico en el castillo de la orden estaban reunidos los miembros de la junta maestros. En la junta estaban los miembros avanzados de la orden que no se habían ido para la cascada de los siete colores: Los maestros Sirio, Azor y Silón; y las maestras Astrid y Ester. El maestro Sirio, máximo líder espiritual de esa escuela de sabiduría, quien dirigía la reunión, tomó la palabra:

—Bienvenidos todos. Lo primero que debo informarles es que Cristina y Albert, sin autorización y a escondidas, se fueron para alcanzar a los tres miembros de la orden escogidos para ir a la cascada de los siete colores. En la nota que dejaron informaron que querían acompañar a Sedna, Chang y Crisol en su viaje, con el fin de ayudarles en su misión. He percibido psíquicamente que ya se reunieron con ellos. Yo no los envié a ellos porque esa misión tiene muchos riesgos, pero como pueden darse cuenta Cristina y Albert por sí mismos se han ido a esa región que es demasiado peligrosa. Chang, Crisol y Sedna me informaron telepáticamente que no enviarían de regreso a Cristina ni a Albert, porque eso sería exponerlos a muchos peligros; algo con lo cual yo también estuve de acuerdo. No tenemos más opción que enviarles mucha energía positiva a todos ellos desde acá para que les vaya bien en esa difícil misión.

—Ellos ya empezaron a pasar por peligros fuertes, ¿cierto? —preguntó la maestra Astrid.

—Sí, pero los están superando —respondió el maestro Sirio.

—Y los elementales… ¿Cómo va todo con ellos? —preguntó el maestro Silón.

—¡No muy bien!, ¡cada vez están más débiles!, y la disminución de su trabajo está matando a la naturaleza. Además de eso, las fuerzas oscuras los están enloqueciendo para que peleen entre ellos, ¡esto es algo lamentable! —dijo el maestro Sirio, como respuesta.

—¡Debemos hacer algo mientras Crisol y los otros viajeros llegan a su destino y consiguen las piedras mágicas Etéritas! —expresó el maestro Azor.

—Sí, he estado meditando en eso y pienso que el paso inmediato a seguir es que alguien de nosotros vaya a hablar con los elementales para calmarlos porque están enloquecidos debido a las ondas de baja vibración emitidas por las fuerzas oscuras, y también porque ahora están sin líderes –dijo el maestro Sirio.

–Yo podría ir a ayudarles – Expresó la maestra Astrid.

–¡Tú eres de los pocos seres humanos que ha visitado a los elementales en su dimensión!, pero esa misión también tiene peligros y no quisiera exponerte a ellos. Yo mismo podría ir a comunicarme con ellos –dijo el máximo líder espiritual de la orden.

–Yo sé que esto puede traer riesgos, pero estoy decidida a tomarlos. He tenido mucho contacto con las hadas y las otras clases de elementales en varias de mis reencarnaciones. Sé cómo hablarles a esos seres –dijo la maestra Astrid.

–¿Azor y Silón, qué piensan ustedes acerca de que sea ella quien vaya a hablar con ellos? –preguntó el maestro Sirio.

–Pasaría por riesgos, pero ella está dispuesta a tomarlos y se necesita que alguien de nosotros hable con los elementales para que se calmen y resistan un poco, mientras se consiguen las piedras mágicas Etéritas –dijo el maestro Azor.

–Sí, además, es buena idea que sea alguien que haya estado mucho en esa dimensión porque hay que saber bien cómo hablarles debido a la confusión mental que los elementales tienen ahora. Indudablemente es la maestra Astrid quien debe ir a reunirse con ellos. Además, desde acá con nuestra energía podemos ayudarle en parte a superar los peligros por los que pueda pasar –explicó el maestro Silón.

–¡Muy bien maestra Astrid!, ¡está decidido entonces! Irás y hablarás con ellos. Debes explicarle la causa de que estén tan conflictivos y sugerirles que se tranquilicen y traten de tener armonía mientras logramos vencer a las fuerzas oscuras. Además de eso, en cada clase de elementales debes escoger el más sabio para que se haga cargo mientras logramos liberar a sus dirigentes. También les ayudarás a escoger dos asistentes con el fin de que ellos le ayuden al líder temporal a manejar las situaciones –dijo el maestro Sirio.

—Sí, honorable maestro —expresó la maestra Astrid.

La reunión se terminó y los maestros despidieron a la sabia maestra con abrazos, dándole energía positiva. La maestra Astrid se fue para el salón que se usaba para "viajar" a otros planos dimensionales. Ella no iba a hacer exactamente una salida astral porque su cuerpo físico no se quedaría allí; viajaría con ella, pero con una vibración energética diferente. Cuando llegó al cuarto especial, la sabia mujer encendió incienso y se sentó en posición de flor de loto sobre uno de los tapetes que tenía mándalas dibujados. Luego cerró sus ojos y murmuró unas palabras mágicas.

Casi inmediatamente la maestra Astrid desapareció del mundo físico y apareció en la dimensión de los elementales, sentada en una roca que estaba en un bello valle. En el lugar había un gran sembradío de flores y cientos de hadas volando entre los pétalos. En ese plano dimensional ella vio que las sílfides estaban algo activas: unas estaban ayudando a dispersar el viento, otras llevaban polen de unas flores a otras y algunas limpiaban el aire con unas esponjas naturales. La maestra Astrid notó que, a pesar de que las hadas estaba haciendo su trabajo, ellas volaban despacio y no ascendían a mucha distancia sobre el piso porque estaban muy débiles. Además se dio cuenta de que las sílfides, a pesar de tener poca energía, estaban peleando entre ellas: discutían, se empujaban y se chocaban intencionalmente al volar.

La maestra Astrid, en vista de que en ese momento no estaba en la dimensión física, se quedó un rato estática sentada en la roca acabando de sincronizar bien su cuerpo debido al cambio dimensional que había hecho. Después de poco tiempo su cuerpo emitió una luz, la cual al principio era amarilla y después de un color dorado muy intenso. La gran luminosidad hizo que gran cantidad de hadas la vieran incluso desde lugares no muy cercanos. Varias sílfides se aproximaron a ella y formaron un circulo a su alrededor observándola porque ver a un ser sin alas era para ellas una novedad. Además, la intensa luz que ella emitía las atraía porque era parecida a la que emitía su reina, que ahora estaba retenida por las fuerzas oscuras. Tan pronto la maestra Astrid vio que había la cantidad de suficiente de hadas a su alrededor habló:

—Hola amadas criaturas, soy Astrid, una de las maestras de la orden espiritual dirigida por el sabio y supremo maestro Sirio en la dimensión de los humanos.

—¡Bienvenida!, usualmente no nos gusta la cercanía de los humanos porque contaminan mucho el aire y la mayoría no son armónicos, pero tú eres una excepción porque los seres de tu orden respetan la naturaleza y son sabios —dijo un hada que estaba cerca, con voz dulce.

—Vengo con el fin de aconsejarlas y ayudarlas. Lo primero que debo sugerirles es que no peleen. Sus mentes están confusas porque las fuerzas oscuras les están robando la energía, y están emitiendo ondas que las hacen enloquecer, pero no dejen que eso las perturbe demasiado —explicó la maestra Astrid.

—Nuestra reina ha sido retenida y estamos muy agotadas, ¿qué podemos hacer? —expresó una sílfide que estaba cerca.

—Necesitan unirse, no pueden dejarse confundir ni derrotar —dijo la maestra Astrid.

—Es cierto, esta mujer venida del mundo de los humanos tiene razón —opinó otra hada.

—Para lograr esas cosas deben tener una líder temporal —explicó la maestra Astrid.

—Sí, ¿pero quién? —preguntó una sílfide que estaba cerca.

—Piensen, de ustedes las hadas, quién es la más sabia, justa y capaz para serlo —sugirió la maestra Astrid.

—¡Podría ser Maitreya! —dijo la criatura que inicialmente le había dado la bienvenida a la sabia mujer.

—Sí, ella siempre nos ha aconsejado y ahora en este momento tan difícil está en todo momento tratando de animarnos para no dejarnos vencer. —dijo otra sílfide.

—Sí, ella sería muy buena líder —expresó otra de ellas.

—Ella es muy sabia —dijo una de sus compañeras.

—¿Dónde está ella? —Preguntó la maestra Astrid.

—Está meditando en lo alto de la montaña —dijo un hada que estaba un poco menos cerca.

—Por favor ve a llamarla —solicitó la maestra Astrid.

—¡Yo soy Maitreya!, sentí tu presencia y me vine para acá —dijo un hada delgada de cabello muy rubio, ondulado y largo, la cual se acercó volando con otras dos aladas criaturas a su lado.

—¡Hola Maitreya!, ¡me complace verte de nuevo! —expresó la maestra Astrid con mirada que denotaba alegría.

—Hola, tú nos visitaste también hace algunos siglos en una encarnación pasada tuya, ¿cierto? —preguntó Maitreya, mientras la miraba con gran ternura con sus ojos grandes de color verde-azul.

—Sí, ¡te acuerdas de mí! —dijo la maestra Astrid mientras la abrazaba afectuosamente.

—¡Fue una visita muy especial! —expresó Maitreya.

—Me gustaría haber venido de nuevo en otras circunstancias para haber hecho muchas actividades especiales con ustedes, pero la situación está grave. Tal como sabes el hada madrina suprema está cautiva y las fuerzas oscuras les están robando la energía a ustedes las criaturas elementales, pero además de eso con ondas vibratorias negativas las quieren enloquecer ahora.

—Sí, es algo muy triste y lamentable —dijo Maitreya.

—Tus compañeras quieren que seas su líder temporal mientras logramos liberar a vuestra reina, ¿aceptas serlo? —preguntó la maestra Astrid.

—Sí, siempre he sido las consejera de ellas y ahora que me necesitan puedo estar a cargo mientras nuestra reina es liberada —dijo Maitreya.

—¡Bien!, por favor recuérdales continuamente que no deben pelear, que eso es causado por ondas negativas de las fuerzas oscuras que las quieren enloquecer. Debes estar pendiente de que controlen los impulsos agresivos y que no se desesperen por todo lo que está pasando.

—Sí, será un gran honor hacerlo.

—Los seres humanos de la orden espiritual a la que pertenezco estamos haciendo todo lo posible para liberar a la suprema regente de ustedes y a los líderes de los otros elementales. También estamos realizando meditaciones especiales en nuestra sede con el fin de tratar de bloquear las ondas vibratorias negativas de las fuerzas oscuras. Debemos derrotar a nuestros enemigos para salvar a los elementales y evitar que la vida en la Tierra sea destruida.

—Con sabiduría voy a cumplir gustosa mis funciones temporales de líder mientras nuestra honorable reina es liberada —dijo Maitreya.

—¡Gracias, sé que lo vas a hacer muy bien! —expresó la maestra Astrid.

—Mis dos mejores amigas pueden ser mis asistentes, son muy eficientes. Ella es Venus —dijo Maitreya, mientras con su mano derecha señalaba a otra hada que estaba a su lado. Esta sílfide también era delgada y tenía el cabello castaño oscuro, largo y liso.

—¡Gusto en conocerte Venus! —dijo la maestra Astrid.

—¡Para mí es un gran placer saber que existen seres humanos tan especiales como tú! —expresó el hada "Venus" mientras con sus ojos pequeños de color azul miraba con ternura a la maestra Astrid.

—¡Y esta es Perséfone! —dijo Maitreya mientras miraba en dirección a un hada bajita, rechonchita y de ojos verde-azules, la cual tenía el cabello rojizo, algo ondulado y corto.

—Hola Perséfone, yo también te conocí cuando vine hace muchos años a visitarlas —expresó la maestra Astrid.

—¡Sí!, ya recuerdo, qué bueno verte de nuevo —dijo el hada, respondiendo al saludo.

—Les agradezco a las dos por ayudar a la líder temporal porque el trabajo que les espera no va a ser fácil. Ahora debo irme a hablar y coordinar muchas cosas con los otros reinos de elementales —expresó la maestra Astrid mientras se despedía de Maitreya y sus dos asistentes con un afectuoso abrazo.

Contenta de haber cumplido ya la misión con las hadas, la maestra Astrid volvió y se sentó en la roca sobre la cual había aparecido. Después de mover sus manos en señal de despedida de todas las hadas que estaban en el lugar, la sabia mujer se concentró y al poco tiempo desapareció.

Casi inmediatamente, la maestra Astrid apareció sentada en un muelle que había en una playa y allí proyectó de nuevo mucha luz. Al principio su luminosidad fue amarilla y después se fue tornando dorada muy radiante para atraer a las sirenas, las cuales pronto llegaron en gran cantidad. Con ellas, la sabia mujer hizo lo mismo que con las hadas, les dijo que peleaban porque las fuerzas oscuras estaban enviando ondas negativas para enloquecerlas y que debían estar unidas. También les explicó que los seres humanos de la orden espiritual a la que ella pertenecía estaban ayudando a liberar a su reina.

Después de la charla introductoria la maestra Astrid les ayudó a las sirenas a escoger una líder temporal. La elegida fue una ondina llamada Nept, la cual tenía casi todo su cuerpo gris con escamas y seis grandes aletas con colores mezclados de azul y verde. También fueron seleccionadas dos asistentes, una llamada Carol, la cual tenía cuatro aletas que eran grises y la otra ayudante escogida fue Yesit que tenía dos aletas naranjadas. La maestra Astrid, tan pronto terminó de darles instrucciones a las tres sirenas escogidas, les agradeció. Luego la sabia mujer se despidió de las nadadoras criaturas con frases muy afectuosas y desapareció.

Los elementales que ahora la maestra Astrid debía visitar eran los gnomos. Para lograr esto, ella apareció parada en un gran prado cerca de un bosque. A poca distancia de ese lugar estaban varios gnomos y allí hizo lo mismo que había hecho en los otros dos reinos de los elementales. Después de explicarles a ellos la situación, les ayudo a escoger un líder temporal que fue un gnomo llamado Carlos, que tenía un gorro naranjado, era gordo y tenía una larga barba blanca que le llegaba hasta la cintura.

Uno de los dos ayudantes escogidos para Carlos fue Robert, que tenía un gorro amarillo, era un poco más gordo que Carlos y tenía una barba gris que le llegaba hasta el pecho. El otro asistente seleccionado fue Jaime, pero este era de la clase de los gnomos llamada "Thinos" o sea que era delgado, menos bajito que los gnomos comunes, casi calvo y sin barba. La sabia mujer, después de decirles a los campestres enanos que estaba complacida de aconsejarles y ayudarles a escoger los tres líderes temporales, se despidió y desapareció de su vista.

La maestra Astrid apareció sentada en una ladera de un volcán, un poco más abajo del cráter. El volcán estaba algo activo y debido a eso un río de lava pasaba cerca de ella, pero ni el calor ni los vapores del caliente fluido la afectaban porque estaba en otra dimensión que no era la física y en ese universo paralelo el fuego no quema y no se necesita respirar. Ella escogió aparecer en ese lugar porque las salamandras siempre buscan estar al lado del fuego y los volcanes son los lugares de la Tierra donde más fuego natural hay. En efecto había cientos de salamandras volando alrededor de la lava hirviente que descendía por el borde del volcán.

La maestra Astrid realizó con las salamandras lo mismo que con las otras tres clases de elementales: emitió una gran luz dorada brillante para atraerlas y cuando se acercaron muchas de ellas les explicó a qué se debía su confusión mental, les pidió que no pelaran y que se unieran. Con estos elementales iba a ser más difícil cumplir la misión porque estos seres, por estar hechos de fuego puro, eran más fuertes y propensos a ser más agresivos que los otros elementales. Las salamandras, ahora sin control, estaban muy violentas. Muchas de ellas giraban a gran velocidad creando círculos de viento cerca de ríos y lagos y con ese impulso les tiraban agua a otras salamandras, lo cual era casi mortal para ellas porque les apagaba el fuego. Varias de estas ígneas criaturas también se chocaban a propósito o se empujaban fuertemente con su incandescente cabeza.

La sabia mujer trató de calmar a las salamandras, pero no era fácil porque cada una culpaba a las demás de las peleas y no se ponían de acuerdo. Además, casi todas ellas volaban como locas y no se detenían ni siquiera un instante a escuchar lo que la maestra Astrid les decía. Estos incandescentes seres estaban tan agresivos que incluso uno de ellos trató de acercarse a la sabia mujer para agredirla, pero otra salamandra se interpuso y la defendió.

La maestra Astrid tomó consciencia de que el lograr que las salamandras tuvieran paz estaba tomando mucho tiempo y además, después de que ellas se tranquilizaran, también tenía que ayudarles a escoger tres líderes temporales. Ella notó que ya estaba empezando a oscurecer, pero todo indicaba que no iba a poder regresar a la dimensión física en toda la noche.

En el castillo sede de la orden espiritual el maestro Sirio había citado a otra reunión del consejo de maestros. A esta asistieron los maestros Azor y Silón, y la maestra Ester, asistente de administración de la orden. Faltaban la maestra Astrid, que estaba cumpliendo con su misión en el plano de los elementales y el maestro Quirón que estaba desaparecido desde el suceso en el cual las fuerzas oscuras secuestraron a los líderes de los elementales. Tampoco asistían el maestro Chang, Crisol ni la maestra Sedna porque ellos estaban camino a la cascada de los siete colores en su misión de ir por las piedras Etéritas.

El maestro supremo Sirio empezó la reunión diciendo:

—¡Gracias por venir!, los he citado acá para que hablemos de algo que estoy presintiendo y que pienso que ustedes también han percibido psíquicamente. Además del daño que las fuerzas oscuras le están haciendo a los elementales y la naturaleza, nuestros enemigos están planeando atacar directamente nuestra sede. En vista de esto debemos prepararnos para defendernos e incrementar nuestras barreras y protecciones energéticas.

—¿Con las que tenemos no es suficiente? —preguntó el maestro Silón.

—Yo pienso que no porque Lilith y sus cómplices están aumentando su poder con la energía que le estaban absorbiendo a los elementales. Necesitamos reforzar nuestras habituales defensas energéticas —dijo el maestro Sirio.

—Podríamos colgar los pentagramas mágicos que tenemos pintados en telas, alrededor del castillo —sugirió el maestro Azor.

—Esa idea esta buena, usted y el maestro Silón podrían encargarse de colocarlos. Yo activaré varios etéreos alrededor del castillo como refuerzo —expresó el maestro Sirio.

—¡Esta bien! —dijeron Azor y Silón a la vez.

—¡Y tú, maestra Ester, por favor reúne a los miembros de la orden y llévalos por los túneles subterráneos a la esfera dorada! Todos deben llevar comida, víveres y prendas para poder sobrevivir allá por varios días. Después de que descarguen lo que lleven, las mujeres, niños y ancianos deberán permanecer allí con usted; y los hombres jóvenes y fuertes que deseen ayudar a defender al castillo se deben devolver para acá.

—¡Sí, honorable maestro! —dijo la maestra Ester.

No se habló más porque el tiempo apremiaba y cada uno se fue a realizar lo asignado. Los maestros Azor y Silón colgaron en un muro circular que rodeaba al castillo, grandes cuadrados de telas en los cuales estaban dibujadas estrellas de cinco puntas con símbolos mágicos y letras especiales. El maestro Sirio empezó a activar varios grandes torbellinos energéticos alrededor del castillo y la maestra Ester fue con todos los otros miembros de la orden a llevar comida, bebidas y vestimentas por unos túneles subterráneos hacia la esfera dorada que estaba bajo la tierra no muy lejos del castillo.

Muchos miembros nuevos de la orden se sorprendieron al ver la esfera subterránea porque pocos sabían de ella. Era un secreto, el cual, en vista del peligro que se avecinaba, había tenido que ser revelado. Todos los hombres jóvenes y fuertes, después de ayudar a llevar cosas para el interior de la esfera dorada, se devolvieron caminando por los túneles hacia el castillo con el fin de ayudar a defenderlo cuando fuera atacado. Los demás miembros no avanzados de la orden se quedaron en la esfera dorada bajo la tutela y protección de la maestra Ester.

En el castillo, el maestro Sirio al terminar de activar los once etéreos que había planeado alrededor de la antigua fortaleza, fue a la torre del centinela que estaba cerca a la entrada del castillo y le dijo al vigía que estuviese muy pendiente de un ataque que podría avecinarse. También le solicitó que si algo extraño pasaba se lo comunicara telepáticamente e hiciera sonar la campana inmediatamente.

El líder espiritual les dijo a los otros maestros y a los hombres que se habían quedado en el castillo que se acostaran a dormir porque ya era tarde en la noche. Ellos dijeron que deseaban permanecer despiertos para estar más pendientes de un posible ataque, pero el maestro Sirio les dijo que él debía quedarse despierto haciendo unas meditaciones especiales, y que el centinela vigilaría; por lo tanto no era necesario que ellos se quedasen despiertos. El regente de la orden también les expresó que ellos necesitaban descansar y que además el sueño les daría energías para poder soportar lo que se veía venir.

En la cueva donde estaban dormidos los cinco miembros de la orden, reposando antes de seguir su camino para la cascada de los siete colores, el maestro Chang empezó a tener una especie de sueños. Ante su vista aparecieron varias mujeres jóvenes las cuales tenían poca vestimenta, sólo se cubrían las partes íntimas con prendas doradas. Ellas tenían en sus manos charoles dorados brillantes con manjares y comidas deliciosas: pollos asados, pescados finamente preparados, frutas y postres de diferentes colores… Las jóvenes se acercaron y le ofrecieron la comida con ademanes seductores, moviendo los charoles en dirección a él. Chang, al igual que sus compañeros, se había acostado con hambre porque habían perdido la comida en el lugar en el cual la tierra se había alzado y bajado varias veces, y las frutas que encontraron en el camino después de ese suceso no fueron suficientes para satisfacer el apetito.

Chang estiró la mano para recibir los manjares que las mujeres en su visión le ofrecían, pero ellas se movieron y se alejaron caminando llevando en la mano los grandes charoles con la comida mientras él las seguía desesperado por alcanzarlas y poder comer. De pronto, Chang se dio cuenta que era sólo un sueño o visión. Cerró y volvió a abrir los ojos y se dio cuenta que aunque las mujeres con los banquetes era algo no real, él había caminado físicamente siguiendo esa visión y ahora se encontraba en una pequeña llanura iluminada por la luna llena que estaba cerca de la cueva donde sus compañeros dormían. El asiático maestro regresó caminando a la gruta, no despertó a nadie porque no quería perturbar el descanso de sus amigos y volvió a tenderse en el suelo.

El maestro oriental se durmió rápidamente y de nuevo tuvo el sueño con las sensuales mujeres. Ellas, tal como en la visión anterior, seguían usando poca vestimenta, pero esta vez tenían puestas en sus cuerpos joyas doradas, grandes y radiantes: collares, pulseras y anillos. Esta vez ellas no le ofrecieron comida, sino que movieron sus cuerpos voluptuosamente para seducirlo, algunas de ellas se le acercaron y lo acariciaron y besaron en diversas partes del cuerpo, desplazando sensualmente las manos y labios sobre la piel de él.

La más bella de las mujeres, una joven rubia de ojos verdes y mirada sensual se puso al frente a Chang y lo besó en los labios. Al principio él no reaccionó y se quedó estático, pero luego de pocos segundos no aguantó la seducción y le correspondió el beso. La bella mujer se alejó un poco y entonces Chang se le acercó para seguirla besando, pero ella se alejó corriendo con mirada coqueta como diciendo "si me atrapas puedo ser tuya". Él corrió en pos de ella hasta que la seductora mujer se quedó estática en un sitio sobre lo que parecía ser una llanura. Chang se sorprendió por esa inesperada pausa en la carrera de la sensual mujer y entonces disminuyó su velocidad y se siguió acercando a ella lentamente.

De improviso Crisol apareció por el lado izquierdo de Chang, lo empujó y lo tiró al piso. El maestro oriental despertó y se vio tirado en la grama en una llanura muy cerca al borde de un gran precipicio con Crisol parado cerca de él. Chang se sentó y usando su psiquismo con lucidez vio que la mujer que él siguió era realmente una forma astral que estaba sobre un abismo, aunque él la hubiese percibido como que estuviese en un lugar plano. Esto hizo que se diera cuenta de lo que había pasado: sus enemigos (quizás la propia Lilith) hicieron que él, en sueños, viera a las mujeres seduciéndolo de manera que él siguiera a una de ellas y caminara en forma real hacia afuera de la cueva con el fin de hacer que cayera por el precipicio.

Crisol le dijo a Chang que él se había despertado y se había dado cuenta de que él no estaba en la cueva y lo buscó en la cercanía y que en su búsqueda lo vio, como hipnotizado, al borde del gran abismo a punto de dar un paso que podría haberle causado su muerte. El rubio joven también le explicó que no hubo tiempo de hacerlo despertar y que la única forma de salvarlo fue empujarlo de lado al piso. Chang le dio las gracias a su rubio amigo por salvarle la vida y los dos se fueron caminando por la llanura en dirección a la cueva.

Cuando los dos regresaron a la gruta, Chang desamarró una pequeña bolsa de tela de color amarillo que tenía en su cinturón y la abrió. Luego, con sus manos tomó una porción de un polvo blanco que estaba dentro del bultito y lo esparció formando un círculo alrededor del sitio en que a él le correspondía dormir. Mientras hacía esto cerró un poco sus ojos y fue murmurando una oración de poder. De esta manera bloqueó cualquier posibilidad de que sus enemigos lo embrujaran de nuevo. Sintiéndose ya seguro, Chang volvió a cerrar el pequeño talego, lo ató de nuevo a su cinturón y se acostó para seguir durmiendo. Crisol se ubicó cerca de él y continuó también con su descanso nocturno.

Después de algunas horas, estando aún de noche, Cristina se despertó y se levantó. Sin que sus compañeros se dieran cuenta, ella salió de la cueva y se puso a mirar las estrellas. Mientras con gran asombro dirigía su vista hacia lo alto, la rubia joven oyó un zumbido. Esto la hizo acordarse de que Chang, Sedna y Crisol habían dejado activado un etéreo, el cual estaba girando encima de la entrada a la cueva. A Cristina siempre le había atraído el poder de esos torbellinos aunque no sabía muy bien cómo funcionaban. Era consciente de que esos extraños remolinos de energía sólo podían ser creados por los miembros más avanzados de la orden, pero tenía la duda de si otro ser humano que no los hubiese creado podría manejarlos.

Cristina recordó como ella y Albert habían ayudado hacia poco a los miembros avanzados de la orden, en esa misión, a darle energía a etéreos, pero no sabía si ella sola podría manejar uno de esos torbellinos energéticos. La joven no aguantó la tentación y decidió tratar de mover el etéreo aunque nunca lo había hecho por sí misma. Cerró los ojos y trató de recordar cómo Chang, Sedna y Crisol habían manejado los torbellinos energéticos como defensa cuando las flechas de fuego los habían atacado. La joven cerró los ojos, movió los brazos en espiral sobre su cabeza y terminó el movimiento dejando sus brazos y manos quietos, pero de manera que los dedos señalaran hacia donde estaba el etéreo. Luego abrió los ojos y movió un poco su mano, la cual tenía los dedos orientados hacia el torbellino. Ella notó que esto hizo desplazar un poco al remolino energético, pero también vio que luego vibró en forma brusca y dejó de moverse.

La joven cerró los ojos y trató de recordar bien cómo era el proceso que ella había visto. Esto la hizo caer en cuenta de que no había dicho las palabras mágicas. Cristina no se acordaba bien de las frases de poder sino de algunos sonidos aunque en forma no muy exacta, pero de todos modos decidió volver a hacer el intento de manejar el gran vórtice de energía. Giró de nuevo los brazos encima de su cabeza diciendo los sonidos que podía recordar de las palabras mágicas y terminó el movimiento señalando de nuevo al etéreo con sus dedos y moviendo a la vez un poco sus manos en la dirección que ella quería que esa energía circulante se moviera. Esta vez el torbellino se movió y no vibró, pero su movimiento fue algo caótico.

Después de practicar varias veces, la curiosa mujer logró que el remolino energético se moviera al lugar al que ella quería desplazarlo como si una cuerda invisible uniera sus manos y el etéreo, lo cual la hizo sonreír complacida.

Cristina siguió jugando con el torbellino. Lo acercó a unos árboles y vio cómo, con sus remolinos, absorbió algunas hojas y flores. Lo hizo descender un poco para que quedara cerca de un pequeño charco de agua que había en el suelo y el líquido desapareció entre el viento creado por el giro del remolino de energía. La rubia chica movió al etéreo un poco más, de manera que quedara encima de un camino de piedras que estaba cerca. Ella vio cómo el vórtice girante de energía absorbió algunas pequeñas rocas. Esto hizo que, sin que ella lo planeara, esa energía circulante se acercara a ella; pero pasó algo que la curiosa mujer no esperaba: el etéreo empezó a absorbela a ella también. Cristina sintió cómo el viento formado por la energía girante la halaba hacia su centro con gran fuerza. Ella trató de mover el etéreo con la energía de sus manos de manera que se alejara, pero no pudo hacerlo porque sus manos se movían sin control debido a que su cuerpo rotaba caóticamente mientras el remolino lo trataba de absorber.

La joven trató de zafarse del vínculo energético entre ella y el gran vórtice, sacudiendo sus manos, pero no fue posible porque se atraían como lo hace un imán y un metal. Ella sentía que el etéreo pronto la absorbería porque cada vez la halaba con más fuerza, entonces gritó: "Ayúdenme, Ayúdenme". Esto despertó a Crisol y a los otros, quienes salieron de la cueva corriendo. Ellos vieron lo que estaba pasando y entonces corrieron con gran velocidad en dirección a donde ella estaba. Cristina logró dejar las manos quietas por algunos segundos y así pudo tener un poco de más control sobre el etéreo. Luego movió las manos de manera que su energía alejara al etéreo bastante. Crisol, mientras se le acercaba, le dijo: "No hagas eso", pero la joven, en medio del desespero, no lo escuchó y movió su mano fuertemente en dirección a la lejanía. Como efecto de esto, el etéreo se movió hacia un bosque lejano. Cristina, pensando que ya había pasado el peligro, se tranquilizó. Aún no sabía cómo zafarse del etéreo, pero por lo menos ya no la estaba atacando a ella misma.

Pronto la joven supo que había cometido otro error porque, al quedar lejos el etéreo, habían quedado desprotegidos y varias calaveras encendidas se acercaron volando a ella y a sus compañeros que ya estaban casi a su lado. Las huesudas cabezas ardientes, a su paso, quemaban la vegetación que estaba bajo ellas mientras avanzaban, lo cual asustó más a Cristina. Ella, con la energía de sus manos, volvió a "halar" cerca al etéreo para que los defendiera de las calaveras ardientes, pero el gran remolino en vez de defenderlos tiró por todo el lugar las piedras que hacía poco había absorbido del camino, las cuales casi les caen encima a los amigos de Cristina que estaban ya cerca. ¡El etéreo no los estaba defendiendo y las calaveras ardientes se acercaban peligrosamente a la imprudente mujer y sus compañeros para quemarlos!

Crisol llegó hasta donde estaba su novia. Él sabía que tenía que hacer algo rápidamente. Lo primero era quitar el enlace energético entre Cristina y el etéreo para poderlo manejar. Esto implicaba riesgos para la rubia joven, pero tenía que correrlos porque no había más opción. Hizo unos movimientos en forma esférica con sus manos, lanzó una gran corriente de energía entre el etéreo y Cristina y al instante se rompió el vínculo energético entre la joven y el torbellino. Inmediatamente se vieron chispas en el aire y la rubia chica cayó al piso desmayada.

Todos, haciéndole desquites a las calaveras encendidas que caían, llegaron al lado de la joven que estaba inconsciente. Albert trató de reanimarla mientras Crisol tomó control del etéreo y lo dirigió de manera que absorbiera las calaveras encendidas que de algún lugar cercano les tiraban. La maestra Sedna y Chang crearon dos etéreos con el fin de ayudarle al del rubio joven a destruir las calaveras ardientes que ahora eran más. Una de ellas cayó en la parte inferior del pantalón que Albert usaba y este se asustó mucho, pero cogió arena del piso, la tiró encima de la llama recién formada y la apagó.

Crisol le gritó a Albert que quitara la tapa de un pozo que había cerca. Él al instante lo hizo y el rubio joven hizo posar su etéreo sobre el pozo ya destapado del cual absorbió agua con sus remolinos energéticos. El sabio joven movió la energía girante hacia el lugar en el aire por dónde venían más calaveras incendiadas e hizo que soltara el agua sobre ellas. Al instante varias calaveras se apagaron y cayeron al piso convertidas en cenizas. Chang y la maestra Sedna hicieron lo mismo y de esta manera el agua siguió apagando las calaveras en llamas que venían por el aire y algunas que habían caído antes y estaban en el suelo.

Tan pronto todos los objetos ardientes fueron destruidos, Crisol, Chang y Sedna hicieron que los etéreos tomaran más agua del pozo y la dejaran soltar en un lugar muy frondoso que habían ubicado como sitio de origen de las calaveras incendiadas. Al instante se oyó una fuerte explosión. Los tres se acercaron al sitio y vieron una gran roca con grandes orificios, humeante y quebrada en varias en partes.

Crisol se acercó a Cristina y notó que, a pesar de que Albert trataba de hacerla volver en sí, ella seguía desmayada. El rubio joven la llevó cargada a la cueva y allí la recostó en el suelo sobre las ramas que habían estado usando como cama improvisada. Chang y Sedna juntaron sus etéreos al que Crisol había estado manejando y formaron uno grande, el cual dejaron girando cerca a la entrada de la cueva y luego se internaron para acercarse de nuevo al grupo. El rubio joven le puso a la inconsciente joven unas ramas como almohada bajo su cabeza mientras alrededor estaban sus compañeros, pensativos y preocupados. Crisol sabía que la chica no estaba tan grave sino solamente afectada por la corriente energética tan grande que se activó cuando él con su energía le hizo desprender el vínculo con el fuerte torbellino energético.

—¡Despierta! —le dijo Crisol suavemente

—¿Qué… pasó? —preguntó la joven mientras abría los ojos lentamente.

—¿Cómo te sientes?

—Muy… débil, ya recuerdo… lo que pasó. Perdóname mi amor… perdóname… —dijo Cristina con los ojos entreabiertos.

—¡Tranquila!, ¡lo importante es que te recuperes!

—Perdóname… perdóname…. —volvió a decir la joven.

—¡No hables!, duerme para que recuperes tus energías —le dijo Crisol.

Los otros compañeros le pusieron la mano en el hombro a Cristina como señal de apoyo y de que también querían que se recuperara pronto. La agotada mujer se durmió y los otros se sentaron a conversar acerca del siguiente paso a dar mientras el etéreo un poco más arriba de la entrada a la cueva giraba con gran fuerza, como un perro fiel dispuesto a defenderlos si eran atacados de nuevo.

—Quizás debamos irnos para otro lugar y así evitar ser atacados de nuevo —dijo Albert.

—Estamos en un sitio muy estratégico. Fuimos atacados porque Cristina desvió la atención energética del etéreo, pero ahora está activo y vigilante. Además aún es de noche y es mejor seguir acá por lo menos mientras amanece porque si nos movemos en este momento seremos presa fácil de las fuerzas oscuras —explicó Chang.

—¡Es extraño que el etéreo haya atacado a la misma Cristina! —dijo Crisol.

—¡Si!, ¡algo raro está pasando con ella! —expresaron Chang y Sedna.

10. El ataque al castillo

Lejos del valle de la muerte, el castillo sede de la orden fue atacado, tal como el máximo líder de la orden lo había presentido antes. El maestro Sirio se percató de que había llegado el momento del ataque unos segundos antes con su psiquismo. Estaba sentado meditando en el templo de la orden cuando sintió que fuerzas macabras se acercaban al lugar. Él inmediatamente se paró y fue corriendo a despertar a los otros maestros. Justo en ese momento se escuchó el fuerte sonido emitido por las campanas que el centinela tocó. Esto despertó también a los hombres fuertes de la orden que se habían quedado en el castillo con el fin de ayudar a defenderlo.

Todos los que estaban en la sede de la orden salieron al patio central y vieron que flechas de puro fuego venían por el aire en dirección al castillo. Pronto empezaron a surgir llamas creadas por las ardientes flechas cuando caían sobre todo lo que se pudiese prender.

Mientras los otros maestros y los hombres de la orden trataban de apagar el incendio que se estaba empezando a desatar, el maestro Sirio subió por las escaleras al corredor que había sobre la muralla protectora. Desde allí chequeó si los etéreos que él había activado antes alrededor del castillo estaban defendiéndolos, pero no vio ninguno de ellos. ¡Habían desaparecido! El sabio anciano miró para el lugar en que los símbolos mágicos de poder, los pentagramas grandes pintados en tela, habían sido colgados por los maestros Azor y Silón, y vio que estaban cubiertos por grandes manchas de tinta, lo cual les quitó eficacia y además estaban prendidos en algunas partes por las llamas de las flechas que caían. "Definitivamente hay un traidor en la orden", pensó el maestro Sirio y luego descendió de las murallas usando levitación.

El sabio líder espiritual de la orden se le arrimó a los otros maestros, quienes estaban en el patio central, y les dijo que alguien había desactivado los etéreos que él había creado antes y que también habían dañado los pentagramas de poder. Fue muy útil para ellos saber esto, pero no dijeron nada porque no había tiempo. El regente de la orden y los otros maestros activaron algunos etéreos para que los ayudaran a defenderse, pero los remolinos creados fueron pocos y no tenían mucha fuerza porque no hubo tiempo para concentrase a crearlos en forma plena.

Las flechas de fuego aumentaron y empezaron a caer calaveras ardientes las cuales, al tocar cualquier superficie, estallaban esparciendo llamas por varios lugares a la vez. Si no se hacía algo rápido, pronto todo el castillo estaría incendiado. Los líderes espirituales de la orden manejaban los torbellinos de la mejor forma posible con la energía emitida por sus manos logrando así que ellos absorbieran la mayor parte de las flechas de fuego y calaveras ardientes que eran tiradas desde algún lugar fuera del castillo. El maestro Sirio hizo que su torbellino, el cual era el más grande, absorbiera agua de un pozo que había en la mitad del patio central y después la descargara sobre algunas llamas, apagándolas. Los hombres adeptos que habían permanecido en el castillo ayudaron tomando agua con unos recipientes de un tanque que había en la cocina y tirándola sobre las candelas.

El maestro Sirio, levitando, volvió a subir a lo alto de la muralla con el fin de investigar de donde provenían las flechas y las calaveras ardientes. Allí vio que los incendiados artefactos provenían de un claro que había en un bosque cercano al castillo. El sabio anciano cerró los ojos por un pequeño instante y vio, usando su psiquismo, que en el espacio entre los arboles había unas piedras negras grandes con orificios de las cuales salían las flechas de fuego y las calaveras ardientes. Justo en ese momento la cantidad de objetos incendiados aumentó mucho, por lo tanto él no tuvo tiempo para destruir la fuente de ellas. El líder espiritual no tuvo más opción que, desde encima de la muralla, hacer que su torbellino absorbiera la mayor cantidad posible de los incandescentes objetos belicosos que venían por el aire.

Muy lejos del castillo, en la cueva en que Crisol y sus compañeros dormían, repentinamente el rubio joven, Sedna y Chang se despertaron y se levantaron.

—¿Qué pasa? —preguntó Albert, quien se despertó también porque oyó ruidos de movimiento.

—¡La sede de la orden está siendo atacada! —respondió la maestra Sedna.

—Si estuviésemos allá, o por lo menos cerca, ayudaríamos a defenderla en forma directa, pero estamos muy lejos —dijo Chang.

—Y además con Cristina semiconsciente… —expresó la maestra Sedna.

—Lo único que podemos hacer es orarle a los ángeles para que les ayuden y enviarles energía desde acá para que los etéreos que estén usando para defenderse sean más poderosos —dijo Crisol.

—Sí, hagamos un ritual —expresó Chang.

Sedna, Chang y el joven astrólogo se sentaron en posición de flor de loto, unieron sus manos, cerraron los ojos, se concentraron y empezaron a hacer vibrar sus labios pronunciando el mantra: "Ommmmmm…Ommmmmm…Ommmmmmm".

El maestro Sirio en el castillo, en medio del gran ataque con fuego, se dio cuenta de que los tres miembros avanzados de la orden les estaban ayudando con energía desde la distancia porque vio que los etéreos estaban girando con más velocidad. Ahora con gran poder los torbellinos absorbían todas las flechas y calaveras de fuego antes que cayeran. El maestro Sirio, levitando, descendió de las murallas y aterrizó de nuevo en el patio central del castillo cerca de los otros dos maestros Azor y Silón. Estando ya ahí, el sabio anciano dirigió a su etéreo de manera que volviese a tomar agua del pozo y la soltara sobre parte de las llamas que incendiaban el castillo. Los hombres neófitos de la orden que estaban ayudando a defender el castillo seguían tirando agua sobre algunas candelas usando recipientes de la cocina, pero no podían hacer mucho porque también tenían que esquivar las llamas.

Los maestros aún tenían la esperanza de lograr evitar que la sede la orden cayera en manos de sus enemigos, pero su optimismo disminuyó cuando, por psiquismo, sintieron que al castillo se estaban acercando muchos más seres macabros. En vista de que no había tiempo para hacer meditaciones, era necesario ver con ojos físicos qué era exactamente la energía siniestra que ellos sentían acercarse al castillo, pero el humo del incendio no permitía ver hacia la lejanía.

El maestro Sirio les dijo a los otros dos maestros que siguieran en el patio central y se alzó en el aire levitando porque necesitaba chequear desde lo alto quiénes eran los otros entes siniestros que se acercaban al castillo. Desde arriba flotando en el aire, el sabio anciano, aprovechando la luminosidad que el incendio creaba, observó bien a los alrededores de la sede de la orden. De esta manera vio que avanzaban en dirección al castillo muchos miembros de las fuerzas oscuras con sus líderes: Lilith y sus monyos, casi todos montados sobre dracos (bestias voladoras que eran una mezcla de dinosaurio y dragón); Hinor con sus hinas, casi todas encima de gárgolas en su vuelo; y Zifú el hombre murciélago, acompañado de varios seres parecidos a él, los cuales volaban por sí mismos. Los líderes de las fuerzas oscuras: Lilith, Hinor y Zifú se quedaron a una distancia prudente de las murallas que había alrededor del castillo observando el ataque mientras todos los diferentes maléficos seres a su cargo se acercaban, unos volando y otros corriendo, a la medieval construcción.

Muchos dracos, gárgolas y hombres murciélagos llegaron volando al patio central de castillo y trataron de tomar con sus garras a los miembros de la orden. Una gran cantidad de monyos que venían por tierra tiraron cuerdas sobre las murallas y colgados de ellas empezaron a escalarlas. Varias hinas que estaban en el suelo, fuera del castillo, tomaron impulso hacia atrás y de un solo brinco quedaron encima de la muralla.

Los maestros, con la energía de sus manos, manejaron los etéreos de manera que absorbieran o hicieran caer a los monyos e hinas que lograban llegar a lo alto de las murallas, y a las bestias voladoras. Este procedimiento, aunque era necesario, implicaba que los torbellinos pudieran destruir menos cantidad de flechas y calaveras ardientes que caían, lo cual aumentó el incendio del castillo. La expansión de las llamas fue tal que varios de los hombres neófitos de la orden que estaban tratando de apagar el incendio sufrieron algunas quemaduras en sus manos. El maestro Sirio se dio cuenta de esto y entonces se les acercó y les dijo que pararan de tratar de apagar el incendio.

Aunque los torbellinos defensores eran muy potentes, el líder espiritual de la orden era consciente de que era imposible defender el castillo. No se podía a la vez apagar el incendio, detener todas las flechas y calaveras ardientes, y defenderse de los monyos de Lilith, las hinas, los hombres murciélagos y los grandes animales voladores. El sabotaje del traidor que había desactivado los etéreos guardianes y dañado los símbolos mágicos de protección, influenció enormemente para que no se pudiese salvar la sede de la orden porque este factor no permitió disminuir la fuerza de ataque de las fuerzas oscuras desde el principio.

El sabio líder espiritual, por medio de telepatía, le dijo al maestro Silón y Azor que no era posible defender la sede de la orden y que entonces debían irse a refugiar a la subterránea esfera dorada. Después de esto, el maestro Sirio les hizo señas a los hombres que habían estado colaborando, indicando de esta forma que lo siguieran. Los miembros de la orden corrieron en dirección hacia donde al líder espiritual se dirigía, quien entró corriendo a la cocina y bajó por unas escalas. Varios monyos e hinas trataron de seguirlos, pero el maestro Sirio hizo unos movimientos especiales con las manos y dijo unas palabras mágicas, lo cual hizo caer escombros ardientes entre ellos y sus perseguidores, logrando así tomar un poco de ventaja.

Cuando los maestros y el resto del grupo llegaron a la parte inferior de las escalas se encontraron en un gran sótano. Allí el maestro Sirio se arrimó a la parte central de una de las paredes, cerró los ojos y murmuró unas palabras de poder. Después movió las manos en forma de espiral sobre su cabeza y algunos adobes de la pared se movieron juntos en un solo bloque, permitiendo ver la entrada a un largo túnel.

El líder espiritual les hizo señas a los demás de que entraran al pasadizo y él se quedó con el fin de ingresar de último. Después de que todos los de la orden se internaron rápidamente en el túnel, el máximo líder espiritual de la orden, un poco adentro del subterráneo pasadizo, hizo un ritual similar al que había hecho para abrir la entrada al túnel. Esto hizo que la especie de puerta camuflada hecha de adobes se cerrara de nuevo. Tras del maestro Sirio, quedó de nuevo una pared maciza porque el portón de adobes se cerró con gran precisión. Nadie al llegar al subterráneo del castillo hubiese sospechado que ahí había una entrada camuflada a un túnel secreto.

Mientras los maestros y los hombres jóvenes de la orden avanzaban por el túnel secreto, el maestro Sirio le informó telepáticamente a la maestra Ester, que estaba a cargo de la esfera dorada, que el castillo estaba casi totalmente incendiado y también le informó que él y los otros que habían tratado de salvar la sede la orden se dirigían hacia ese gran refugio subterráneo. Cuando llegaron a la entrada de la esfera dorada, el líder espiritual con movimientos especiales de sus manos y palabras mágicas hizo abrir la puerta del lugar. Dentro de esta gran esfera bajo la tierra, la maestra Ester los recibió con un gran saludo de bienvenida. El maestro Sirio le agradeció a esa sabia mujer por haber estado a cargo de proteger a las mujeres, los niños y los ancianos en el lugar mientras el castillo era atacado, y por administrar las funciones en ese refugio.

Todos los que estaban en la esfera dorada se alegraron de ver a los recién llegados, pero también estaban tristes porque sabían que la construcción medieval que había sido la sede de la orden, estaba incendiada. Su tristeza aumentó cuando vieron que algunos de los hombres que llegaban tenían quemaduras, pero se tranquilizaron un poco cuando vieron que las heridas no eran graves. Los saludos fueron cortos porque los que habían sufrido quemaduras debían ser atendidos. Con este fin, ellos fueron conducidos a un lugar especial dentro del subterráneo refugio, el cual servía transitoriamente como enfermería. Allí, el maestro Azor, médico naturista de la orden, los revisó muy detalladamente y les puso ungüentos especiales hechos con plantas medicinales.

Todo esto que estaba pasando fue percibido a distancia psíquicamente por Sedna, Chang y Crisol quienes estaban en posición de flor de loto meditando en la cueva que estaban usando en ese momento como refugio temporal en su viaje. Cristina y Albert dormían cerca de ellos, sobre hojas de árbol apiladas; pero sus compañeros no los despertaron, con el fin de permitirles descansar.

El castillo, que había sido sede de la orden blanca hasta ese momento, ya llevaba mucho rato incendiado, por lo tanto en algunos sectores ya no había llamas sino cenizas u objetos achicharrados. Al darse cuenta de esto, los líderes de las fuerzas oscuras, Lilith, Hinor y Zifú, entraron a él. Los tres tenebrosos líderes, acompañados por varios de los diabólicos seres a su cargo, anduvieron por los espacios que había entre las llamas tratando de hallar integrantes de la orden. Ellos tenían la esperanza de encontrar por lo menos a varios miembros de la logia blanca muertos o heridos para así saborear más su victoria, pero lo único que hallaron fueron cenizas y cosas chamuscadas.

Lilith les preguntó a varios monyos e hinas que estaban en el patio central en qué dirección habían huido los miembros de la orden blanca. Ellos señalaron hacia la cocina y entonces los tres líderes de las fuerzas oscuras se dirigieron a ese lugar. Al llegar allí vieron las escalas que descendían hacia el sótano y bajaron por ellas. Cuando llegaron abajo encontraron sólo un cuarto vacío. Los diabólicos líderes pensaron que tenía que haber alguna puerta secreta o algún espacio camuflado en ese sitio que sirviera para salir del castillo. Esto era lo único que explicaba por qué los miembros de la orden se dirigieron a ese lugar cuando todo estaba perdido para ellos. Lilith, Hinor y Zifú empujaron fuertemente las paredes tratando de encontrar la posible salida escondida, pero nada se movió.

Con gran ira, los tres infernales seres decidieron salir del sótano e ir arriba para tomar algunos libros de rituales de magia de la biblioteca de la orden que quedaba un poco más allá de la cocina. Al llegar allí vieron que los pocos textos que quedaban estaban quemados casi totalmente y eran de poca importancia. Ellos no sabían que, varios días antes, el maestro Sirio había ordenado que los libros más importantes fuesen llevados al interior de la esfera dorada bajo tierra. "Malditos", gritó Lilith con gran irascibilidad mientras les daba patadas a los escombros ardientes. Los otros dos líderes de las fuerzas oscuras, Hinor y Zifú, dijeron que debían irse ya porque el castillo, debido al incendio, estaba inestable. Los atacantes abandonaron la semidestruida construcción medieval justo a tiempo porque, tan pronto salieron, muchas partes del castillo colapsaron.

Desde su llegada a la subterránea esfera dorada, el maestro Sirio había estado en la sección de sanación pendiente del estado de salud de los miembros de la orden que fueron quemados en el ataque de las fuerzas oscuras. En vista de que el maestro sanador, Azor, ya les había puesto ungüentos con plantas medicinales sobre las quemaduras a todos los heridos, el maestro Sirio después de expresarles que deseaba que se mejoraran pronto se fue para una especie de recamara interna del refugio con el fin de meditar. El sabio anciano lo primero que hizo fue pensar acerca de quién estaba traicionando a la orden espiritual. Llegó a la conclusión de que la persona que se había aliado con sus enemigos, era alguien de la propia orden, del pasado o del presente, que había tenido acceso a enseñanzas avanzadas porque los miembros nuevos no tenían el conocimiento ni el poder suficiente para desactivar los torbellinos energéticos e incluso la mayoría de ellos ni siquiera sabían que existían.

El sabio maestro, sentado en posición de flor de loto, trató de ver psíquicamente quién era el traidor que usaba el traje de monje. Se imaginó que estaba ante el tenebroso ser que vestía la religiosa vestimenta y se vio a sí mismo como tirándole la capucha hacia atrás pero, cuando hizo esto, en su mente sólo vio una gran nube negra haciendo las veces de cabeza del enigmático personaje. Esto indicaba que el traidor había hecho algún ritual con el fin de no ser descubierto psíquicamente. El supremo maestro, en la meditación, hizo varios intentos para descubrir quién era el traidor que se camuflaba tras el hábito de monje, pero no fue posible lograrlo. El misterioso enemigo se estaba protegiendo con un velo energético muy poderoso. El maestro Sirio dedicó el resto del tiempo de la meditación a pensar en el siguiente paso que la orden debía dar para defender a los elementales y a la Tierra de esta guerra que las fuerzas oscuras habían desatado.

Estando aún en la dimensión de los elementales, la maestra Astrid pasó toda la noche un poco más abajo del cráter del volcán que estaba algo activo, tratando de mediar en las grandes disputas que las salamandras tenían entre sí. Justo cuando empezó a amanecer, las incandescentes salamandras pudieron cesar de discutir y escoger a una de ellas para seguir a cargo de dirigir y organizar sus actividades.

La líder elegida por votación fue una salamandra grande, la cual emitía gran cantidad de fuego, llamada Suny. Este elemental del fuego tenía cuerpo como de persona y dos pares de alas que tenían colores naranjado, rosado y rojo. Una de las ayudantes, que la recién nombrada líder temporal escogió, fue una salamandra menos grande llamada Mart la cual parecía un hada porque era delgada y pulida. Mart emitía un poco menos de fuego que Suny y tenía sólo un par de alas, las cuales eran de color granate. La segunda asistente seleccionada fue Zolot, que tenía cuerpo de dragón, con dos alas de color naranjado claro. Esta, al igual que las otras dos salamandras emitía fuego de su cuerpo, pero también lo hacía por su puntiaguda boca. Una vez que las líderes temporales de las salamandras fueron escogidas, la maestra Astrid les hizo a ellas las mismas recomendaciones que les estaba haciendo a todos los elementales regentes temporales, especialmente la de no dejarse afectar por la energía negativa de las fuerzas oscuras. Después de esto la sabia mujer se despidió con amabilidad.

La maestra Astrid, en vista de que ya había terminado la misión con las criaturas de esa dimensión, se dispuso a regresar al mundo físico. Sentada en posición de flor de loto en el mismo lugar en que había estado, un poco más abajo del cráter, se concentró con el fin de aparecer de nuevo en el castillo, pero a pesar de hacer varios intentos no pudo lograrlo. Esto le hizo sospechar que algo no andaba bien. Muchas veces había "viajado" entre la dimensión física y la de los elementales, y lo había hecho sin ningún problema. Ella sabía que en la parte de la Tierra en que estaba la sede de la orden ya había amanecido y no se había comunicado por telepatía durante toda la noche con el maestro Sirio porque necesitaba estar muy concentrada en su trabajo especial con los elementales. Sin duda, algo extra había ocurrido mientras ella estaba ausente.

La maestra Astrid trató una vez más de materializarse en la sede de la orden y al no lograrlo decidió no regresar al castillo sino a un lugar cercano a ese sitio: el claro en el bosque donde a veces el maestro Sirio dirigía meditaciones especiales. Esta vez su viaje entre dimensiones tuvo éxito y apareció en el bosque cercano al castillo. Tan pronto se materializó en ese lugar, se paró y se fue corriendo en dirección a la medieval construcción. Cuando iba entre los árboles, a una distancia no muy lejana de la medieval estructura, sintió olor a quemado y vio en el aire humo y cenizas. La sabia maestra cerró por un segundo sus ojos sin dejar de avanzar y vio en su mente la imagen del castillo humeante y en ruinas. Ella agilizó más su carrera y cuando llegó vio con sus ojos físicos las humeantes ruinas de lo que había sido la sede de la orden. La maestra se internó entre los escombros para ver si había algún miembro de la logia blanca herido o fallecido, pero no encontró ninguno.

La maestra Astrid, al ver tan triste escena, decidió comunicarse telepáticamente con el maestro Sirio. Cerró los ojos y con su mente le preguntó dónde estaban los miembros de la orden y qué había pasado. El maestro, a distancia, le contó mentalmente todo lo sucedido y le dijo que estaban en el refugio de la esfera dorada. El supremo líder espiritual también le explicó a la maestra Astrid cómo llegar a ese refugio subterráneo a través de uno de los túneles de acceso que tenía una entrada camuflada en el bosque no muy lejos del castillo.

La sabia mujer muy pronto llegó a un sitio con mucha vegetación, movió una gran cantidad de plantas y pequeños arbustos que cubrían una gran roca y se sentó cerca de ella en posición de flor de loto. Luego cerró los ojos, movió las manos encima de su cabeza formando espirales y la roca se movió dejando ver la entrada a un túnel. La maestra entró al rústico pasadizo, se sentó de nuevo en posición de flor de loto e hizo un ritual parecido al anterior para que la roca y las plantas se volviesen a colocar en su sitio y así nadie pudiese ver la entrada.

La maestra Astrid caminó varios minutos recorriendo el túnel, el cual estaba iluminado con lámparas de aceite puestas en sus rusticas paredes. Pronto llegó a la esfera dorada y el maestro Sirio, al sentirla llegar, le abrió la puerta y los dos se abrazaron. Astrid saludó también a la maestra Ester y a los miembros de la orden que había más cerca. Luego, acompañada por el maestro Sirio y la maestra Ester fue al lugar en que estaban los heridos, a los cuales les puso la mano en el hombro y les dio ánimo. Después de esto, Ester le dijo a la maestra Astrid que fuera al sitio de comidas del refugio que allí le tenían desayuno listo.

Cuando Astrid terminó de comer, el máximo líder espiritual de la orden se le arrimó y le dijo que necesitaba hablar con ella en el sector administrativo del lugar. Durante la reunión, el regente de la logia le contó a la evolucionada mujer más detalles de cómo las fuerzas oscuras destruyeron la sede de la orden y también le informó que por psiquismo aún no había sido posible saber quién era el traidor de la orden disfrazado de monje que ayudaba a los enemigos.

La maestra Astrid, a su vez, le relató al maestro Sirio cómo había pasado todo en la misión con cada una de las diferentes clases de elementales, especialmente cómo los convenció para que no pelearan más entre ellos y la forma en que, con su ayuda, escogieron líderes temporales. Luego de que hablaron por un rato, el líder espiritual de la orden le sugirió a la sabia mujer que se acostase un rato a descansar porque no había dormido en toda la noche. Por último le dijo que, después de que ella tuviese suficiente reposo, se reunirían de nuevo, pero que en ese encuentro también iba a estar el maestro Azor porque había otra misión pendiente y quería saber si ellos aceptaban realizarla.

11. Los gnomos ayudan a los viajeros

En la cueva en que estaban Crisol y sus compañeros, como ya era de mañana, el canto de las aves cerca del lugar despertó a Cristina. Cuando la joven se despertó y abrió los ojos vio a todos sus compañeros a su lado pendientes de ella.

—¡Anoche tuve una pesadilla! —dijo Cristina.

—¡No fue ningún mal sueño, lo que está pasando por tu mente es algo que realmente pasó! —le dijo Crisol en un tono muy serio.

—¿Sí?... ¡Oh, perdónenme!, no debí haber tratado de manejar el etéreo.

—Cristina, casi te matas a ti misma y nos expusiste a un gran peligro —dijo Chang con tono firme-. Tú y Albert aportaron un poco de energía adicional para un etéreo que estábamos usando cuando nos escapamos de la retención que las fuerzas oscuras nos hicieron, pero en esa ocasión ustedes sólo colaboraron, no manejaron el etéreo directamente. De los que estamos aquí, sólo Crisol, la maestra Sedna y yo, estamos autorizados para manejar los torbellinos energéticos.

—Sí, tienen razón, ¡cometí un gran error! —expresó Cristina llorando.

—Los etéreos, en manos de personas con energías negativas o no preparadas destruyen a los que los quieren manejar. Son fuerzas muy poderosas que requieren mucho cuidado y preparación —explicó Crisol.

—Queda prohibido que Cristina o Albert traten de manejar los etéreos. No están aún preparados para eso. Es posible que lo puedan hacer dentro de algunos años, pero no ahora, ¡pase lo que pase! –ordenó Chang.

–Entendemos –dijeron Cristina y Albert a la vez.

–Es imposible recuperar la comida y la vestimenta que perdimos en el lugar en que la tierra se estuvo elevando y hundiendo, ¡Debemos salir a buscar frutas y vegetales! y mientras hacemos eso iremos pensando cómo solucionar lo del vestuario de refuerzo que también se perdió en ese lugar –dijo Chang.

–Antes del amanecer estuve mirando las estrellas y eso se va a solucionar por sí mismo. Sólo debemos esperar un rato corto –expresó Crisol.

–Está bien –dijo Chang, mientras Cristina y Albert se miraban entre sí porque no entendían cómo algo así se iba a solucionar solo.

Al poco tiempo, de la parte más interna de la cueva llegaron varios gnomos del tipo enanitos, de ambos sexos. Los diminutos seres de sexo masculino usaban botas, pantalones cafés, camisas de color verde y gorros. Las criaturas que eran hembras tenían el cabello rubio, peinado en forma de trenzas y usaban vestidos multicolores. Los gnomos machos traían bultitos llenos con frutas y vegetales, y las hembras tenían varios vestidos en sus manos. Los elementales de la tierra se les acercaron a los humanos y los saludaron.

–Los vimos llegar anoche y oímos que habían perdido su comida y ropa. Como queremos ayudarles, durante la noche salimos a recoger estas frutas y vegetales para que coman y nuestras mujeres no durmieron sino que se quedaron tejiendo vestimentas para ustedes –dijo el líder de los enanitos.

–¡Oh!, ¡enhorabuena!, ¡muchas gracias! –expresó Chang sorprendido y muy complacido mientras cruzaba una mirada con Crisol.

Los gnomos machos descargaron en el suelo los bultitos con frutas y vegetales y las hembras pusieron encima de las hojas de árboles que los humanos habían usado para dormir, varios pantalones, camisas, blusas y faldas. Los miembros de la orden notaron que los vestidos eran tejidos con lana, tenían colores muy vistosos y eran muy diferentes al estilo que los humanos acostumbraban usar. Sin embargo, debían usarlos porque necesitaban cambiarse de ropa. De todos modos usar vestimenta algo rara era el menor de los problemas en ese momento.

Todos los del grupo abrazaron a los gnomos en señal de agradecimiento. En el contacto con los benévolos enanitos, los cinco humanos notaron que los gnomos lucían débiles y algo confusos.

—Ha sido un gran esfuerzo para ustedes conseguirnos comida y tejer vestidos para nosotros porque sabemos que están con poca fuerza y no mucha lucidez mental. Nunca olvidaremos estos favores tan especiales —dijo Chang.

—Sabemos que ustedes son personas buenas y están en una misión para salvarnos a nosotros los elementales y a la Tierra y por lo mismo merecen nuestra ayuda —expresó el mismo enanito que había estado hablando.

—Nuestra orden seguirá haciendo todo lo posible para defenderlos del cruel ataque que las fuerzas oscuras están haciendo —dijo Chang.

—Dale gracias de nuestra parte al resto de la logia blanca por la gran ayuda que nos están dando. Ahora nos iremos a dormir para reponernos un poco —dijo el líder del grupo de elementales de la tierra mientras él y sus compañeros se alejaban moviendo sus manos y diciendo "adiós".

Chang y los otros humanos movieron también sus manos despidiéndolos mientras les daban las gracias. Después de que los gnomos se internaron en la cueva de nuevo, Crisol, Chang y Albert se bañaron en un riachuelo subterráneo que pasaba por una parte de la cueva y la maestra Sedna y Cristina hicieron lo mismo en otro charco del río un poco más adentro de la caverna. Después, todos se vistieron con la ropa tejida por los gnomos femeninos y se comieron parte de las frutas y vegetales que los enanos habían traído.

Tan pronto terminaron de comer, los cinco humanos empacaron las frutas y vegetales que habían quedado y el resto de las coloridas prendas en los talegos que los gnomos les habían traído. Cada uno de ellos se amarró un talego de la cintura para tener las manos libres en caso de otro ataque. Posterior a esto movieron la tierra y las plantas en el sitio donde habían dormido para no dejar rastros de que habían estado allí y salieron de la cueva. El grupo siguió su camino con destino a la cascada de los siete colores, caminando por "El valle de la muerte". Los humanos eran custodiados por el gran remolino energético que iba un poco más arriba de sus cabezas, pero algo desplazado hacia atrás, posición en la cual había sido ubicado para evitar ataques por la espalda.

Crisol y sus compañeros atravesaron varios bosques y caminaron por angostos senderos. Mientras avanzaban veían con tristeza que casi todas las plantas y árboles que encontraban en su camino estaban marchitos. A medida que caminaban Crisol, Sedna y Chang iban con los ojos un poco cerrados, diciendo unas oraciones especiales y moviendo las manos formando espirales sobre sus cabezas. Este era una especie de ritual con el fin de que la orden pudiese vencer a las fuerzas oscuras y protegerse energéticamente.

—El tiempo se nos está agotando, debemos agilizar el paso —dijo el maestro Chang.

—¿Qué pasará si no conseguimos las piedras mágicas Etéritas a tiempo? —preguntó Albert.

—La toxicidad causada por la falta del trabajo de los elementales harán que la naturaleza muera. Si eso ocurre, sin semillas para germinar nuevas plantas, ni animales para procrear descendencia, sería imposible volver a crear vida vegetal y animal en la Tierra —respondió la maestra Sedna.

—Sin plantas ni animales no habría ningún alimento para los seres humanos y entonces la raza humana también desaparecería —agregó el maestro Chang.

Pronto los caminantes llegaron a la entrada de un gran cañón alrededor del cual había unas montañas altísimas. Crisol, Sedna y Chang, abrieron de nuevo totalmente los ojos y dejaron de orar y hacer el movimiento especial con las manos. Los tres detuvieron su marcha y al ver esto, Cristina y Albert también dejaron de caminar.

—Tenemos dos opciones: irnos por el cañón, pero por ahí seriamos presa fácil de las fuerzas oscuras; o escalar las montañas, pero eso nos tomaría más tiempo —explicó Chang.

—Podríamos escalar las altas cumbres, yo tengo suficiente fuerza para hacerlo —dijo Cristina.

—Si todos nos vamos por las montañas no llegaríamos a tiempo para salvar a los elementales y la Tierra. Yo puedo avanzar por el cañón y ustedes pueden ir por las cumbres. No quiero que pongan sus vidas en peligro —expresó el oriental maestro que dirigía la misión.

—Chang, esa es la ruta más corta, ¡pero usted no debe ir solo! Si está de acuerdo, yo iré con usted por el cañón, no me importa que haya peligros —Dijo la maestra Sedna.

—Yo también —expresó Crisol.

—Aunque sea riesgoso, haré lo mismo si ustedes lo autorizan. —dijo Albert.

—¿Están seguros de querer hacerlo aunque sea peligroso? —preguntó Chang.

—Sí —dijeron Sedna, Crisol y Albert al unísono.

—Es mejor que Cristina no corra riesgos, alguien debe ir con ella por las montañas —explicó Chang.

—¡Ya no sé cuál camino escoger! —dijo La bella chica.

—Si Cristina decide irse por las montañas, el más adecuado para acompañarla es Crisol, porque además de ser su pareja tiene experiencia en superar peligros —explicó Chang.

–¡Sí, yo puedo ir con ella caminando por las altas cumbres! –dijo Crisol, mientras lanzaba una mirada misteriosa a Cristina.

–¡No!, ¡no quiero que el grupo se separe por mi culpa, decidí ir con ustedes! –expresó la joven.

–¡Está bien, todos avanzaremos por el cañón, pero debemos estar muy alertas a los peligros! –dijo Chang.

Los miembros de la orden, excepto Cristina, se miraron de forma especial dándose a entender de esta manera que la joven estaba actuando en forma muy extraña. En vista de que sabían que el resto del camino tenía más riesgos, Crisol, Sedna y Chang se sentaron en posición de flor de loto, cerraron los ojos, movieron las manos en espirales y dijeron unas oraciones especiales. Esto le dio más energía al etéreo que giraba en el aire arriba de sus cabezas y un poco más atrás de ellos, por lo tanto ahora giraba más rápido. Una vez terminado el ritual, los cinco humanos empezaron a caminar por el estrecho espacio entre dos cordilleras mientras miles de ojos rojos los miraban desde unas oscuras pequeñas cuevas que había en las altas montañas que rodeaban el cañón.

Entre tanto en la esfera dorada donde el resto de los miembros de la orden se había refugiado, la maestra Ester se reunió con el supremo maestro Sirio para coordinar detalles acerca de cómo se iban a manejar las cosas en ese refugio subterráneo mientras se pudiesen vencer las fuerzas oscuras. En la conversación también se habló acerca de la posibilidad de que existiese uno o varios traidores en la orden. El anciano líder espiritual le tenía absoluta confianza a la maestra Ester y sabía con seguridad que ella no era la traidora y por lo tanto podía hablar con ella de ese tema.

–¿Tú piensas que el maestro Quirón está haciéndose pasar por desaparecido y de esa manera se esté aliando a nuestros enemigos sin ser descubierto? –preguntó la maestra Ester.

—Es poco probable que él sea un traidor —dijo el maestro Sirio.

—Yo también sospecho de Josh, el maestro que fue expulsado de la orden hace algunos meses por pasar información secreta a las fuerzas oscuras. Él podría ser el misterioso ser vestido de monje que tanto daño nos está causando. También desconfío del maestro Silón pues lo veo muy reticente y extraño.

—Por ahora necesitamos focalizar nuestras energías en liberar a los líderes de los elementales y vencer a las fuerzas oscuras. A su tiempo descubriremos quién o quiénes nos están traicionando —explicó el maestro Sirio.

—Los miembros que sufrieron quemaduras en el ataque están mejorando rápidamente gracias a las plantas medicinales y los cuidados del maestro Azor —informó la maestra Ester.

—¡Eso me alegra!

—¿El plan de las actividades en esta sede temporal está pudiendo llevarse a cabo? —preguntó el maestro Sirio.

—Sí, he hecho horarios para las sesiones de meditación y estudio. También se han estipulado los turnos de los miembros para colaborar con otras actividades tales como cocinar y limpiar. En el lugar en que comemos están fijados los horarios de todas las actividades y deberes. Todo está funcionando bien acá —explicó la maestro Ester.

—Debemos estar alerta porque nuestros enemigos nos pueden atacar de nuevo si descubren este refugio.

—He colocado centinelas por turnos de a tres horas para vigilar los túneles de acceso.

—¡Muy buena decisión!

En ese momento alguien tocó la puerta de ese recinto especial y entonces el supremo líder espiritual se paró y la abrió. Los que llegaron fueron Astrid y Azor. Ester iba a irse para dejarlos a ellos reunidos, pero el maestro Sirio le hizo un ademán dándole a entender que se quedara. El sabio regente de la orden cerró la puerta y los cuatro se sentaron.

—Maestra Astrid, ¿si descansaste lo suficiente? —preguntó el maestro Sirio.

—Sí, ya tengo fuerzas para lo que sigue —respondió la sabia maestra.

—Hay una misión especial que debe cumplir una pareja, un hombre y una mujer que sean maestros espirituales. La orden necesita que tú y el maestro Azor vayan al valle Translucido y construyan una pirámide de Cristal usando los cristales formados por minerales que los volcanes han esparcido en ese lugar por mucho tiempo. Esa pirámide será el refugio para los elementales que quedan con vida mientras vencemos a Lilith y sus cómplices. —explicó el supremo maestro Sirio.

—¡Sí, lo haré con gran gusto! —expresó la maestra Astrid.

—¡Será para mí un gran honor estar en esa misión! —dijo el maestro Azor.

—Ustedes son los idóneos para realizar esta tarea especial. Tú, maestra Astrid, tienes un gran poder energético en tus manos; y tú, maestro Azor, además de tus capacidades magnéticas eres el médico naturista de la orden, entonces también debes estar en ese sitio para sanar a los elementales enfermos que lleguen a la pirámide de cristal después de que la construyan —explicó el máximo líder espiritual de la orden.

—¡Gracias de todos modos por escogernos a nosotros! —dijeron Astrid y Azor.

—Muy bien, después de que coman y organicen lo que van a llevar nos reuniremos en el túnel que da salida al lugar más cercano al valle para despedirlos —expresó el maestro Sirio.

La reunión se dio por terminada, entonces Ester se fue a continuar con sus tareas administrativas, Astrid y Azor fueron a comer algo y a preparar todo lo que iban a llevar para el viaje, y el maestro Sirio se dirigió al cuarto de meditación.

En poco tiempo los que iban a salir a cumplir la nueva misión estuvieron listos. El maestro Sirio, en su meditación, se pudo dar cuenta de que ellos ya estaban cerca a la puerta de uno de los túneles para salir y entonces se fue para ese sitio. Allí también estaban la maestra Ester, los miembros adeptos de la orden y el maestro Silón.

Astrid y Azor se despidieron de abrazo del supremo líder espiritual y de los otros maestros, y con un ademán de sus manos también les dijeron "hasta luego" a los otros integrantes de la orden. Después el maestro Sirio se acercó de nuevo a los dos que iban a salir a cumplir la misión y movió las manos formando una especie de esfera energética alrededor de ellos mientras con los ojos cerrados rezaba en murmullos una oración especial de protección.

El maestro Azor y la maestra Astrid caminaron por el rústico pasadizo de salida, el cual estaba alumbrado en algunas partes con lámparas de aceite puestas dentro de unos orificios en los lados del túnel y pronto llegaron a una salida camuflada que había entre rocas y frondosas plantas en la ladera de una montaña. Después de salir de la esfera dorada, los dos empezaron su camino internándose en el bosque más cercano y caminaron por pequeños senderos entre los árboles. A medida que ellos avanzaban, muchos ojos de seres escondidos en el follaje los miraban con gran interés.

12. Peligros en el valle de la muerte

En "El valle de la muerte" Crisol y sus compañeros avanzaron por el centro del estrecho cañón entre las altas montañas tratando de caminar lo más rápido posible. Mientras avanzaban observaban a todos los lados, pendientes de algún posible ataque. Los tranquilizaba un poco el hecho de que el etéreo iba por el aire un poco más alto y atrás de ellos, moviéndose rápidamente con su energía y dispuesto a defenderlos si eran atacados. Crisol, Chang y Sedna sentían que el grupo estaba siendo vigilado, pero no les dijeron nada a los otros dos compañeros para no preocuparlos.

No habían avanzado mucho cuando los viajeros oyeron un ruido muy fuerte que provenía de las montañas y casi inmediatamente unas rocas muy grandes empezaron a caer cerca. Los cinco humanos corrieron tratando de llegar rápido al final del estrecho.

—Paremos —dijo Chang mientras se arrodillaba en el piso y movía las manos dándole más energía al etéreo que giraba encima.

Todos dejaron de correr y se quedaron quietos. La maestra Sedna y Crisol también se arrodillaron y alzaron las manos enviándole más energía al vórtice de energía girante. La gran velocidad con la que giraba el fuerte torbellino absorbió las rocas más pequeñas que caían y a las más grandes las despedazó y tiró a los lados los fragmentos. La cantidad de las piedras grandes aumentó y entonces los tres que estaban manejando el poderoso vórtice energético hicieron un movimiento especial con sus brazos y el etéreo se agrandó y giró con más velocidad, destrozando con más fuerza las grandes rocas que caían.

Las piedras grandes siguieron cayendo de más sitios, entonces los tres que estaban manejando el etéreo hicieron que se ampliara más. Por algún efecto de magia de los no visibles atacantes, algunas rocas empezaron a llegar en dirección horizontal. Ante esto, lo que hicieron los tres miembros avanzados de la orden fue hacer que el etéreo se curveara en el espacio formando una semiesfera energética, la cual se posó sobre todos ellos cubriéndolos desde un poco más encima de sus cabezas hasta el piso.

Pronto pasó algo que era de esperarse: un gran torbellino creado por sus enemigos llegó moviéndose por el aire y se acercó al etéreo que estaba protegiendo a Crisol y sus amigos y lo empezó a deformar. La absorción energética del torbellino atacante hizo que la cúpula energética formada por el etéreo protector empezara a perder forma y alzarse un poco encima del suelo. Esto causó un gran temor en Cristina y Albert porque si la semiesfera energética se alzaba mucho, las rocas que llegan horizontalmente un poco más arriba del piso podrían hacerles daño.

"¡Sólo alguien que haya estado en la orden puede tener el poder de crear un etéreo con tanta fuerza!" le dijo el rubio joven, telepáticamente, a la maestra Sedna y al maestro Chang. Crisol continuó hablando con ellos usando telepatía: "Fortalezcan ustedes el etéreo de defensa mientras yo me concentro a ubicar el lugar de las laderas en el cual está la persona o el ser que está manejando el etéreo atacante".

La maestra Sedna y el maestro Chang hicieron lo que su compañero de orden había sugerido: se arrodillaron dentro de la cúpula de energía formada por el etéreo dentro de la cual estaban y con movimientos de sus manos trataron lo más posible de que la semiesfera no se deformara y no fuera alzada por el etéreo enemigo. Por poco unas grandes piedras pasan por el espacio que había entre el suelo y la base de la semiesfera que seguía algo alzada por efecto del otro torbellino, pero justo a tiempo Chang y Sedna lograron bajar de nuevo casi hasta el piso la semiesfera energética defensora. La lucha entre los dos poderosos remolinos energéticos continuó, el etéreo negativo tratando de causar deformación y alzar el etéreo positivo, y este último tratando de no deformarse y asentándose de nuevo en el piso cada que el vórtice energético enemigo lo alzaba un poco.

Entretanto, Crisol, sentado en el piso, aún dentro de la semiesfera energética al lado de sus cuatro compañeros, con los ojos cerrados se concentró mientras giraba la cabeza lentamente a lado y lado buscando con su psiquismo el lugar exacto desde donde alguien manejaba el etéreo atacante desde las laderas de las montañas. Pronto el rubio joven, con psiquismo, ubicó el sitio en que estaba quien manejaba el torbellino de sus enemigos: con los ojos cerrados percibió una luz escarlata brillante delante de su cabeza y tras de esa luminosidad percibió a un ser vestido de monje en la entrada de una cueva. Crisol abrió los ojos y miró con sus ojos físicos al lugar en el que había "visto" con psiquismo al ser que manejaba el etéreo de sus enemigos.

Crisol, aún sentado, movió las manos en dirección al lugar en las montañas en que había ubicado al ser que manejaba el etéreo. Esto hizo que de la cúpula energética que los cubría a él y sus amigos, saliera una protuberancia energética en dirección hacia el lugar al que el joven estaba dirigiendo sus manos. Al instante, varias grandes rocas de las que caían fueron lanzadas por la saliente energética de la cúpula de energía en dirección al lugar que Crisol había señalado con los dedos de sus manos. Las grandes piedras cayeron sobre la entrada de la cueva en una de las laderas de una alta montaña, lugar en que estaba el ente que manejaba el etéreo enemigo. El joven supo que había tenido éxito en su lanzamiento de rocas porque al instante el etéreo atacante disminuyó mucho su fuerza. El ser vestido de monje que desde la entrada de una caverna manejaba el etéreo de las fuerzas oscuras había sido neutralizado por ahora. Crisol no quiso desperdiciar nada de su energía ni de su tiempo tratando de saber quién había manejado el etéreo de las fuerzas oscuras ni qué le había pasado a ese ser cuando hizo que el torbellino le tirara las rocas. Él prefirió usar toda su energía y tiempo para ayudarle a sus compañeros a defenderse.

Al estar con menos fuerza, el etéreo de las fuerzas oscuras fue absorbido por el torbellino energético de los miembros de la orden, y justo en ese momento las rocas dejaron de caer. A una señal de Chang todos siguieron caminando y el etéreo, formando aún la semiesfera de energía encima, siguió avanzando sobre ellos protegiéndolos en caso de que volviesen a caer rocas.

"Nuestros enemigos nos están atacando siguiendo el orden de los elementos en la astrología", les dijo Crisol telepáticamente a los otros dos miembros avanzados de la orden. Lo hizo de esa forma porque no quería que Albert y Cristina supieran todos los detalles de asuntos para los que ellos no estaban preparados.

"Si, eso también había pensado yo" respondió telepáticamente la maestra Sedna.

"Con esta pista podemos saber cómo será su próximo ataque", dijo el maestro Chang también en forma telepática.

"Ellos atacaron primero con flechas y calaveras ardientes que corresponden al elemento "fuego" y luego con rocas que son del elemento "tierra", por lo que el elemento que sigue es el "aire", dijo Crisol con su mente sin mover los labios. Chang iba a darles instrucciones precisas a todos los otros miembros de la orden de cómo cuidarse del ataque que podría seguir, pero no tuvo tiempo porque casi instantáneamente unos grandes vientos huracanados llegaron. Como la energía del etéreo giraba formando una semiesfera, protegió a los miembros de la orden que estaban dentro de ella, pero los fuertes ventarrones a veces trataban de quitarle estabilidad y deformarla.

Pronto ocurrió algo que empeoró la situación: de nuevo llegó un etéreo manejado por los enemigos de los miembros de la orden, el cual se acercó al etéreo protector y lo empezó a halar y deformar. Esta vez, el etéreo atacante llegó con más fuerza. Era tanta, que Crisol, Sedna y Chang tuvieron que tomar de nuevo el control de su etéreo y con la energía enviada por sus manos hicieron que el vórtice de energía dejara de tener la forma de semiesfera y que girara plano, aunque a ratos se inclinaba cuando era necesario hacerlo para defenderlos. Esto dejaba a Crisol y sus amigos desprotegidos por los lados a ratos, pero no había opción porque era más importante defenderse del etéreo atacante que de los fuertes vientos que soplaban.

En vista de que el etéreo defensor tuvo que ser cambiado de forma, no podía defender totalmente a los cinco humanos de la especie de huracán que los empezó a empujar y a tratar de elevar. Cristina y Albert se lograron pegar con sus manos de unos arbustos que había en el suelo y los otros tres se quedaron parados concentrados con los ojos cerrados y orientando sus manos en dirección del etéreo protector, fortaleciéndolo. El éxtasis psíquico que el ritual les producía hacía que Crisol, Sedna y Chang fuesen más firmes y resistieran más el empuje de los ventarrones que los otros dos miembros del grupo.

El empuje del viento aumentó mucho y los pequeños árboles de los que Cristina y Albert se habían sujetado con sus manos, fueron desprendidos del piso con raíz y todo. Esto causó que ellos, por efecto del "huracán" y con movimientos caóticos, fueran levantados al aire con los arbustos aún en sus manos. Ellos soltaron los árboles que ya no les eran útiles, para liberar las manos y poder tratar de asirse de algo del suelo de nuevo, pero lograr esto no era fácil porque eran empujados fuertemente por los vientos en muchas direcciones, y además en casi todos los instantes estaban alejados del piso.

"¡Ayúdenle a Cristina y a Albert que yo me encargo del etéreo!", dijo Chang, telepáticamente a los otros dos miembros avanzados de la orden. Crisol y la maestra Sedna levitaron y se fueron volando en dirección a donde estaban la joven y Albert. Los grandes ventarrones a veces movían hacia los lados a los dos miembros avanzados de la orden, pero aun así seguían levitando tratando de acercarse a los dos neófitos de la orden. Crisol trató varias veces de coger a Cristina, pero el "huracán" los movía a los dos y no le permitía lograrlo. Lo mismo ocurría entre la maestra Sedna y Albert. Después de varios intentos el rubio joven logró con sus manos tomar firmemente las de su novia y se la llevó levitando hacia las laderas al lado del cañón. Poco tiempo después Sedna logró tomar a Albert por la cintura y se lo llevó también levitando hacia el lugar hacia el cual veía dirigirse a Crisol con Cristina por el aire.

"Debemos buscar cuevas en esas laderas para dejarlos protegidos de los ventarrones", le dijo Crisol telepáticamente a la maestra Sedna. "¡Sí, es la mejor opción!", le respondió ella, también en forma telepática.

Entre tanto Chang seguía parado en el piso evitando ser tumbado o elevado por efectos de los fuertes vientos, pero tenía que hacer grandes esfuerzos porque los ventarrones ya eran más fuertes y lo movían mucho de un lado a otro mientras maniobraba su etéreo para vencer al etéreo enemigo.

La maestra Sedna y Crisol lograron encontrar una cueva en las laderas y entonces entraron a ella levitando, llevando a sus protegidos, y los descargaron suavemente en el piso. Los dejaron allí y se devolvieron rápidamente para donde estaba Chang. Los dos, cuando volaban en dirección a donde se encontraba su compañero, tuvieron que vencer de nuevo la gran fuerza de los vientos, los cuales nuevamente los movían de un lado para otro.

El gran torbellino manejado por las fuerzas oscuras empezó a ganar y estaba a punto de absorber el etéreo de la orden, pero el oriental maestro cerró los ojos, se concentró más y le envió con sus manos más energía a su torbellino energético. Este aumentó su fuerza y empezó a deformar al etéreo de los enemigos, pero a costa de la energía de Chang que se empezó a sentir mareado debido al esfuerzo. En ese momento llegaron la maestra y su rubio amigo a aportar más energía con sus manos al torbellino energético de Chang. El vórtice de la orden se volvió tan fuerte, que el viento que creaba al girar era invisible y esto hizo que siguiera deformando al etéreo atacante hasta que lo absorbió. De inmediato los vientos disminuyeron y el etéreo positivo tomó de nuevo la forma de semiesfera protegiendo a Crisol y sus dos compañeros avanzados de la orden. Los tres hablaron entre ellos agradeciéndose por la ayuda y decidieron ir rápidamente por Cristina y Albert para evitar que las fuerzas oscuras los atacaran puesto que estaban indefensos.

Crisol, la maestra Sedna y el maestro Chang se alzaron levitando. Cuando estaban un poco más arriba del piso, el etéreo cambio la forma de semiesfera y pasó a ser una esfera girando alrededor de ellos. Los tres se fueron levitando en dirección a la cueva en la ladera de la montaña donde estaban la novia y el mejor amigo de Crisol, mientras la esfera energética formada por el etéreo que los rodeaba se movía con ellos a la misma velocidad, lo cual les permitía estar protegidos. En pocos segundos llegaron a donde estaban sus dos compañeros dentro de la cueva y entonces se salieron de la esfera energética que había formado el etéreo, la cual se quedó girando cerca sin desplazarse. Todos se abrazaron entre sí. ¡De nuevo estaban los cinco juntos!

Chang hizo un ademán con sus manos y el etéreo ya con forma esférica se le acercó y lo rodeó y de esta manera salió protegido a la entrada de la cueva. Cuando él llegó a la boca de la caverna vio que los vientos habían terminado y entonces hizo señas con la mano a los otros para que salieran. En la entrada de la cueva, mientras sus compañeros llegaban, el oriental maestro hizo cambiar la forma del etéreo de esfera a semiesfera para poder seguir caminando y todos los cinco se ubicaron bajo ella.

—El siguiente elemento es el agua y por lo tanto es mejor seguir el resto del camino por la parte alta de la montaña. Debemos subir a prisa, pero con precauciones —dijo Crisol, usando esta vez voz normal en vez de telepatía.

Todos empezaron a escalar por la ladera, la cual era muy pendiente. Crisol, la maestra Sedna y el maestro Chang se adelantaron un poco porque en algunos instantes levitaban y eso les ayudaba a su avance, pero no podían estar muy pendientes de los otros dos miembros de la orden porque estaban con la energía de sus manos cambiándole la forma al etéreo para que ahora formara como una especie de dique.

—No entien... —dijo Cristina.

La joven no pudo terminar la frase porque al escalar pisó una roca que creía muy firme, pero en realidad estaba floja y entonces la joven se resbaló y empezó a caer montaña abajo rodando mientras gritaba. Una saliente detuvo la caída de ella y Albert que estaba cerca se dejó resbalar pegado de unas ramas y descendió al lugar en que ella había caído. En el sitio había suficiente espacio para los dos, pero la rubia joven estaba aún muy atemorizada. Crisol desde más arriba, al oír el grito desesperado de su novia, dejó a la maestra Sedna y al maestro Chang terminar de darle la forma deseada al etéreo y empezó a descender desplazándose por el aire. Justo en ese momento, todos sintieron a la tierra temblar y casi inmediatamente una gran cantidad de agua fluyó por el cañón, formando un río.

Crisol no alcanzó a llegar donde Albert y Cristina estaban porque ellos se encontraban en un lugar menos alto de la montaña y fueron arrastrados por el agua. La hermosa chica reaccionó y se pegó de unas plantas que había cerca, pero la fuerza de la corriente fue tanta que de todos modos se la llevó. Albert tuvo mejor suerte, se pudo aferrar de unos árboles grandes que había cerca donde él estaba y logró evitar que el río lo arrastrara más. Crisol vio lo que le estaba pasando a su novia y descendió por el aire para cogerla, pero no pudo lograrlo porque las borrascosas aguas la arrastraron muy rápidamente. El rubio joven dejó de levitar, se tiró al agua y nadó para tratar de alcanzarla.

La maestra Sedna y el maestro Chang dejaron al etéreo, que ya estaba tomando forma de dique, en el lugar en que estaban y se desplazaron hacia abajo levitando. El maestro Chang llegó a donde estaba Albert, lo alzó de las manos y se lo llevó por el aire hasta la parte más alta de la montaña. La maestra Sedna se fue volando en la misma forma en dirección a donde el agua había arrastrado a Cristina para ayudarle a su joven compañero de la orden a rescatarla, pero no pudo hacer mucho porque Cristina no sabía nadar y pronto desapareció bajo el agua. Crisol logró ver en qué lugar el agua había arrastrado a la rubia chica hacia el fondo y se sumergió nadando en esa dirección.

El joven tenía que eludir constantemente piedras, troncos de árbol y otros objetos que el agua arrastraba y que amenazaban con golpearlo. Por unos segundos tuvo que correr el riesgo de no ver qué objetos arrastraba el agua y cerró los ojos para ver con psiquismo en qué lugar estaba su novia sumergida. Pronto "vio" con su mente el lugar en que ella se encontraba. Abrió de nuevo los ojos y nadó en dirección al lugar en que había localizado a su novia. Al poco tiempo, Crisol vio el cabello de la chica moviéndose dentro del agua y se acercó nadando rápidamente a ella. Luego la tomó de la cintura con sus manos y se impulsó hacia arriba. Cuando llegó a la superficie del agua, el sabio joven siguió ascendiendo levitando con su novia, aun tomada por la cintura, hasta que llegó a la parte alta del cerro y allí la descargó, acostándola en el piso.

—Cristina, abre los ojos, háblame —le dijo Crisol a su novia, pero ella estaba inconsciente.

Él la tocó, sintió que tenía pulso y entonces se arrodilló, sacó unas estrellas de anís de la bolsa con ramas medicinales que tenía atada a su cintura y las acercó a las fosas nasales de la chica. Al instante la joven recuperó el sentido, abrió los ojos y miró para ambos lados como preguntándose dónde estaba. Ella recordó lo sucedido y abrazó a su novio con una mezcla de alegría, tristeza y susto.

—Me has salvado mi amor, de nuevo me has salvado —le dijo ella a Crisol con voz algo apagada porque estaba muy débil.

La maestra Sedna y el maestro Chang cerraron los ojos y con psiquismo vieron donde estaban Crisol y su novia y entonces alzaron de nuevo a Albert por el aire y se fueron levitando para ese lugar mientras el etéreo con forma ya de dique los seguía. Pronto llegaron a donde ellos estaban.

—¿Cómo está Cristina? —preguntó el maestro Chang.

—Un poco débil, pero está bien —respondió Crisol.

—¡Es una suerte que esté viva! —dijo la maestra Sedna.

La bella joven no habló, pero los miró sintiéndose aún asustada.

—Esperemos un poco a que Cristina se recupere y continuaremos el camino —sugirió el maestro Chang.

—Sí, está bien —dijo Crisol.

—¿Por qué no usaron la levitación desde el principio? Así hubiéramos subido la montaña más rápido —expresó Albert, quien ya se había repuesto del susto.

—Porque la levitación nos disminuye la energía que necesitamos para manejar el etéreo que nos protege —explicó Crisol.

—¡Los ataques se están haciendo más fuertes!, debemos continuar por ahora por las montañas aunque nos demoremos más —dijo Chang.

—No tenemos más opción —expresó la maestra Sedna.

—Ya nos atacaron con fuego, tierra, aire y agua. Van los cuatro elementos, ahora nos pueden atacar con el quinto elemento —dijo Crisol.

—¡Yo tenía entendido que los elementos eran cuatro! ¿Por qué hablas de un quinto elemento? —preguntó Albert.

—¡Los elementos son realmente cinco, el quinto es llamado "El éter" y surge de la unión de los primeros cuatro, o sea fuego, tierra, aire y agua juntos! —explicó la maestra Sedna.

—Debemos tomar muchas precauciones, si nos atacan con todos los elementos a la vez va a ser más difícil defenderse —dijo el maestro Chang.

—El río está disminuyendo su cauce y no vamos a necesitar poner el dique energético que hicimos con el etéreo. Debemos cambiarle la forma al etéreo y hacer que forme cinco esferas para que cada una proteja a cada uno de nosotros —sugirió Crisol.

Los tres miembros más avanzados de la orden orientaron sus manos en dirección al gran vórtice de energía que tenía en este momento la forma de dique que ellos le habían dado y lo convirtieron en cinco esferas energéticas. Cada una de ellas se movió hacia uno de los integrantes de la orden y lo rodeó.

—Cristina, ¿estás mejor? —preguntó la maestra Sedna.

—¡No, aún no! —respondió la joven.

—¡No debemos quedarnos mucho tiempo acá!, en este lugar estamos expuestos a peligros. Dentro de poco tiempo seguiremos nuestro camino —dijo Chang.

Durante el rato de espera nadie habló. Todos estaban pensando en lo que había pasado, en cómo se habían salvado y en los nuevos peligros que podrían llegar.

—¡Pienso que debemos irnos ya! —dijo Crisol.

—¡Pero mi amor, aún no me siento bien! —expresó Cristina.

—¡Sé que estas mejor!, Si Chang y Sedna están de acuerdo, partiremos inmediatamente aunque te tengamos que llevar cargada —replicó el rubio joven en tono firme.

–¡Sí, continuemos nuestro camino ya! –dijeron la maestra Sedna y Chang.

La rubia chica se paró lentamente a regañadientes mientras los tres miembros avanzados de la orden se miraban entre sí de una manera extraña, algo que ella no notó.

Justo en el momento en que la joven se paró, llegó un fuerte ataque. Varias flechas formadas de puro fuego empezaron a llegar a donde ellos estaban, pero como cada uno de los humanos estaba rodeado de una esfera energética, las flechas fueron absorbidas. Después los humanos vieron que se acercaban por el aire rocas tiradas desde algún lugar no muy lejano. Algunas de las grandes rocas cayeron en el sitio en que ellos estaban, pero las esferas energéticas que formaban los etéreos las absorbían o destruían. Luego de esto, fuertísimos vientos llegaron, pero los especiales torbellinos giraron a gran velocidad sobre su propio eje y los absorbieron.

La maestra Sedna, Crisol y el maestro Chang, dentro de las esferas energéticas en que cada quien estaba, movían las manos de manera especial dirigidas hacia las especies de pompas de energía en que estaban Albert y Cristina para que fuesen más poderosas y también fortalecían energéticamente las propias. Los tres miembros más avanzados de la orden eran conscientes de que tal como Crisol había predicho, estaban atacándolos con todos los elementos juntos: "Fuego" con las flechas ardientes, "Tierra" con las rocas que estaban cayendo y "Aire" con los fuertes vientos que llegaban. Solamente faltaba que atacaran usando de nuevo el elemento "Agua".

El maestro Chang, Crisol y la maestra Sedna miraron para todos los lados chequeando de qué forma y por donde iba a llegar el ataque con agua. Crisol vio unos hoyos extraños en el sitio por donde iban caminando y alertó al resto del grupo diciendo que corrieran porque iba a salir agua del suelo. A pesar de la advertencia no hubo tiempo de huir porque de los orificios empezó a manar agua que salía abundantemente de algún lugar debajo de la grama, formando poderosos chorros.

Las circunstancias se empeoraron porque sobre el lugar en que estaban se posaron, a mediana altura, unas grandes nubes negras que se fueron juntando y desataron una gran tormenta con rayos, truenos y una intensa lluvia. La cantidad de flechas ardientes que caían aumentó y éstas estaban hechas de una manera especial de tal manera que el agua no las apagaba. Cada vez caían más rocas y su tamaño era cada vez mayor, los vientos incrementaron su fuerza, el agua cada vez brotaba con más presión de los huecos que había en la tierra y la lluvia se volvió más intensa.

Hasta ese momento los etéreos convertidos en esferas energéticas individuales que protegían a cada uno de los cinco habían sido efectivos porque tenían que absorber todas las flechas ardientes, destrozar o absorber las rocas que los enemigos de algún lugar cercano tiraban, evitar que los poderosos vientos se llevaran por el aire a los que estaban defendiendo y además evitar que los atacados fuesen arrastrados por los caudalosos ríos que se empezaron a formar. El poder de los etéreos defensores, a pesar de que ellos también captaban energía magnética de la tierra y cósmica del universo, tenía un límite y no era suficiente para vencer tantos ataques a la vez, entonces empezaron a deformarse y a perder fuerza. Esto hizo que los etéreos disminuyesen la protección contra los ventarrones y el agua, los cuales combinados empujaron a los cinco humanos montaña abajo sin que nada pudiesen hacer.

Todos cayeron por las laderas estando cada uno aún rodeado por su correspondiente esfera energética, aunque algo deformada y con menos poder. Los tres más avanzados de la orden pudieron evitar caer más porque se alzaron en el aire levitando. Albert y Cristina, debido a que aún no tenían ese poder, siguieron cayendo. La maestra Sedna, Chang y Crisol volaron en forma descendente buscando por dónde habían caído Cristina y el moreno joven, pero todo pasaba tan rápido que era imposible ubicarlos a pesar de que ellos dos gritaban, porque los ruidos combinados de los constantes rayos, las rocas cayendo, el viento silbando y el agua corriendo no permitían oír. Cada uno siguió rodeado por su respectiva esfera energética, pero esos globos de energía brindaban protección limitada.

El caudaloso río que antes había pasado por el cañón se activó de nuevo y cada vez aumentó más su cauce, alimentado por el agua que salía de los orificios en lo alto de las montañas y la que caía de las nubes en la intensa lluvia. La gran corriente de agua que pasaba por el cañón amortiguó un poco la caída de Albert y Cristina. Esto evitó que se lastimaran, pero debido al impacto los talegos con ropa y frutas que tenían amarrados a la cintura se zafaron y fueron arrastrados lejos de ellos por la caudalosa corriente.

A pesar de que por sobre todo el lugar seguían cayendo flechas ardientes y rocas y soplaban vientos huracanados, Crisol, la maestra Sedna y Chang en pleno vuelo se concentraron para ver por dónde el gran río estaba llevando a Cristina y Albert. Después de algunos segundos el rubio joven ubicó en qué parte del río iba su novia siendo arrastrada. Ella estaba en la superficie de la corriente porque se había pegado del tronco de un árbol. Él siguió volando hasta acercarse a ella. Cristina a pesar de estar angustiada, agotada y asustada se alegró de ver que su novio iba a salvarla, pero el rescate no iba a ser fácil porque el viento empujaba a su Crisol para los lados y las fuerzas combinadas del agua y el viento movían a Cristina constantemente encima de la gran corriente de agua. Después de varios intentos, por fin el rubio joven pudo coger a su novia de los brazos y se alzó volando con ella.

Albert sabía nadar un poco y entonces maniobró para no hundirse en el agua, pero era arrastrado rápidamente por el caudaloso río y constantemente tenía que esquivar fragmentos de árboles y otros objetos para no ser aporreado. Pronto, usando psiquismo, la maestra Sedna y el maestro Chang lo ubicaron y se le acercaron. Después de varios intentos, los dos lograron sacar a su agotado amigo del agua. Como Albert era muy pesado, la maestra Sedna lo tomó de un brazo y el maestro Chang del otro. Ellos se lo llevaron hacia arriba volando mientras él les daba las gracias con voz débil.

Cuando Cristina y Albert estaban siendo llevados por el aire por sus otros compañeros, varias tenebrosas gárgolas aparecieron volando. Estas bestias trataron de agarrarlos con sus garras parecidas a las de águila que tenían en cada una de sus patas. Estos grotescos animales también intentaron embestirlos con sus cuernos retorcidos mientras lanzaban chillidos parecidos a los que emiten los murciélagos. Albert fue el que más se asustó al ver las gárgolas. Le sorprendió mucho ver que tenían piel de color gris oscuro formada por escamas como las de los peces, que su cuerpo tuviese forma como el de los leones y que volaran batiendo alas parecidas a las de los murciélagos.

Mientras las gárgolas volaban movían para los lados sus cabezas parecida a las humanas, pero con orejas puntiagudas hacia arriba. Sus largas colas que terminaban en punta como de flecha también se movían a medida que ellas volaban, tratando al mismo tiempo de dar fuertes latigazos. Las gárgolas tenían ojos rojos como el fuego y con una mirada penetrante y demoníaca, desde los cuales salían rayos que quemaban y destruían todo lo que alcanzaban. En la espalda de cada una de las gárgolas estaba agazapada una hina, la cual se sostenía poniendo sus brazos alrededor del cuello de la bestia voladora. Los horrendos seres voladores tiraron rayos desde sus ojos a Crisol, que aún llevaba a Cristina en su vuelo y también a Sedna y Chang, que iban con Albert por el aire. Los atacados lograron esquivar los rayos, pero esa acción hacía su vuelo más caótico.

También llegaron los horrendos dracos: seres que eran mezcla de murciélago, dinosaurio y dragón. El más grande de ellos venia adelante y era montado por Lilith. Tras de ella venían más de esas bestias voladoras sobre las cuales venían montados los monyos. Lilith dirigió a su draco en dirección hacia donde iba volando Crisol llevando a su novia e hizo que con las garras tratara de arrebatarle a Cristina de las manos. La joven gritó asustada mientras el rubio joven hacia desquites. Para Crisol era difícil eludir al gran dinosaurio volador manejado por Lilith porque también tenía que eludir los constantes rayos que tiraban con sus ojos las gárgolas comandadas por las hinas.

Después de varios intentos el gran dinosaurio-dragón volador cogió con sus garras a Cristina por la cintura en forma brusca y entonces Crisol haló en dirección contraria para evitar que sus enemigos se la quitaran. Al otro neófito de la orden, Albert, le sucedió algo similar. Otro de los dracos voladores comandado por un monyo lo cogió después de varios intentos, pero Sedna y Chang no dejaban que se lo llevasen. En ese momento llegaron varios torbellinos de las fuerzas oscuras y con sus fuertes vientos desestabilizaron más el vuelo de Crisol, Sedna y Chang. Para ellos era muy difícil defenderse de tantos ataques a la vez, por lo tanto sus enemigos estaban a punto de quitarles a los dos amigos que llevaban en su vuelo.

En el proceso de forcejeo entre el draco y Crisol por tener a Cristina, la joven al poco tiempo quedó sin poder ser sostenida por ninguno de los dos, entonces cayó de nuevo al rio. Albert corrió con la misma suerte, los jalones del draco para un lado, y de Sedna y Chang en otra dirección, lo desestabilizaron y cayó de nuevo a la gran corriente de agua.

Crisol, Sedna y Chang trataron de acercarse volando a los sitios donde el gran caudal de agua arrastraba a Cristina y Albert, pero los ataques de los rayos que emitan los ojos de las gárgolas, las garras de los dracos, los etéreos atacantes y los fuertes vientos hacían muy difícil lograr ese objetivo. Mientras los tres miembros avanzados de la orden estaban en ese intento, un rayo emitido por los ojos de una de las gárgolas quemó a Crisol en el antebrazo izquierdo, otro le dio a la maestra Sedna en el hombro derecho y un tercer rayo alcanzó a Chang en la pierna izquierda, un poco más arriba de la rodilla. A pesar de estar heridos los tres siguieron volando, pero lo hacían con muy poca fuerza y en forma casi caótica, lo cual los ponía en riesgo de caer al río.

Todo parecía perdido para los miembros de la orden, pero en ese momento ellos vieron acercarse muchos pequeños puntos en el firmamento. Un poco después se dieron cuenta de que lo que parecían ser puntitos, por efecto de la distancia, eran realmente miles de hadas que venían para ayudarles. Las sílfides venían presurosas para tratar de salvarlos aunque algunas se veían débiles, lo cual se notaba porque volaban más despacio que las otras. Ellas se empezaron a acercar a los miembros de la orden, pero los fuertes vientos creados por los etéreos de las fuerzas oscuras también las sacudían para los lados. Esto causó que las más débiles fueran lanzadas contra los bordes del cañón.

Las sílfides menos enfermas, después de varios intentos, lograron coger en su vuelo a Crisol, Sedna y Chang, que a duras penas se sostenían en el aire levitando. Debido a que los miembros de la orden eran más pesados que ellas, varias de las bellas criaturas voladoras los sostenían. Después de asegurarse de que los tres humanos estuvieran bien sostenidos, las hadas se los llevaron volando en dirección a las laderas de las montañas que había al borde del cañón. En ese proceso ellas eran custodiadas por cientos de otras sílfides que volaban alrededor de ellas.

Las hadas que habían tomado con sus manos a Crisol, Sedna y Chang, al acercarse volando a las pendientes de las montañas, buscaron sobre las laderas la entrada a alguna cueva. Después de poco tiempo encontraron una caverna, pero la entrada era muy pequeña, entonces siguieron volando buscando una que tuviese una entrada un poco más grande. El proceso no era fácil porque los fuertes vientos las movían constantemente de un lado para el otro y sus enemigos las siguieron. Para empeorar las cosas, mientras ellas volaban también tenían que esquivar las garras de los dracos y los rayos emitidos por los ojos de las gárgolas.

Después de un rato, las aladas y bellas criaturas encontraron por fin una cueva en la que había suficiente espacio para entrar. Las hadas que llevaban a los tres miembros rescatados de la orden entraron volando a la caverna seguidas por el resto de sus compañeras que las protegían. Las sílfides descargaron a Crisol, Sedna y Chang en el piso dentro de la cueva y junto con las otras hadas siguieron volando alrededor de ellos. Las hadas miraron a su alrededor y notaron que aunque la entrada no es muy grande, por dentro la cueva era muy espaciosa. Sus pensamientos fueron interrumpidos por los ruidos que hacían las bestias voladoras de sus enemigos al tratar de entrar por la estrecha entrada a la caverna.

No muy lejos de ahí, Cristina seguía siendo arrastrada por las aguas del río. Ella no sabía nadar, pero aun así trato de hacerlo y no le fue posible lograrlo. Pronto, la joven fue tragada por las caudalosas aguas. Ella sintió que sus pulmones se estaban empezando a llenar de agua y pensó que iba a morir. Justo en ese momento vio a unos seres verde-azules, mitad pez y mitad humanos acercarse nadando, pero no pudo saber de quiénes se trataba porque ella se desmayó.

Albert, un poco más adelante en el río, logró nadar y se acercó a la orilla. Salió de la gran corriente de agua y caminó sobre la grama que había cerca de la orilla y después, avanzando lentamente debido al agotamiento, se internó en un bosque que había cerca, se acostó en la grama para reposar en un pequeño claro que había entre los árboles y empezó a cerrar los ojos. Con sus ojos semicerrados, el moreno joven vio a varios seres enanitos acercarse, pero no tuvo fuerza para hablarles y se durmió profundamente.

Después de que las hadas entraron a la cueva y descargaron suavemente en el suelo a Crisol, Sedna y Chang, siguieron volando a su alrededor mientras pensaban en el paso a seguir. Las gárgolas con hinas montadas en sus espaldas y los dracos con monyos sobre ellos, siguieron trataron de entrar a la caverna para atacarlos de nuevo, pero la entrada no era lo suficientemente ancha para ellos. Al darse cuenta de esto, las bestias se chocaron adrede varias veces con la entrada desmoronando tierra y piedras con el fin de crear un gran hueco para poder ingresar. Las hadas se asustaron mucho al darse cuenta de que las fuerzas oscuras querían entrar a esa caverna y revolotearon alrededor de los tres humanos sin saber qué hacer.

Crisol, Sedna y Chang permanecieron sentados en el piso y en esa posición, a pesar de estar heridos, juntaron sus manos y crearon un etéreo. Luego con la energía de sus manos hicieron que el torbellino se desplazara hasta la entrada de la caverna y obstaculizara el ingreso de los enemigos. El vórtice energético girando salió de la cueva y se acercó a los dracos y las gárgolas que trataban de entrar, con el fin de absorberlos. Esto no fue posible, pero con los vientos girando en forma de remolinc el etéreo por lo menos logró desestabilizar el vuelo de las bestias y demorar su ingreso al lugar.

Varios dracos y gárgolas adicionales llegaron volando y se estrellaron a propósito contra la entrada a la cueva, abriendo de esta manera un gran hueco. El etéreo no pudo evitar la entrada de tantas bestias a la vez, entonces varias de ellas lograron entrar a la caverna. Lilith no ingresó a la cueva porque no sabía que iban a encontrar dentro de ella y temía ser víctima de alguna trampa por lo que se limitó a quedarse afuera esperando lo que sucediera con sus guerreros y grandes animales voladores que habían entrado a la cueva para atacar a los humanos.

Tan pronto varios dracos y gárgolas ingresaron a la gruta, gran cantidad de hadas se interpusieron para evitar que agredieran a los tres miembros de la orden. Algunas sílfides les taparon la visibilidad a las bestias volando frente a los ojos de ellas. De esta manera hicieron que su vuelo fuera caótico. Otras hadas juntando fuerzas empujaron algunas gárgolas y dracos contra las paredes de la cueva, causándoles lesiones a ellos y a los demoníacos seres que venían montados sobre las horripilantes bestias. Algunas hadas también fueron heridas al ser quemadas con rayos emitidos por los ojos de las gárgolas y otras sílfides fueron destrozadas por las garras de los dracos.

El torbellino energético tiraba con la fuerza de sus giros a varios dracos y gárgolas contra las paredes, pero empezó a perder fuerza debido a que los tres humanos que lo activaban estaban heridos y agotados. Además de esto, las hadas empezaron a disminuir su fuerza de ataque contra las bestias porque estaban débiles debido al robo de energía que las fuerzas oscuras les estaban haciendo y además por ser pequeñas tenían menos fuerza que los dracos y las gárgolas. Varias de estas bestias voladoras lograron acercarse peligrosamente a Crisol, Sedna y Chang, los cuales heridos y débiles no podían defenderse lo suficiente. En ese momento se oyeron miles de pasos como de soldados yendo a una guerra. Ese sonido sorprendió a todos los que estaban en la cueva, pero pronto vieron de qué se trataba: una gran cantidad de gnomos que llegaron al sitio desde un túnel secundario que llevaba a esa parte de la gruta.

Muchos de los enanitos llevaban antorchas y volando tras el fuego de ellas venían varias salamandras volando. Los gnomos con azadones, picas, palos y otras herramientas empezaron a mover rocas para tapar la entrada a la caverna y así evitar que entraran más bestias voladoras. Mientras los gnomos hacían ese trabajo, las salamandras que llegaron con ellos tiraban fuego a las gárgolas y los dracos. Varios de estos grandes animales fueron alcanzados por las llamas y cayeron totalmente incendiados al suelo de la cueva.

Las gárgolas con sus ojos les tiraban rayos ardientes a las salamandras, pero estas eran inmunes a esa clase de ataque porque esos rayos eran calientes y esas rojizas criaturas estaban hechas de puro fuego. Lo mismo ocurría con el fuego que echaban por la boca los dracos: no causaban ningún efecto en las salamandras. Muchas gárgolas y dracos cayeron muertos o heridos al suelo dentro de la cueva, y lo mismo les ocurrió a las hinas y los monyos que habían llegado montados sobre esas bestias voladoras.

Los gnomos trabajaron más rápido, moviendo rocas con picos y palas para cubrir la entrada a la gran caverna lo más pronto posible. Ellos no eran atacados por los grandes animales voladores porque estos estaban ocupados peleando con las salamandras. Pronto la entrada quedó cubierta de rocas. Afuera de la cueva, algunos dracos y gárgolas que no habían entrado aún trataron de quitar el bloqueo a la entrada, estrellándose contra las rocas que los gnomos habían puesto, pero no las lograron mover ni dañar.

Después de un rato de lucha dentro de la caverna, del grupo de atacantes sólo quedaron con vida una gárgola con su respectiva Hina montada encima de ella y dos dracos con los monyos que las manejaban. Los malévolos atacantes, al verse diezmados, trataron de salir de la cueva para huir, pero no lo pudieron hacer porque la entrada estaba bloqueada. Estos horripilantes seres pudieron ser vencidos fácilmente por las salamandras, las cuales con el fuego que emanaba de sus bocas los incendiaron, causando que cayeran al piso sin vida.

Los gnomos alzaron los picos y palas al aire y gritaron contentos, celebrando el triunfo sobre las fuerzas oscuras en esa batalla. Las hadas se pusieron también felices y no se dijeron nada porque ellas usualmente hablan poco, pero se miraron sonriendo y se abrazaron entre ellas. Los tres humanos que estaban en la cueva también se alegraron por la victoria, pero no celebraron mucho porque los entristecía el hecho de que los otros dos miembros de la orden, Cristina y Albert, hubiesen sido arrastrados por el río y estuviesen desaparecidos. Los gnomos, las hadas y los humanos se abrazaron entre sí y las salamandras volaron alrededor de todos en señal de alegría mientras los humanos les agradecían a los elementales por haberlos salvado.

El maestro Chang le dijo a sus compañeros y a los elementales que se debían internar en la cueva porque los enemigos seguirían desde afuera tratando de quitar el bloqueo a la entrada de la cueva para atacarlos. Uno de los gnomos, el líder del grupo, dijo que dentro de esa caverna había un lugar lleno de cuarzos trasparentes, los cuales evitarían que sus enemigos se acercaran al sitio y sugirió que lo siguieran para conducirlos a ese lugar. El maestro Chang, Crisol y la maestra Sedna caminaron tras el líder del grupo de gnomos mientras los otros enanitos avanzaban al lado llevando antorchas, cerca de las cuales iban salamandras volando mientras revoloteaban alrededor del fuego. Las hadas también siguieron el grupo, volando, pero estas lo hicieron formando espirales cónicas.

El gnomo líder le dijo a uno de los de su grupo que caminara por otros túneles y tirara pedacitos de frutas de pulpa roja en el suelo para que cuando los enemigos los siguieran pensaran que era sangre de ellos y se perdieran en la gran cantidad de laberintos complejos que había en el interior de la gran cueva.

Los tres humanos y los elementales, después de caminar por mucho rato, llegaron a un lugar a gran profundidad en la tierra en el que la cueva era mucho más amplia. Todos vieron asombrados que las paredes de esa parte de la cueva estaban llenas de cuarzos trasparentes, los cuales brillaban y emitían una luz especial de color amarillo claro. También notaron que aproximadamente por la mitad del lugar pasaba un río subterráneo, el cual no era demasiado caudaloso, y vieron que en el estaban nadando varias sirenas.

Crisol, Sedna y Chang sabían que en ese lugar no podían ser atacados por los enemigos porque los cuarzos que había en ese sitio les servían de protección, entonces se sentaron a la derecha del río con el fin de reposar y pensar el paso a seguir. Los elementales que iban con ellos también detuvieron su marcha para descansar. Los tres humanos aprovecharon ese tiempo para meditar acerca de lo que había pasado y lo que debía hacerse.

Algunos gnomos metieron las manos en unas bolsitas de tela que tenían amarrados en la cintura, sacaron plantas medicinales, se acercaron a los tres miembros de la orden y les pusieron emplastos naturales encima de las quemaduras: a Crisol en el antebrazo izquierdo, a Sedna en el hombro derecho y a Chang en la pierna izquierda un poco más arriba de la rodilla. Mientras los gnomos hacían las sanaciones, las hadas y las salamandras volaron alrededor de los tres heridos.

Crisol estaba muy pensativo porque quienes habían sido arrastrados por el agua, además de ser miembros de la orden, eran su novia y su mejor amigo. Sin embargo, lo reconfortaba el hecho de que en la carta astral de ellos, que analizó hacia pocos días, había visto que en el destino escrito en las estrellas aún no estaba predestinado que ellos murieran.

—Albert y Cristina aún viven ¿cierto? —preguntó Sedna a Crisol.

—¡Sí, sé que ellos están aún con vida! —le respondió el rubio joven.

—Es bueno saber eso. Sé que los tres quisiéramos ir a buscarlos, pero no podemos hacerlo porque seríamos atacados por nuestros enemigos y así heridos no estamos en condiciones para defendernos —explicó Chang.

Los tres cerraron los ojos para tratar de ver mediante psiquismo en qué lugar y condiciones estaban sus dos compañeros perdidos, pero no lograron ver nada porque las heridas y la debilidad les disminuían las capacidades psíquicas. Luego decidieron contarle a los elementales que estaban ahí, que el río había arrastrado a sus dos compañeros y les pidieron el favor de que les ayudasen de alguna manera a encontrar a sus amigos. Las especiales criaturas al oír su petición decidieron enviar inmediatamente a varias sirenas y gnomos a buscar a Cristina y Albert. No fueron enviadas hadas ni salamandras porque estas se desplazaban por el aire y por lo tanto serían muy visibles para los enemigos.

Crisol, Sedna y Chang se desamarraron los talegos que tenían amarrados a la cintura, se comieron las frutas que aún quedaban y pusieron la vestimenta y las bolsas de tela que habían quedado mojadas en el ataque, extendidas sobre rocas para que se secaran. Después de esto decidieron dormir porque en el sueño era más fácil ver psíquicamente dónde y en qué condiciones estaban Albert y Cristina. Además ese descanso permitiría que las plantas medicinales puestas encima sus quemaduras tuviesen más efecto. Crisol y sus dos compañeros de la orden se acostaron en el piso encima de unas grandes hojas de plantas y pronto se quedaron profundos. Cerca de ellos, algunos gnomos y hadas que también estaban agotados se recostaron a dormir.

El grupo de elementales que buscaba a Cristina y a Albert salió de la cueva por un túnel que daba acceso a un lugar muy cubierto de plantas y árboles. Las sirenas se fueron nadando por ríos y los gnomos caminando por los bosques, pero sin antorchas para no ser percibidos por las fuerzas oscuras. Por el camino, ellos les contaban a todos los elementales que se encontraban un resumen de lo que había pasado y les preguntaban si habían visto a la rubia joven o al moreno hombre. Varios enanitos y hombres peces que encontraron en el camino decidieron unirse al grupo con el fin de ayudar a buscar a Cristina y Albert, mientras que otros decidieron ir a

la cueva donde estaban los elementales con los tres humanos
para llevarles alimentos y acompañarlos.

Empezó a caer la noche y lejos, en la esfera dorada donde
estaban el resto de los miembros de la orden refugiados, el
maestro Sirio estaba reunido con la maestra Ester y el maestro
Silón.

—En mis meditaciones he visto que nuestros hermanos de la
orden que están camino a la cascada de los siete colores han
pasado por muchos peligros. Ellos fueron atacados muchas
veces y están algo lesionados, pero aún están con vida —dijo el
maestro Sirio.

—¡Ojala se recuperen y logren llegar! —expresó Ester.

—¡Debemos orar y enviarles mucha energía! —dijo Silón.

—¡Se necesitan tomar muchas precauciones porque siento
que nuestros enemigos también están acechando este refugio
en que estamos ahora! —advirtió Sirio.

El máximo líder espiritual de la orden tenía razón porque en
ese momento, en medio de la penumbra, miles de ojos miraban hacia algunas de las entradas camufladas a los túneles de
acceso a la subterránea esfera dorada.

13. La construcción de la pirámide de cristal

En su viaje al valle Translúcido, la maestra Astrid y el maestro Azor recorrieron muchos caminos, atravesaron varios bosques y cruzaron por estrechos puentes sobre caudalosos ríos. En su viaje los dos maestros fueron vigilados por unos monyos escondidos en los bosques y en la vegetación, pero no los atacaron porque la orden de su ama, Lilith, era sólo vigilar y avisarle si notaban algo extraño. Sin embargo, tampoco pudieron informarle a su monstruosa líder de la salida de esos dos maestros del refugio subterráneo porque ella estaba muy lejos de ahí, tratando de evitar que Crisol y sus compañeros de misión lograsen llegar a la cascada de los siete colores. Astrid y Azor se dieron cuenta de que estaban siendo seguidos, pero sabían que no iban a ser atacados porque psíquicamente habían percibido que esos seres estaban sin su líder y sin ella comandándolos ellos no atacarían.

Un poco antes de que Astrid y Azor llegaran al Valle Translucido, los monyos que los habían seguido escondidos en el follaje dejaron de avanzar porque la energía que esa gran llanura emitía los enfermaba y debilitaba. Los diabólicos monstruos optaron entonces por devolverse para la cercanía de la esfera dorada subterránea a unirse a los otros monyos que estaban espiando allá las entradas a los túneles de acceso.

Tan pronto llegaron al valle Translucido, Azor y Astrid armaron una especie de choza usando ramas y palos que cogieron de algunos bosques cercanos y unas telas que llevaron. Cuando terminaron esa labor reposaron un poco, sentados en el suelo dentro de la rústica choza con el fin de tener más energía para poder hacer el trabajo mágico especial que la logia blanca necesitaba que ellos hicieran.

Después de breve tiempo cuando ya era de noche, los dos sabios seres salieron de la choza improvisada que habían construido y se sentaron en una grama cercana. Ellos se habían orientado de manera que quedaran mirando casi de frente a la luna que estaba llena. Sentados como estaban, se pusieron las manos sobre las rodillas, cerraron los ojos y empezaron a murmurar unas oraciones especiales. Luego, con los ojos aún cerrados movieron las manos en dirección a un lugar cercano sobre el que se veían unos trozos grandes de cristal incrustados en la tierra, los cuales fueron producidos por erupciones volcánicas durante muchos años en ese lugar. Las manos de los dos sabios seres enviaron una energía especial desde varios metros de distancia, entonces los cristales se desprendieron del piso y flotaron en el aire. Después de esto el maestro Azor, con la energía de sus manos enviada a distancia, sostuvo los cristales varios metros encima del piso sin ningún otro sostén físico visible.

Mientras Azor con su energía a distancia hacia flotar a los cristales a una altura adecuada sobre el suelo, Astrid con unos rayos que salían de sus manos los cortaba y pulía, enviándoles energía desde varios metros de distancia. Unos cristales quedaron con forma de cuadrado, otros de triangulo y algunos redondos. Su tamaño y el grosor también podían variar según lo requerido. Cuando los cristalinos bloques estaban listos, el maestro Azor y la maestra Astrid los hacía descender al piso con la energía de sus manos enviada a distancia. De esta manera gran cantidad de cristales eran alzados, cortados, pulidos y puestos organizadamente en el piso según su forma y tamaño.

En "El valle de la muerte", a la parte de la cueva en que estaban Chang, Sedna, Crisol y varios elementales de diferente clase, llegaron más de las amigables criaturas. Por el río subterráneo que pasaba por el lugar llegaron nadando varias sirenas, los seres mitad pez y mitad humanos, las cuales sacaron su cabeza del agua y saludaron a los gnomos, salamandras y hadas que había en el lugar. Al poco tiempo llegaron caminando varios gnomos por una bifurcación de los túneles que llegaban a ese lugar, portando antorchas tras las cuales vinieron más salamandras volando cerca del fuego. Detrás de ellos llegaron muchas más hadas volando, las que fueron saludadas por sus compañeras con gran alegría por medio de abrazos.

La llegada del nuevo grupo de diferentes elementales despertó a los tres humanos. El rubio joven y sus dos compañeros se sentaron sobre unas rocas y fueron saludados por los recién llegados. Algunos de los enanitos trajeron frutas y entonces los humanos, los gnomos que estaban en el sitio y las hadas, comieron gustosamente manzanas, peras y mangos. Las salamandras no comieron porque ellas no necesitan consumir alimentos comunes. Estos elementales se alimentan del fuego que absorben a través de su piel desde fuentes como el sol, la Tierra o los lugares donde hay fuego. En este caso absorbían la energía del fuego de las antorchas de los gnomos. Las sirenas tampoco consumieron nada de esos alimentos porque ellas se alimentan de algas marinas o pequeños vegetales que crecen en los bordes de los ríos.

Los tres seres humanos se acostaron encima de una especie de estera que fue traída por una de las mujeres de los enanitos. Debían dormir más para reponer fuerzas y además según calculaban ya estaba empezando la noche. Después de un rato, unos ruidos despertaron a los que dormían en el lugar y entonces se sentaron. Crisol, Sedna y Chang vieron llegar, por uno de los túneles de acceso al lugar, a los gnomos que habían ido a buscar a los dos humanos desaparecidos y vieron que hablaban en voz baja y en forma misteriosa con los seres de su misma especie que estaban en el lugar.

El enano líder del grupo de búsqueda se acercó a los tres humanos y les dijo que no muy lejos de ahí, fuera de esa cueva, varios gnomos habían encontrado a un hombre dormido en unos matorrales cerca de un río y que estaban cuidándolo mientras dormía porque se veía algo lastimado. Él también les dijo que en la mañana esos gnomos le traerían a su compañero, lo cual alegró bastante a los tres miembros de la orden. La espera hasta la mañana del día siguiente les pareció conveniente porque en la noche las fuerzas oscuras podían detectar el fuego de las antorchas que la mayoría de los gnomos solían llevar, y además sabían que Albert necesitaba dormir para reponerse de las heridas y golpes que podía haber recibido al caer al río.

Al poco tiempo también llegaron nadando unas sirenas por el río que pasaba por una parte de esa enorme cavidad bajo la tierra. Crisol y sus dos compañeros notaron que eran del grupo que había partido a buscar a Cristina y Albert. Las sirenas recién llegadas dijeron que en su búsqueda nadando por ríos le preguntaron a otras ondinas que nadaban por esos lugares si habían visto a alguna mujer y que una de ellas les dijo que había visto rescatar a una joven por otro grupo de sirenas. La ondina también les dijo a los tres humanos que las sirenas que habían salvado a la chica lo hicieron llevándola a la orilla del río cuando la vieron bajo el agua ahogándose.

El elemental del agua les dijo además a los tres humanos que las sirenas que estaban cuidando a la joven habían decidido que ellas iban a dejar descansar a la mujer para que repusiera sus energías y que en la mañana la traerían. La noticia del encuentro con vida de Cristina y Albert alegró enormemente a Crisol, Sedna y Chang, que con un poco de más tranquilidad se acostaron a dormir en la estera. Algunas hadas y gnomos también se acostaron sobre hojas de árboles a descansar y el resto de los elementales se quedó vigilando.

En la esfera dorada, tan pronto los miembros no avanzados de la orden se acostaron a dormir, los tres maestros que estaban en el lugar: Sirio, Ester y Silón, se dirigieron al sitio para meditaciones del subterráneo refugio. Allí los tres sabios miembros de la orden se sentaron en posición de flor de loto, cerraron los ojos y meditaron. En medio del especial ejercicio espiritual, los tres vieron mediante psiquismo a los cientos de ojos que desde los bosques cercanos estaban espiando las entradas a los túneles que conducían a esa construcción subterránea.

Cuando terminó la meditación, el supremo maestro Sirio le dijo a Ester y Silón que con base en lo que habían visto psíquicamente, todos los que estaban en ese refugio debían abandonarlo antes de ser invadido por sus enemigos. El sabio anciano explicó que la salida de la esfera dorada debía hacerse en la mañana porque en ese momento, que era de noche, las fuerzas oscuras tenían más poder y los podrían atacar mientras salían. El líder espiritual también les dijo a los otros dos maestros que ellos y él, usando el psiquismo, deberían estar chequeando si sus enemigos decidían invadirlos antes del amanecer. Entre ellos se decidió que el primero que "vigilaría" sería el maestro Silón, entonces la maestra Ester y el maestro Sirio se fueron a dormir un rato mientras era el momento de sus respectivos turnos.

En el valle Translucido la maestra Astrid y el maestro Azor pasaron toda la noche sentados en la grama haciendo el trabajo especial con los cristales, manejándolos desde varios metros de distancia con la energía de sus manos. Durante varias horas ellos continuaron cortando cristales en láminas y poniéndolos en el piso, organizados según su forma y tamaño. Tan pronto terminaron este proceso se pararon e hicieron un receso para descansar. Después de varios minutos, con su energía ya renovada, Astrid y Azor se sentaron de nuevo en el suelo, en posición de flor de loto, y se magnetizaron de forma especial. Esto lo hicieron con un ritual en el cual cerraron los ojos, movieron las manos en espiral sobre sus cabezas y dijeron unas oraciones especiales.

Después de cargarse de energía con el ritual, la maestra Astrid y el maestro Azor pusieron los brazos delante de ellos en forma horizontal y unos rayos salieron de las puntas de sus dedos en dirección a las láminas de cristal que habían cortado y pulido, las cuales estaban en el suelo. Esto hizo que los cristales se fueran levantando en el aire, movidos a distancia por la energía de ellos dos para luego descender un poco más lejos y acoplarse con los otros cristales. De esta manera fueron construyendo una majestuosa, gigantesca y excelsamente bella pirámide de cristal.

La que lideraba el proceso de la construcción de la pirámide de Cristal era la maestra Astrid porque tenía grandes habilidades artísticas y gran sentido del cálculo del espacio físico, por lo tanto ella le iba diciendo al maestro Azor cómo le ayudaba. En medio del proceso la sabia mujer le dijo a su compañero que la pirámide quedaría por ahora truncada, o sea que no tendría vértice superior, porque después se colocaría en ese espacio una pirámide mediana hecha con las piedras Etéritas que Crisol y sus compañeros de misión traerían de la cascada de los siete colores.

Cuando amaneció, Albert, que estaba dormido sobre unas grandes hojas de plantas cerca a la orilla del río, despertó al sentir el calor producido por los rayos del sol sobre su cuerpo. Al abrir los ojos, el moreno joven se asustó enormemente al ver unos pies como de enanitos con botas que caminaban cerca de donde él estaba. Albert alzó un poco la cabeza y vio que eran muchos los pequeños seres que estaban alrededor de él y entonces se sentó aún asombrado. Los enanitos le dijeron que estuviese tranquilo, que ellos eran amigos. El joven se calmó un poco y observó con más detalle cómo eran sus botas, las barbas largas y blancas que tenían y los gorros que algunos de ellos usaban. Esto le hizo recordar que se trataba de gnomos, los elementales de la tierra que había visto cuando fue con sus compañeros a la cueva del peñasco gris el día que los líderes de los elementales fueron retenidos.

Los gnomos le contaron a Albert que lo habían encontrado ahí acostado dormido y se habían quedado para cuidarlo porque muchas fuerzas macabras rondaban cerca. También le dijeron que otros humanos estaban en una gran cavidad que había dentro de una cueva no muy lejos de ahí, queriendo que él fuese encontrado. Además, le dejaron saber que un grupo de gnomos enviado a buscarlo se habían reunido con ellos en ese lugar mientras él dormía. Albert les agradeció por todo lo que estaban haciendo por él. Los enanitos le preguntaron al moreno joven si deseaba reunirse con sus amigos. Él les dijo que sí deseaba volver con sus compañeros humanos, entonces los gnomos le dijeron que pronto lo llevarían.

Algunos gnomos de sexo femenino se le arrimaron al joven y él se maravilló al ver sus largas y doradas trenzas, sus coloridas faldas que caían casi hasta el piso y sus sandalias hechas con madera y ramas de árboles. Las enanitas le dieron frutas y vegetales, lo cual fue afortunado porque él tenía mucha hambre. Después de que Albert comió, se levantó del piso y dijo que ya estaba listo para salir rumbo a la cueva. El moreno joven siguió a varios gnomos los cuales guiaban el camino. Ellos caminaban por travesías especiales en unos bosques, las cuales conocía muy bien el elemental de la tierra que iba adelante como guía principal. De esta manera llegaban más rápido y evitaban ser vistos desde el aire por alguna bestia voladora o ave enviada por Lilith.

En la orilla del río, bajo una caverna natural formada por varias rocas, Cristina despertó. Justo en ese momento vio a unos seres mitad pez mitad humanos que estaban con parte del cuerpo dentro del agua cerca de donde ella se encontraba. La rubia joven lanzó un grito que asustó a las nadadoras criaturas, las cuales por la impresión se sumergieron de nuevo en el agua del río. En ese momento volvió a su mente la escena del momento en que ella las había visto un poco antes de ella desmayarse. Esto la hizo caer en cuenta de que ellas la habían salvado y entonces se calmó un poco. Las sirenas volvieron a nadar para acercarse un poco a ella. "¡Casi te ahogas!", le dijo una de ellas a Cristina. "¡Gracias por salvarme!", expresó la rubia joven.

Las acuáticas criaturas le dijeron a Cristina que los amigos de ella estaban en una cueva cercana, protegidos por muchos elementales y que el grupo de humanos ya había sido informado de que ella estaba a salvo. Las ondinas le dijeron a la joven que después de que ella comiera, si quería, saldrían varias sirenas con ella en dirección a la gran cueva para reunirla con sus amigos. Ella les agradeció también por ese favor adicional que le harían. Luego de que la joven comió algunos vegetales que las nadadoras criaturas le trajeron, les dijo que estaba lista para salir. Una sirena desde la orilla del río le dijo a Cristina que se arrimara al agua y se montara en ella y luego se fue nadando sobre el agua, seguida por otras ondinas.

Después de nadar un trayecto, la sirena sobre la que iba Cristina le solicitó que inhalara y retuviera la respiración porque iban a sumergirse para nadar por ríos subterráneos. La ondina que llevaba a la joven nadó hacia el fondo del río seguida por las otras sirenas, por una abertura que había abajo entraron por un túnel lleno de agua. En poco tiempo salieron de nuevo a la superficie del agua, pero no al aire libre sino en una especie de cavidad bajo la tierra. En ese sitio, el elemental que la llevaba esperó que la joven respirara algo de aire y luego se sumergió de nuevo en el agua y continuó nadando con ella aún encima. La sirena, acompañada por otras de su especie, hizo ese mismo proceso durante varias veces con el fin de que Cristina no se ahogara. En no mucho tiempo, la ondina que llevaba a la joven asomó su cabeza sobre la superficie del río subterráneo que pasaba cerca al lugar dentro de la cueva en donde estaban Crisol, Sedna y Chang acompañados de varios elementales.

En el valle Translucido, Astrid y Azor, al empezar la mañana se miraron entre sí complacidos porque la gran pirámide de cristal que habían estado construyendo durante la noche estaba casi lista. La pirámide se veía extraña porque no tenía vértice superior, era como que le hubieran quitado la punta de arriba, pero ellos sabían que ese truncamiento era necesario porque el vértice superior de la pirámide lo formaría una pirámide mediana que sería hecha con las piedras Etéritas que Crisol y sus compañeros traerían de la cascada de los siete colores.

El espacio de entrada del primer piso en el medio de la cara oriental de la pirámide no tenía puerta debido a que no se necesitaba porque la energía de la pirámide repelería cualquier intruso que quisiera entrar y además por esa abertura Azor y Astrid iban a hacer pasar un río artificial que atravesara la pirámide. El primer paso sería hacer primero el canal por el cual el agua fluiría, pero antes de eso ellos necesitaban dormir y descansar para reponer sus energías. Los dos maestros siguieron sentados con las manos en las rodillas y, continuando en esa posición, la maestra Astrid se comunicó telepáticamente con el maestro Sirio y le comunicó que la pirámide estaba construida y que, después de dormir un poco, ella y el maestro Azor harían pasar un río por la mitad de la pirámide. El maestro Sirio recibió el mensaje telepático en el cuarto de meditación dentro de la esfera dorada y entonces él, psíquicamente, le respondió que le agradecía a ella y al maestro Azor por el trabajo especial que estaban haciendo y le dijo también que estaba bien que descansaran un rato antes de hacer lo poco que faltaba.

Cuando la maestra Astrid terminó de comunicarse telepáticamente con el líder máximo de la orden, ella y el maestro Azor se pararon sobre la grama en la que habían estado sentados a prudente distancia construyendo con magia la pirámide de cristal, y caminaron para acercarse a esa construcción. Atravesaron la entrada principal en la cara oriental de la pirámide y se internaron en la bella estructura. Dentro de la pirámide, Astrid y Azor chequearon su propio trabajo revisando en forma detallada los tres niveles, los cuales estaban llenos de recamaras, túneles y grandes salones, todos hechos con paredes de cristal. Luego llegaron a la parte más central del tercer piso donde había un gran espacio cuadrado casi vacío. En ese sitio, ellos se acostaron en unas camas hechas de un cristal más suave que el usado en el resto de la construcción. Los dos sabían que dentro de la pirámide estaban seguros porque a ese lugar era imposible que sus enemigos pudiesen entrar. Si lo intentasen, la luz que irradiaban los cristales con una energía fuera de lo común, los mataría.

En la esfera dorada construida bajo la tierra, en la cual estaban refugiados transitoriamente los miembros de la orden, el maestro Sirio llamó al maestro Silón y a la maestra Ester para hacer una reunión. Después de hablar por poco tiempo y analizar la situación, los tres llegaron a la conclusión de que debían salir de ahí pronto. Ya había amanecido y era el momento menos peligroso para hacerlo. El maestro Sirio le dijo a Ester y a Silón que Astrid y Azor le habían avisado telepáticamente que la pirámide de Cristal ya estaba construida y que sólo faltaba hacer cruzar un río a través de ella, lo cual harían en algunas horas. El líder espiritual también les explicó que el camino a la pirámide no iba a ser corto, que todos debían irse juntos y que él iría adelante liderando el camino.

La maestra Ester se dirigió al centro de la esfera dorada, reunió a los miembros no avanzados de la orden y les dijo que empacaran sus cosas porque en poco tiempo saldrían del lugar. El maestro Sirio fue a su cuarto dentro de ese refugio y empacó en un talego los objetos que poseía y los libros más importantes de la orden, los cuales llevaría él. El maestro Silón también se fue a echar sus pertenencias en una especie de bolso.

En la gran cueva, en la cavidad en la cual estaban Crisol, Sedna, Chang y varios elementales de diferente clase, en el río que pasaba por el interior de la gran caverna, salió cerca a la orilla la sirena que llevaba a Cristina encima de ella. Los movimientos de la ondina y de sus compañeras al asomar parte de su cuerpo fuera del agua despertaron a los tres humanos. Crisol y sus amigos se alegraron de ver de nuevo a la joven. La rubia chica se bajó de la nadadora criatura, la abrazó y le dio las gracias por traerla. Crisol y su novia se abrazaron y se cogieron de la mano. Sedna y Chang se acercaron a la pareja y le dijeron a la rubia joven que se alegraban de verla con vida y de que estuviera de nuevo reunida con ellos. Las hadas, salamandras, los gnomos y las sirenas que estaban en el lugar también saludaron a la joven con gran entusiasmo.

Algunos minutos después, caminando por uno de los túneles que llegaban a ese gran espacio, arribó Albert acompañado por algunos gnomos. El moreno joven, tan pronto llegó abrazó a su gran amigo Crisol y luego saludó también a Sedna, Chang y Cristina. Albert le dio las gracias a los enanos por haberlo protegido y también porque lo habían acompañado, mostrándole el camino a ese lugar. Los elementales que estaban en el lugar le demostraron a los dos recién llegados que estaban alegres de verlos llegar sanos y salvos, moviéndose en forma armónica como danzando.

Cristina y Albert se sentaron en el piso a contarle a todos los sucesos del gran peligro por el que habían pasado. Los elementales los rodeaban muy silenciosos, también escuchándolos: Las hadas, sostenidas en el aire batiendo sus alitas, sin desplazarse, como lo hacen los colibrís; los gnomos ubicados cerca, algunos sentados y otros de pie; las salamandras cerca del fuego de las antorchas que algunos gnomos tenían; y algunas sirenas en la orilla del río que pasaba por dentro de la gran cueva, con la mitad del cuerpo afuera para poder escuchar. Mientras la rubia chica y el moreno joven contaban la historia de cómo se habían salvado, algunos gnomos de sexo femenino les trajeron a los cinco humanos vestimentas adicionales que habían tejido para ellos y vegetales listos para ser consumidos.

–¡Debemos irnos pronto!, ¡necesitamos llegar rápido a la cascada de los siete colores! –dijo Chang mientras él, la maestra Sedna, Crisol y varios elementales comían vegetales.

–¡Sí! –dijeron sus compañeros.

–¿Ustedes van para la cascada de los siete colores? –preguntó uno de los gnomos que estaba cerca.

–¡Sí! –respondió Crisol.

–¡Por esta cueva se puede llegar a un lugar muy cercano a ellas! –dijo el mismo enanito.

–¡Pero esta caverna está llena de túneles, bifurcaciones y laberintos!, ¿ustedes saben cómo llegar allá? –preguntó Chang.

–¡Sí, varios de nosotros sabemos el recorrido! –dijo otro de los elementales de la tierra.

–¡Nosotros llevamos más de mil años caminando por dentro de esta cueva, la conocemos muy bien, yo puedo ser su guía! –expresó el líder de los gnomos que estaban ahí.

–¡Ese sería un favor muy especial!, ¡así acortaremos camino!, nos cambiaremos de ropa y lo seguiremos –dijo el maestro Chang.

Tan pronto terminaron de comer, los humanos se cambiaron sus vestimentas en lugares algo oscuros de la cueva, cogieron la ropa y los vegetales restantes y se dispusieron a salir. Cuando Sedna, Crisol y Chang empezaron a caminar, se quejaron un poco porque las quemaduras que les habían infringido sus enemigos aún les dolían.

—¿Ustedes por qué se están quejando?, ¿por qué tienen algunas ramas puestas en sus cuerpos? —preguntó Cristina.

—Los dracos con el fuego de su boca y los rayos de los ojos de las gárgolas nos quemaron, pero gracias a los emplastos de plantas que nos pusieron los gnomos ya estamos sanando —le respondió su novio.

—¡Oh mi amor, que pesar! —dijo Cristina.

Los gnomos iban caminando adelante con las salamandras volando alrededor del fuego de sus antorchas. Un poco más atrás iban Crisol y sus amigos con las hadas volando encima de ellos. Las sirenas los siguieron nadando por el río hasta el lugar en que la corriente de agua continuaba por un túnel diferente del camino de tierra. En ese sitio las sirenas no tuvieron más opción que despedirse de los humanos y seguir nadando en la dirección que el río llevaba.

Afuera de la cueva, Lilith y sus cómplices después de trabajar toda la noche lograron quitar las rocas que los gnomos habían puesto para tapar la entrada a la caverna en la que estaban los cinco miembros de la orden con algunos elementales. Durante ese tiempo, las fuerzas oscuras también habían hecho antorchas porque las necesitarían en la cueva. Los malévolos seres también consiguieron uvas, tomándolas de un viñedo que había cerca a ese lugar, las cuales iban a usar para ir marcando el camino y no perderse dentro de la gran cantidad de laberintos que había dentro de la gran caverna.

Tan pronto las fuerzas oscuras pudieron despejar la entrada, Lilith y sus monyos entraron montados en sus bestias voladoras: los dracos. También ingresaron algunas hinas y su jefe Hinor, que iban sobre las gárgolas, las cuales batían sus alas fuertemente. Sobre uno de los dracos venía también el ser con vestimenta de monje que tenía nexos con la orden blanca y era el cómplice de las fuerzas oscuras. Este siniestro y misterioso personaje, tal como siempre, tenía su cabeza muy cubierta con la gran capucha porque sólo permitía que su rostro fuese visto por los demoníacos líderes de las fuerzas oscuras: Litih, Hinor y Zifú. Él no dejaba que nadie más le viera la cara porque temía que algún monyo lo traicionara informándoles a los miembros de la orden blanca su secreta identidad. Zifú no estaba en este momento con el grupo de fuerzas oscuras porque él se había quedado en la cueva del peñasco gris con algunos monyos, hinas y hombre-murciélagos, custodiando a los líderes de los elementales que tenían secuestrados.

Al entrar a la caverna, los tenebrosos seres vieron que había varios caminos posibles porque, desde la entrada, la gran cueva se ramificaba en varios túneles. Mientras los líderes de las fuerzas oscuras trataban de adivinar por cuál de los subterráneos laberintos se podían haber internado los miembros de la orden blanca con el fin de seguirlos, pasó algo inesperado. Varias rocas grandes cayeron del lado y de encima de donde ellos estaban e hirieron a muchos de sus guerreros, aporreándolos y haciéndolos caer de las bestias voladoras sobre las que iban montados. Lilith e Hinor se bajaron de los animales sobre los que venían montados y con gran ira caminaron en ese espacio dentro de la cueva para tratar de encontrar qué podía haber hecho caer esas grandes piedras.

Los tres diabólicos líderes pronto encontraron lo que había tirado las rocas: varios torbellinos energéticos que giraban en un lugar no muy visible de la cueva. Para ellos era obvio que esos etéreos habían sido dejados en el lugar por los miembros de la orden blanca para evitar que ellos los siguieran. El siniestro humano con capucha de monje, su cómplice, también vio a esos torbellinos energéticos y entonces alzó sus manos y creo otro etéreo. El Torbellino creado por "el monje" era más poderoso que los que las fuerzas blancas habían dejado, puesto que estos últimos no tenían a los humanos cerca para seguirlos reforzando. Esto hizo que el vórtice de energía girante manejado por el humano cómplice de las fuerzas oscuras venciera a los etéreos dejados por Crisol y sus amigos.

Las rocas dejaron de caer, pero Lilith seguía con gran ira porque varias hinas y muchos de sus monyos murieron o quedaron heridos al ser aplastados por el peso de las grandes piedras. "MALDITOS HUMANOS, LOS VAMOS A ENCONTRAR Y LOS DESTRUIREMOS", gritó la monstruosa líder mientras se subía de nuevo al draco sobre el cual había llegado a ese lugar.

Lilith vio lo que parecía ser sangre y huellas de humanos en la entrada a uno de los túneles y entonces le dijo a sus cómplices que siguieran en esa dirección. Las hinas y los monyos que no podían seguir quedaron tirados en el suelo porque los líderes de las fuerzas oscuras no se preocupaban por enterrar a sus muertos ni por cuidar a los heridos. Los cuerpos de los fallecidos en las luchas eran dejados sobre el suelo para que se descompusieran o fueran devorados por animales salvajes, y los heridos eran abandonados a su suerte. Si se mejoraban ellos mismos después buscaban al grupo para integrarse de nuevo, y si no, morían solos, tirados en el lugar en que habían caído.

Los miembros de las fuerzas oscuras se adentraron más en la gran cueva. Adelante, montada sobre su draco, iba Lilith ansiosa por alcanzar y destruir a Crisol y sus amigos. Ella se alegró de ver que los túneles eran lo suficiente amplios para que pudiesen volar las bestias sobre las que ella y sus cómplices venían montados. A su lado estaban Hinor montado sobre una gárgola, y el ser vestido de monje encima de un draco. Siguiéndolos a ellos iban varios monyos sobre otros dracos, y también avanzaban muchas hinas montadas en gárgolas.

Mientras volaban las bestias, los que venían montados sobre ellas movían las riendas de una manera especial, lo cual hacía que estos grandes animales voladores emitiesen fuego de su boca. Esto era necesario para alumbrar más el camino debido a que la luz que emitían las antorchas que varios monyos e hinas llevaban no era suficiente. Uno de los guerreros de Lilith, por orden de ella, a medida que avanzaba iba dejando caer uvas al suelo desde el draco en que iba. Esto se hacía con el fin de marcar el camino para poder regresar a la entrada de la cueva después de vencer a los miembros de la orden.

Había gran cantidad de túneles y bifurcaciones, pero Lilith y sus cómplices siempre seguían por el camino en que veían lo que parecía ser rastros de sangre de los humanos heridos. Después de poco tiempo llegaron a un túnel que les parecía conocido, y vieron que en el suelo había uvas de las que ellos mismos habían dejado caer. Esto indicaba que ellos estaban recorriendo la cueva en círculos. "MALDITOS HUMANOS, DEJARON FALSOS RASTROS DE SANGRE", gritó Lilith con gran ira mientras pensaba qué hacer. En ese sitio la gruta se bifurcaba en dos túneles, ella entonces decidió seguir por el de la derecha, pero tan pronto entraron una de las gárgolas al volar inadvertidamente tocó con sus alas una roca triangular que había en el borde del pasadizo subterráneo; inmediatamente se oyó un ruido ensordecedor y de otros túneles que llegaban a ese empezó a llegar gran cantidad de agua. Grandes torrentes pronto inundaron el lugar en que Lilith y sus malévolos cómplices estaban, sin que tuvieran tiempo para reaccionar.

En pocos segundos el túnel en que estaban las fuerzas oscuras se llenó de agua totalmente. Los dracos y las gárgolas murieron porque eran muy pesados para nadar y su vitalidad dependía en gran parte de la gran cantidad de fuego que tenían en su interior, por lo tanto no resistían el contacto prolongado con el agua. Lilith y sus monyos, Hinor con sus hinas y el ser vestido con traje de monje, nadaron y llegaron a otro túnel en el cual había menos agua. Allí salieron del torrente y se subieron a unas rocas altas que había en el lugar. Lilith, aún chorreando agua, gritó: "MALDITOS HUMANOS, NOS DEJARON TRAMPAS, PERO MUY PRONTO LOS ATRAPARE-MOS". En ese sitio de la gran cueva el techo natural estaba muy alto, por lo tanto los malévolos seres ahí no podían ser cubiertos por el agua, entonces decidieron quedaron en ese lugar por un rato.

Cuando el agua bajó de nivel, los miembros sobrevivientes de las fuerzas oscuras se devolvieron caminando por donde habían nadado antes y avanzaron por varios túneles esperando encontrar en el suelo uvas de las que ellos mismos habían dejado caer antes señalando el camino. Esto les tomó tiempo porque se tenían que desplazar a pie debido a que todas las bestias voladoras habían perecido en la inundación del túnel.

Después de caminar perdidos por un rato en el gran labe-rinto de túneles, los maléficos seres vieron algunas de las uvas que ellos habían dejado como señal. Los malévolos entes siguieron en orden inverso el camino marcado con esas frutas y de esta forma llegaron de nuevo a la entrada de la cueva. Allí, Lilith puso sus dedos en su deforme boca y silbó. En pocos minutos llegaron nuevos dracos y gárgolas volando. Los malé-ficos seres, aún mojados e irascibles, se subieron a las bestias voladoras que recién habían llegado y volvieron a internarse en la cueva para seguir tratando de encontrar a los miembros de la orden y a los elementales que los protegían, con el propósito de atacarlos.

Dentro de la pirámide de cristal en el valle Translucido, la maestra Astrid y el maestro Azor despertaron al mediodía después de dormir un rato para reponer el sueño nocturno perdido. Ahora tenían que dedicarse a la tarea adicional que faltaba: hacer pasar un río a través la base de la pirámide. Los dos sabios seres subieron a la parte más alta de la pirámide por unas escalas de cristal que habían construido en su interior y allí por una puerta salieron a la especie de plataforma plana en la parte externa que estaba en donde normalmente las pirámides tienen su vértice superior. En vista de que había que esperar que las piedras Etéritas fueran traídas de la cascada de los siete colores, para con ellas construir el vértice superior de la pirámide, ese espacio iba a ser usado por ahora para construir desde ahí el canal interior que atravesaría la edificación con el fin de hacer pasar un río artificial.

En la plataforma externa en el punto más alto de la pirámide, Astrid y Azor se sentaron con las manos sobre las rodillas, cerraron los ojos, dijeron unas palabras sagradas y movieron las manos sobre sus cabezas formando espirales. Este ritual creó una fuerza invisible que cavó un canal que atravesaba la base de tierra de la pirámide desde la entrada, sobre el centro de la cara oriental, hasta su salida en la cara opuesta.

Con el fin de realizar la última parte de la especial construcción, los dos maestros levitaron sobre la gran geométrica estructura y desde lo alto, con su energía, siguieron "cavando" desde la entrada de la pirámide hasta varios kilómetros de distancia por donde pasaba un río, formando un canal. Tan pronto la fuerza energética de sus manos llegó a ese gran río, parte del agua de ese gran caudal entró al canal y empezó a fluir en dirección a la pirámide. Luego la maestra Astrid y el maestro Azor, ambos estáticos en lo alto levitando, siguieron usando la mágica fuerza invisible y cavaron un canal desde la salida de la pirámide, por la cara occidental, hasta otro río que pasaba no muy lejos del sitio. Esto hizo que el agua que atravesaba la edificación de cristal desembocara en otro río.

Los dos espirituales seres estaban complacidos pues ya estaba hecho lo último que faltaba. Habían construido un canal artificial que permitía que una corriente de agua saliera de un río, atravesara la bella construcción y saliera de ella para desembocar en otro río. Esta corriente de agua que pasaba de lado a lado de la pirámide iba a serle muy útil a la orden para varias cosas: hacer ciertos rituales especiales, llegar al sitio en barco y que las sirenas pudiesen ir a ese lugar a protegerse al igual que los otros elementales.

Tan pronto terminaron esa última etapa de la construcción de la pirámide de Cristal, Astrid y Azor, usando la energía de levitación, descendieron hasta el suelo a poca distancia de la entrada para chequear de cerca el río artificial que ellos hicieron. Allí vieron que esta fase de su trabajo también había quedado perfecta porque el río pasaba por el medio de la entrada principal, atravesaba la pirámide en la forma requerida y también había quedado un espacio de tierra firme en la entrada para poder ingresar a la pirámide caminando.

Astrid se comunicó telepáticamente con el maestro Sirio para informarle que todo ya estaba listo y que los miembros de la orden y los elementales podían irse ya para la gran estructura de cristal. Lejos de ahí, el supremo líder espiritual, quien iba de salida con los otros miembros de la orden por uno de los túneles de conectaban a la subterránea esfera dorada con los bosques cercanos, le respondió a la maestra Astrid, también telepáticamente. De esta forma el maestro Sirio le dijo a la sabia mujer que le agradecía a ella y al maestro Azor por cumplir esa misión tan especial.

Usando el psiquismo, el sabio líder espiritual también le dijo desde la distancia a la maestra Astrid, que él y los miembros de la orden ya estaban saliendo de la esfera dorada para irse para la pirámide y también le pidió el favor de que ella contactara telepáticamente a los líderes temporales que ella había ayudado a escoger entre los elementales y les dijese que todos los gnomos, hadas, sirenas y salamandras debían ir a refugiarse a esa pirámide de cristal mientras las fuerzas tenebrosas eran vencidas.

Cuando terminó el diálogo psíquico a distancia con Astrid, el maestro Sirio atravesó el resto del túnel de salida de la esfera dorada, seguido por los otros miembros de la orden, hasta llegar a una salida camuflada con plantas en un bosque. Justo en el momento en que llegó a ese lugar, recibió un mensaje telepático de Crisol en el cual le decía que él y sus compañeros estaban acortando el camino a las cascadas de los siete colores, caminando por el interior de la gran cueva en que se habían refugiado y que varios gnomos les estaban sirviendo como guías. El rubio joven, con su psiquismo, también le informó al líder espiritual de la orden que la ruta que él y sus compañeros estaban recorriendo los llevaría a un lugar muy cercano de su sitio de destino y que, además de varios gnomos, los acompañaban una gran cantidad de hadas y varias salamandras del fuego.

14. El líder de la logia es retenido

En la pirámide de cristal, en el cuarto central del tercer nivel, la maestra Astrid y el maestro Azor, sentados en posición de flor de loto y con los ojos cerrados invocaron varios ángeles pronunciando varias oraciones especiales. Mientras decían las palabras mágicas les pedían a los celestiales seres que les ayudaran a los miembros de la orden blanca a vencer a las fuerzas oscuras para poder salvar a los elementales y por ende la Tierra. El magnetismo de la pirámide ayudó a crear más poder en su ritual y entonces miles de ángeles llegaron al instante a volar alrededor de la edificación.

Astrid y Azor estaban "viendo" con su tercer ojo la belleza de la luz y la armonía que irradiaban los angelicales seres cuando con su psiquismo sintieron que varias hadas se estaban acercando a ese lugar. Los dos sabios miembros de la orden blanca sabían que los ángeles continuarían en el lugar aunque ellos terminaran el ritual y entonces abrieron sus ojos, se pararon y bajaron a la entrada principal de la pirámide. En ese sitio los dos maestros les dieron la bienvenida a varias hadas que llegaron volando. Ellos notaron que la mayoría de las sílfides estaban débiles y enfermizas, lo cual los entristeció.

Los dos sabios humanos les solicitaron a las hadas que estaban aún fuertes que fuesen a decir a todos los elementales que encontraran en el camino que debían venir a esta pirámide hasta que las fuerzas oscuras fuesen vencidas y ellas inmediatamente se fueron volando a cumplir esta misión. Después de esto la maestra Astrid y el maestro Azor llevaron a las hadas enfermas para la enfermería, la cual estaba en el primer piso de la pirámide y allí les dieron bebidas de algunas plantas medicinales e hicieron meditaciones especiales que les ayudaran a sanar. Algunos ángeles también auxiliaron a las enfermizas criaturas, acercándose a ellas e irradiándolas con energía, la cual las ayudaba a sanar.

En el territorio de "El valle de la muerte", Crisol y sus amigos seguían dentro de la gran cueva, caminando por la gran cantidad de túneles entrelazados, siguiendo a los gnomos guías. A veces los espacios eran amplios, pero en otras ocasiones los túneles eran algo estrechos. A los humanos seguían acompañándolos muchos otros elementales: hadas y salamandras volando y algunos otros gnomos caminando junto a ellos. En otro lugar dentro de esa gran caverna subterránea, Lilith y sus cómplices seguían tratando infructuosamente de encontrar a los cinco humanos y los elementales que los acompañaban, para atacarlos, pero las fuerzas oscuras, sin guía, lo único que lograban era dar vueltas al azar en los laberintos formados por la gran cantidad de bifurcaciones que los túneles tenían.

Muy lejos del lugar en que Crisol y sus compañeros estaban, el maestro Sirio fue el primero de la orden en salir de uno de los túneles que comunicaban a la esfera dorada con el mundo exterior mientras el resto del grupo esperaba dentro del subterráneo pasadizo. Oculto entre el follaje que camuflaba la salida, el sabio líder espiritual cerró los ojos para percibir a nivel psíquico si había algún peligro y con su tercer ojo "vio" miles de ojos ocultos en ese bosque. Él pensó en regresar al túnel y decirle a los miembros de la orden que aún no debían salir, pero percibió con sus poderes que en ese momento varios monyos e hinas estaban entrando a la esfera dorada por otros túneles de acceso. Sus enemigos se habían dado cuenta de que ellos estaban en esa construcción subterránea y cómo entrar a ella. "El traidor, ese ser vestido de monje que tiene o ha tenido conexión con nuestra orden espiritual les informó a las fuerzas oscuras todo lo relacionado con este refugio bajo tierra. Es la única manera como ellos se podían haber enterado de la existencia de la esfera dorada", pensó el maestro Sirio.

El líder espiritual tenía que decidir entre dos opciones: decirle al resto de la orden que saliera y atravesara el bosque para poder llegar al río por donde irían a la pirámide de cristal en el valle Translucido o decirle a los miembros que retrocedieran y se internaran de nuevo en la esfera dorada bajo tierra. Las dos opciones los exponían a peligros: si salían serian atacados por los seres maléficos que él sentía que estaban vigilando el bosque y si retrocedían serian atacados por los monyos e hinas que estaban en ese momento entrando a ese refugio subterráneo por otro túnel.

El maestro Sirio pensó que de todos modos estaban en gran peligro y devolverse para el interior de la esfera dorada no era conveniente porque allí serian acorralados y atacados muy fácilmente, entonces decidió que era mejor salir al bosque porque allí por lo menos estarían al aire libre y eso les daba más posibilidades para defenderse o escapar.

El líder espiritual volvió y se adentró un poco en el túnel y se reunió con la maestra Ester y Silón, a cierta distancia de los otros miembros de la orden. Allí el sabio regente de la orden les explicó la situación y cuál había sido su decisión. También les informó que él había organizado que un barco los esperara en un muelle que había en el río que pasaba cerca a ese bosque y en ese rústico navío se irían para la pirámide de cristal. Ester y Silón estuvieron de acuerdo con el maestro Sirio en que no tenían más opción que cruzar el bosque para tratar de llegar al muelle. La maestra Ester se arrimó al resto de los miembros de la orden y les dijo que deberían salir ya y que tuviesen cuidado porque iban a enfrentar muchos peligros.

Ester, Silón y el maestro Sirio les dijeron a los otros miembros de la orden que esperaran un poco, y los tres salieron primero del túnel. Luego estos maestros cerraron los ojos, hicieron un ritual especial y crearon varios etéreos, los cuales empezaron a girar con gran fuerza sobre ellos. Después de esto, los tres guías espirituales le dijeron a los del resto del grupo que ya podían salir. Pronto, todos estuvieron fuera del túnel en un lugar con espeso follaje en el bosque. El maestro Sirio, Ester y Silón empezaron a caminar con los ojos semicerrados para percibir psíquicamente más fácil algún posible ataque de las fuerzas oscuras. Los otros miembros de la orden seguían un poco más atrás a los tres maestros espirituales y los etéreos protectores giraban en espiral encima de los integrantes de la logia blanca.

Encima del sendero por donde el maestro Sirio y los otros miembros de la orden iban caminando, ocultos en las ramas altas de los árboles, estaban varios monyos. Estos diabólicos seres habían recibido la orden de Lilith de vigilar la salida del refugio subterráneo. Vieron salir a los humanos por el follaje y seguían con sus ojos el camino que ellos seguían. Entre ellos estaba una mujer monstruosa, llamada Hécate, que era la asistente de Lilith y era deforme como ella: con la cara asimétrica y sus extremidades que parecían troncos podridos de árboles, pero difería de su jefe en cuanto a que sus ojos eran un poco menos rojos y era más delgada.

Lilith, en vista de que estaba muy lejos de ese lugar tratando de atrapar o atacar a Crisol y sus amigos, le había asignado a Hécate la misión de vigilar las entradas a los túneles de acceso a la esfera dorada y estar pendiente de todos los movimientos que los miembros de la orden blanca hicieran. Por esta razón varios monyos iban dirigidos por Hécate, ocultos en el follaje, siguiendo los pasos del maestro Sirio y el resto del grupo de humanos.

En la luna, Lilith, Hecate y los monyos no pueden recibir directamente los rayos del sol porque los quema, pero en la Tierra sí se pueden exponer a la luz solar. La razón de esto es que esos rayos son menos calientes en el planeta (debido a la atmosfera). Sin embargo, cuando ellos vienen a la Tierra tratan de no exponerse a los rayos solares por mucho tiempo, y de estar bajo la sombra a ratos porque la luz de sol, aunque es menos caliente en la tierra, los debilita un poco.

La asistente de Lilith les dio instrucciones a los monstruosos guerreros para que siguieran vigilando a los humanos y se aisló un poco, yéndose para una pequeña laguna putrefacta que había cerca. Hécate se acercó a la orilla del nauseabundo lago, se arrodilló y tiró unas cenizas sobre el agua. Tan pronto hizo esto, ella movió las manos en espiral e hizo invocaciones usando oraciones de magia negra y la imagen de su jefe apareció sobre el agua.

A Hécate le asustó ver, en la representación sobre el agua, a Lilith en la cueva, mojada y con cara de irascibilidad, montada sobre un draco que iba volando al lado de una gárgola sobre la cual estaba Hinor, también con semblante de enojo. En la imagen, la asistente de Lilith vio además que a los dos líderes de las fuerzas oscuras los acompañaban varios monyos e hinas, también montados sobre bestias voladores, con aspecto de derrotados. Hécate no hizo preguntas porque sabía que su jefe se enojaba demasiado cuando le preguntaban qué había pasado después de que algo le salía mal.

La diabólica asistente de Lilith, usando la superficie del agua en la laguna como método psíquico de comunicación a distancia, le informó a su jefe que los miembros de la orden habían salido ya de la esfera dorada y parecían dirigirse con destino al río. La maléfica líder de las fuerzas oscuras, en la cueva en que estaba, recibió el mensaje a distancia y le respondió a Hécate diciéndole que continuara vigilando a los miembros de la logia blanca, acompañada por los monyos. Lilith también le dijo a Hécate que ella e Hinor iban a salir de la cueva y se reunirían con ellos en el muelle del río, pero que no atacaran hasta que ellos llegaran.

Hécate obedeció a su ama y se unió de nuevo a los monyos que estaban desde lo alto de los arboles siguiendo a los humanos. Estaba tentada de darles órdenes a los guerreros de atacar a los humanos, pero esas no habían sido las ordenes de Lilith y había que esperarla. Además, el monstruoso ser vio que los miembros de la orden blanca estaban protegidos por el etéreo que giraba sobre ellos y Hécate sabía que era muy peligroso enfrentar a esos torbellinos energéticos defensores.

Entretanto los humanos seguían caminando. Los tres líderes de la orden blanca seguían adelante con los ojos semicerrados, y concentrados mientras los otros miembros miraban para todos los lados chequeando si veían o sentían algo inusual. Los maestros Sirio, Ester y Silón sabían que estaban siendo vigilados desde lo alto de los árboles, pero no lo informaron a los otros miembros de la orden para no asustarlos. Sin embargo, se comunicaron telepáticamente entre ellos tres y por ese medio llegaron a la conclusión de que aunque se sentían vigilados no debían atacar por ahora porque esos seres, al estar encima de ellos, tenían ventaja si se desataba una batalla.

Después de que los maestros Sirio y Silón, la maestra Ester y los miembros neófitos de la orden blanca caminaron no por mucho tiempo entre el bosque, llegaron al muelle. El sitio de embarque estaba deteriorado porque había sido construido hacía mucho tiempo y casi nadie lo usaba, pero la madera con la que estaba hecho aún podía soportar el peso de varias personas y de una carga no excesivamente pesada. En el tiempo que iba a durar el viaje en barco por el río, el maestro Sirio iba a necesitar hacer reuniones especiales con grupos de miembros de la orden y entonces quiso desde el principio asignar él mismo los lugares que los integrantes de la orden debían ocupar en la embarcación. En vista de eso el líder espiritual subió de primero cruzando un pequeño puente portátil hecho de madera que daba acceso al barco y saludó al capitán y al resto de la tripulación.

Después de que el máximo líder espiritual, acompañado por el comandante del barco, recorrió la embarcación para saber qué espacio tenía y cómo estaban distribuidos los compartimientos, le dijo al resto del grupo que ya podía abordar. El maestro Silón subió al navío seguido por varios miembros de la orden. En tierra aún estaba Ester con el último grupo dispuesto a ingresar a la embarcación; ella llegó de última porque había estado pendiente de las mujeres y los niños de la orden que caminaban más despacio. Todo estaba coordinado de manera que subieran por grupos, para que los miembros siempre tuviesen protección de alguno de los maestros de la orden en caso de que las fuerzas oscuras atacaran, y el ataque efectivamente se produjo.

Desde el bosque aparecieron volando Lilith y muchos moryos montados sobre dracos e Hinor con sus hinas en el lomo de varias gárgolas que batían sus alas en el aire con gran velocidad. Al instante, los maestros de la orden que estaban en el lugar: Sirio, Ester y Silón con la energía de sus manos hicieron que el etéreo que los protegía, girando sobre sus cabezas, se convirtiera en tres etéreos diferentes para así cada uno de los maestros poder poner un escudo energético fácilmente.

La maestra Ester, aún en tierra, mientras con la energía de sus manos manejaba su etéreo de defensa que giraba en el aire, les dijo a los miembros de la orden que aún no se habían montado al barco que lo hicieran rápidamente. Ellos al instante empezaron a cruzar velozmente el puente de madera por el cual se ingresaba al rústico navío. Las gárgolas y los dracos tiraron fuego tratando de incendiar el barco y entonces el maestro Sirio movió su etéreo e hizo que absorbiera agua del río y que se la tirara a las bestias voladoras, apagándoles el fuego que echaban por sus bocas.

Algunos dracos y gárgolas volaron más bajo y se acercaron a varios miembros de la orden que estaban en el barco, entonces el maestro Silón con su etéreo hizo desequilibrar el vuelo de algunas de las bestias voladoras. Esto hizo que, por ahora, los horrorosos animales voladores no pudieran agredir a miembros de la orden y también causó que algunas de esas bestias volaran caóticamente y cayeran al río.

Después de caer a la corriente, los dracos y las gárgolas salían del agua volando torpemente y se posaban en tierra en la orilla del río por un rato con el fin de activar su calor interno de nuevo, pero eso les tomaba algunos minutos lo cual era ventajoso para los miembros de la orden. Después de que las bestias voladoras caían al agua, las hinas y los monyos que habían estado montados en ellas nadaban y algunos salían a la orilla, pero otros trataban de subir al barco, lo cual era evitado por los miembros de la orden quienes los aporreaban con palos y los empujaban haciéndolos caer de nuevo al agua.

Los integrantes neófitos de la orden que faltaban por subir, ingresaron todos al barco. Sólo faltaba por abordar la embarcación la maestra Ester que se había quedado de última porque había estado protegiendo con su etéreo a los últimos miembros de la orden que subieron al navío. La maestra, con sus manos dirigidas hacia arriba, manejando el etéreo como escudo, subió al improvisado pequeño puente de madera por el que se ingresaba al barco y justo en ese momento llegaron varios etéreos enemigos y atacaron. El maestro Sirio, al ver llegar los torbellinos, miró bien detrás de ellos y al instante percibió quién los había creado y los manejaba: el misterioso ser vestido de monje que venía montado sobre una gárgola. "Es el que le pasó información nuestra a las fuerzas oscuras, que pertenece o perteneció a nuestra orden", pensó el maestro Sirio.

Los etéreos manejados por los maestros de la logia tenían ya que evitar que los miembros de la orden fueran atacados por los monyos y las hinas que montaban sobre las bestias voladoras, y también enfrentar los etéreos de las fuerzas oscuras. La maestra Ester por estar manejando su etéreo, concentrada y con las manos hacia arriba, no vio que una Hina que estaba en el agua se había arrimado nadando al puente improvisado de madera por el cual ella estaba ingresando al barco. La hina, con sus patas que hacían las veces de manos, sacudió la rampa de acceso al barco lo cual hizo caer a la maestra Ester al río. Al instante varios monyos e hinas que estaban en el agua cogieron a la mujer de manos y pies y la hundieron para que se ahogara.

El maestro Sirio, al ver caer a la maestra Ester, se tiró al río y se sumergió nadando, con el fin de rescatarla. El torbellino energético que el sabio anciano había estado usando se quedó estático girando en el aire. Esto ocurrió porque desde el agua el maestro Sirio no podía seguirlo manejando debido a que eso crearía un corto circuito energético. El maestro Sirio pronto divisó en el fondo del río a Ester tomada de pies y manos por hinas y monyos, los cuales no la dejaban nadar hacia la superficie. Los monstruosos seres que tenían a Ester, al ver al maestro Sirio y considerarlo un prisionero más importante, soltaron a la mujer y se acercaron al anciano. El maestro Sirio le hizo señas a Ester de que nadara hacia arriba y se salvara. Ella empezó a irse en esa dirección, pero después dudó un poco porque vio que el maestro Sirio fue agarrado por más de diez enemigos a la vez. El regente de la logia, a pesar de estar siendo atacado bajo el agua por varios monyos e hinas, le siguió haciendo señas a Ester de que saliera a la superficie del río y se salvara. La sabia mujer no quería dejar al gran maestro de la orden a merced de los enemigos, pero no tenía más opción porque necesitaba tomar oxígeno urgentemente y entonces nadó rápidamente ascendiendo a la superficie del río.

Los que estaban en el barco vieron asomar la cabeza de Ester en el agua, se dieron cuenta de que el río la había arrastrado poco, lo cual lo explicaba el hecho de que la corriente de agua en esa parte avanzaba lentamente. Ellos le tiraron una cuerda y la subieron al buque mientras ella les gritaba que el maestro Sirio estaba siendo atacado bajo el agua. El maestro Silón se iba a tirar al agua para ayudarle, pero en ese momento el líder de la orden salió a la superficie, aunque con muchos monyos e hinas aun agarrándolo. "Zarpen, déjenme", gritó el maestro Sirio. Los integrantes de la logia blanca lo escucharon, pero no querían dejar a su líder espiritual en este momento en que estaba siendo apresado.

Ante la complicada situación, los neófitos de la orden y los hombres de la tripulación del barco se miraron entre sí sin saber qué hacer, pero el maestro Silón y la maestra Ester le gritaron al supremo líder espiritual diciéndole que no lo iban a dejar. Ante esto, el maestro Sirio a pesar de estar forcejeando con sus retenedores logró alzar las manos e hizo que la fuerte energía girante del etéreo que él manejaba rompiera las cuerdas que ataban el barco al muelle y entonces la embarcación se empezó a ir corriente abajo. La maestra Ester y el maestro Silón trataron de tirarse al agua para rescatar al líder espiritual, pero el etéreo manejado por el ser vestido de monje se los impidió.

Ya no había opción de ayudar a defenderse al maestro Sirio porque el barco arrastrado por el caudal del río se alejó del muelle. Muchos miembros de la orden lloraron mientras veían a su gran líder espiritual en el río tratando infructuosamente de librarse de sus enemigos. El capitán del barco les preguntó a Ester y Silón si ellos querían que el barco fuera orillado en donde fuese posible para ellos devolverse por tierra y tratar de salvar al maestro Sirio, pero ellos le respondieron que eso demoraría y no les permitiría llegar a tiempo para salvarlo, y que además los expondría a todos a ser atacados por sus enemigos. Después de recibir la respuesta, el comandante de la embarcación les dijo a los miembros de la tripulación que hicieran navegar el barco en dirección a donde el viaje estaba planeado.

Ester y Silón les dijeron a los integrantes de la orden que a las fuerzas oscuras les convenía más tener al maestro Sirio vivo y que por lo tanto no lo matarían. Ella tenía razón porque, más arriba en el río, Lilith e Hinor les dijeron a los monyos e hinas que llevaran al maestro Sirio a la orilla y allí le amarraron las manos con cuerdas. Luego lo subieron a uno de los dracos y se fueron volando con él a las cuevas del peñasco gris donde estaba su cómplice Zifú, el ser mitad humano mitad murciélago, con varios monyos, hinas y hombre-murciélagos, custodiando a los líderes de los elementales que tenían secuestrados.

Mientras el barco avanzaba lo más rápido posible, el maestro Silón se comunicó telepáticamente con la maestra Astrid y el maestro Azor que permanecían en la pirámide de cristal en el valle Translucido cuidando a las hadas débiles y enfermas que estaban ahí y esperando que los otros miembros de la orden llegaran. El maestro Silón les informó psíquicamente que él máximo líder de la orden había sido secuestrado por sus enemigos, pero que el resto del grupo ya iba en camino para la pirámide navegando por el río. Ante la noticia de la retención de su gran maestro, Astrid y Azor unieron sus manos y oraron, invocando a los ángeles para que ayudaran a que la orden pudiese liberarlo a él y a todos los secuestrados. Inmediatamente una gran luz dorada brillante salió de la gran pirámide y viajó a varias estrellas, donde muchos seres angelicales percibieron la energía y la invocación del ritual. Al instante miles de esos ángeles se vinieron volando hacia la tierra.

Crisol y sus otros compañeros de misión seguían caminando por los túneles dentro de la gran cueva, siguiendo al gnomo guía que los llevaba a una salida que los dejaría cerca a la cascada de los siete colores. Continuaban acompañándolos varios elementales: otros gnomos y algunas hadas y salamandras. Todos iban caminando normalmente cuando de repente los tres miembros más avanzados de la orden, Crisol, Sedna y Chang, pararon imprevistamente porque recibieron un mensaje telepático de la maestra Ester en el cual les informó que el supremo líder espiritual de la orden había sido tomado prisionero por las fuerzas oscuras.

—¿Qué pasó? —preguntaron Cristina y Albert, mientras se detenían también.

—¡El maestro Sirio fue retenido por nuestros enemigos! —informó el maestro Chang.

—¡Lilith y sus cómplices están causando mucho daño, pero ganaremos esta guerra! —expresó la maestra Sedna.

—¡Debemos hacer un ritual para ayudarle! —sugirió Crisol.

Estos tres que habían acabado de hablar se acercaron entre sí formando un triángulo y sentados en posición de flor de loto cerraron los ojos y oraron en murmullos diciendo unas palabras especiales mientras movían las manos sobre sus cabezas formando espirales elípticas. Cristina y Albert se miraron entre sí con gran tristeza y empezaron a llorar. Los elementales también se afectaron psicológicamente. Por la cara pulida de las hadas empezaron a rodar lágrimas, los gnomos machos se enojaron y fruncieron el cejo mientras que las hembras lloraban, las salamandras volaron rápidamente y con desasosiego cerca de las antorchas que llevaban los gnomos y las sirenas, sintiendo lo que pasaba, nadaron caóticamente y con gran perturbación en los ríos subterráneos cercanos.

La maestra Sedna, Crisol y el maestro Chang, después de hacer el ritual especial para que al líder espiritual de la orden no le ocurriese nada malo y pudiese ser rescatado, dejaron de estar sentados en posición de flor de loto y se pararon para seguir el camino. Ellos le dijeron al gnomo que los estaba guiando que si era posible que el caminara más rápido porque la situación estaba empeorando y necesitaban llegar rápido a la cascada de los siete colores para conseguir las piedras mágicas Etéritas con las cuales podrían vencer a las fuerzas oscuras, liberar a los elementales y humanos prisioneros, y salvar a la Tierra. De inmediato el enano ser que iba adelante mostrando el camino empezó a caminar con mayor rapidez.

En poco tiempo los cinco humanos y las benévolas criaturas acompañantes llegaron a una salida de la cueva, la cual conducía a un pequeño bosque. Allí el elemental de la tierra que había servido de guía les dijo a los humanos que muy cerca de ahí estaba la cascada de los siete colores. Los gnomos, las hadas y las salamandras les dijeron a los miembros de la orden que ellos los iban a seguir acompañando hasta que llegaran a su destino. Cerca de la salida de la cueva donde estaban pasaba un riachuelo y en su superficie asomaron la cabeza varias sirenas que estaban en el lugar, las cuales saludaron complacidas a los cinco humanos y a los elementales acompañantes y dijeron que ellas también estarían cerca de ellos, nadando por los ríos de la región.

Crisol, sus compañeros y los elementales iban a disponerse a seguir caminando, cuando varias hadas adicionales llegaron volando y dijeron que la orden espiritual de los humanos había construido una pirámide de cristal en el valle Translucido y que todos los elementales se debían ir para ese lugar a protegerse y sanarse mientras las fuerzas oscuras eran vencidas.

Las hadas, los gnomos, las salamandras y las sirenas que estaban en el lugar con los humanos, se miraron entre sí. Era una buena noticia, pero los ponía en una situación difícil porque querían seguir al lado de los miembros de la orden que estaban en esa misión con el fin de ayudarles a defenderse si las fuerzas oscuras los atacaban de nuevo.

Las hadas que habían llegado hacía poco con la sugerencia de irse para la pirámide de cristal, al ver la indecisión de los elementales que estaban con los humanos, dijeron que ellas debían seguir yendo a comunicarles esto a muchos otros elementales y expresaron que ellos, por sí mismos, tomaran la decisión y que le dijesen a todos los otros elementales que viesen en el camino que se fuesen para la pirámide de cristal. Luego de esto las aladas criaturas que habían acabado de llegar con el mensaje se despidieron y se alejaron volando.

El gnomo que había estado guiando a Crisol y sus compañeros, el líder de los de su especie que estaban en el lugar, les preguntó a los otros enanos qué decidían: si se iban para la pirámide a protegerse o seguían acompañando a los humanos. Al instante todos los gnomos que había en el lugar dijeron que seguirían con Crisol y sus compañeros. Las hadas, salamandras y sirenas también expresaron que continuarían con el grupo.

—¡Yo pienso que todos los elementales que están aquí deben irse para la pirámide! ¿Qué piensan ustedes? —preguntó Chang mientras miraba a sus compañeros de la orden.

—Nosotros nos podemos defender solos, necesitan salvarse, ¡deben irse para ese lugar a refugiarse! —dijo Sedna.

—Sí, no deben exponerse por nosotros —agregó Crisol.

—¿Y ustedes, Albert y Cristina, que piensan de esto? —preguntó el maestro Chang.

—¡Que ellos se vayan para la pirámide! —dijeron Albert y Cristina al unísono.

—¡Está decidido, ustedes todos los elementales se deben ir para la pirámide! —expresó Chang.

El gnomo líder le dijo a Chang que junto con él se subiera a un árbol grande que había en el lugar y desde ahí le mostró el camino para atravesar algunos bosques y llegar a las cascadas de los siete colores. Los gnomos y las hadas abrazaron a los humanos, las salamandras volaron alrededor y las sirenas en el río cercano movieron fuertemente sus aletas en señal de despedida. Los cinco humanos les agradecieron por haberles guiado y ayudado. Luego todos los elementales que estaban en el sitio se fueron en dirección al valle Translucido donde había sido construida la pirámide de cristal, guiados por las hadas que conocían muy bien el camino. Las fantásticas criaturas avanzaron lo más rápido posible: Las hadas batiendo sus alitas en el aire, los gnomos caminando con las salamandras volando alrededor de sus antorchas y las sirenas nadando por ríos. A ellos se les fueron uniendo los otros elementales que encontraron en el camino cuando se les informaba que se debían ir hacia la pirámide de cristal.

Crisol, Chang y Sedna, haciendo el procedimiento habitual, activaron un etéreo y lo pusieron girando encima y un poco más atrás de ellos. Luego, los cinco miembros de la orden empezaron su camino a través de lo que faltaba por recorrer de "El valle de la muerte". Ellos trataban cada vez de caminar más rápido porque aún faltaban varias horas para llegar a la cascada de los siete colores y el sol se iba a ocultar dentro de poco. Mientras avanzaban veían que los árboles y las plantas de ese lugar tenían un tamaño mayor de lo normal, pero la mayoría estaban marchitos debido a que también estaban recibiendo el efecto del robo de energía por parte de las fuerzas oscuras y los elementales ahora no podían cuidarlos.

—¿Por qué a este lugar también se le llama "El valle de los mamuts"? —preguntó Cristina.

—¡Pronto sabrás la respuesta! —le respondió Crisol.

Después de que los cinco humanos caminaron por casi dos horas, anocheció. Ellos, conscientes de que sin la luz del sol era más difícil defenderse si eran atacados, decidieron pasar la noche en una cueva que encontraron y que sintieron segura. Dejaron al etéreo activado en la entrada de la caverna, entraron y extendieron sobre el piso unas mantas que estaban entre la ropa que los gnomos les habían dado. Después, sentados en el suelo comieron frutas y vegetales.

Mientras los cinco disfrutaban la frugal cena, Crisol, Chang y Sedna recibieron un mensaje telepático del maestro Silón informando que el barco en el cual iban los otros miembros de la orden, la maestra Ester y él, ya estaba llegando a la pirámide de cristal. Chang le respondió, usando también su psiquismo a distancia, que se alegraba de que hubiesen llegado a ese refugio. Después de esto, todos se acostaron sobre las mantas en que estaban sentados, para dormir y descansar. Entretanto eran protegidos por el etéreo que quedó girando a la entrada de la cueva. Mientras esto pasaba dentro de esa nueva gruta, afuera entre los árboles cercanos muchos ojos resplandecían en medio de la oscuridad.

Al amanecer Cristina despertó primero y como quería ver la salida del sol, se levantó y salió de la caverna. Ninguno de sus compañeros se dio cuenta de esto porque aún seguían dormidos. En la entrada de la cueva la joven vio al etéreo girando, el cual hizo un movimiento errático extraño, como si fuese un ser consciente que supiera que ella lo quería manejar inadecuadamente de nuevo. Sin embargo la joven esta vez no trató de manejarlo. Con la experiencia casi mortal que tuvo la otra noche supo que realmente esa energía, manejada por alguien no preparado, destruía a quien la trataba de controlar. Estaba algo oscuro porque aún no había salido el sol, pero se podía ver un poco a los alrededores porque la luna estaba casi llena. La joven se alejó un poco de la gruta y se dirigió a una llanura que estaba no muy lejos.

Mientras la bella chica esperaba a que llegara el amanecer, se dedicó a ver maravillada la alta vegetación que aunque estaba algo marchita se veía diferente a como era en otros lugares. Se podía notar claramente que en ese valle todo era realmente más grande y fértil que en el resto del mundo: los arboles eran altísimos, casi todas las plantas eran más grandes que las personas, y las flores y frutas eran de gran tamaño. La joven decidió sentarse en la grama y recostar su espalda en algo que parecía ser un árbol muy grande caído y al poco tiempo se quedó dormida.

Tarde en la noche previa, en el río que pasaba por el valle Translucido, el barco en que iban la maestra Ester, el maestro Silón y los miembros neófitos de la orden, llegó a la pirámide de cristal. La embarcación arribó por el arroyo creado artificialmente que atravesaba la pirámide, el cual se desprendía del río sobre el cual el grupo navegó por varias horas. Todo el grupo fue recibido por la maestra Astrid y el maestro Azor, quienes condujeron a los recién llegados a los dormitorios dentro de la bella y cristalina construcción. Rápidamente todos se acostaron porque estaban muy agotados.

En la mañana siguiente los maestros de la orden que estaban en la pirámide de Cristal: Azor, Astrid, Ester y Silón, se levantaron más temprano que los demás e hicieron una corta reunión. Lo primero que se acordó en esa junta de maestros fue que en vista de que el supremo líder espiritual de la orden estaba retenido por las fuerzas oscuras, ellos cuatro como miembros avanzados de la orden por ahora estarían a cargo de administrar la orden blanca. Después de esto, se decidió que cada uno de ellos meditaría acerca de cómo tratar de rescatar a su líder espiritual del cautiverio en que lo tenían sus enemigos en algún lugar lejano. Tan pronto se trataron estos dos importantes temas, los guías espirituales decidieron terminar la reunión porque necesitaban salir con los otros miembros de la orden a los bosques cercanos a recoger frutas y vegetales para comer.

El maestro Azor, por ser el médico naturista de la orden, se quedó cuidando a las hadas débiles, y a cargo de la pirámide mientras los otros maestros y los aceptos salieron a recolectar comida natural de los arboles cercanos. Tan pronto retornaron, en una especie de cocina que había en el primer piso de la pirámide, prepararon y sirvieron los alimentos, los cuales fueron consumidos por los humanos y los elementales enfermos que estaban en esa nueva sede de la orden. Cuando estaban terminando de comer, empezaron a llegar más elementales: hadas volando, gnomos caminando con sus entierradas botas acompañados de las salamandras que volaban al lado del fuego de las antorchas que los enanitos seres llevaban, y muchas sirenas que llegaron nadando en el río que pasaba por el centro de la pirámide.

La mayoría de los elementales que llegaban estaban débiles debido al robo de energía que las fuerzas oscuras les estaban haciendo; pero en el mismo instante que arribaban, los maestros de la orden les daban de beber remedios medicinales para que se recuperaran, y los ubicaban en el sector que les correspondía. Las sirenas quedaban en un gran estanque que había en el primer piso de la pirámide, los gnomos eran ubicados en ese mismo nivel, pero en un sitio seco donde había vegetación y tierra algo similar a su medio ambiente normal. Las salamandras estaban también en el primer piso volando alrededor de unas fogatas que habían sido prendidas en el mismo terreno adaptado en que estaban los gnomos. Las hadas quedaron en el mismo lugar en que estaban los gnomos y las salamandras, volando entre flores de plantas que habían sido sembradas en el sitio.

En el primer nivel dentro de la pirámide también estaba el cuarto de sanación del cual estaba a cargo el médico naturista de la orden, el maestro Azor. Esa enfermería era un lugar separado del resto por paredes de cristal, destinado a los elementales más enfermos. En ese sitio se adaptó todo para las diferentes clases de elementales: había un tanque para las ondinas que requerían cuidado médico y unas camas especiales de cristal donde se acostaban los elementales que no habitaban en el agua, para ser sanados.

En la cueva en la cual estaban Crisol y sus amigos, ellos seguían dormidos excepto Cristina. Ella seguía fuera de la caverna sin que los otros lo supieran. La joven se había quedado dormida recostada en lo que le pareció ser el tallo de un gran árbol caído. De improviso, Cristina se despertó un poco porque sintió que su espalda era empujada por algo, pero como aún estaba algo dormida giró su cabeza, se acomodó mejor y volvió a sumirse en el sueño. En poco tiempo la bella mujer fue empujada de nuevo desde atrás, pero esta vez sucedió con tanta fuerza que ella cayó al piso y rodó. La joven corrió con suerte y no se lastimó porque había caído sobre grama. Cristina se paró asustada para mirar qué la había empujado y con horror vio una cabeza gigante de serpiente acercándose a ella, la cual sacaba y metía continuamente en su boca la gigantesca lengua. Lo que a ella en la semioscuridad se le pareció a un árbol caído en realidad era una serpiente enorme, la cual tenía más grosor que la altura de ella. El gran reptil se desenroscó un poco, entonces la tierra tembló por el arrastre de tan pesado cuerpo.

La gigantesca culebra era tan grande que sus ojos eran del tamaño de la cabeza de Cristina. La serpiente acercó más la cabeza a ella, sacó su larga lengua de nuevo y la estiró hasta ponerla cerca de ella como si la estuviese usando para olfatearla. Su mirada no era nada amistosa. "Después de todo es una serpiente", pensó ella, tratando de tranquilizarse a sí misma. Hasta ahora la joven no había abierto la boca, muda por el susto, pero como la gran culebra se le empezó a acercar amenazadoramente ella empezó a grita fuertemente diciendo: "¡Ayúdenme! ¡Ayúdenme!".

Como Cristina estaba cerca a la entrada de la cueva, Crisol y sus compañeros que estaban dentro de ella fueron despertados por los gritos. Ellos inmediatamente se levantaron y salieron corriendo. Horrorizados vieron la gigantesca serpiente cerca de la rubia joven, dispuesta a atacarla. Chang, Sedna y Crisol con la energía de sus manos hicieron que el etéreo se acercara a la gigantesca serpiente y con la energía de este torbellino lograron mover y distraer un poco al gran reptil, pero la serpiente seguía en su empeño de atacar a Cristina. En vista de que el gran animal era muy pesado y macizo, el etéreo no podía absorberlo ni destruirlo.

—¡AYÚDENME!, ¡ES MUY GRANDE! —gritó Cristina.

—¡Su gran tamaño te va a ayudar, tírate al espacio que hay entre esas rocas medianas! —dijo Crisol, mientras le señalaba un lugar.

–¿Estás seguro? –preguntó la joven, aún muy asustada.

–¡Sí! –dijo el rubio joven.

La gigantesca serpiente estaba tan ensimismada en atacar a Cristina que no prestó atención a los amigos de ella que estaban cerca. La joven se tiró a la especie de cavidad formada por unas rocas medianas donde le había indicado su novio. Inmediatamente la serpiente atacó, tiró su cabeza en dirección a ella y abrió su boca, pero sus grandes colmillos no cupieron por la abertura entre varias rocas que debían atravesar para alcanzar a la joven. Chang, Sedna y Crisol, con la energía de sus manos, hicieron que el etéreo girara rápidamente sobre unas piedras que había en el lugar, las cuales por efecto del fuerte remolino se alzaron un poco del piso y rotaron a gran velocidad. La fricción entre las piedras al chocarse girando en el aire les hizo desprender chispas, las cuales cayeron sobre unas ramas secas que había en el piso y al instante se incendiaron. Crisol dejó que Sedna y Chang siguieran manejando el etéreo, se acercó a donde estaban las ramas prendidas y tomó un palo prendido de ellas con el fin de usarlo como una antorcha improvisada.

La gran culebra retrocedió su cabeza y se alistó para volver a atacar a Cristina. En ese momento llegó el rubio joven al lado del enorme animal, llevando la antorcha improvisada aún en sus manos. La serpiente sacó su lengua y sintió el calor del palo encendido y entonces giró su cabeza en dirección a donde estaban la maestra Sedna, Albert y Chang juntos, cerca de la entrada de la cueva manejando el etéreo. Estos tres inmediatamente entraron corriendo a la caverna, pero el gigantesco animal de todos modos los atacó. Sin embargo, no tuvo suerte porque su cabeza no cupo por la entrada de la cueva. El gran reptil movió hacia atrás su cabeza, la cual estaba sangrando debido a los golpes que había tenido al chocar contra rocas al atacar. Luego desenroscó su cuerpo lo cual creó un gran temblor de tierra que tiró a Cristina y su novio al piso. Los dos, por efecto de la caída, rodaron por una inclinación que había en el terreno y cayeron en un lugar despejado en el que sólo había grama.

Debido a la caída, el leño encendido que Crisol tenía en la mano se le cayó y rodó hasta más abajo de ellos en un sitio no muy cercano. Mientras todo esto ocurría, la llama que prendió las ramas, causada por las chispas emitidas por las piedras, se había estado extendiendo a las plantas y árboles cercanos al lugar. El fuego atrajo a varios seres que emitían fuego por todo su cuerpo, los cuales llegaron y empezaron a volar alrededor de las llamas. Crisol y su novia inmediatamente identificaron a las incandescentes criaturas: eran varios elementales del fuego, los que en la orden llamaban "Salamandras", pero estas, como todo lo del lugar, eran más grandes de lo normal. A estas ígneas criaturas el incendio les daba más energía y por lo tanto volaban a una gran velocidad.

Crisol y su novia se quedaron quietos en el piso pensando qué hacer mientras veían a la serpiente acercar su gran cabeza a ellos de nuevo. Chang y Sedna salieron de la cueva, se acercaron un poco y trataron otra vez de que el torbellino energético destruyera o hiciera alejar la serpiente, pero el etéreo no tuvo suficiente energía para lograrlo debido al gran peso del reptil. Todo parecía perdido, pero una de las grandes salamandras que estaban volando encima de las llamas que había cerca se dio cuenta de que la serpiente estaba atacando a los dos jóvenes y entonces se arrimó volando a la gran culebra. La gran salamandra le tiró fuego de su boca al gigantesco reptil, el cual al instante quedó envuelto en llamas. El gran animal rodó por el piso agonizante y en ese movimiento casi aplasta a Crisol y Cristina, pero ellos lograron correr y salirse de la trayectoria que llevaba la moribunda serpiente sobre la grama.

Crisol, Chang y Sedna le dieron las gracias al elemental del fuego que los había salvado y le dijeron que todas las salamandras deberían irse para la pirámide Cristal en el valle Translúcido, ante lo cual esa criatura y sus compañeras que estaban volando alrededor de las ramas encendidas se fueron volando el dirección a donde los humanos les habían dicho. Crisol, Sedna y Chang con el fin de evitar que las llamas se propagaran y causaran un gran incendio forestal, hicieron que el etéreo succionara agua de un río que pasaba cerca y luego con su energía ubicaron al torbellino sobre el fuego e hicieron que descargara el agua que había absorbido, lo cual apagó las llamas.

Los cinco miembros de la orden entraron de nuevo a la cueva, se bañaron en el río interno que había, comieron algo de frutas y salieron a continuar su camino en dirección a la cascada de los siete colores porque ya era de día. Mientras avanzaban el etéreo los protegía, girando encima y un poco más atrás de ellos. Después de caminar un poco, todos sintieron que la tierra vibraba y a lo lejos se escucharon pisadas de animales. Los ruidos se oían cada vez más fuertes y la tierra temblaba ya tanto, que Crisol y sus amigos tuvieron que dejar de avanzar por un rato y sujetarse a unos arbustos para no caer al piso. Varios mamuts gigantes estaban pasando cerca y todos se maravillaron del enorme tamaño de los animales. Cada uno era tan grande como una montaña.

Los gigantescos paquidermos no vieron a los humanos y siguieron su camino. Los temblores de tierra fueron disminuyendo poco a poco y los ruidos de los pasos de los animales se fueron silenciando en la distancia. "Tu habías preguntado por qué a esta región se le llamaba también 'La tierra de los mamuts', ya tienes tu respuesta", le dijo Crisol a su novia.

El grupo siguió caminando y después de varios minutos todos oyeron unos ruidos. Ellos se sincronizaron energéticamente y no sintieron nada negativo en el lugar de procedencia de los sonidos y entonces decidieron caminar en dirección al sitio de origen. Mientras avanzaban hacia allá, Crisol dijo que se trataba de los sonidos de un ave, lo cual pudo comprobar rápidamente porque en poco tiempo llegaron a un lugar en que había un búho de gran tamaño. El ave estaba parada en el suelo, pero estaba inclinada porque una gran roca le estaba aprisionando el ala izquierda. El búho trataba infructuosamente de zafarse, pero la gran piedra era muy pesada.

–¡Que búho tan grande, es del mismo tamaño de una persona! –dijo Cristina.

–¡Y eso que es un ave pichón. Este búho nació no hace mucho. Recuerden que en esta región los animales son gigantes! –explicó Chang.

Crisol, Sedna y Chang dirigieron el etéreo en dirección al ave e hicieron que el torbellino se fuera metiendo entre la roca y el ala. Luego, con un impulso energético a distancia, los tres sabios integrantes de la orden hicieron que el remolino de energía alzara la roca y la arrojara lejos. El búho alzó lentamente el ala herida y miró a sus salvadores con un gesto que denotaba agradecimiento.

–¡Nos va a atacar!, ¡nos va a atacar! –dijo Cristina asustada mientras observaba la mirada fija que el búho les dirigía a ellos.

–¡Esté tranquila, no nos va a agredir porque le ayudamos! –explicó Sedna, mientras se arrimaba al ave y le acariciaba las plumas.

Chang buscó en el lugar una planta que tenía efectos medicinales y arrancó una porción de una hoja. Luego puso esa rama sobre el ala herida del búho y la amarró con segmentos de bejucos. Cuando el oriental maestro terminó esa labor de sanación, acarició las plumas de la cabeza del ave y les dijo a sus compañeros que siguieran el camino. El búho, en vez de quedarse en el sitio o alejarse de los humanos, los siguió dando pequeños brincos.

–Sedna, le caíste bien al ave y quiere seguir el camino con nosotros –dijo Crisol.

Todos se rieron y siguieron caminando como si nada raro pasase y el ave siguió avanzando con ellos al lado de la maestra Sedna.

–Bueno, no está mal que nos acompañe –dijo Chang.

15. Los buhos gigantes

Después de que los cinco humanos caminaron un rato, de repente la maestra Sedna, Crisol y Chang se detuvieron.

—¿Qué pasa? —preguntó Cristina.

—Las fuerzas oscuras están cerca —respondió Crisol.

—Sedna, protege el ave —dijo el maestro Chang, mientras él y Crisol se agachaban para activar más el etéreo que iba girando encima de ellos.

La maestra se aisló del grupo y el búho la siguió, por lo que Sedna siguió caminando en busca de una cueva para dejar protegida al ave.

En el sitio en el que iban Crisol y sus otros amigos, aparecieron encima de ellos varias gárgolas con hinas montadas sobre ellas y varios dracos llevando monyos en su lomo. Las bestias voladoras descendieron en dirección a ellos mientras tiraban fuego por sus bocas. Este ataque tenía un factor más: montados sobre los animales voladores, los monyos y las hinas tiraban flechas impulsadas por arcos. El rubio joven y sus amigos corrieron, tratando de esconderse entre los arbustos mientras el etéreo desviaba y absorbía la mayor parte de las sagitas.

—¡Esas flechas van a causarle a ellos la derrota! —dijo Crisol.

—¡No entiendo!, ¿cómo? —expresó su novia.

El rubio joven no respondió y en un rápido movimiento la empujó y la tiró al suelo. Justo en ese momento una flecha pasó cerca de la joven, misma que miró a Crisol con gran susto. ¡De nuevo su novio le salvaba la vida!

No muy lejos de ahí, la maestra Sedna encontró una cueva en el bosque. Ella entró con el ave, salió corriendo para que el búho no tuviese tiempo de seguirla, y activó un etéreo con la energía de sus manos con el fin de que el ave se asustase y no saliese de la gruta. Luego cubrió la entrada con algunas rocas dejando sólo unos pequeños espacios entre ellas para que entrara aire a la caverna. Ya tranquila porque había dejado al búho encerrado para que no corriese ningún peligro, se dirigió al lugar en que estaban sus amigos, guiada por el ruido que las gárgolas y los dracos emitían al volar. Sedna llegó, se ubicó al lado de Crisol y Chang y luego extendió sus manos para unir el etéreo que ella manejaba al que controlaban Chang y Crisol. En ese momento llegaron por el aire Lilith sobre un draco e Hinor encima de una gárgola.

El etéreo, con la ayuda energética de Sedna, era ahora más grande y poderoso, lo cual hizo que los humanos tuvieran que evadir menos flechas. Sin embargo, de repente, el torbellino energético empezó a perder fuerza y a deformarse debido a que lo atacó un etéreo nuevo que llegó girando. "El ser con traje de monje debe estar cerca. Él es el único que tiene el conocimiento y el poder para crear esas energías girantes", pensó Chang; y tenía razón, en breve vio a ese desagradable ser sobre un draco que volaba al lado de las bestias sobre las que venían Lilith e Hinor.

Los integrantes de la orden blanca vieron alarmados cómo el torbellino energético atacante debilitaba y deformaba fuertemente su etéreo, el cual era su escudo protector, pero esta no era su única preocupación. Las hinas montadas sobre las gárgolas y los monyos encima de los dracos seguían tirando flechas, y las gárgolas y los dracos continuaban arrojando fuego por sus bocas tratando de quemar a los cinco miembros de la orden.

Los humanos corrieron en zigzag para eludir las flechas y las llamas emanadas de las bocas de las bestias voladoras, y lograron llegar a un lugar en el cual había más árboles y plantas. Crisol, Sedna y Chang desactivaron el etéreo para no delatar su presencia y los cinco se internaron en la espesa vegetación. Las fuerzas oscuras se desorientaron porque ya no veían a los humanos y no podían descender debido a la gran altura de los árboles. Ante esto, los siniestros atacantes dejaron de tirar flechas y empezaron a volar un poco menos alto, pero aun así no podían encontrar a los miembros de la orden.

Al poco tiempo Chang y el resto del grupo, caminando sigilosamente, llegaron a un sitio donde la vegetación era más alta. Allí vieron varios animales de gran tamaño en el suelo cerca de la base de los tallos de los grandes árboles, de los cuales los más peligrosos eran unas descomunales serpientes algunas de las cuales tenían alas, grandes escorpiones y arañas gigantescas. Los humanos decidieron esconderse debajo de una raíz algo sobresaliente de uno de los grandes árboles con el objetivo de no ser vistos tampoco por los gigantescos animales del lugar. Para los diabólicos atacantes y sus malévolos amos se hizo más difícil tratar de encontrar a los humanos porque en ese lugar los altos arboles estaban muy juntos y por lo tanto no había espacio para descender volando.

Lilith e Hinor se desesperaron al saber que entre ese gran bosque los humanos se les podrían escapar y entonces les dijeron a las hinas y a los monyos que dispararan flechas hacia abajo por todas partes, al azar. Sus guerreros cumplieron las órdenes y, aún montados sobre las bestias voladoras, desde lo alto tiraron flechas hacia abajo en forma caótica y compulsiva. Los humanos, por estar protegidos bajo las raíces del árbol, no fueron alcanzados por ninguna flecha, pero varios de los grandes animales que estaban en el piso sí fueron alcanzados por ellas. Las heridas causadas fueron leves porque las flechas eran muy pequeñas comparadas con el gran tamaño de los animales, pero ellos al sentir que las flechas se clavaban sobre sus cuerpos reaccionaron y, al saber por instinto que el ataque venía de arriba, se dirigieron hacia la parte más alta de los árboles.

Las serpientes que tenían alas se acercaron volando a los atacantes que estaban sobre las copas de los árboles, abrieron su descomunal boca y engulleron a varias gárgolas y dracos; otras serpientes un poco menos grandes, las cuales no volaban, se subieron reptando por los troncos a la parte más alta de los árboles y desde allí mordieron a muchas bestias voladoras, inyectándoles un veneno que las hacia caer muertas al segundo. Los escorpiones también escalaron por los tallos de los árboles y, como todos ellos tenían alas, desde lo alto volaron y en el aire le clavaron su venenoso chiche a muchas gárgolas y dracos. Las grandes arañas también treparon por los troncos de los árboles y cuando estaban muy arriba lanzaron telarañas a las gárgolas y dracos. Estas bestias, al quedar enredadas en los pegajosos hilos, no pudieron seguir volando y cayeron aturdidas sobre las grandes ramas donde luego fueron picadas por las venenosas y grandes arañas.

Muchos monyos e hinas murieron al caer desde las bestias voladoras cuando estas eran atacadas por los gigantescos animales, otros de estos maléficos seres fueron devorados por las serpientes al mismo tiempo que tragaban a las gárgolas o Dracos sobre los que iban montados, y muchos quedaron gravemente heridos. Lilith e Hinor instaron a los monyos y a las hinas para que atacaran a los animales también y entonces ellos dirigieron las bestias voladoras contra las serpientes, escorpiones y arañas que los estaban atacando. Las gárgolas y los dracos, con el fuego emitido por sus bocas, quemaron en algunas partes de los cuerpos a los animales gigantes y en algunas ocasiones lograron morderlos también. Algunos de los grandes animales al ser quemados se alejaron del sitio, pero otros, aunque fueron alcanzados por el fuego de las bestias o estaban heridos por las mordeduras de gárgolas o dracos, atacaron con más ahínco.

Crisol y sus compañeros sabían lo que estaba pasando en lo alto porque desde el piso por los espacios que había entre los arboles veían la batalla en el aire. Muchos de los heridos y muertos de ambos bandos quedaban enredados entre los árboles, pero otros caían al suelo porque su peso hacia desgajar algunas ramas. Los cinco integrantes de la orden blanca se refugiaron bajo rocas y pequeñas cavidades que habían entre los troncos de algunos árboles para no ser aplastados por el peso de los grandes animales que caían heridos o muertos: serpientes, escorpiones, arañas, gárgolas, dracos, hinas y monyos.

Los humanos decidieron aprovechar la batalla entre las fuerzas oscuras y los animales para alejarse del lugar. Lo primero que hicieron fue ir a la cueva donde tenían al búho a salvo, guiados por la maestra Sedna. Allí quitaron las rocas con las que se había cubierto la entrada y al instante el ave salió. Luego corrieron alejándose de esa parte del bosque mientras el búho los seguía dando brincos.

Los líderes de las fuerzas oscuras, volando sobre los grandes árboles, conscientes de que no iba a ser tan fácil vencer a los animales gigantes, hicieron uso de un arma más: el etéreo que el hombre vestido de monje manejaba. En efecto, como su vórtice girante de energía en ese momento no tenía que luchar contra el etéreo de los humanos, el siniestro ser agrandó el tamaño del torbellino y lo hizo girar más rápido. Después lo digirió contra las serpientes, los escorpiones y las arañas gigantes, haciéndoles perder el control al volar o saltar. Esto fue aprovechado por las hinas y los monyos para dispararles muchas más flechas a los grandes animales y hacerlos quemar más por el fuego que emitían por sus bocas las gárgolas y dracos sobre los que ellos iban.

Con la ayuda del etéreo las fuerzas oscuras empezaron a vencer a los animales y en poco tiempo varios de ellos huyeron y los otros cayeron heridos o muertos. Inmediatamente después de que Lilith se dio cuenta de que ya no quedaban animales para atacar, ordenó a los monyos e hinas que buscaran a los humanos. Ellos dirigieron sus gárgolas y dracos volando sobre el gran bosque buscando a los miembros de la orden, pero no había suficiente espacio para descender y desde arriba se podía ver muy poco.

Crisol y sus compañeros mientras corrían oyeron el batir de las alas de las bestias voladoras, lo cual indicaba que estaban volando encima muy cerca de ellos y entonces se detuvieron para que no hubiese ningún movimiento que los delatara. Justo en ese momento el búho que iba avanzado con saltos al lado ellos se lastimó su ala herida al chocar con el tronco de un árbol y emitió el sonido típico de estas aves. Un monyo que iba montado sobre un Draco en lo alto escuchó el ruido que el ave emitió y alertó a Lilith, diciéndole que oía ruidos debajo.

Todos los atacantes se acercaron al sitio y tiraron flechas hacia abajo, pero lo hacían de nuevo al azar porque desde la altura las ramas de los arboles no dejaban ver a los humanos. Los cinco miembros de la orden esquivaron el ataque escondiéndose otra vez bajo espacios que había bajo las raíces algo salientes de algunos de los árboles, estando aún con ellos el búho. Las bestias voladoras trataron de bajar, pero por su tamaño no cupieron entre los árboles. Lilith le dijo a los monyos que hicieran que los dracos tiraran fuego y quemaran los árboles. Hinor también les ordenó a las hinas que estaban montadas sobre las gárgolas que hicieran que estas echaran llamas por sus ojos y ayudaran a incendiar el bosque.

Pronto un gran fuego se esparció y muchas ramas chamuscadas cayeron al suelo dejando algo de espacio entre los arboles incendiados. A pesar de que había llamas y humo, las bestias voladoras descendieron un poco y los líderes de las fuerzas macabras lograron ver a los miembros de la orden blanca, quienes en ese momento salían de donde estaban escondidos y corrían en dirección a un río que pasaba cerca del lugar. Los maléficos seres también vieron al búho que estaba con el grupo de los humanos, lo cual les pareció extraño, pero consideraron que un ave no representaba ningún peligro para ellos. Las llamas y el humo se hicieron insoportables para las fuerzas oscuras y entonces no pudieron atacar a los humanos y los que comandaban las bestias voladoras tuvieron que hacer que ellas ascendieran volando hacia más arriba de los árboles de nuevo.

Desde lo alto, Lilith vio que no muy lejos del lugar había un claro y por ese lugar pasaba el mismo río al cual se habían dirigido los humanos. Ella también notó que en ese espacio sin arboles esa corriente de agua caía en una gran cascada. Para Lilith e Hinor era obvio que los humanos pasarían por ese lugar huyéndole al incendio del bosque y entonces ordenaron a sus guerreros que hicieran que las bestias volaran en dirección a ese sitio.

Chang y el resto de su grupo no se metieron al río porque era muy caudaloso y Cristina no sabía nadar. Además, iban con el búho el cual no se metería al agua y entonces decidieron caminar por la orilla siguiendo la dirección que llevaba el agua. Crisol, Sedna y Chang activaron de nuevo el etéreo y lo pusieron a girar un poco encima del grupo con el fin de que el viento creado por sus remolinos mantuviera las llamas y el humo lejos de ellos.

Los cinco humanos y el búho no demoraron en llegar al claro del bosque. Cuando arribaron vieron que sus enemigos estaban en el lugar esperándolos, pero no estaban en tierra. Los maléficos atacantes seguían montados en las bestias que volaban a no mucha altura. Chang y sus compañeros vieron que al final del claro el río se convertía en una cascada que caía verticalmente hacia un profundo terreno. Según su forma los humanos dedujeron que nadie podría sobrevivir a una caída por ahí. El etéreo que los integrantes de la orden blanca habían creado, aún seguía encima de ellos, un poco más atrás, pero ellos no podían usarlo para defenderse porque ese torbellino estaba evitando que el fuego y el humo del gran incendio forestal los afectara. Todo indicaba que Crisol y sus compañeros de misión estaban a merced de sus enemigos.

Lilith e Hinor le dijeron a sus "guerreros" que no atacaran todavía. Querían saborear el triunfo primero y deseaban ver la cara de temor de sus enemigos aunque sólo expresasen miedo los rostros de Cristina y Albert porque los otros no perdían su serenidad y aplomo. Las bestias volaron en círculos sobre los humanos a muy baja altura y Lilith e Hinor se rieron a carcajadas mientras miraban al grupo de miembros de la orden blanca, los cuales estaban quietos y silenciosos.

"¡Están perdidos, hemos ganado!", decía Lilith alegre mientras desorbitaba sus ojos. Por estar disfrutando el triunfo anticipadamente, nadie de las fuerzas oscuras se dio cuenta de que Crisol, Sedna y Chang estaban bajando lentamente las manos y las estaban juntando. Lilith hizo ascender un poco más en el aire al draco en que iba montada, lanzo una última risa diabólica y dijo: "mátenlos". Justo en el momento en que ella ordenó destruirlos, un etéreo nuevo creado por los humanos apareció girando a gran velocidad y empujó a las fuerzas oscuras hacia arriba.

El mismo torbellino energético giró sobre el río, absorbió agua y se la tiró a los atacantes, dejándolos a todos mojados. Lilith se molestó porque sabía que esto causaría que las gárgolas y los dracos no pudiesen emitir fuego por sus bocas durante un rato, mientras se secaban, pero aun así se sentía victoriosa. "De todos modos están perdidos", dijo Lilith riéndose de nuevo. "Tiren flechas", le dijo ella a los monyos cambiando su tono de burlesco a irascible. Al instante ellos hicieron lo ordenado, pero el etéreo de los humanos destrozó varias flechas y desvió otras.

El malévolo ser vestido de monje, cómplice de los maléficos atacantes, montado en una gárgola que volaba un poco más atrás del grupo de las fuerzas oscuras, activó un etéreo el cual atacó al torbellino energético que los miembros de la orden estaban usando para defenderse y le empezó a quitar fuerza. Varios dracos y gárgolas volaron muy bajo y empujaron a los humanos al suelo, quitándoles control sobre el etéreo defensor, debilitándolo demasiado. "Tírenles flechas", les dijo Lilith a los monyos e hinas para aprovechar la debilidad del remolino energético defensor, lo cual fue obedecido de inmediato. El etéreo de los humanos desvió parte de las flechas, pero ellos tenían que gatear en el piso y moverse de la forma que pudieran para desquitar el resto. Una de las flechas rozó el ala izquierda del búho y entonces el ave lanzó el chillido que estas aves acostumbran emitir cuando son heridas.

Los miembros de la orden blanca, por estar haciendo desquites para no ser alcanzados por las flechas de los enemigos, no podían concentrarse para tener su etéreo defensor activo y fuerte y entonces el torbellino protector fue disuelto por el etéreo que manejaba el siniestro ser con traje de monje. Lilith, al darse cuenta de esto, se rió siniestramente de nuevo y empezó a saborear de nuevo lo que ella pensaba era la segura derrota de los humanos. Luego ordenó a los monyos e hinas que tiraran las flechas más seguido y mataran de una vez a los humanos.

Los guerreros de los atacantes alistaron los arcos, pero no alcanzaron a disparar las sagitas porque fueron interrumpidos por unos sonidos que venían desde lo alto. Todos los integrantes de los dos bandos miraron hacia arriba y con gran sorpresa vieron que cientos de búhos gigantes venían volando en dirección a donde estaban los maléficos atacantes. El búho pichón que estaba con los cinco humanos saltó varias veces y emitió sonidos armónicos con su pico, feliz de ver que los de su especie se acercaban.

Los integrantes de las fuerzas oscuras no tuvieron tiempo de reaccionar porque con gran rapidez los gigantescos búhos, que eran tres veces más grandes que ellos, los atacaron. Las grandes aves en su vuelo agarraron con sus patas a varios dracos y gárgolas y los picotearon en la cabeza para luego dejarlos caer muertos o heridos sobre el bosque incendiado. Las gárgolas y los dracos trataron de emitir fuego por sus bocas, pero no les salió porque aún estaban algo mojados por el agua que el etéreo de los humanos les había tirado hacía poco.

Las bestias voladoras trataron de morder a los gigantescos búhos en las patas, pero las aves de rapiña no les daban tiempo para esto, destrozando las gárgolas y los dracos con sus patas y picos. Las hinas y los monyos también morían al ser aprisionados entre las patas de los búhos y las bestias sobre las que iban montados, y los pocos que sobrevivían al ataque de los búhos fallecían quemados al caer con las gárgolas y los dracos moribundos sobre los arboles incendiados.

Los búhos eran de varios colores: cafés, blancos, negros y algunos eran más grandes que otros, pero no había mucha diferencia en su tamaño. En poco tiempo, las aves diezmaron enormemente la cantidad de miembros de las fuerzas oscuras. Hasta ahora, las bestias voladoras sobre las cuales iban montados los líderes de las fuerzas oscuras, Lilith e Hinor, no habían sido atacadas porque sus amos las habían hecho alejar un poco del resto de grupo, pero les llegó también su turno. Uno de los búhos atacó al draco en el cual iba Lilith, pero ella astutamente hizo que la bestia volara bajo y saltó a tierra justo antes de que la gran ave cogiera al dinosaurio-dragón con sus grandes patas y lo destrozara a picotazos. Lilith al caer al suelo corrió y se escondió tras una gran roca que había cerca a la cascada. Hinor, el líder de las hinas, sobre la gárgola en que estaba logró ver desde el aire lo que le estaba pasando a su cómplice entonces hizo volar bajo a la bestia y se arrimó al sitio en que ella estaba. La monstruosa líder se subió sobre la gárgola, y se agarró de la cintura de Hinor, mientras les agradecía a él por haberla salvado.

Los jefes de las fuerzas oscuras sabían que no había opción de ganar contra los búhos y entonces Hinor, Lilith y el hombre misterioso con traje de monje se hicieron señas entre sí, moviendo la cabeza un poco hacia abajo, lo cual indicaba que cada uno de ellos pensaba que era mejor huir del lugar. Lilith gritó "vámonos de aquí" y los tres líderes del siniestro grupo, seguidos por los pocos secuaces que aún estaban vivos, hicieron que las bestias sobre las que iban montados volaran, alejándose rápidamente del lugar.

Los humanos ya estaban a salvo del ataque directo de las fuerzas oscuras, pero las llamas y el humo del gran incendio forestal ya estaban llegando al lugar donde ellos estaban porque el etéreo que los resguardaba del incendio ya no podía protegerlos de las llamas debido a que el incendio había tomado mucha fuerza. Los integrantes de la orden blanca se acercaron a la cascada y miraron la gran caída, lo cual les permitió concluir que tirarse por ahí sería un suicidio, y como estaban muy agotados, los miembros más avanzados de la orden que estaban en el grupo no tenían energía suficiente para descender usando la levitación.

–¿Qué vamos a hacer? –preguntaron Cristina y Albert con gran temor.

–¡Estén tranquilos que en el destino trazado por las estrellas no está escrito que la muerte nos llegue hoy! –les dijo Crisol.

Pronto ocurrió algo que comprobó sus palabras. Varios de los búhos que habían venido a defenderlos bajaron a tierra, se acercaron a los humanos y se agacharon. "¡Éstas aves son inteligentes!, ¡Nos van a salvar también del fuego!, ¡Súbanse a los búhos!", dijo Chang mientras se montaba en uno de ellos.

Después de que los cinco humanos se subieron, las aves emprendieron vuelo. El búho que los había acompañado durante el camino ya estaba recuperado de sus heridas y entonces también voló al lado de ellos, pero no llevaba ningún humano encima. El resto de los búhos iba al lado de los que llevaban a los miembros de la orden, formando como una especie de escolta. Las aves volaron sobre la cascada y descendieron de a poco hasta llegar a cientos de metros abajo sobre el lugar en el que el agua caía y seguía como un caudaloso río.

El búho en que estaba montado Chang iba adelante y él, con pequeños movimientos de sus manos, lo dirigió de manera que siguiera volando sobre el río porque sabía (según las instrucciones que el gnomo guía le había dado) que ese mismo río más adelante formaba otra caída de agua, justo a la que necesitaban llegar: la cascada de los siete colores. Los búhos sobre los que estaban montados los otros miembros de la orden seguían muy de cerca al que llevaba a Chang.

16. La cascada de los siete colores

Crisol y sus compañeros, mientras iban montados sobre los búhos, se deleitaron viendo el bello paisaje abajo, especialmente el río rodeado de frondosos bosques y las montañas que había alrededor. No habían volado mucho cuando llegaron a su destino. Antes de que las aves aterrizaran, desde lo alto todos miraron con éxtasis la belleza de la natural caída de agua. Cristina y Albert estaban sorprendidos porque ellos habían pensado que lo de "los siete colores" era sólo un nombre, pero ahora veían que era algo real. La cascada realmente tenía siete colores, los cuales eran los mismos del arco iris.

La catarata caía desde una gran altura y era más alta que la otra caída de agua que habían visto antes. La luz del sol, al reflejarse en el agua, formaba un bello arco iris en el paisaje. Sobre el arco iris resplandecía una figura parecida a la que estaba en la pared detrás de la reina de las hadas cuando ella habló en la cueva del peñasco gris antes de ser secuestrada: un símbolo que consistía en la representación de siete rizos dorados de cabello entrelazados, pero esto sólo pudo ser visto por los miembros más avanzados de la orden: Crisol, la maestra Sedna y Chang. Alrededor de la bella cascada había plantas y árboles de varios colores, los cuales contrastaban bellamente con el colorido torrente al caer.

Chang dirigió el búho de manera que aterrizara en la grama cerca de la parte más alta de la cascada y las otras aves hicieron lo mismo. Allí los humanos se bajaron de los búhos y los abrazaron alrededor de sus alas en señal de agradecimiento. Todos rodearon con sus brazos el cuerpo del ave que había estado con ellos y que habían salvado al encontrarla herida, y le hablaron con gran ternura, diciéndole que la iban a extrañar. Los búhos emitieron sonidos armónicos con sus picos y luego se alejaron volando mientras los humanos les decían adiós moviendo las manos.

Después de comer algunas frutas que traían y descansar un poco, Chang le dijo a sus compañeros que bajaran por la ladera al lado de la caída de agua. Tan pronto llegaron más o menos a la mitad de la altura de la bella cascada, él pidió que se detuvieran. Los cinco observaron el agua de varios colores y el arco iris más de cerca. Desde ahí, el espectáculo era aún más bello. Crisol, Sedna y Chang cerraron los ojos y meditaron y de esta manera corroboraron lo que por intuición sabían: que en ese lugar, tras del agua, había una entrada a una gruta. Luego los tres abrieron los ojos de nuevo y todos los cinco, a sugerencia de Chang, descendieron hasta el nivel inferior a la grama que estaba cerca de donde el agua caía.

Los humanos vieron que en esa parte de abajo de cascada, lugar en el cual el río formaba un gran charco, nadaban varias mantas rayas de varios colores. Esa clase de animales normalmente habitan en el mar, pero estas extrañas y acuáticas criaturas fueron puestas ahí por alguien con un objetivo especial. Todos los del grupo se maravillaron viendo la forma de las mantas rayas: su cuerpo plano y extendido como formando una manta, los ojos saltones y su larga cola que terminaba en un largo aguijón. Crisol y sus amigos también notaron algo asombroso: algunas de las mantas rayas saltaban del agua y se convertían en águilas doradas en el aire, volando se metían a la cascada más o menos a la mitad de la altura y al volver a tener contacto con el agua se convertían de nuevo en mantas rayas.

—¿Dónde están las piedras mágicas Etéritas? —preguntó Albert.

—Están en una caverna detrás de la cascada —le respondió Chang.

—¿Y dónde está la entrada? —preguntó Cristina.

—En la mitad de la caída del agua —respondió Crisol.

—Y entonces... ¿cómo vamos a entrar? —preguntó Cristina.

—Las mantas rayas que en el aire se convierten en águilas, nos van a llevar a la gran gruta subterránea que está detrás del agua —explicó la maestra Sedna.

—¡Oh! —expreso la rubia chica con sorpresa.

—Yo iré de primero para mostrarles cómo es el proceso para entrar a la cueva y después de eso Cristina y Albert serán ayudados por Crisol y Sedna —dijo Chang mientras se subía a una roca que había en la orilla del charco.

El oriental maestro se puso a observar una manta raya que iba a salir del agua y cuando la vio en el aire transformada en águila, se tiró sobre ella. Al caer se pegó fuertemente del cuello del animal, el cual ascendió volando hasta la mitad de la altura de la cascada y allí se metió al agua, convertida de nuevo en manta raya. El animal, con Chang aún encima, se internó nadando por un túnel que había tras el agua que caía en la cascada, y llegó a una cavidad llena de agua hasta aproximadamente una tercera parte de su altura. Allí la manta raya salió a la superficie del agua. Chang descendió de ella, le dio las gracias por haberlo entrado a la caverna y caminó para la parte seca de esa gruta para esperar a sus amigos. El maestro Chang notó que el lugar no estaba a oscuras pues había una luz dorada especial que alumbraba el interior de ese túnel subterráneo, pero no era visible la fuente de esa especial iluminación.

Afuera, al lado de la cascada, los otros se estaban alistando para hacer lo mismo que Chang. Cristina y Albert estaban muy nerviosos porque nunca habían tenido experiencias de ese tipo.

—¡Tú sigues! —le dijo Sedna a Albert mientras le hacía señas para que se arrimara más cerca al agua.

—¿Desde qué lugar me tiro? —pregunto Albert con nerviosismo.

—Te debes parar en la misma roca a la que Chang se subió. Recuerda que desde ahí saltas encima del águila dorada cuando pase volando cerca —le explicó la maestra Sedna.

—Sí —dijo Albert.

—Es importante que tengas en cuenta que si algo falla y caes al charco, no debes montar sobre la manta raya dentro del agua. Si eso ocurre sales del río y vuelves a intentarlo, tirándote desde la roca de nuevo —le explicó Crisol a su amigo.

—¡Calcule bien el brinco! —dijo la maestra—. Yo te diré cuando te tiras.

—¡Está bien! —dijo Albert con voz nerviosa.

Sedna y Albert miraron al río y vieron una manta raya nadando que al poco tiempo saltó del agua y se convirtió en un águila dorada en el aire.

—¡Albert, Salta ya! —le dijo la maestra.

El joven se lanzó al aire y cayó sobre la dorada ave. En ese proceso él dio un tumbo y casi se cae, pero logro sostenerse con sus manos del animal, el cual voló hasta la mitad de la altura de la cascada y se internó en el agua convertido en manta raya de nuevo. El animal, con el joven encima, nadó por el túnel inundado y lo llevó a la cueva donde Chang lo estaba esperando. Al llegar, Albert se bajó de la manta raya y se dirigió al sitio donde estaba el oriental maestro.

Ya le tocaba el turno a Cristina y entonces Crisol y Sedna estuvieron pendientes para ayudarle.

—¡Súbete a la misma roca de la que se tiró Albert! —dijo Crisol.

—¿Aquí está bien? —preguntó la rubia joven mientras se ubicaba.

—¡Debes estar más en el centro de la piedra!

—¿En este lugar? —preguntó Cristina mientras se movía un poco.

–¡Sí, ahí está bien! –respondió Crisol.

–¡Calcule bien el brinco! –expresó la maestra Sedna.

–Recuerda que cuando la manta raya salga del agua y se convierta en águila dorada, te tiras encima de ella. No olvides que si no logras caer sobre el águila o sostenerte a ella, cuando caigas al charco no debes montar sobre la manta raya dentro del agua. Si caes al rio sales del agua y vuelves a intentarlo, tirándote desde la roca de nuevo –le explicó su rubio novio.

–Está bien –dijo Cristina.

–¡Alístate!, ya casi debes saltar.

La joven se alistó y observó bien a una manta raya que estaba nadando cerca y pronto vio cuando el animal saltó al aire y se convirtió en águila dorada.

–¡Salta ya! –dijo Crisol.

La joven se tiró, pero no cayó sobre el ave sino al charco de agua donde la cascada caía. El águila dorada se sumergió de nuevo en el agua metiéndose a la cascada a cierta altura y descendió dentro del torrente que caía, convertida en manta raya de nuevo. La joven vio cómo el animal descendía por el agua y caía al charco donde ella estaba sumergida, pero recordó las palabras de su prometido de no montar sobre la manta raya dentro del agua y entonces nadó un poco hacia la superficie y salió a la orilla del río.

–¡Debes concentrarte y calcular bien el salto! –le recordó su novio.

–Sí –le respondió la joven.

Cristina volvió y se subió a la gran roca y miró bien al río hasta que vio que otra manta iba a saltar del agua.

–¡Salta ya! –le dijo Crisol.

La joven se tiró con un poco de más precisión y extrañamente el águila trató de esquivarla, pero aun así la asustada mujer logró caer sobre el ave y, aunque tambaleó un poco y casi se cae, logró sujetarse del cuello del animal. El ave se internó en el agua que caía, más o menos a la mitad de la altura de la cascada y allí volvió a convertirse en manta raya. Luego de esto el animal con la joven aún encima nadó por el túnel que había detrás de la cascada hasta que llegó a la cueva donde Chang y Albert la esperaban. Al llegar a la caverna, tan pronto se bajó de la manta raya, la joven corrió y temblando aún de susto abrazó a sus dos compañeros. Posterior a esto, los dos que faltaban, la maestra Sedna y Crisol, llegaron a la cueva usando el mismo método que habían seguido los otros. Estando ya todos juntos, Cristina les preguntó a los demás por qué el águila la había tratado de esquivar a ella en el último salto, pero no recibió respuesta. Sedna, Crisol y Chang se miraron entre ellos y no dijeron nada. Los tres sabían que algo extraño estaba pasando con Cristina pero no querían analizar eso delante de ella y tampoco era el momento.

Después de que Crisol y sus amigos entraron a la caverna, detrás de la cascada surgieron desde un matorral cercano, donde habían estado escondidos espiando, los líderes de las fuerzas oscuras: Lilith con algunos monyos, Hinor acompañado de varias hinas. Esta vez también los acompañaba Zifú el tenebroso ser mitad humano mitad murciélago con varios hombres murciélagos parecidos a él.

Desde su escondite, los diabólicos seres habían visto cómo los cinco humanos lograron ingresar al sitio detrás de la cascada de los siete colores, pero no percibieron bien los detalles debido a que no estaban tan cerca. Sin embargo, estaban dispuestos a hacer lo mismo que habían visto para ingresar a ese lugar especial. Lilith le ordenó al monyo que estaba más cerca de ella que se alistara para tirarse sobre la primera manta raya que saliera del agua convertida en águila. El horrendo ser obedeció a su ama, se subió a la gran roca que estaba al lado del río y al poco tiempo vio que una manta saltó del agua y en el aire se convirtió en un ave de color dorado.

El monyo se tiró, pero no calculó bien el brinco y entonces no logró caer sobre el animal sino al charco en que caía la cascada. El monstruoso ser nadó bajo el agua buscando a la manta raya hasta que la divisó nadando cerca, entonces con sus manos agarró la cola del extraño animal con el fin de tenerla sostenida para montarse sobre ella; pero esto fue un gravísimo error porque, tan pronto hizo eso, la manta raya movió fuertemente su larga cola y le enterró al Monyo, en el lado derecho del pecho, su largo y venenoso aguijón varias veces. El monstruo salió a la orilla del río gritando debido al dolor con una parte del arpón natural aún enterrado en su pecho.

—¡Torpe, no viste que ellos nunca se montaron dentro del agua sobre los animales, eres un inútil! —dijo Lilith con ira y luego tiró una gran cantidad de ácido de su boca el cual quemó el cuerpo ya herido del monyo, causándole la muerte.

—¡Estos imbéciles no hacen nada bien! ¡Voy a hacerlo yo misma! —expresó la maléfica líder mientras se alistaba para saltar.

Pronto una manta raya saltó del agua y se convirtió en águila. Lilith se tiró tratando de caer encima de ella, pero cuando el diabólico ser saltó el ave sintió su energía negativa y le hizo un desquite, lo cual causó que Lilith cayera al agua. La monstruosa líder salió del charco toda mojada profiriendo maldiciones, pero pronto su semblante cambió y se rió en forma macabra porque ya se había imaginado otra forma de entrar a la cueva.

El horrendo ser puso sus deformes dedos índice y medio de su mano derecha en su desfigurada boca y silbó. Pronto un draco llegó volando y Lilith le ordenó al monyo que estaba montado sobre el gran animal volador que lo estrellara contra la mitad de la cascada. En el momento en que la gran bestia voladora chocó contra esa parte de la caída de agua, mucha tierra y varias rocas cayeron al río. El impacto fue tan fuerte que Crisol y sus amigos, dentro de la cueva, sintieron el estruendo. Tenían que apurarse y cumplir el resto de la misión rápidamente porque sus enemigos estaban muy cerca, dispuestos a hacer lo que fuera para alcanzarlos y destruirlos.

El dinosaurio-dragón que adrede había sido chocado contra la cascada y el monyo que estaba montado sobre este, murieron debido al impacto y fueron arrastrados por el agua. La tierra y rocas que cayeron a la parte inferior de la cascada, mataron e hirieron a varias mantas rayas, pero las sobrevivientes saltaron del agua, se convirtieron en águilas doradas y volando atacaron a picotazos a los monyos, hinas y hombres murciélagos. Las aves tenían mucha fuerza en su pico, por lo tanto causaban heridas muy grandes a los maléficos seres, los cuales no tuvieron más remedio que huir en dirección al bosque más cercano. Las doradas águilas no los siguieron porque por instinto sabían que no debían alejarse mucho del río pues ellas eran las guardianas de la cascada de los siete colores y por lo tanto no podían dejar el sitio; entonces las mágicas aves se quedaron volando en círculos sobre la sagrada catarata.

Escondida entre los matorrales con sus compinches, Lilith planeó una forma de matar a las águilas doradas, puso de nuevo sus deformes dedos índice y medio sobre sus colgantes labios y silbó. Al instante aparecieron una gran cantidad de gárgolas con hinas montadas sobre ellas y dracos con monyos encima. Las bestias voladoras atacaron a las aves y quemaron muchas de ellas con el fuego emitido por sus bocas. El ataque se tornó más violento porque las hinas y los monyos que estaban encima de las gárgolas y los dracos usando arcos les tiraron flechas a las águilas doradas.

Muchas de las especiales aves cayeron como bolas de fuego y otras quedaron muertas o heridas al ser atravesadas por las flechas. El hecho de que estuviese muriendo muchas de ellas desbalanceó el equilibrio energético del lugar y entonces el arco iris dejó de verse y la luz especial que iluminaba el lugar dentro de la cueva también disminuyó. "Las águilas doradas están siendo atacadas", le dijo Crisol a sus compañeros y los cinco se miraron entre sí meditativos mientras afuera seguía el ataque. En poco tiempo el fuego emitido por la boca de las bestias voladoras y las flechas que las hinas y monyos tiraban, mataron a las últimas aves y el lugar se volvió gris y lúgubre mientras Hinor, Lilith y Zifú sonreían disfrutando el triunfo.

En la mitad de la cascada, el choque adrede del dinosaurio-dragón había dejado visible lo que quedaba del resto del túnel que daba acceso a la cueva oculta tras la caída de agua. El hasta ahora secreto pasaje, a pesar de estar cubierto en parte por agua que bajaba en la catarata, se veía muy amplio. Lilith gritó con gran fuerza: "ENTREMOS" y entonces ella y sus monyos montados sobre dracos, e hinas sobre gárgolas comandadas por Hinor, se internaron en el rústico pasadizo. Junto a ellos también iba Zifú, el ser mitad hombre y mitad murciélago, con sus "guerreros" parecidos a él, pero estos no venían montados sobre ningún animal volador porque ellos por si mismos tenían la capacidad de volar.

Dentro de la cueva, Chang dijo a sus amigos que se debían dar prisa porque sus enemigos pronto estarían ahí y entonces rápidamente se internaron por un túnel largo que había más allá de la cavidad en que estaban. A medida que avanzaban notaban que los espacios se hacían más amplios como si estuviesen llegando a otro mundo subterráneo. "Es posible que haya que pasar por algunas pruebas antes de llegar a las piedras mágicas Etéritas", dijo Crisol. Después de no mucho avanzar llegaron a un espacio amplio en la gruta y para seguir había que subir una pendiente rocosa prácticamente vertical, lisa y maciza, pero era muy alta para escalarla y además no tenían cuerdas.

Los cinco humanos estaban pensando cómo subir la rocosa inclinación cuando llegó al lugar una especie de león muy grande con siete cabezas que eran sostenidas a su cuerpo por largos cuellos. El extraño animal empezó a mover los cuellos y las cabezas, acercándose en forma amenazadora. Chang le dijo a los del resto del grupo que no se asustaran y se quedasen quietos en el sitio en que estaban. Todos estaban extrañados porque nunca había visto un león de semejante tamaño y que además tuviese siete cabezas.

—Este extraño animal puede ser domado usando música —dijo Crisol.

Chang, al oír esto que dijo su amigo, sacó una flauta de un estuche que llevaba en la espalda y empezó a tocar notas musicales. Esto hizo que el raro felino no se les arrimara más, las cabezas dejaron de ser amenazantes y los cuellos se siguieron moviendo en forma rítmica. Chang se percató de que el gran animal movía un cuello específico a cada nota determinada de la música emitida por la flauta que él tocaba. Esto le dio una idea. Paró por unos segundos la música, luego tocó la primera nota musical "Do" varias veces seguidas y vio que el león dejó quieto horizontalmente el cuello inferior y retiró los otros largos cuellos.

Chang tocó la segunda nota "Re" en varias ocasiones y vio que el extraño animal dejó quieto el segundo cuello, el cual estaba ubicado un poco más arriba del cuello que había dejado quieto antes. Ya eran dos los cuellos horizontales estáticos. Posterior a esto, Chang tocó la tercera nota "Mi" y el gran felino puso el tercer cuello un poco más alto. Todo esto le permitió inferir al oriental maestro que ante el toque coordinado de las notas musicales, el extraño animal estaba formando una especie de escalera, en la cual los peldaños eran sus largos cuellos.

El maestro Chang siguió haciendo sonar la flauta y tocó, con intervalos de cortas pausas, las notas restantes de la escala musical: "Fa", "Sol", "La" y "Si". De este modo quedó formada una "escalera" completa en la cual los peldaños eran los largos cuellos del raro león colocados cerca de la superficie vertical. "Subamos", dijo Chang y todos escalaron la superficie vertical poniendo los pies sobre los cuellos extendidos del extraño animal. Al llegar arriba notaron que el amplio túnel seguía.

Mientras avanzaban oyeron cómo sus enemigos, persiguiéndolos, llegaban al espacio donde aún estaba el gran león con las siete cabezas.

Lilith y sus cómplices, quienes venían atrás del grupo de humanos, llegaron a la superficie rocosa vertical en el gran espacio en la cueva. Ellos iban a subirla volando en sus bestias voladoras, pero salió a su encuentro el gran león de los siete cuellos y siete cabezas. Las fuerzas oscuras procedieron con el único método que conocían: la violencia. Cuando el gran animal se les acercó, los cómplices de Lilith atacaron al extraño felino y entonces, para defenderse, las bocas de las siete cabezas mordieron mortalmente varias gárgolas, dracos, hinas, monyos y hombres murciélagos.

Los atacantes de las fuerzas oscuras eran muchos, por lo tanto, a pesar de que se defendió valerosamente, el gran león fue vencido. Muchos dracos y gárgolas mordieron sus cuellos y poco a poco cada una de las cabezas del felino fueron cayendo al piso con una porción del cuello aún unida al cuerpo. Cuando todas las siete cabezas fueron violentamente cercenadas, el gran león cayó muerto al suelo. Sin importarles la suerte de sus cómplices que habían perdido la vida o que habían quedado heridos en el ataque, Lilith, algunos monyos a su cargo que aún tenían energías para seguir, Hinor y las hinas sobrevivientes, se subieron al lomo de gárgolas y dracos. Luego estas bestias volando los llevaron a la parte alta donde seguía el amplio rústico túnel, seguidos por Zifú y sus hombres murciélagos quienes iban volando.

Crisol y sus compañeros, corriendo por la gruta, llegaron a un lugar en que había que atravesar una puerta para poder seguir. Chang intentó abrir la puerta halando de su manija, pero no pudo porque estaba asegurada de alguna manera. Al instante una luz rosada iluminó el lugar y se oyó un sonido como de arpas. Al principio la luz y la música eran agradables, pero la iluminación fue aumentando de intensidad y el volumen del sonido también se incrementó. En poco tiempo la luz y la música aumentaron tanto que los cinco tuvieron que cerrar los ojos y taparse los oídos. Crisol, Chang y Sedna se pusieron a meditar para decidir qué hacer. No podían retroceder porque no muy lejos, tras de ellos, venían sus enemigos. Había que tratar de abrir esa puerta y seguir el camino.

Para los tres miembros avanzados de la orden que estaban en el grupo era obvio que el aumento de la intensidad de la luz y la música constituían una señal de que había que hacer algo y necesitaban encontrar esa respuesta a través de la rápida meditación. De pronto Crisol halló la solución: "La luz es rosada y ese es color del amor", pensó. De inmediato les dijo a sus compañeros que todos los cinco se debían acariciar el rostro entre sí y decirse frases tiernas. Al instante, todos dijeron palabras amorosas, tales como: "Te quiero mucho", "Tú eres mi amor"… mientras se miraban entre ellos. Lo que Crisol sugirió funcionó porque la luz rosada se fue apagando y el sonido fue disminuyendo su volumen hasta que se dejó de oír. Chang se acercó a la puerta y esta vez sí se dejó abrir. Los cinco humanos pasaron a través de ella y siguieron corriendo por la caverna.

Al poco tiempo, después de que los miembros de la orden salieron de la especie de salón, Lilith y sus cómplices llegaron allí. Instantáneamente el sitio se iluminó de nuevo con la luz rosada y el sonido de arpas se empezó a escuchar. La Monstruosa líder miró para todos los lados sorprendida y se sonrió. "Una luz y algo de música no le hacen mal a nadie", pensó, pero cuando la intensidad de la iluminación y el sonido se incrementaron mucho, su semblante cambió. Lilith, Hinor, los monyos, las hinas, las bestias voladoras y Zifú con sus hombres murciélagos se movieron para todos lados aturdidos debido al fuerte sonido de la música.

La demoníaca líder trató de abrir la puerta para poder salir del lugar, pero no fue posible. Ella también trató de encontrar la fuente de la luz y el sonido para anularlos de alguna manera, pero no la pudo hallar. La luz se puso muy brillante, a tal punto, que los miembros de las fuerzas oscuras tenían que cerrar los ojos. El sonido de la música también se incrementó mucho y entonces los diabólicos seres tuvieron que taparse los oídos, pero aun así se tambaleaban porque las notas del arpa sonaban tan alto que el lugar retumbaba.

Hinor el líder de las hinas le sugirió a Lilith que retrocedieran, pero ella no le hizo caso. En vez de eso, ella ordenó a un monyo que estaba montado sobre un draco que estrellara ese animal volador contra la puerta para destruirla. Cuando la bestia voladora hizo esto, rebotó herida echando sangre y la puerta siguió firme, parecía hecha de piedra, entonces la diabólica líder ordenó que dos dracos y una gárgola fueran estrellados juntos contra la puerta. Cuando se hizo esto el portón se destrozó, pero los dos dracos, la gárgola y los que los montaban quedaron en el piso agonizantes. Lilith, tal como acostumbraba, no prestó atención a los heridos y avanzó con sus cómplices por la profunda caverna, persiguiendo a los humanos.

En su avance por el subterráneo pasadizo, los miembros de la orden blanca llegaron a un cuarto grande, el cual tenía el aspecto de un templo. En la entrada había dos grandes estatuas de elementales salamandras gigantes, una a la izquierda y la otra a la derecha, como guardianas del templo. En las paredes laterales y al final había más estatuas de elementales del tamaño normal, de sirenas, gnomos, hadas y otras salamandras. Los humanos notaron que en el lugar había lámparas de aceite encendidas y que el piso de ese sagrado salón era formado por baldosas negras y blancas intercaladas.

—No pisen los cuadrados negros —dijo la maestra Sedna.

Cuando la sabia mujer hizo esa advertencia, Cristina ya había empezado a dar el primer paso adentro y parte de su pie izquierdo pisaba una de las baldosas negras. La joven trató de alzar esa extremidad, pero fue muy tarde porque el piso empezó a tragársele el pie. Cristina hizo más fuerza, pero era imposible despegar esa extremidad del suelo, y para empeorar las cosas unas manos negras salieron de la baldosa, le agarraron la pantorrilla izquierda y halaron fuertemente su pierna izquierda en dirección al piso.

La rubia joven se asustó mucho y gritó. Crisol y Albert, que estaban cerca, pusieron sus manos en la rodilla izquierda de ella y halaron hacia arriba. Después de forcejear un rato los dos lograron alzar el pie de Cristina de la baldosa negra y liberarla de las tenebrosas manos que la halaban hacia abajo. La bella chica, temblando aún por el susto, se acomodó bien de manera que los dos pies quedaran en el centro de una baldosa blanca.

El movimiento y los ruidos que Cristina hizo casi "despiertan" a las estatuas de las salamandras gigantes que estaban a la entrada del templo, las cuales abrieron un poco sus ojos y movieron las larga bocas, de las cuales salió algo de fuego. Chang se dio cuenta de esto y entonces se puso su dedo índice en los labios como una señal para sus compañeros de que no hablaran. Tan pronto los humanos se quedaron en total silencio, las gigantescas salamandras volvieron a quedarse quietas y petrificadas en una especie de sueño.

Los humanos siguieron caminando por el centro del templo, poniendo mucho cuidado de no pisar ninguna baldosa negra. Al final, tras el altar, se divisaba la puerta de salida, la cual estaba cerrada. Hacia ella se dirigieron los cinco integrantes de la orden blanca. Cuando se estaban acercando al final del templo, ellos notaron que todas las baldosas cercanas a la puerta eran blancas.

—¡Aquí hay que tener otro cuidado adicional! —dijo Chang, hablando en voz baja.

—Como ustedes saben, en los pisos normalmente hay una alternación entre las baldosas blancas y negras, pero en este sector del templo todas son blancas. No se dejen engañar por esto. No pueden pisar las baldosas de color blanco que están donde deberían estar las negras porque por energía son negras aunque se vean blancas —explicó Crisol, sin subir mucho la voz.

—Caminen despacio, no pueden fallar —dijo la maestra Sedna mientras miraba a Cristina y Albert, dando a entender que les estaba hablando a ellos.

—Está bien —contestaron los dos.

Ya necesitaban más concentración porque había que calcular donde debían estar las baldosas negras, según la secuencia, antes de dar el paso. Los humanos sabían que si pisaban en el lugar equivocado, el piso les absorbería el pie y quizás el cuerpo entero. Cristina y Albert se limitaron a pisar donde Chang, Sedna y Crisol ponían el pie, porque estos últimos tenían más capacidad de concentración debido a que llevaban muchos años practicando meditación en la sede de la orden.

Albert por apresurarse no siguió pisando las mismas baldosas en que ponían el pie los tres miembros más avanzados de la orden sino que avanzó cerca de ellos, calculando donde debían estar las baldosas negras para no pisarlas. Esto fue un error porque debido a la prisa puso el pie derecho en el sitio equivocado y una mano negra salió para tomarle el pie. El moreno joven tuvo buenos reflejos y logró esquivar la mano, levantando rápidamente toda la pierna derecha y poniendo el pie correspondiente en la baldosa que debía ser. Muerto de susto, el joven caminó más despacio y poniendo gran atención. Pronto los cinco llegaron a la puerta, la abrieron y salieron del lugar para continuar por el largo y amplio pasadizo rústico.

Poco tiempo después las fuerzas oscuras, en su persecución, llegaron al templo y de inmediato entraron. Lilith y varios monyos venían, como siempre, montados sobre varios dracos e Hinor y varias hinas sobre las gárgolas. Zifú y sus hombres murciélagos también venían volando. Algunos monyos e hinas que formaban el grupo de avance terrestre, al entrar al templo caminaron sobre las baldosas en forma normal. Inmediatamente, los pies de ellos que habían sido puestos sobre las baldosas negras empezaron a ser absorbidos por el piso y también varias manos negras salieron de las baldosas y agarraron sus pantorrillas, halándolas con mucha fuerza hacia abajo. Lilith dio la orden de que las bestias voladoras descendieran un poco para hacer subir en ellas a los monyos e hinas que estaban siendo tragados por el piso.

Lilith hizo volar hacia abajo demasiado rápido al draco en que iba y en la maniobra no pudo sostener bien las riendas y cayó al suelo. La infernal líder inmediatamente se paró, pero como todo lo hizo muy rápido, su pie derecho quedó sobre una porción de una baldosa negra y entonces su pierna empezó también a ser absorbida por el piso y agarrada por una mano negra. Lilith al instante sacó su larga y filuda lengua y con ella cortó la mano negra que le tenía agarrado el pie y puso sus manos sobre la montura del draco que estaba flotando un poco más arriba del suelo. Luego hizo fuerza hacia arriba, despegó el pie del piso y se volvió a subir sobre el volador animal.

La Monstruosa líder dio la orden de que todos los monyos e hinas que estaban en el piso, se subieran al lomo de los dracos y las gárgolas que estaban volando bajo. Varios de los torpes guerreros pudieron subirse a las bestias voladoras, pero los que tenían los pies sostenidos por las manos negras no pudieron hacerlo y como no recibieron ayuda de sus compañeros fueron tragados por el piso y desaparecieron para siempre. Los hombres murciélagos comandados por Zifú no tuvieron problema con las baldosas "absorbentes" porque estos tenían la capacidad de volar por sí mismos y entonces todos los de esta clase de seres cruzaron volando.

Lilith y sus cómplices también tuvieron que enfrentar otro reto: los gritos que emitieron los monyos e hinas mientras eran absorbidos por el piso "despertaron" a las estatuas de las dos salamandras elementales gigantes que estaban de guardianas en la entrada del sitio, las cuales tomaron vida y se acercaron volando a las bestias voladoras. Las dos grandes cuidadoras del templo tiraron chorros grandes de fuego de sus largas bocas y trituraron con las grandes garras que tenían en sus patas a varios dracos y las gárgolas, además de los monyos e hinas que iban montados sobre esas bestias voladoras. Una gran cantidad de hombres murciélagos también sufrieron este fuerte ataque.

Muchas bestias voladoras y diabólicos seres murieron o quedaron heridos por el ataque de las dos gigantescas salamandras elementales, sin embargo los dracos y gárgolas que llevaban a Lilith, Hinor y a varios monyos e hinas, lograron llegar a la puerta que había en el altar, acompañados por Zifú y algunos de sus hombres murciélagos. Dos dracos, con el impulso de sus grandes cuerpos en vuelo, se estrellaron contra la puerta de salida destruyéndola. Esto permitió que los malévolos seres sobrevivientes lograran avanzar por el gran túnel persiguiendo a Crisol y sus amigos. Las Salamandras elementales gigantes no los siguieron y se devolvieron para el templo porque no podían alejarse del sagrado lugar por ser sus guardianas.

Más adelante, en el largo y ancho pasadizo, los cinco miembros de la orden blanca habían llegado a un cuarto en el cual estaban tres ancianas sentadas en sillas alrededor de una gran mesa cuadrada. Pronto ellos notaron que ninguna de las seniles mujeres tenía ojos pues sus cuencas estaban vacías. Las tres ancianas oyeron los ruidos de los humanos al llegar, entonces la más alta se paró de la silla y se concentró tratando de escuchar cualquier otro posible sonido. Chang puso su dedo índice en la boca como una señal para todos de que debían estar en absoluto silencio. Crisol y sus amigos se quedaron estáticos y no hablaron, pero a Cristina le dio algo de risa. La joven se tapó la boca con sus manos, pero la octogenaria mujer la oyó y al instante cientos de ojos brotaron de su piel y entre todos esos nuevos ojos surgieron puntas de una especie de dardos. Uno de ellos, que estaba en el entrecejo de la anciana, salió disparado y rasgó un poco la parte inferior de la falda del vestido de la joven, pero no la hirió.

La senil mujer siguió concentrada con el fin de percibir si había más ruidos, pero no escuchó nada más porque los cinco integrantes de la orden permanecieron quietos y en total silencio. Después de poco tiempo, los cientos de ojos y las puntas de la especie de dardos que habían brotado en la piel de la anciana se internaron y su piel quedó normal. Al darse cuenta de esto, los cinco humanos caminaron lenta y silenciosamente y se acercaron a la puerta de salida del cuarto, la cual pudo ser abierta sin ningún problema y continuaron caminando por la gran gruta.

No mucho tiempo después, Lilith y sus cómplices llegaron al lugar donde estaban las ancianas. La diabólica líder, al observar que las mujeres no tenían ojos en sus cuencas, soltó una cínica carcajada y dijo que unas ancianas ciegas no eran peligrosas. Las seniles mujeres al oír los ruidos del grupo que llegaba y la voz de Lilith se alertaron. Las tres se pararon de sus sillas y agudizaron su oído. Justo en ese momento la diabólica líder les ordenó a los monyos que atacaran las ancianas. En la piel de las tres octogenarias mujeres brotaron muchos ojos y entre ellos se asomaron puntas de dardos, muchos de los cuales salieron disparados y se les clavaron a varios monyos, hinas y hombres murciélagos. Las gárgolas y los dracos no eran afectados por los dardos porque su piel era más dura y los dardos rebotaban cuando hacían contacto con ellos. Lilith e Hinor hicieron descender sus bestias voladoras hasta casi al nivel del piso y se resguardaron tras ellas, mientras veían a muchos monyos, hinas y hombres murciélagos caer al piso agonizantes en medio de grandes convulsiones. Esto les hizo suponer que los dardos tenían veneno.

Lilith e Hinor les ordenaron a varios de sus compinches que hicieran que las bestias voladoras quemaran a las tres ancianas, ante lo cual varias gárgolas y dracos volaron bajo persiguiendo a las ancianas, las cuales corrieron y brincaron eludiendo las llamas de las bocas de los grandes animales voladores. Lilith les ordenó a los monyos y a las hinas que usaran sus arcos y entonces las ancianas murieron atravesadas por las flechas tiradas por ellos. Luego de esto los sobrevivientes llegaron a la puerta de salida, pero esta no se dejó abrir y entonces la diabólica líder le ordenó a un monyo que estrellara su draco contra ella y la derribara. Después de que esto fue hecho, los diabólicos seres salieron del lugar y avanzaron por el túnel, persiguiendo a los miembros de la orden blanca.

Los humanos llegaron a una gran cavidad en la gruta en la cual había piedras y vegetación a los lados. Al llegar no vieron nada inusual, pero todos miraron para los lados porque sabían que pronto algo iba a llegar. Efectivamente, a los pocos segundos, de un gran hueco oculto con ramas en uno de los lados del rústico túnel salió un perro muy grande del tamaño de un elefante. El enorme canino se acercó gruñendo en forma amenazadora.

Todos retrocedieron mientras veían al enorme can alistarse para saltar hacia ellos, pero Cristina espontáneamente y sin pensar hizo algo temerario. La rubia joven se acercó caminando lentamente al enorme perro y acarició las patas del animal mientras le decía frases tiernas. El canino se calmó y corrió al lado de ellos dando vueltas en forma juguetona. Los otros, al ver esto, también acariciaron al gran perro en sus patas y entonces el animal corrió alrededor de ellos haciendo retumbar el piso con su gran peso.

En medio del juego, los cinco se fueron acercando lentamente al portón que estaba al final del lugar, pero cuando trataban de abrirlo el perro gruñía amenazando atacar y entonces tenían que desistir de abrir esa puerta. Crisol cerró los ojos y meditó y de esta manera se le ocurrió cómo poder seguir el camino por el rústico túnel. Se arrimó a las paredes de la cavidad mientras sus compañeros jugaban con el perro y arrancó un pequeño árbol que encontró. Después le quitó las ramas al arbusto, dejando sólo el tronco central, se arrimó de nuevo al gran animal y tiró el tronco fuertemente en dirección contraria a la puerta. El gran can salió corriendo tras el leño, lo cual fue aprovechado por el grupo de humanos para abrir la puerta y seguir su camino. Después de salir, ellos cerraron la puerta tras de ellos porque sabían que sus enemigos pronto llegarían a ese lugar también.

En poco tiempo Lilith y sus cómplices llegaron al cuarto donde estaba el enorme perro. Este soltó el palo que tenía en su boca y se les acercó gruñendo y ladrando. Varios monyos alistaron sus arcos con flechas, pero el gran can no les dio tiempo de dispararlas porque rápidamente se tiró sobre ellos, los hizo rodar por el piso y los mordió con su gran boca, dejándolos moribundos. Varias hinas y bestias voladoras también fueron heridas gravemente por las mordeduras del animal, pero algunos dracos y gárgolas lograron quemar mucho al perro con las llamas que salían de sus bocas. El gran animal quedó agonizante en el piso, entonces Lilith y sus secuaces atravesaron la puerta de salida y siguieron su avance por el túnel.

En el compartimiento siguiente los humanos encontraron a otro enorme animal. Este parecía un oso, pero con la piel más llena de pelo de lo normal y con una gran cola. El animal se movía lentamente y les daba mucho la espalda, lo cual le pareció extraño a ellos. "Cuidado con su cola", dijo Crisol. Apenas estaba acabando la frase cuando de la gran cantidad de pelos que cubrían su cola salió una enorme cabeza, la cual estaba insertada en un móvil y elástico cuello oculto en los pelos. El extraño animal movió la cabeza extra con gran rapidez y agilidad, y por poco devora a Sedna que estaba cerca de él, pero ella brincó y evadió el ataque. La cabeza se internó de nuevo en la peluda cola, pero los humanos no se confiaron de esto y se alejaron del extraño animal lo más posible. Unos instantes después salió otra cabeza del pelo que cubría el lado izquierdo del animal y casi alcanza a Albert, que saltó al lado asustado.

—Si lo acaricio dejará de atacarnos —dijo Chang y entonces se hizo frente a la cabeza normal del gran animal y se fue arrimando lentamente.

De la cintura del gran oso salieron dos cuellos con cabezas (uno del lado izquierdo y el otro del lado derecho), que trataron de morder al oriental maestro, pero él tenía buenos reflejos debido a que era maestro de artes marciales y entonces las esquivó con gran precisión. Chang se acercó un poco más y esta vez salieron cuatro cabezas del cuerpo del enorme animal, pero de nuevo él las logró eludir. Se arrimó aún más al gran oso y del cuerpo de este salieron ocho cabezas. Chang recordó lo que aprendió en artes marciales de cómo eludir varios enemigos a la vez y aplicando esos conocimientos evitó ser devorado por la gran cantidad de bocas. Inmediatamente después saltó y sobó con sus manos el abundante pelo en el vientre del gran oso, ante lo cual el extraño animal se echó en el piso y se quedó dormido.

Crisol y sus compañeros se dirigieron a la puerta que había al final y la abrieron con el fin de cruzarla, pero en ese momento llegaron a la entrada del lugar Lilith y sus pocos cómplices que aún estaban vivos y no tenían heridas graves. El ruido que las fuerzas oscuras hicieron al llegar despertó al enorme animal y entonces se arrimó en forma amenazadora a los miembros de la orden blanca, quienes eran lo que estaban más cerca.

El aleteo de una gárgola de las que venían con Lilith distrajo al animal y entonces los humanos aprovecharon esto para atravesar la puerta corriendo y seguir por el subterráneo camino. El animal los iba a seguir, pero varios de los cómplices de Lilith inadvertidamente hicieron más ruido, lo cual causó que el animal desviara su atención y se lanzara hacia las fuerzas oscuras. Los humanos cerraron la portezuela y siguieron su camino por la gruta. Ellos, mientras avanzaban por el subterráneo pasadizo, oyeron los gritos de dolor de algunos miembros de las fuerzas oscuras que estaban siendo devorados o mordidos por las cabezas camufladas del gran oso.

Los cinco miembros de la orden llegaron a otro gran espacio dentro de la profunda caverna. Tan pronto entraron les salieron al paso unos animales con apariencia de simio, pero con mirada tierna. Al instante empezó a sonar música clásica y los extraños micos los tomaron de la mano y se empezaron a mover dando a entender que querían bailar. La maestra Sedna les dijo a sus compañeros que bailaran con los primates. Ellos hicieron lo sugerido y danzaron con los simios aunque Cristina y Albert lo hicieron con mucho temor.

Al poco tiempo Lilith, con sus pocos cómplices que seguían con vida, llegó al lugar. Los simios al ver llegar nuevos "visitantes" se alejaron de los humanos y se acercaron a los recién llegados porque también querían bailar con ellos. Crisol y sus amigos aprovecharon esto y abrieron la puerta al final del lugar para seguir por el largo camino subterráneo. Los integrantes de las fuerzas oscuras que habían acabado de llegar se quedaron quietos por la sorpresa. No podían creer que hubiese seres con actitud amigable en ese lugar.

Los simios se arrimaron a varios monyos que venían caminando, los tomaron de la mano y se empezaron a mover. Los torpes "guerreros" de Lilith no entendieron que era lo que los primates querían exactamente, entonces eso se soltaron y los empujaron. Varios de los monos bailarines cayeron al piso y entonces reaccionaron: se pararon, se lanzaron sobre los monyos y los atacaron mordiéndolos en varias partes del cuerpo y tirando varios de ellos contra las paredes del lugar con gran fuerza, causándoles la muerte. Varios dracos y gárgolas tiraron fuego de sus bocas y trataron de quemar a los simios, pero estos eran muy ágiles y entonces saltaron haciendo desquites. Al darse cuenta de que no era fácil vencer a los primates con fuego, Lilith le ordenó a los monyos y a las hinas que les tiraran flechas. De esta manera los simios fueron vencidos y cayeron muertos mientras de sus cuerpos manaba gran cantidad de sangre.

Crisol y sus compañeros llegaron a un cuarto en el cual había varias estatuas, la mayoría de mujeres y hombres, pero también había representaciones de otras cosas como flores, árboles y animales. Ellos vieron que al final del lugar, al igual que en los otros, había una puerta de salida, la cual estaba cerrada. No chequearon si se podía abrir porque sabían que al igual que en las otras pruebas había que hacer algo especial para que la puerta se abriera. Los humanos miraron las figuras de las estatuas preguntándose qué habría que hacer para poder seguir.

El maestro Chang fijó su atención en la última escultura que estaba un poco antes de llegar a la puerta de salida. La estatua representaba a una mujer con un pergamino en la mano derecha y la mano izquierda la tenía puesta alrededor de la oreja izquierda como queriendo oír algo. En el pergamino que tenía la mujer de la escultura estaba grabada la pregunta: "¿Cuál es la máxima expresión sagrada?", pero no estaba la respuesta.

—Alguien debe decirle a la estatua, al oído, la máxima expresión sagrada —dijo Chang—. Crisol, pienso que tú eres el indicado para hacerlo.

El rubio joven se arrimó a la estatua para hacer lo sugerido, y en ese momento Cristina se le arrimó.

—No puedes estar cerca de mí en este momento. La gran expresión sagrada no la pueden conocer los que aún no estén preparados —le dijo Crisol a la rubia joven.

—Pero yo soy tu novia, es la oportunidad para conocerla. De todos modos en el futuro la voy a saber —expresó Cristina.

–¡No estas autorizada para eso aún! –le explicó el rubio joven en tono serio.

–¡Me quedo a tu lado hasta que la digas, quiero saber esa frase!

–¡Debemos darnos prisa!, ¡aléjate por favor!

–Si no puedo oírla, dejare de ser tu novia –dijo la bella mujer.

–Ese conocimiento es sagrado y secreto. Además en vez de serte útil te destruiría.

–¡No me alejo! –dijo la joven aferrándose a la cintura de Crisol.

La maestra Sedna y Chang, al ver lo que estaba pasando, tomaron a Cristina por las manos y la alejaron de Crisol mientras la joven con gran ira se trataba de zafar de ellos. El sabio joven se arrimó a la oreja izquierda de la estatua y en susurros dijo la máxima expresión sagrada. Inmediatamente la puerta de salida se abrió por un mecanismo no visible y entonces los humanos salieron del lugar corriendo. Al poco tiempo, Lilith y el resto de los tenebrosos seres entraron al sitio donde habían acabado de estar los humanos.

La diabólica líder caminó hasta el final del cuarto porque sabía que en ese lugar estaba la portezuela que había que abrir para poder salir. Mientras ella caminó hasta ese sitio, miró a las estatuas preguntándose mentalmente que función cumplían esas imágenes ahí. Cuando llegó a la puerta trató de abrirla pero no fue posible y entonces ordenó que varios gárgolas y dracos fueran chocados contra la portezuela, pero eso no la destruyó ni la abrió. Ella trató de nuevo de abrir la puerta, pero ésta seguía cerrada y firme.

Lilith se devolvió un poco y miró las estatuas, trató de moverles los brazos y las cabezas para ver si eso activaba algún mecanismo que abriera la portezuela, pero esta no se movió. Después de eso pasó algo que jamás esperaba: las paredes del salón empezaron a moverse hacia adentro haciendo el cuarto cada vez más pequeño. La monstruosa regente de los monyos se desesperó e intentó mover con más fuerza los brazos y las cabezas de algunas estatuas, pero lo único que logró fue quebrarlas porque la puerta seguía sin dejarse abrir y las paredes del cuarto continuaban aproximándose entre sí.

Hinor entró al cuarto y en ese momento también llegó Zifú, el siniestro ser mitad humano mitad murciélago. Los dos vieron cómo Lilith, desesperada, despedazaba las estatuas sin saber qué hacer y también notaron que el cuarto estaba haciéndose más pequeño. Los tres líderes de las fuerzas oscuras: Lilith, Hinor y Zifú pensaron en la posibilidad de retroceder y salir del cuarto por la puerta de entrada para no ser aplastados por las paredes que se cerraban entre sí, pero justo en ese momento la puerta de entrada, por algún mecanismo desconocido por ellos, se cerró. Ellos tenían que hacer algo o de lo contrario las paredes del lugar los comprimirían. Zifú que era el más astuto de los tres macabros líderes se arrimó a la estatua más cercana a la puerta de salida y leyó la inscripción: "¿Cuál es la máxima expresión sagrada?".

—Lilith, ¿No has leído lo que dice el pergamino que esta estatua tiene? —le preguntó Zifú.

—¿Tiene algo escrito? —le respondió la demoníaca líder, haciendo otra pregunta.

—¡Lea lo que dice el pergamino en la estatua!

—¡Recuerde que no sé leer!

—Lilith, en el pergamino está escrito que si sabes cuál es la máxima expresión sagrada. Hay que decírsela a la estatua para que la puerta se abra. Así que arrímese al oído de esa mujer hecha de piedra y dile esa expresión sagrada —dijo Zifú.

—Pero es que yo no la sé, ¡dísela tú! —replicó el horrendo ser.

—Yo no tengo ese conocimiento y no creo que Hinor sepa esas palabras sagradas —dijo Zifú mientras observaba a Hinor moviendo la cabeza de lado a lado confirmando que no sabía la sagrada expresión tampoco.

El diabólico monstruo femenino le dijo a uno de sus monyos que le dijera al "oído" de la estatua la palabra "Dios". Él obedeció, pero tan pronto hizo esto alrededor de "la oreja" de la estatua se formó un torbellino que con gran fuerza haló al monyo. Esto causó que el monstruo fuera aspirado dentro del oído de la estatua, lo cual lo destrozó en el proceso. En pocos segundos sólo quedó sangre verde chorreando de la oreja de la escultura.

—¡Lilith, eres estúpida!, "Dios" es una expresión muy genérica —dijo Zifú mientras él y sus cómplices veían angustiados a las paredes arrastrar varias estatuas hacia ellos a medida que el cuarto se hacía más pequeño.

El tiempo seguía corriendo y las paredes estaban ya a punto de aplastarlos y entonces Zifú les dijo a los miembros de las fuerzas oscuras que cogieran las estatuas y las tiraran contra la puerta, lo cual hicieron. Algunas estatuas eran muy pesadas o estaban muy pegadas del piso y entonces los tenebrosos seres partían con golpes partes de ellas y las tiraban contra la sellada salida. Esto destrozó algo el portón, pero no lo suficiente para salir, entonces Lilith le dijo a algunos dracos y gárgolas que se estrellaran contra lo que quedaba de la puerta, lo cual hicieron. Esto abrió un enorme hueco por donde los miembros de las fuerzas oscuras salieron, justo a tiempo de evitar ser aplastados por las paredes que se cerraban.

Los cinco humanos corrían muy a prisa por el pasadizo subterráneo porque necesitaban llegar rápido a las piedras Etéritas y además sabían que sus enemigos estaban siguiéndolos muy de cerca. Los miembros más avanzados de la orden, Crisol, Sedna y Chang, eran conscientes de que pronto llegarían al lugar donde estaban las piedras mágicas porque sabían que usualmente decir la máxima expresión sagrada era una de las últimas pruebas para entrar a los lugares secretos.

En un lugar de la gruta, el grupo de miembros de la orden pasó bajo unos grandes chorros de luz de color azul, los cuales provenían de una especie de huecos que estaban en el techo natural del rústico túnel. Crisol le dijo a Cristina y Albert que si los miembros de las fuerzas oscuras pasaban bajo esas luces serían quemados por esos haces luminosos. Pronto los cinco humanos vieron que se acercaban a un compartimiento donde se irradiaba gran cantidad de luz dorada. Ese espacio era muy grande y al final había una puerta de piedra, la cual se veía muy firmemente cerrada. "Tras esa puerta están las piedras mágicas Etéritas", dijo Crisol. Chang trató de abrir la maciza puerta, pero no fue posible. Sin embargo, notó que cerca de ella había una roca con unas hendiduras.

—Por esos huequitos tallados en la piedra se debe incrustar la llave que abrirá la puerta —explicó Crisol que también había visto las hendiduras.

—La forma es de una cruz Ansada —expresó Chang.

—¿Qué es eso? —preguntó Cristina.

—La cruz Ansada es un objeto sagrado que usaban los faraones y altos sacerdotes en el antiguo Egipto. Es una cruz con la línea vertical superior convertida como en forma de pétalo. Era un símbolo de sabiduría y poder, pero también una llave que daba acceso a muchos conocimientos secretos de la antigüedad —explicó la maestra Sedna mientras Crisol pensaba qué hacer.

—Debo ir en astral a donde están los jueces del karma para que me presten la cruz Ansada. Esa será la llave —dijo Crisol.

—¡Para que te presten esa llave tendrás que pasar varias pruebas! —expresó Chang.

—¡Lo sé, pero no hay más opción!, cuiden mi cuerpo físico mientras voy por ella —replicó Crisol.

Mientras esto pasaba, un poco más atrás Lilith y sus cómplices, al seguirlos por el túnel, llegaron a donde estaban los chorros de luz azul. La perversa líder sabía que esa luz les haría daño, pero de todos modos quiso tantearla: empujó a uno de sus monyos al chorro luminoso y al instante la luz lo quemó y lo mató, desintegrándolo hasta quedar solo un puñado de polvo en el suelo. Lilith, Hinor y Zifú miraron hacia arriba para saber de dónde venía la luz y vieron los huecos en el rústico techo. Para poder seguir tenían que ingeniar alguna forma de neutralizar los rayos de luz que provenían de ahí.

Más adelante en el pasaje bajo la tierra, en la entrada al lugar donde estaban las piedras Etéritas, Crisol, quien seguía acompañado por sus compañeros, se sentó en el piso en posición de flor de loto. Luego cerró los ojos y empezó a murmurar oraciones. Los cinco sabían que Lilith y sus cómplices no llegarían a ese sitio muy pronto porque los rayos de luz azul les iban a hacer demorar el avance. Esto le daría tiempo a Crisol para ir a la dimensión astral con el fin de obtener la llave que abriría la puerta de acceso al lugar donde estaban las piedras Etéritas. Al instante el cuerpo astral de Crisol salió de su cuerpo físico y se fue para un mundo más sutil que no es visible en lo físico. En ese estado vibratorio llegó a una cueva en una alta montaña del Tíbet y allí se acercó a un anciano de raza oriental que estaba también sentado en posición de flor de loto meditando.

—¡Paz y luz!, ¡Gran maestro Perseus!

—¡Paz y luz! —dijo el gran maestro, respondiendo a Crisol el saludo especial que era usado por las logias blancas entre sí.

—Sé que vienes para que el gran juez del karma, Anubis, te preste la cruz Ansada para abrir la puerta del lugar donde están los cuarzos que librarán a la Tierra de la destrucción total que las fuerzas oscuras quieren lograr. Debes hablar con el guardián de la muerte que está en la dimensión astral también, en el templo sagrado bajo la pirámide de Keops.

—¡Gracias gran maestro! —dijo el rubio joven mientras hacía una venia inclinando un poco el cuerpo hacia adelante—. ¡Que la luz te acompañe siempre!

—¡Que la luz te acompañe siempre! —respondió a la despedida el gran maestro Perseus.

El rubio joven se concentró pensando en el templo bajo la pirámide de Keops y casi instantáneamente apareció en ese sagrado recinto. Su cuerpo astral ahora estaba en la entrada a ese lugar sagrado, en el cual había una estatua gigante blanca con forma humana y con un gran mazo en su mano. "Este debe ser el guardián del templo", pensó Crisol mientras caminaba detrás de la gran figura. Cuando menos pensó la estatua tomó vida, giró rápidamente y descargó el mazo con gran fuerza sobre el sitio donde estaba Crisol. Él saltó rápidamente y esquivó el ataque. Si hubiera recibido el golpe del gran mazo no habría muerto porque no estaba en la dimensión física, pero eso le hubiera disminuido su energía y le hubiera tocado devolverse al cuerpo físico sin cumplir la misión.

—¿Qué vienes a buscar? —preguntó la estatua que había cobrado vida.

La voz del guardián eran tan fuerte e intensa que, cuando hablaba, el sonido hacia retumbar las paredes, el piso y el techo del recinto sagrado. Mientras esperaba la respuesta del recién llegado, el rocoso ser trató nuevamente de aplastar a Crisol con su gran mazo de piedra, pero de nuevo el joven logró saltar justo a tiempo.

—Necesito ver al gran dios y juez del karma Anubis para que me preste la cruz Ansada.

—Para verlo, primero debes pasar varias pruebas —dijo la estatua que había cobrado vida.

—No hay problema, me someto a esos desafíos —expresó el sabio joven.

—Debes responderme tres preguntas —explicó el rocoso guardián.

—¡De acuerdo! —dijo Crisol.

—¿Cuál es la estrella más brillante? —preguntó el gigantesco ser.

—La estrella Sirius que está ubicada en la constelación del can mayor —respondió el sabio joven.

—¡Dime el nombre de la carta número dos del tarot!

—La Gran Sacerdotisa, la cual está sentada en un trono y tiene un pergamino en sus manos.

—¿En numerología qué significa el número 33? —preguntó el guardián del templo.

—El 33 es el número maestro más importante, significa la iluminación y el ascenso del mundo material a los niveles más elevados de espiritualidad. Es el maestro de los maestros —respondió Crisol.

Después de que respondió esas preguntas, de improviso se le apareció el dios Anubis, grande y majestuoso con su cabeza de Chacal.

—¡Has pasado la prueba! —le dijo el majestuoso ser.

—Gracias honorable dios —expresó Crisol.

—¡Aquí tienes la cruz Ansada!, después de que la uses me la traes de nuevo —expresó Anubis mientras le entregaba la llave especial.

—¡Sí, comprendo honorable dios Anubis! —dijo Crisol y su cuerpo astral voló de regreso a la cueva, a la entrada del rústico cuarto donde estaban las piedras mágicas Etéritas. Allí, aún en astral, el sabio joven puso la cruz Ansada en la ranura que tenía la misma forma de este objeto, en la roca al lado de la puerta, y al instante sus compañeros que estaban al lado de su cuerpo físico vieron cómo la puerta se abría.

Luego de esto el cuerpo energético de Crisol voló al templo donde el dios Anubis, y le devolvió la mágica llave. El sabio joven, después de darle las gracias al divino juez, se despidió y regresó a su cuerpo físico que aún seguía en posición de flor de loto sentado en el piso de la cueva cerca a la puerta que había acabado de abrir con su cuerpo energético. El joven abrió los ojos lentamente mientras sus compañeros le daban las gracias por haber logrado esa misión tan difícil. Después de esto, todos entraron al rústico compartimiento de la gruta donde estaban las piedras mágicas Etéritas.

Crisol y sus compañeros, tan pronto entraron al grande y sagrado nicho, procedieron a buscar las poderosas y mágicas piedras, las cuales encontraron pronto en una pequeña concavidad que había bajo una mesa dorada dentro de esa pequeña caverna. Las semipreciosas piedras eran cuarzos casi trasparentes que emitían una luz rosada muy intensa y brillaban con gran belleza.

Crisol, Sedna y Chang se sentaron en posición de flor de loto, cerraron los ojos y dijeron algunas palabras mágicas mientras movían las manos formado una especie de elipses en el aire. Este ritual hizo que varias de las piedras mágicas Etéritas volaran y se fueran juntando en el aire a la altura de sus ojos, formando una pirámide rosada de mediano tamaño. Sólo faltaba poner el último cuarzo que quedaba, en el vértice superior. Chang dijo que esa piedra mágica para completar la pirámide debía ser manejada energéticamente solamente por uno de ellos porque, si lo manejaban los tres, el exceso de energía la desestabilizaría. El oriental maestro también explicó que ese último cuarzo se dejaría mover solamente por el que merecía hacerlo, porque en la dimensión astral "tras" las piedras mágicas había unos seres de luz, y ellos dejarían mover el cuarzo definitivo solamente por la persona que ellos sintieran que tuviese el equilibrio interno y la sabiduría para usar bien la pirámide de cuarzo rosados que se completaría con esa última piedra semipreciosa.

Chang le dijo a la maestra Sedna que intentara mover ese último cuarzo con su energía para ponerlo en el vértice superior de la pirámide. Ella cerró los ojos, se concentró, dijo una oración especial y movió las manos en elipses con los dedos señalando el cuarzo rosado, pero este no se movió. Chang trató de hacer lo mismo, haciendo el ritual con unas palabras mágicas adicionales, pero de nuevo la mágica piedra siguió quieta en su sitio.

Por último, Crisol trató haciendo un pase magnético algo parecido al que habían hecho Chang y Sedna. Inmediatamente después de que la punta de los dedos de las manos del rubio joven se orientaron hacia el cuarzo rosado, sus cabellos ensortijados se vieron más dorados porque emitieron una luz intensa, y de entre sus dos cerrados ojos también salió un haz de luz de color dorado. Al instante el último cuarzo se alzó, voló lentamente y se posó en el vértice superior de la pirámide de cuarzos que habían construido los tres miembros avanzados de la orden. Al instante la recién formada figura rosada de piedras semipreciosas que flotaba en el aire brilló intensamente emitiendo una luz dorada casi enceguecedora.

–Crisol, sólo tú pudiste mover el último cuarzo, o sea que eres el elegido. Debes tomar la pirámide y llevarla con nosotros –dijo Chang.

–¡Sí! –contestó el rubio joven.

–Esto también significa que tú debes liderar el resto de la misión –dijo Chang.

–¡Esta bien! –expresó Crisol mientras concentrado y con sus magnéticos ojos semicerrados miraba la pirámide formada por cuarzos rosados flotando en el aire.

–¡Sólo Crisol puede mirar la pirámide de frente directamente. El resto sólo la pueden ver indirectamente o por muy poco tiempo porque de lo contrario pueden volverse ciegos o locos! –explicó Chang.

–Sí, está bien –dijeron la maestra Sedna, Cristina y Albert.

Entre tanto en el túnel, un poco antes del sitio donde los humanos estaban, a Lilith se le ocurrió cómo neutralizar los rayos luminosos azules que no dejaban avanzar a las fuerzas oscuras: hizo estrellar varios dracos contra el rústico techo de la cueva, dañando de esa manera la fuente desconocida de las luces. Esto también hizo desprender varias grandes rocas, las cuales al caer casi bloquean el túnel, pero sólo lo taparon parcialmente. Desde el final del rústico pasadizo, los miembros de la orden blanca oyeron el estruendo, lo cual significaba que se debían dar prisa.

Crisol cerró un poco los ojos, dijo una oración especial en murmullos y digirió los dedos de las manos a la pirámide de cuarzos rosados recién formada. Este proceso creó un hilo energético invisible de enlace que hizo que se moviera la construcción de cuarzos rosados y lo siguiera mientras él y sus compañeros salían del lugar y corrían por donde seguía el pasadizo subterráneo.

—¿Por qué Crisol no toma la pirámide de cuarzos con las manos simplemente? —le preguntó Cristina a Sedna.

—Esto se debe a que la energía de la pirámide de piedras es muy fuerte y no puede ser tocada directamente. El que lo haga caerá inmediatamente muerto como si hubiese sido fulminado por un rayo —respondió la sabia maestra.

Pronto percibieron que ellos eran seguidos muy de cerca por las fuerzas oscuras, las cuales habían logrado despejar en forma rápida el bloqueo parcial del túnel. En el fondo de la caverna había otra cueva pequeña y dentro de ella había una escalerilla de madera que permitía subir por un túnel vertical cavado en la tierra. El rubio joven, llevando con el "hilo" energético invisible la pirámide de cuarzos rosados, subió por la escalera seguido por sus compañeros. Después de ascender muchos escalones, Crisol vio que la escalera se dividía en tres escaleras que iban en direcciones diferentes a través de pequeños túneles. Uno de los ramales iba a la derecha, el otro a la izquierda y el tercero seguía derecho hacia arriba.

—Crisol, debes decidir por cual de esos tres caminos debemos ir. Si escogemos mal moriremos —dijo el maestro Chang que venía tras del rubio joven.

—Sí, estoy meditando acerca de eso —le respondió Crisol.

—¡Yo pienso que debemos ir hacia arriba, es lo más lógico! —dijo Cristina.

—Para llegar a Dios hay que buscar el equilibrio entre los cielos y la Tierra y entonces no es hacia arriba. Como la energía que viene de la divinidad entra por la derecha, vámonos en esa dirección —dijo el sabio joven mientras tomaba la bifurcación derecha.

En ese instante las fuerzas oscuras, que venían persiguiendo a los miembros de la orden, llegaron a la base de la escalera. "Suban" le ordenó Lilith a varios monyos, los cuales descendieron de los dracos para obedecer a su ama porque las bestias voladoras no cabían por el túnel vertical. Cuando los monyos llegaron al punto de las tres derivaciones no supieron por dónde continuar y le preguntaron a Lilith qué hacer. Ella ordenó que se dividieran en tres grupos, que cada uno siguiera uno de los caminos y esperó quieta con el fin de no exponerse ella misma a ningún peligro. Pronto se oyeron gritos de dolor de los que se habían ido en dirección izquierda y hacia arriba. Esto le permitió a ella saber que el camino correcto era a la derecha. Sin prestarles atención a los monyos agonizantes que habían sido atravesados por lanzas al tomar el camino equivocado, la diabólica líder, seguida por el resto de sus cómplices, entró por el camino a la derecha.

Los cinco humanos salieron del pequeño túnel a una llanura. Crisol con la energía de sus manos, manejando a distancia la pirámide de las piedras mágicas Etéritas, la "puso" en la grama no muy lejos de la salida del túnel. Pronto llegaron varios monyos a cargo de Lilith, pero Crisol no hizo nada porque sabía que en este momento la pirámide los protegería. Los diabólicos seres al mirar la pirámide se volvieron locos y ciegos y se devolvieron dentro del túnel gritando. Lilith reaccionó empujándolos y dándoles patadas con gran ira mientras les decía que no le estorbaran en su avance.

Lilith e Hinor se acercaron a la pirámide de cuarzos, la miraron directamente y entonces también retrocedieron enceguecidos y enloquecidos. Crisol y sus compañeros se sentaron en la grama, formaron un círculo alrededor de la pirámide y el joven les dijo que se tomaran de las manos. Después de esto, el sabio astrólogo dijo unas palabras mágicas y la pirámide empezó a crecer hasta que los cubrió. Lilith, un poco repuesta de la locura y ceguera temporal que le habían causado las mágicas piedras, se acercó a la pirámide mirándola sólo de reojo con el fin de no ser afectada por su fuerte energía. Grande fue su sorpresa porque la pirámide de cuarzos y los cinco humanos desaparecieron en ese instante.

17. La batalla final

La pirámide de las piedras Etéritas, con Crisol y sus amigos dentro de ella, reapareció en el valle Translucido muy lejos de donde las piedras para formarla se habían encontrado. El grupo que se había ido a cumplir la misión a la cascada de los siete colores ya estaba en el valle Translucido cerca de la gran pirámide de cristal que la maestra Astrid y Azor habían construido. A sugerencia de Crisol, los cinco salieron del interior de la mediana pirámide de cuarzos rosados y se quedaron en la grama cerca de ella.

—La gran pirámide de cristal que hicieron la maestra Astrid y el maestro Azor, fue construida sin el vértice superior porque ahí va a quedar esta pirámide de las piedras mágicas Etéritas —le dijo Crisol a sus compañeros.

—Cristina y Albert deben alejarse un poco —expresó Sedna.

Luego de que estos dos se sentaron a prudente distancia del lugar, el rubio líder, Sedna y Chang se sentaron alrededor de la mágica figura, cerraron los ojos y empezaron a decir una oración especial. Lo que estaban haciendo consistía en un ritual que tenía como objetivo hacer mover por el aire con la energía de ellos a la pirámide rosada que habían construido con magia; esto con el fin de ponerla como vértice superior en la gran pirámide de Cristal que la maestra Astrid y el maestro Azor habían formado usando también encantos mágicos. La pirámide rosada se alzó un poco del suelo, pero cayó a tierra porque hubo una interrupción.

"

–¡Están equivocados si creen que lo van a lograr! –dijo Lilith con horrenda voz mientras se materializaba en el mismo lugar con todos sus cómplices.

Crisol, Chang y Sedna interrumpieron las oraciones, abrieron los ojos y así pudieron ver a Lilith con cientos de monyos, Hinor con muchas hinas, Zifú con algunos hombres–murciélago y al ser misterioso con traje de monje que no se dejaba ver el rostro. También vieron que uno de los monyos tenía al maestro Sirio atado de pies y manos con un cuchillo puesto en su cuello. El maestro Quirón también estaba en la misma situación que el maestro Sirio, amarrado y con una daga cerca de su garganta.

Inmediatamente Crisol, Chang y Sedna movieron sus manos de manera especial y crearon un etéreo que consistía en una esfera energética que se formó alrededor de la pirámide de piedras Etéritas, protegiéndola. Lilith trató de acercarse a la pequeña pirámide mágica, mirando de reojo, para no ser afectada por su fuerte energía, pero el etéreo girante con su fuerte energía circulante no lo permitió, y casi la absorbe; entonces la diabólica líder tuvo que retroceder. El misterioso y malévolo ser con traje de monje que estaba cerca de ella movió sus manos de una manera ritualista y formó otro etéreo. Esto generó una batalla entre los dos grandes remolinos energéticos que trataban de absorberse y deformarse mutuamente. El etéreo de la orden no solamente recibía energía de las manos de Crisol y sus compañeros sino también energía emanada de la pirámide rosada de piedras Etéritas que estaba en el centro de la energía circulante protectora. Esto hizo que el torbellino mágico de los miembros de la orden fuese más fuerte y entonces el etéreo creado por el maléfico ser vestido de monje fue absorbido y destruido.

–¡Entréguenme la pirámide de piedras Etéritas! ¡Si no lo hacen, los maestros Sirio y Quirón morirán! –dijo Lilith

Mientras esto sucedía en el valle Translucido, en la cueva del peñasco gris los elementales secuestrados se percataron de que había menos guardianes cuidándolos. La reina de las salamandras del fuego empezó a girar rápidamente, a chocarse con algunos barrotes del férreo encierro y al instante todos los monyos, hinas y hombres murciélagos se arrimaron a la jaula para ver qué pasaba. La regente de las salamandras aprovechó que todos los malévolos seres estaban juntos, les tiró una gran bocanada de fuego a través de las barras de la jaula y los incendió a todos. Los siniestros guardianes, incendiados, corrieron retorciéndose de dolor hasta caer muertos.

La líder de las salamandras siguió echándole fuego a los barrotes hasta que, por efecto del calor, las varillas se debilitaron y entonces con su cuerpo las empujó y abrió un gran espacio entre las barras por el cual salió volando. Luego la reina de las salamandras hizo lo mismo con las otras jaulas y liberó a todos los que estaban secuestrados. La reina de las hadas salió feliz volando. El jefe de los gnomos que tenía la antorcha encendida alrededor de la cual había estado volando la salamandra también salió de su encierro. La salamandra con su fuego también quemó unas barras de hierro que estaban sobre un estanque en que estaba prisionera la regente de las sirenas y entonces esta saltó feliz a un río subterráneo que pasaba por esa cueva.

En el valle Translucido, cerca de la gran pirámide de cristal, seguía la tensión entre las fuerzas oscuras y los miembros de la orden. El maestro Sirio y Quirón seguían atados de pies y manos y con cuchillos puestos en su cuello mientras los monyos, hinas, hombres murciélago, Hinor, Zifú y el misterioso ser con traje de monje, esperaban el desenlace que Lilith le daría a la situación.

—¡Denme la pirámide de las piedras mágicas Etéritas! —seguía diciendo Lilith a Crisol y a sus amigos.

—¡Ustedes deben entregarme a la verdadera Cristina! —expresó Crisol.

—¡Oh, eres muy astuto! —dijo Lilith mientras volteaba sus ojos mostrando su maldad.

—Sé que en una noche cuando íbamos camino a la cascada de los siete colores te la llevaste mientras dormíamos y dejaste un monyo femenino con su apariencia como espía. ¡Entréguenos a la verdadera Cristina!

En ese instante, la que se veía como Cristina se transformó y tomó la forma de lo que realmente era: un monstruo hembra. Lilith silbó y al instante otro monyo apareció cerca de ellos con la verdadera Cristina que al igual que los otros prisioneros de la orden estaba amarrada de pies y manos.

—¿Cómo supiste que la que estaba con ustedes no era la verdadera Cristina? —preguntó Lilith.

—Lo supe cuando ella trató de dirigir el etéreo y ese gran torbellino la atacó a ella misma. La verdadera Cristina no hubiese sido atacada por el torbellino energético —le respondió el rubio joven.

—¡Bueno, basta de charlas!, ¡entréguenme la pirámide de las piedras mágicas Etéritas!

—¡No! —dijo Crisol—. Él sabía que si la entregaba las fuerzas oscuras tendrían poder absoluto e inmediatamente matarían a los miembros de la orden blanca y a los elementales; causando la destrucción de la naturaleza en la Tierra, para luego apoderarse de ella.

—Les propongo un trato: yo les entrego al maestro Sirio, Cristina y Quirón, y ustedes me dan la pirámide de las piedras mágicas Etéritas —expresó Lilith.

—¡Suéltalos a ellos primero! —dijo el rubio joven.

—¡No. Antes de eso usted debe desactivar el etéreo que hay alrededor de la pirámide de piedras! —respondió Lilith.

—¡No confío en usted! —expresó Crisol.

—¡Mata al maestro Sirio! —le ordenó Lilith al monyo que tenía el cuchillo puesto en el cuello del máximo líder de la orden espiritual.

–¡No, espera, vamos a desactivar el etéreo! –dijo el rubio joven.

Crisol, Chang y Sedna dejaron de orientar los dedos de sus manos en dirección del torbellino energético que protegía la pirámide de piedras, cerrando el puño, y al instante el vórtice de energía se desactivó y desapareció.

Lilith no cumplió su promesa de liberar a los tres humanos retenidos y en vez de eso se acercó corriendo a la pirámide de piedras Etéritas y la tomó con sus manos. Inmediatamente la pirámide emitió descargas eléctricas que electrocutaron a Lilith y entonces ella soltó la construcción de piedras y cayó al piso convulsionando. Los monyos que tenían al maestro Sirio, Cristina y Quirón, soltaron sus cuchillos y se acercaron corriendo para ayudar a su ama, seguidos por otros monstruos que también estaban sorprendidos de que su jefe estuviese gravemente herida por el "simple" hecho de tocar la pirámide rosada. Aprovechando esto, Chang, Crisol y Sedna activaron tres etéreos, uno cada uno. Estos torbellinos energéticos, comandados por los tres miembros de la orden llegaron hasta la parte de atrás donde el maestro Sirio, Cristina y el Maestro Quirón estaban, y girando absorbieron las cuerdas que los ataban. Los tres, después de sentirse libres, corrieron a reunirse con Crisol y sus otros compañeros, los cuales los recibieron con alegría, pero no hubo tiempo en este momento para celebraciones porque aún no habían vencido del todo a sus enemigos.

Lilith, casi moribunda, fue llevada por varios de sus monyos al lado de sus cómplices. Debido a las heridas graves que había sufrido ella, los otros dos líderes de las fuerzas oscuras: Hinor y Zifú, decidieron hacerse cargo de la situación. A órdenes de ellos, los integrantes de las fuerzas oscuras rodearon a los siete humanos y se prepararon para atacarlos y quitarles la pirámide de las piedras mágicas Etéritas. Crisol y sus amigos sabían que esta sería una batalla difícil, pero estaban dispuestos a pelear hasta lo último. Los dracos y las gárgolas comandados por monyos e hinas respectivamente, atacaron tirando fuego por su boca y volando de un lado a otro. Por tierra también atacaron monyos, hinas y hombres murciélago, portando lanzas y flechas. Además de esto, el extraño ser con vestido de monje activó un gran etéreo.

Todo parecía perdido para las fuerzas blancas, pero en ese momento llegaron miles de elementales que habían logrado escapar de sus captores, volando comandados por sus reyes y reinas. Arribaron gran cantidad de sílfides, miles de gnomos seguidos por salamandras que venían volando cerca del fuego de sus antorchas y también llegaron sirenas nadando por un río que pasaba cerca.

Las bestias voladoras de Lilith y sus cómplices eran grandes y podían causar gran daño con el fuego que emitían de su boca, pero los elementales superaban en número a los miembros de las fuerzas oscuras. Las gárgolas y los dracos fueron tomados por una gran cantidad de haditas volando, las cuales los tiraron contra los árboles y rocas que había en el lugar, cayendo unos heridos y otros muertos. Los gnomos que tenían antorchas quemaban a los monyos, hinas y hombres murciélago, los cuales eran rematados por unos grandes garrotes que algunos gnomos llevaban. Las sirenas también ayudaron tirando agua desde el río que pasaba cerca, mojando a las bestias voladoras e inactivándoles el fuego.

En la pirámide de cristal que estaba no muy lejos de ese lugar, la maestra Astrid y los otros maestros que estaba en el sitio se dieron cuenta de la batalla que estaba ocurriendo porque oyeron ruidos y al sincronizarse energéticamente vieron psíquicamente lo que estaba pasando. Al instante ellos reunieron al resto de los miembros de la orden y les informaron lo que estaba sucediendo, lo cual los conmovió mucho y entonces los maestros Azor y Silón y otros hombres de la orden que estaban en ese lugar decidieron ir a ayudar a Crisol y sus compañeros de lucha. Las maestras Ester y Astrid se quedaron en la pirámide de cristal pendientes de los elementales enfermos que estaban cuidando y de los otros miembros de la orden.

Quirón, el maestro Sirio y Cristina, como ya no estaban atados, empezaron a ayudar en la lucha cogiendo las lanzas que soltaban las hienas y monyos heridos o muertos y usándolas para atacar a los miembros de las fuerzas oscuras. Lo mismo hicieron los recién llegados de la pirámide grande de cristales: los maestros Azor y Silón y los hombres fuertes de la orden. Crisol, Sedna y Chang no cogieron lanzas porque manejaban con sus manos el torbellino energético que trataba de vencer el etéreo manejado por el misterioso y diabólico "monje". Albert también ayudó en la batalla: cogió un arco que estaba al lado de un monyo muerto y lo usó para tirar contra los enemigos unas flechas que encontró en el suelo.

Algunos elementales murieron y otros quedaron heridos, pero fueron pocos los afectados en comparación con las bajas que habían tenido sus enemigos. Sin embargo, el hecho de que varias criaturas elementales estuviesen muriendo o quedando heridas les causaba tristeza a los miembros de la orden blanca. Justo en ese momento ocurrió algo que ayudó a las fuerzas del bien: miles de ángeles comandados por el arcángel san Miguel llegaron volando. Ellos eran muy radiantes y de sus espadas salían luces aún más brillantes. Los grandes resplandores que los angelicales seres emitían hicieron aturdir a los miembros de las fuerzas oscuras, entonces esto unido a la defensa que estaban haciendo los elementales y los miembros de la orden blanca hicieron que en poco tiempo las fuerzas siniestras empezaran a ser vencidas.

Los líderes de las fuerzas oscuras: Lilith, Hinor y Zifú fueron retenidos por los elementales y los miembros de la orden. Los monyos, hinas y hombres murciélago quedaron unos muertos y otros gravemente heridos. Sin embargo el ser misterioso vestido con traje de monje seguía atacando con su torbellino energético, entonces Crisol se focalizó en vencerlo: le dijo a Chang y Sedna que dejaran que él solo manejara el etéreo defensor ayudado por la energía emanada de la pirámide de piedras Etéritas.

Varios ángeles que estaban cerca iban a atacar al ser vestido de monje, pero San Miguel Arcángel les hizo señas de que no intervinieran. ¡Él sabía que Crisol podía vencer al maligno ser! El sabio joven orientó los dedos de su mano izquierda a la especial pirámide rosada y su mano derecha hacia el etéreo que manejaba, cerró los ojos y se concentró. Inmediatamente gran energía pasó de la pirámide de las piedras especiales al cuerpo de Crisol y de su mano derecha salió la energía absorbida de la pirámide especial y su aportación energética. Esas dos energías se combinaron y formaron rayos que llegaron al torbellino energético que el sabio joven estaba manejando. Al instante ese etéreo giró a tanta velocidad que ya no era visible y se convirtió en una especie de imán.

El torbellino energético ya con todo ese poder empezó a halar fuertemente al etéreo manejado por el malévolo ser con traje de monje que hacia grandes esfuerzos con la energía de sus manos para que su etéreo no fuese vencido. En poco tiempo el torbellino magnético de la orden blanca, echando gran cantidad de chispas, absorbió al girante etéreo enemigo, haciéndolo desaparecer.

El esfuerzo que hizo el ser vestido de monje para no dejar que su etéreo fuese destruido lo debilitó mucho y entonces, tan pronto su torbellino de energía se deshizo, él con gran debilidad cayó arrodillado al piso. Crisol y sus amigos se le empezaron a acercar. Mientras hacían esto notaron que él, así arrodillado como estaba, rotó un poco para darles la espalda. Esto fue un ardid del misterioso ser porque él, aprovechando que en esa posición no se le veían sus manos, estiró todos sus dedos en dirección a la pirámide de las piedras Etéricas mientras cerraba los ojos y decía en murmullos una oración especial. Esto lo hacía con el objetivo de manejar esa pirámide especial, pero ocurrió algo que no esperaba: la pirámide formada de piedras especiales de alguna manera "sintió" su energía negativa y al instante le lanzó un rayo que lo quemó y lo hizo caer acostado al piso convulsionando.

—¡Muéstranos tu rostro Deborah! —dijo Crisol mientras ponía su rodilla sobre el pecho del misterioso y maligno ser y movía hacia atrás la capucha del traje de monje que ella usaba, pudiendo así descubrir su hasta ahora oculta cara.

Los otros miembros de la orden que estaban ahí vieron con sorpresa que efectivamente se trataba de una mujer.

—¡Yo sabía que eras tú, Déborah!, la exesposa del maestro Sirio —expresó Crisol.

—¿Cómo te diste cuenta… de que era yo? —preguntó la mujer con voz de persona agonizante porque había quedado con muchas quemaduras.

—¡Las estrellas no mienten!...Aprendiste mucho de la orden y aun así te volviste en contra nuestra —le dijo Crisol mientras miraba el cabello liso y oscuro de la mujer, su cara larga y su mirada enojadiza.

—El maestro Sirio, a pesar de yo ser su pareja no me quiso enseñar a encontrar la piedra filosofal… si lo hubiese hecho… yo hubiera podido ser rica, convirtiendo la plata en oro… y podía haber obtenido el elixir de la eterna juventud para volverme joven y bella, y vivir eternamente —respondió la mujer con voz muy débil.

—Él no te enseñó esos conocimientos porque sabía que tú no estabas preparada. Una persona ambiciosa, irascible y precipitada no puede obtener la piedra filosofal porque si la encuentra sin haber superado esos defectos, la piedra le causa más daño que beneficio, destruye al individuo y no se logra el objetivo

–dijo Crisol–. Tus actos prueban que la orden tenía razón cuando te expulsaron.

Crisol chequeó las palmas de las manos de Deborah y vio que tenía empuñadas en ellas vísceras de animales y sangre.

–Con razón tu etéreo era casi siempre más poderoso que el nuestro. Usabas las almas de animales muertos para que te ayudaran a tener más energía, algo que aunque da poder es aberrante –expresó Crisol.

La mujer no repuso nada, sus ojos giraron un poco, ladeó su cabeza y murió. Luego de esto, Crisol dijo que iba a enviar a los tres líderes de las fuerzas oscuras a la cara oculta de la luna y entonces con su mano izquierda absorbió de nuevo energía de la pirámide de piedras Etéritas y con la mano derecha dirigió esa energía a Lilith, Hinor y Zifú, haciéndolos desaparecer del lugar y reaparecer en la cara oculta de la luna.

En vista de que los enemigos ya habían sido vencidos, Crisol movió con energía de sus manos la pirámide de las piedras mágicas Etéritas, la hizo flotar y la puso como vértice superior de la gran pirámide de cristal. Al instante salió una luz dorada, brillante y enceguecedora de la mágica y cristalina estructura, la cual se regó por toda la Tierra, reanimando la naturaleza. Además de esto, los elementales: hadas, salamandras, gnomos y sirenas que estaban prisioneros en las cuevas de Vulcano en una isla de un mar lejano, recobraron su energía y salieron del lugar a esparcirse de nuevo por la Tierra. Los elementales que estaban reponiéndose dentro de la gran pirámide de cristales también recobraron su energía y se aliviaron.

Crisol, los otros humanos y los elementales que estaban con ellos se arrimaron a donde estaban los elementales que habían fallecido en ese último ataque de las fuerzas oscuras y oraron. Esto hizo que los cuerpos inertes de esas criaturas se desaparecieran y reaparecieran con vida en la dimensión de los elementales. Lo mismo ocurrió con los cuerpos de los elementales que habían perdido la vida física en los otros lugares en la Tierra en batallas con las fuerzas oscuras. Ellos recobraron la vida en su propia dimensión. Los humanos y elementales que habían estado en la batalla final entraron a la gran pirámide de cristal y allí se reunieron con la maestra Astrid y los otros miembros de la orden.

18. La unión espiritual de Crisol y Cristina

El maestro Sirio dijo a todos los que estaban en la pirámide que fueran al sitio donde estaba el gran auditorio en el primer nivel y allí se subió a una plataforma alta. El sabio maestro supremo les dijo a todos que a partir de ese momento la pirámide de cristal en que estaban ahora sería la nueva sede de la orden blanca y que los elementales y todos los seres benignos siempre serían bien recibidos en este lugar. También expresó que se hará una fiesta para celebrar la victoria sobre las fuerzas oscuras e inaugurar el nuevo hogar de los miembros de la orden. Inmediatamente se empezó a organizar todo para festejar, algunos miembros de la logia blanca y varios elementales fueron a los bosques cercanos por frutas y otros las iban recibiendo y picando en la cocina que estaba en el primer piso de la gran pirámide. Estos últimos también prepararon otras clases de comidas especiales e hicieron bebidas.

Como todos colaboraban en la organización, la gran fiesta empezó rápido. Cientos de elementales de las diferentes clases y subclases que existían, exhibieron un gran espectáculo mientras se movían con alegría: las hadas volando y formando figuras geométricas en el aire, los gnomos marchando como si fuese un ejército seguidos por las salamandras que seguían el fuego que tenían las antorchas de algunos de los gnomos, y las ondinas nadando en el río que atravesaba la pirámide de cristal formando figuras especiales en el agua. Los miembros de la orden fueron espectadores de la gran función, bailaron y comieron frutas y deliciosos alimentos disfrutando la fiesta mientras observaban a través de las transparentes paredes como, afuera de la pirámide, la naturaleza estaba volviendo a ser fértil.

En medio del gran festejo, Crisol subió a la plataforma y dijo que tenía algo importante que decir. Le hizo señas a su novia para que subiera y cuando ella se acercó a él, el rubio joven se arrodilló, cerró los ojos, hizo un ademán con sus manos y en el aire se materializó un anillo hecho de fuego. Entonces, el joven le preguntó: "¿Cristina quieres casarte conmigo en un ritual especial?". La rubia joven se sonrojó porque no esperaba esto, la felicidad no la dejaba hablar y la dejó estupefacta. Después de suspirar y recuperar la lucidez Cristina expresó: "Si, acepto". Tan pronto dijo estas palabras el anillo de fuego que Crisol había materializado se movió, dirigido a distancia por la energía de la mano del joven y se incrustó en el dedo anular de la mano derecha de la rubia chica. Ella se asustó porque pensó que el anillo por ser formado por fuego la iba a quemar, pero no sintió ningún calor. Era un fuego que no quemaba. Luego de esto, los dos se besaron en los labios y todos los asistentes gritaron con júbilo.

Mientras las fuerzas del bien festejaban, en la cara oscura de la luna Lilith echaba maldiciones porque su plan de apoderarse de la Tierra había fallado. Sus cómplices Hinor y Zifú también renegaban con gran ira. Sin embargo lo peor era lo que estaba sufriendo el alma de Déborah la primera esposa del maestro Sirio porque fue sometida al juicio de Isis y Osiris, fue encontrada culpable y enviada al hades donde era devorada por monstruos, sus partes del cuerpo se regeneraban y sufría gran dolor mientras era devorada una y otra vez.

Crisol escogió la fecha y la hora para su matrimonio mirando el cielo con su telescopio, el cual fue rescatado de las llamas por uno de los hombres que ayudaban a defender el castillo antes de que quedase se destruyera. El sabio astrólogo calculó el mejor momento en que los planetas y las estrellas estuviesen favorables para su propia boda. Sus análisis encontraron que la mejor ubicación de las energías celestes, para un tiempo no muy lejano, era dos días después, a las 11:11 p.m. Tan pronto encontró esa fecha y hora, se la comunicó a su novia, al maestro Sirio y a Ester la maestra organizadora de los eventos de la orden.

Durante el tiempo que transcurrió antes de la boda, se organizó la pirámide de cristal para que siguiera siendo la sede de la orden y se hicieron los preparativos para el matrimonio. Estas actividades fueron realizadas por los miembros de la orden, ayudados por varios elementales. Esos días le parecieron a Cristina una eternidad porque estaba ansiosa por casarse rápido con el hombre que tanto amaba.

Por fin llegó el día de la boda y todos los miembros de la orden y muchos elementales, incluyendo sus líderes, se reunieron en el amplio templo de la orden, situado en el tercer nivel, el cual estaba exactamente bajo el vértice superior. Allí esperaron con gran alegría la llegada de los novios. Mientras estos llegaban, algunas ondinas que nadaban en un estanque que había en la plataforma, sacaban la cabeza del agua y cantaban, y en el altar una mujer de la orden tocaba el arpa.

Después de algunos minutos los contrayentes aparecieron, pero no en la forma convencional en que quienes van a contraer matrimonio se presentan. Cristina llegó por el aire, sentada en unos pétalos gigantes de rosa, los cuales eran sostenidos por varias hadas mientras batían rápidamente sus alitas. Crisol llegó también por el aire, montado en una carroza dorada que era movida por cuatro animales que eran como una especie de caballitos de mar, sólo que estos no eran de agua sino del aire porque tenían alitas que les permitían volar.

Las hadas depositaron los gigantescos pétalos rosa en los que venía sentada Cristina, en el piso de la plataforma que hacía las veces de altar y entonces la hermosa joven se bajó y se acercó caminando al maestro Sirio que, acompañado de los otros maestros de la orden, iba a oficiar el matrimonio en un ritual iniciático. La carroza que llevaban los caballitos alados también aterrizó, el rubio joven salió de ella y se acercó al maestro Sirio y a los otros maestros de la orden.

El supremo líder espiritual de la orden hizo una seña con sus manos. Al verla, las sirenas dejaron de cantar y la mujer que tocaba el arpa lo siguió haciendo de forma que se oyera menos fuerte, para que el sonido de la música no ahogara la voz del maestro sino que la acompañara. El maestro Sirio dio por iniciada la ceremonia, cerró los ojos, alzó su mano derecha y habló:

—Crisol y Cristina fueron creados como almas gemelas desde el principio de los tiempos y han estado juntos en muchas encarnaciones. En una de esas vidas llegaron por primera vez a la Tierra como integrantes de los Atlantes que se establecieron en la Atlántida, los cuales ayudaron mucho a las culturas primitivas de esa época. Su unión en cada encarnación es un paso más en su retorno a la fuente espiritual divina de la cual emanaron y una oportunidad más de servir y ayudar a la humanidad. Invocamos a todos los ángeles y seres celestiales y a la energía de las diez esferas de los cuatro mundos para que hagan bendita esta unión. Es grato ver que muchos elementales y sus líderes están acompañándonos en este momento de efusividad y alegría. Todas las energías divinas y los miembros de la orden tenemos nuestros mejores deseos para esta pareja de seres evolucionados, que juntos podrán servir más a la humanidad y ser canales para que muchas supremas energías celestiales desciendan a la Tierra.

Después de esto el sabio anciano hizo una pausa y entonces las sirenas cantaron y el sonido del arpa se hizo más alto. Luego de unos minutos el gran maestro hizo un ademán con su mano, las ondinas pararon de cantar y el sonido del arpa volvió a bajar su volumen. Después el gran guía espiritual, actuando como sacerdote, miró fijamente al rubio joven y le preguntó:

—¿Crisol, aceptas a Cristina como tu esposa para estar juntos en las circunstancias felices y difíciles por el bien de la evolución de los dos y de la humanidad?

—¡Sí, acepto! —respondió el rubio joven.

—¿Cristina, aceptas a Crisol como tu compañero en el amor y en todas las actividades que sirvan a los dos y a los seres de la Tierra?

—¡Si, acepto! —dijo la rubia chica.

—¡Ya se pueden poner los anillos como sagrados símbolos de unión, amor y poder compartido! —expresó el gran maestro.

Albert, quien era el padrino de la boda, se acercó con una cajita de madera, muy bien decorada con pliegues de seda y símbolos especiales. El pequeño cofre estaba destapado y dentro de él, sobre una bella almohadita, estaban dos anillos hechos de puro "fuego". Estos eran más gruesos que el anillo que Crisol le había dado a Cristina para el compromiso, pero si estaban hechos igualmente de un "fuego" que no quemaba. El novio cerró los ojos, murmuró una oración y movió sus manos un poco hacia arriba con un giro especial mientras sus dedos apuntaban al lugar en que estaban las joyas. Uno de los anillos voló lentamente acercándose a la joven, quien alzó su mano izquierda y abrió bien los dedos. Acto seguido el anillo, movido por la energía de las manos de su prometido, entró en el dedo anular de la mano izquierda de la joven. Tan pronto el anillo quedó bien ajustado en el dedo de la bella mujer, se solidificó y quedó con la contextura del oro.

Después de esto Cristina también cerró los ojos, se concentró y con la energía de sus manos hizo que el otro anillo, que estaba en la cajita decorada que llevaba Albert, volará y se incrustara en el dedo anular de la mano derecha de su novio.

Tal como había pasado con el otro anillo, este después de ser puesto, se solidificó y tomó un color dorado.

–Por el poder que me ha sido conferido por las supremas energías celestiales, los declaro marido y mujer –dijo el maestro Sirio.

Crisol y su ya esposa se besaron en los labios y se abrazaron. Luego los dos, aún abrazados, como fundidos en un solo ser, levitaron. Sus cuerpos se alzaron verticalmente mientras rotaban. Los asistentes se alegraron enormemente e hicieron venias con gran júbilo.

En una bella pradera bajo una cúpula de cristal, en un planeta cercano a la estrella Sirius de la constelación del Can Mayor, dos grandes seres azules luminosos veían en una fuente cristalina la boda que ocurría en la Tierra. Ellos eran el gran rey dios Betkel y su esposa la reina y diosa Ika. Los dos vieron muy claramente a Crisol y su novia abrazados, levitando y girando. También vislumbraron a todos los asistentes a la boda: los miembros de la orden, los elementales y varios ángeles. "Allá está nuestro hijo encarnado en la Tierra del sol de Horus, cumpliendo misiones como guía de la humanidad, casándose con la ahora encarnada sabia filosofa de la constelación de las pléyades", dijo el divino ser azul a su esposa. "Sí, se ven muy hermosos", expresó ella mientras lloraba de alegría.

En el planeta Tierra, en la pirámide de cristal, mientras los dos recién casados descendían lentamente por al aire, aún abrazados en posición vertical, subieron a la plataforma varios gnomos machos y hembras y bailaron con el son del arpa tocada por la mujer música de la orden. Unas sirenas que emitían luces y que estaban en un estanque en la plataforma hicieron varios bailes especiales. Varias hadas subieron al escenario y volando formaron variadas figuras. Las salamandras también brindaron un hermoso espectáculo: estas se movieron en el aire en la oscuridad porque para su espectáculo se apagaron todas las lámparas de aceite que iluminaban el escenario. Como las salamandras tenían su propia luz, se movieron en el aire formando figuras muy iluminadas, tales como estrellas, ovnis y montañas.

Unos minutos después llegaron legiones de ángeles, una de ellas conformada por San Miguel arcángel con sus ejércitos, los cuales blandieron sus espadas, pero esta vez no para atacar sino para que brillaran en medio de unas danzas especiales que hacían en el aire, volando con sus alas. También llegaron miles de ángeles formando espirales cónicas en el aire que se extendían hasta arriba de tal forma que parecían llegar hasta las estrellas. Todos los ángeles tenían túnicas con unas partes blancas y otras doradas, las cuales reflejaban las luces de las salamandras. Sobre la gran pirámide de cristal, al lado de las figuras formadas por los luminosos ángeles, también apareció de gran tamaño el símbolo que representaba siete rizos de cabellos, los cuales estaban entrelazados y brillaban intensamente con color dorado.

FIN

Índice

Editorial LibrosEnRed